IAN MOORE ist ein bekannter britischer Comedian und trat in Fernsehshows und auf großen Stand-up-Bühnen auf, bevor er begann, seinen originellen Blick auf die Welt in Bücher zu verpacken, und damit sehr erfolgreich wurde. Ebenso wie sein Held Richard lebt auch der Autor seit einigen Jahren im französischen Loire-Tal, gemeinsam mit seinen drei Söhnen, seiner Frau und einer lustigen Ansammlung wilder und weniger wilder Tiere. «Mord & Croissants» war sein erster Krimi und stieg sofort auf die *Times*-Bestsellerliste ein, in «Mord im Chateau» ermittelt sein Held Richard ein drittes Mal im Loire-Tal.

Die Autorin und Diplomübersetzerin BARBARA OSTROP arbeitet seit 1993 als literarische Übersetzerin aus dem Englischen, Französischen und Niederländischen und zählt Liebes- und Familienromane, Spannung, Historisches und Jugendromane sowie Fantasy zu ihren Schwerpunkten. Inzwischen hat sie über hundert Bücher ins Deutsche übertragen.

Stimmen zu *Mord & Croissants* und *Mord & Fromage*:
«Gutes Essen und ein Krimi zum Totlachen. Was kann man sich in diesen dunklen Zeiten noch wünschen?»
Mark Billingham

«*Mord & Croissants* ist die Antwort des Loire-Tals auf *Mord im Orient-Express*: frech, raffiniert und überraschend – wie der Autor selbst. Ich würde ihn morgen heiraten (Richard, den Protagonisten; und Ian Moore auch).»
Cally Beaton

«Wunderbar erzählt. Und tatsächlich extrem lustig.»
Miles Jupp

IAN MOORE

MORD IM Château

KRIMINALROMAN

Aus dem Englischen von
Barbara Ostrop

Rowohlt Taschenbuch Verlag

Die englische Originalausgabe erschien 2023 unter dem Titel
«Death at the Chateau» bei
Farrago/Duckworth Books Ltd., Richmond.

Deutsche Erstausgabe
Veröffentlicht im Rowohlt Taschenbuch Verlag,
Hamburg, März 2025
Copyright © 2025 by Rowohlt Verlag GmbH,
Kirchenallee 19, 20099 Hamburg
«Death at the Chateau» Copyright © 2023 by Ian Moore
Redaktion Nadia Al Kureischi
Die Nutzung unserer Werke für Text- und Data-Mining
im Sinne von § 44b UrhG behalten wir uns explizit vor.
Covergestaltung ZERO Werbeagentur, München,
nach dem Original von Duckworth Books, UK
Satz aus der Le Monde Livre bei Dörlemann Satz, Lemförde
Druck und Bindung CPI books GmbH, Leck
ISBN 978-3-499-01620-2
Kontaktadresse nach EU-Produktsicherheitsverordnung:
produktsicherheit@rowohlt.de

Für Niv,
meine nie versiegende Inspirationsquelle

1

Die Sonne lugte gerade erst mit der Spitze über den Horizont hinaus, und ihre schwachen Frühmorgenstrahlen erfüllten das ferne Val de Follet allmählich mit Leben, als verabreichten sie ihm eine Bluttransfusion. Es war Mitte September und für Richard Ainsworth in dieser üblicherweise ruhigen Nische im Einzugsgebiet des Loire-Tals die beste Zeit des Jahres. Im Verlauf des Vormittags würde die Sonne den Nebel wegbrennen, der jetzt noch wie Spinnweben zwischen den Bäumen und fast schon reifen Reben hing, und der Tag würde genauso warm und träge werden wie im Hochsommer, nur ohne die Touristenscharen – sodass die Einheimischen die ruhige Landschaft wieder für sich beanspruchen konnten.

Doch so weit würde es erst am späten Vormittag sein, und der lag noch einen halben Tag entfernt. Richard hatte keine Probleme mit den frühen Morgenstunden: Für den Besitzer eines gediegenen *chambre d'hôtes* – oder «schicken Bed & Breakfast», wie einer seiner Gäste das Haus jüngst genannt hatte, weshalb Richard ihn vor Empörung fast rausgeschmissen hätte – gehörte es zu den grundlegendsten Anforderungen, früh am Morgen aus den Federn zu kommen. Was am heutigen Tag jedoch ungewöhnlich schien, war die Begeisterung, mit der er so schnell aus dem Bett gehüpft war, dass er sich fast den Hals verrenkt hätte. Heute war der erste Tag in einem neuen Job, und obwohl

Richard Begeisterung als eine trügerische, potenziell gefährliche Gemütsverfassung betrachtete, konnte er sie nicht zügeln. Er war außerstande gewesen, das breite Lächeln zu unterdrücken, das seit dem Aufstehen in seinem Gesicht stand und dabei Muskeln beanspruchte, die normalerweise schlummerten. Ausnahmsweise einmal würde er sich gestatten, den Moment zu genießen, und wenn eine Kiefersperre, gebrochene Wangenknochen oder eine unerwartete Wendung ihn dauerhaft wie einen Idioten grinsen ließen, dann sollte es eben so sein.

Etwas knirschte hinter ihm, es klang nach Schritten auf dem Kies, ein merkwürdiges Geräusch, fast wie ein knisterndes Rauschen. Eine gedämpfte Stimme schnauzte jemanden an. Richard tat so, als hätte er nichts gehört, und bückte sich, um den großen Flightcase zu seinen Füßen ein Stück zu verrücken. Das Dutzend roter ZERBRECHLICH-Aufkleber auf dem Metall ließ ihn zögern, das Ding überhaupt zu berühren. Wieder Knirschen, erneute gedämpfte Ermahnungen, und diesmal stand er auf, rieb sich den Nacken und ließ die sarggroße Truhe mit dem fragilen Inhalt stehen. Sie glühte in der aufgehenden Sonne, als wäre sie von einem bösen Geist besessen. Er drehte sich um, sah aber nichts, da sich die Sonne in einem der Dutzend Fenster ihm gegenüber spiegelte. Dann knirschte es erneut, dieses Mal aus der anderen Richtung, und nun erst begriff er, dass das Geräusch aus dem Walkie-Talkie in seiner Gesäßtasche kam. Dann war die ungeduldige, einschüchternde Stimme also die seiner guten Freundin mit ungewissem Status, des heimlichen Objekts seines Begehrens: der extrem anspruchsvollen Valérie d'Orçay. Sie war so bezaubernd und exotisch, dass sie Richard jedes Mal, wenn sie zusammen waren, wie die Sonne im Fenster blendete. Außerdem war sie seine neue Geschäftspartnerin, auch wenn das Wort «Partnerin» bei dieser Beschreibung wohl ziemlich vermessen war. Valérie verdiente ihren Lebensunterhalt als professionelle Kopfgeldjägerin und möglicherweise auch Killerin von internationalem Ruf, während Richard – vormals Filmhistoriker – heute von Beruf Frühstücks-Zubereiter für Touristen war. Auch er hatte einen internationalen Ruf; das konnte er mit einem Doktortitel belegen, doch in ihrer neuen Firma, in der sie als Privatermittler und Personenschützer arbeiteten, war der nicht von Nutzen. Die Firmengründung war Valéries Idee gewesen, und Richard machte selbstverständlich mit.

Er holte das Walkie-Talkie aus seiner Hosentasche und antwortete auf das bissige Gekrächze. «Ja, hier ist Richard. Over.»

«Over? *Über*? Über was?», kam die gereizte Antwort.

«Nein. Over. Man sagt over, wenn … man fertig ist.»

Es folgte ein Schweigen, und er vermutete, dass irgendwo im Äther ein tiefes Luftholen verloren gegangen war. «Ich wusste nicht, dass du schon einmal ein Talkie-Walkie benutzt hast.» Valérie bemühte sich, geduldig zu klingen, während sie ihm gleichzeitig klarmachte, wer wirklich das Sagen hatte. Außerdem verwendete sie das Wort «Talkie-Walkie», eine dieser Eigentümlichkeiten der französischen Sprache, in der man gern einmal ein international anerkanntes Wort nahm und trotzdem die Kontrolle darüber zu behalten versuchte. So oder so, Talkie-Walkie war eine sehr einschmeichelnde Verdrehung.

«Over ist es erst in zwanzig Minuten», erklärte sie ernst.

«Nein, man setzt ‹over› ans Ende», scherzte er, bereute es aber sofort. In den letzten Monaten hatten sie viel Zeit miteinander verbracht, doch es war Richard nicht gelungen, Ironie und Sarkasmus aus seinen Gesprächsbeiträgen zu tilgen – zwei Äußerungsweisen, die meistens direkt über Valérie hinweggingen wie ein perfekt ausgeführter Lob beim Tennis.

«Richard?» Die Schärfe in dem Geknister lag nicht nur an der Statik. «Wir sind in zwanzig Minuten bei dir.»

«Ich werde da sein», antwortete er ernst und hörte, wie die Verbindung beendet wurde.

Er setzte sich auf den großen Flightcase und fragte sich, was er in den nächsten zwanzig Minuten tun könnte, um der dräuenden Valérie den Eindruck zu vermitteln, dass er überhaupt irgendetwas getan hatte. Eigentlich war er nicht dafür verantwortlich, den Flightcase zu transportieren, aber er hatte das Gefühl, er sollte sich mehr Mühe geben und etwas unternehmen, auch wenn es noch sehr früh am Morgen war und sich kaum jemand in dieser Ecke herumtrieb. Nachdem ein weiterer Blick ihm jedoch erneut offenbart hatte, wie groß die Truhe war und dass die vier Räder auf dem Kies nicht weiterhalfen, beschloss er, sich stattdessen wenigstens für die nächsten achtzehn Minuten hinzusetzen und die Dinge im Auge zu behalten. Als nomineller Sicherheitschef war das das Mindeste, was er tun konnte.

Also setzte er sich auf den Flightcase und wandte sich erneut dem Anblick zu, wie die langsam aufgehende Sonne sich in den Fenstern und im Wasser des dekorativen Teichs spiegelte, der zwischen ihm und dem Westflügel des imposanten Château de Valençay lag. Von dort, wo er saß, konnte er die drei Hauptphasen seiner Errichtung erkennen: galloromanisch, Renaissancezeit und Aufklärung. Im Licht der Morgendämmerung ragten die zwei Kuppeln des Westflügels hoch empor. Das Château roch nach Geld und Macht, nach Luxus und Reichtum, nach politischen Ränkespielen und geschichtsverändernden Momenten, und das über einen Zeitraum von beinahe tausend Jahren. Das gefiel ihm. Er stand nicht auf Übernatürliches, aber nach seinem Empfinden strahlte der Ort Energie aus. Was hatte

Orson Welles noch in *Der dritte Mann* über das Geschlecht der Borgias gesagt? Dreißig Jahre lang herrschten Krieg, Schrecken und Blutvergießen, und in dieser Zeit begründeten sie die Renaissance. In der Schweiz hatten sie dagegen fünfhundert Jahre brüderliche Liebe und brachten die Kuckucksuhr hervor. Richard seufzte. Das Wissen, dass das Château de Valençay, das seinerseits das Ergebnis von Kriegen, Schrecken und Blutvergießen war, in den nächsten zwanzig Minuten allein seiner Verantwortung unterstand, übte einen gewissen Druck auf ihn aus. Lieber hätte er eine Kuckucksuhr bewacht.

Er schluckte nervös, und gerade da erwachte irgendwo in dem adrett gepflegten Garten ein Pfau und stimmte sein morgendliches Gekreische an. In Richards Ohren klang es spöttisch, ein weiterer Hinweis auf den unwirklichen Luxus des Orts. Er vermisste seine ruhigeren, weniger ungestümen Hennen. Was für ein Recht hatte er eigentlich, Sicherheitschef des Châteaus zu sein? Seine Idee war es wirklich nicht gewesen, als Valérie zum ersten Mal die Gründung eines Ermittlungsbüros in den Raum gestellt hatte. Davor hatten sie bereits zwei Abenteuer miteinander bestanden – könnte man sie vielleicht Fälle oder Ermittlungen nennen? Er wusste es nicht. Aber damals war er zum größten Teil in Valéries stürmischem Kielwasser mitgeschleift worden, meist einfach nur glücklich darüber, an den tadellos gepflegten Mantelzipfeln dieser Frau zu hängen und mit ihr zusammen zu sein, denn sie war genauso berauschend geheimnisvoll und bezaubernd wie das erwachende Schloss, das er gerade behütete.

Gleich zu Beginn ihrer Tätigkeit hatte es einige Anfragen gegeben, aber die hatten alle mit ehelicher Untreue zu tun gehabt. Finanziell hatte das ihr Unternehmen zwar beflügelt, aber gleichzeitig hatte es dazu geführt, dass Richard seine Trinkkumpel in der einheimischen Bar verlor und auf dem Markt böse Blicke erntete. Sie hatten ihrer Marke rasch ein neues Image verpasst und erklärt, dass sie in «Eheangelegenheiten» nicht tätig würden. Durchs Val de Follet war ein kollektiver Seufzer der Erleichterung gegangen. Seitdem war das Geschäft schleppend gelaufen, bis dieser Auftrag hereintrudelte. Valençay lag zwar streng genommen nicht innerhalb der Grenzen des Val de Follet, war aber doch nahe genug, um zur Umgebung zu gehören. In seinem neuen Job würde Richard tausend Jahre französischer und europäischer Geschichte bewachen und zudem Filmausrüstung im Wert von einigen Hunderttausend Euro. Diese stand für die Produktion von *The Master Servant* bereit, einem neuen Hollywood-Blockbuster. Gleichzeitig war Valérie die Personenschützerin und Leibwächterin eines der Hauptstars, der empfindsamen, wunderschönen Lionel Margaux, die Napoleons zweite Frau Marie-Louise von Österreich spielte.

Die Bitte, dass Valérie und Richard für ihren persönlichen Schutz und als Sicherheitsdienst auf dem Filmset zuständig sein sollten, war von Lionel Margaux selbst geäußert worden. Ihre Mutter und Valérie waren Freundinnen, und als die junge Lionel während der Filmarbeiten in Paris das Opfer eines Stalkers geworden war, hatte man beschlossen, die Produktion nach Valençay zu verlegen, unter großen Kosten, wenn auch mit einem kleineren Team. Der Film war eine französisch-amerikanische Koproduktion, und die Schauspielerin stellte den wichtigsten Teil des französischen Beitrags dar, daher war Geld kein Thema. Außerdem hatte die PR-Abteilung erklärt, nichts könne besser sein, als die Innenszenen dort aufzunehmen, wo sie historisch gesehen zu verorten waren.

Richard sah auf seine Armbanduhr und fragte sich, ob er

sich vielleicht kurz auf dem Hof und der Zugangsbrücke umschauen sollte, die den schon lange ausgetrockneten Schlossgraben überspannte. Sollte er nach Scharfschützen Ausschau halten? Könnte ein Stalker sich eines Scharfschützen bedienen? Oder umgekehrt sogar ein Scharfschütze eines Stalkers? Er hatte keine Ahnung, aber trotzdem sollte er sich einmal rasch auf dem weiteren Gelände umschauen, und so schritt er durch das zentrale Empfangsgewölbe unter dem Donjon hinaus aus dem Hof – auf Zehenspitzen, ohne zu wissen, warum. Alles war unheimlich still, selbst die Wasserspeier wirkten schläfrig, und so machte er kehrt und ging zurück, wo er hergekommen war, vorbei am Wasserbecken in der Cour d'Honneur und zum Jardin de la Duchesse, der zumindest bei Tag einen großartigen Blick auf diese Seite des Tals bot.

Er stieg die Steintreppe in den Garten hinunter und empfand zum ersten Mal Anspannung. Die beiden Statuen, je eine in zwei symmetrischen Blumenbeeten, waren von der Morgensonne halb angeleuchtet, und dadurch wirkten sie bedrohlich. Richard packte seine schwere Taschenlampe fester und versuchte, nicht über die Tatsache nachzudenken, dass ihm schon ein paar Statuen Angst einjagten. Dann war ein potenziell mörderischer Stalker vermutlich überhaupt nicht seine Kragenweite. Vielleicht sollte er doch besser anbieten, sich in Zukunft eher auf das Verwaltungsgeschäft der Firma zu konzentrieren.

«Er dort!» Die Stimme war tief und autoritär, weshalb Richard mitten im Schritt verharrte. Die abgehackten englischen Silben wirkten durch eine kontinentale Färbung etwas weicher, aber das lenkte nicht von der Stimme und von der dahinter zu vermutenden Person ab, die offensichtlich sehr an Macht und ihren Gebrauch gewöhnt war. «He, was fällt ihm ein, so früh am Tag durch meinen Garten zu streifen? Ich sollte ihn verprügeln lassen!»

Richard drehte sich langsam um, während ein Mann auf der anderen Seite der Treppe aus dem Schatten trat. Ein ausgeprägtes Hinken machte seine Bewegungen mühsam.

«Nun? Erklär er sich, Monsieur!»

Die aristokratische Körperhaltung und Sprache schienen aus dem 19. Jahrhundert zu stammen, und das Gleiche galt für die gepuderte Perücke. Die tief sitzende Jogginghose und die Turnschuhe waren dagegen mit Sicherheit nicht historisch, und einen Moment lang glaubte Richard, er sei zufällig auf den Stalker getroffen. Ein Verrückter, der ein Auftreten wie zur Zeit der Aufklärung fetischisierte und süchtig auf Freizeitkleidung war.

«Heute trifft der Kaiser ein, junger Mann. Da will ich nicht, dass Unbekannte sich in meinem Garten tummeln!»

Mit langsamen Schritten kam der Mann auf Richard zugehinkt. Er war mittelgroß oder eher klein, die Perücke saß hoch in seiner Stirn, und sein Teint war blass. Obwohl er nicht an Richards Körpergröße heranreichte, machte ihn die Autorität, die er ausstrahlte, größer. Und dann ließ Richard beinahe seine Taschenlampe fallen. Es dämmerte ihm: Das hier war überhaupt kein Stalker, sondern vielmehr Dominic Burdett, Hollywoodstar seit seinem achten Lebensjahr und einer der großen Filmschauspieler seiner Generation. Die Hingabe, mit der er seine Rollen ausfüllte, grenzte bekanntermaßen an Obsession, und das Method Acting hatte ihn manchmal einem Zusammenbruch nahegebracht. Krasse Gewichtszu- oder -abnahme und strapaziöse, manchmal gefährliche Recherchen konnten ebenfalls dazugehören, alles im Namen seiner Kunst. Während dies also kein Stalker war, zeigte sich in der Figur auf eine eigenartige Weise auch nicht Dominic Burdett. Sondern vielmehr Seine Durchlaucht Fürst Charles-Maurice de Talleyrand-Périgord, Besitzer des Château de Valençay und Hauptprotagonist des Films. Burdett war in seine Rolle geschlüpft, Freizeitkleidung hin oder her.

Richard hörte, wie oberhalb der Treppe ein Motorrad röhrend durch das Tor des Donjon fuhr und schlitternd auf dem Kies im Hof zum Stehen kam. *Verdammt*, dachte er. *Dort sollte ich doch sein!* Er rannte die Treppe zur Hälfte hinauf, blieb noch einmal stehen und drehte sich zu der Gestalt unter ihm um. «Äh», sagte er. «Entschuldigung, Euer Durchlaucht.» Dann eilte er zum Innenhof weiter.

Unmittelbar vor dem Eingang zum Set hatte ein Motorrad mit zwei Fahrern gehalten, und Richards Herz schlug schneller. Beide Fahrer trugen schwere Motorradkleidung und hatten die Helme noch auf. Das klassische Outfit des modernen Killers, sagte er sich, wobei er sich nur auf etwas stützte, was er einmal gelesen hatte. Sollte er sich ihnen nähern? Nun, schließlich war das seine Aufgabe. Doch wenn sein Instinkt ihn nicht trog, gehörte kein Märtyrertum zu seinem Job.

«Äh, entschuldigen Sie, aber Sie können nicht mit dem Motorrad hier reinkommen.» Als konfrontativer Eröffnungszug gegenüber zwei möglicherweise verzweifelten Killern ließen seine Worte einiges zu wünschen übrig, und er bereute sein Verhalten, als der Fahrer langsam den Helm abnahm.

«Oh, Sie jagen mir eine Heidenangst ein! Der Plan hat sich geändert, hat Madame Ihnen das nicht gesagt?» Die furchterregende Madame Tablier, seit Jahren seine Putzfrau, Geißel der Krankheitserreger und der verbindlichen Nettigkeiten, blickte sich um. «Diese ganzen Fenster da würde ich nicht putzen wollen», sagte sie und zeigte auf die Schlossfassade, während

Richard einen Seufzer der Erleichterung ausstieß. Dann legte auch der Sozius mit hektischen Gesten seinen Helm ab und schüttelte das lange, blonde Haar. Lionel Margaux, die angesagteste Frau im französischen Kino, jedoch mit einer zarten, verängstigten Ausstrahlung. Eine Verletzlichkeit, die sie beinahe durchscheinend wirken ließ.

Sie sah Richard mit entsetztem Blick an. «Ich möchte niemals wieder Motorrad fahren!», sagte sie am Rand der Tränen. «Dann lebe ich, glaube ich, lieber mit einem Stalker.»

«Ha!», schnaubte Madame Tablier. «So was nennt man Dankbarkeit!»

2

Richard nahm Lionel Margaux' Helm entgegen, als diese von Madame Tabliers Motorrad abstieg. Sollte man geglaubt haben, sie könne auf diese Weise eintreffen, ohne Aufmerksamkeit zu erregen, war durch die figurbetonende Kluft und ihr langes blondes Haar, das unter dem Helm herauswehte, zweifellos die gegenteilige Wirkung erzielt worden. Richard wäre nicht verwundert, wenn sie auf dem Weg eine Spur von Auffahrunfällen hinter sich hergezogen hätte, weil Landarbeiter und Frühaufsteher unter den *vignerons,* den Winzern, sich die Hälse nach ihr verrenkt hätten. Der Gegensatz zu Madame Tabliers lederner Motorradjacke mit Fransen an den Ärmeln und Johnny-Hallyday-Aufdruck war markant. Und ebenso unübersehbar war die Tatsache, dass Madame Tablier darunter noch immer ihre Schürze trug, jederzeit für einen Putzeinsatz bereit. Es ließ ihn nachdenklich zurück, dass ihm das nicht sofort aufgefallen war, als das Motorrad einfuhr. Als Sicherheitsdienstleister musste er definitiv an seiner Coolness und Beobachtungsgabe arbeiten.

Erneut erwachte Richards Funkgerät zum Leben. «Ist Lionel Margaux inzwischen eingetroffen?» Valéries Tonfall war ernst, und sie sprach langsam, damit es auch gewiss kein Missverständnis gab.

«Ja.» Richard antwortete genauso deutlich. «Lionel Margaux ist wohlbehalten eingetroffen. Over.» Er sprach jedes Wort betont klar aus und verlieh ihm den frischen Schwung eines BBC-Sprechers der Fünfzigerjahre.

«Wieso redest du so, Richard?» Einige Sekunden später stand Valérie unmittelbar hinter ihm im Eingang des Châteaus, einen verwirrten, etwas gereizten Ausdruck im Gesicht, das im Licht der aufgehenden Sonne golden schimmerte.

«Ich … äh …» Er schluckte und konnte nur mühsam den Blick von ihr wenden. «Wie bist du hergekommen?», fragte er. Er riss sich so gut wie möglich zusammen, doch der Versuch, die Kontrolle zu erlangen, verpuffte vollständig, da er immer noch ins Walkie-Talkie sprach.

Valérie gab ihm keine Antwort; vielmehr bedachte sie ihn mit der typischsten Ausprägung eines gallischen Achselzuckens, als wäre die Frage ohne jede Bedeutung. Sie schob die Sonnenbrille, die unvermeidlich auf ihrem Kopf saß, vor die Augen und hob das Gesicht ein wenig, um Sonne aufzufangen. Sie trug einen beigefarbenen, zweiteiligen Hosenanzug aus Tweed. Die Hose war ausgebeult und der einzige Knopf der Jacke geschlossen. Ihr schwarzer Rollkragenpullover passte zu ihrer schwarzen Baskenmütze und war das i-Tüpfelchen für ihren Look. Richard hatte keine Ahnung, ob das, was er jetzt bei sich «Résistance-Schick» nannte, ein praktisches Outfit für Sicherheitsleute am Filmset war – aber das galt ja auch für alles, was er selbst konnte und wusste –, doch als ein Staunen erregender Auftritt im Marlene-Dietrich-Stil war Valéries Erscheinen wohl kaum zu toppen.

«Meine liebe Tante», wandte Lionel sich an Valérie, während sie den Reißverschluss ihrer Jacke öffnete, «dir ist doch klar, dass ich dich wegen deines Aussehens vom Filmset verbannen lassen könnte? Du stellst den schönen, bezaubernden

Star in den Schatten!» Ihr Humor war herzlich, echt und weit entfernt von dem in den Medien vermittelten Ruf der Schauspielerin als kalt und unnahbar.

«Ach, weißt du, das hier ist nur meine Arbeitskleidung», antwortete Valérie, und ihre gespielte Bescheidenheit blieb in der Luft hängen wie der Morgendunst zwischen den Reben.

«Genau wie meine», krächzte Madame Tablier. «Und wenn Sie jetzt nichts dagegen haben, und das haben Sie ja normalerweise nicht, fahre ich zurück und mache den Abwasch.»

«Würden Sie bitte Passepartout füttern», bat Valérie dringlich. «Ich habe ihn heute Morgen ausschlafen lassen.»

«Ja, mache ich. Was frisst er denn so? Filet mignon?»

Valérie beachtete die ältere Frau entweder nicht oder war der Meinung, die Antwort *Ja* liege auf der Hand. «Und machen Sie bitte auch einen kleinen Spaziergang mit ihm, wenn das möglich ist. Danke, Madame.»

Von all den Anblicken und inneren Bildern, die Richard an diesem Morgen durch den Kopf schwirrten, war die Vorstellung einer Madame Tablier in Johnny-Hallyday-Motorradkluft, einen Motorradhelm auf dem Kopf und einen verwöhnten Chihuahua an einer edelsteinbesetzten Leine hinter sich herführend, möglicherweise am faszinierendsten, doch es gelang ihm nicht, lange dabei zu verweilen.

«Und jetzt, Richard, bringe ich Lionel zur Maske», sagte Valérie. «Unterdessen möchte ich, dass du ein Auge aufs Filmset hältst.»

«Jawohl, Sir!» Erneut ging der Scherz an Valérie vorbei, doch er bemerkte, dass ein winziges Lächeln um Lionels Lippen spielte. «Worauf genau soll ich achten?»

«Auf die Leute; halte insbesondere nach Fremden Ausschau.» Valérie wandte sich ab.

«Aber für mich sind sie alle unbekannt! Was soll ich eigentlich machen? Auf dem Set herumspazieren und mich den Leuten vorstellen?» Doch die beiden Frauen hatten sich bereits umgedreht und gingen über den Hof Richtung Wiese, wo die Wohnwagen mit Maske und Garderobe standen.

«Genialer Gedanke, Richard!», antwortete Valérie, ohne sich zu ihm umzudrehen. «Alle sollen wissen, dass du die Lage im Griff hast.»

Aus dem Mund einer anderen Person hätte das schnippisch klingen können, doch so etwas gab es bei Valérie d'Orçay nicht. Während sie davongingen, betrat Richard das Schloss und bog durch einen kleinen Vorraum in den Hauptspeisesaal ein, der das Setting der heute zu filmenden Szene war. Er trat vorsichtig ein; die in ihre leise Arbeit vertieften Profis wirkten in ihren Vorbereitungen auf den Dreh wuselig wie Bienen – man meinte, ein zufriedenes Summen zu hören, da jeder seine Rolle kannte und sie erledigte. Der Anblick, der sich bot, war Richard so vertraut und tröstlich, weil er genau das Bild eines Traums zeigte, das ihm seit seiner Kindheit immer wieder vor Augen gestanden hatte, sobald es um sein Lieblingsthema Film ging.

Richard gab sich keinen wilden Gefühlsschwankungen hin, er war ein sehr stetiger Mensch. Eine Art grummelige Zufriedenheit war seine normale Gemütsverfassung, doch falls es überhaupt etwas gab, das ihn garantiert zum Lächeln brachte und das Kind in ihm hervorlockte, so war es die Ansicht, die sich ihm jetzt bot. Die Fenster des Raums waren verdunkelt, sodass es einem wie Abend vorkam. Die einzige Beleuchtung kam von einem riesigen Filmlicht, dem Führungslicht, wie es seines Wissens hieß. Manchmal ging jemand vor dem Licht vorbei und wurde von seinem Schein als Silhouette umrissen – und genau das war das entscheidende Bild für Richard und raubte ihm kurz den Atem. In den Büchern über das Hollywood der 1930er-Jahre, die er als Junge gesammelt hatte, hatte er diese Art von Bild immer geliebt. Es versprach so viel, enthielt so viel Romantik, Spannung und Zauber. Jetzt sah er es genauso wie in den alten Büchern seiner Kindheit, nämlich schwarz-weiß. Er setzte sich behutsam auf einen in der Nähe stehenden Regiestuhl, unfähig, den Blick von all dem Wundervollen zu wenden – als hätte er sein ganzes Leben darauf gewartet. Er verlor sich vollkommen darin, wieder ganz Kind.

«Oho, Sie sitzen schon; andere Menschen müssen arbeiten.»

Sosehr ihn der Anblick der Filmleute auch in Beschlag nahm, der Eiseskälte eines Überfalls von Madame Tablier hielt er nicht stand.

«Ich dachte, Sie wären zurückgefahren», flüsterte er, ohne sie anzusehen.

«Keine Sorge, ich bin auf dem Weg. Ich hatte aber vergessen, Ihnen das hier zu geben; Sie haben es auf dem Tisch liegen lassen, obwohl Sie doch Ordnung schaffen sollten.» Vorwurfsvoll hielt sie ihm ein Blatt Papier vor die Nase, genau in sein Sichtfeld, um ihn auf sich aufmerksam zu machen.

Sicher war es die Liste der Schauspieler und der Filmcrew, die er am Vorabend zusammengestellt hatte, zum Teil mit neu gekauften Nachschlagewerken, zum Teil mit welchen aus seinem eigenen Wissensfundus. Sehr sorgfältig, manche würden vielleicht eigensinnig sagen, hatte er dabei seine Online-Nemesis vermieden, die ihn seine Stelle als Filmhistoriker gekostet hatte, die Internet Movie Database – die IMDb.com.

«Ach ja, danke», sagte er, ohne aufzublicken, noch immer ergriffen von kindlichem Staunen.

«Haben Sie mitbekommen, was ich gesagt habe?», fragte

Madame Tablier mit einem Anklang echter Sorge, die irgendwo unter der harten Schale ihrer Persönlichkeit verborgen war. Richards Aufmerksamkeit galt jedoch anderen Dingen, und so stieß sie ein missbilligendes Zischeln aus und wandte sich zum Gehen. Dabei lief sie direkt in einen riesigen Mann und prallte beinahe von seinem steinharten Körper ab. Einen Augenblick lang legte sie Richard Halt suchend die Hand auf die Schulter. Sie zog sie zwar sofort wieder zurück, riss ihn damit aber trotzdem aus seiner Versunkenheit.

Als er aufblickte, sah er den Riesen über Madame Tablier aufragen. Er war über eins neunzig groß, hatte den Körperbau einer kleinen Gebirgskette und trug Shorts, schwere Arbeitsstiefel, ein enges T-Shirt und einen locker um den vorgewölbten Bauch herabhängenden Werkzeuggürtel. Noch auffälliger war der Wust von Haaren auf seinem Kopf. Wallendes graues Haupthaar, das sich irgendwo, vermutlich bei den Brillenbügeln, mit seinem ebenso voluminösen Bart traf. Er sah aus wie ein alter Löwe. Richard warf einen Blick auf seine Liste: Alain Petit, Chefbeleuchter und *Grip*, am Filmset der Mann für alles. Widersinnigerweise, wenn man seine Mähne bedachte, trug er den Spitznamen «Le Loup», der Wolf.

«Die Drahtschere», knurrte er zu Madame Tablier hinunter.

«Was ist mit der?», knurrte sie zurück, was Petit ein bisschen überrumpelte.

«Wo ist sie?» Er beschloss anscheinend, Feuer mit Feuer zu bekämpfen.

«Woher zum Teufel soll ich das wissen?»

Richard wusste, dass es hier nur einen Sieger geben konnte.

«Nun», Petit zögerte und beging damit einen fatalen Fehler, «wenn man hier irgendwo irgendwas ablegt, ist es sofort verschwunden!»

Sie musterte ihn von oben bis unten, was ohne Weiteres zu der Art von Nackenschmerzen hätte führen können, an denen Richard litt. Dann kam sie anscheinend zu einem Entschluss und sagte: «Ich habe Ersatz in meiner Werkzeugkiste. Kommen Sie mit.»

Alain «Le Loup» Petit, der selbsterklärte harte Kerl des Films, der einmal Burt Reynolds niedergeschlagen hatte, weil der Star einen seiner Techniker gekränkt hatte, tat recht kleinlaut wie geheißen.

Richard wandte sich wieder dem Filmset zu. Da hatte er nun das Inbild des alten Hollywood in dieser ruhigen ländlichen Ecke Frankreichs, seine beiden Welten waren also zusammengestoßen. Die Schatten tanzten, während die Crew leise und professionell ihren jeweiligen Aufgaben nachging. Er schüttelte den Kopf, versuchte, sich zu konzentrieren, und sagte sich, dass dies eine gute Gelegenheit war, einige Gesichter mit Namen zu verbinden. Er öffnete die Liste mit den Namen der Schauspieler und Crewmitarbeiter, die er angefertigt hatte. Die meisten Namen konnte er sofort mit den anwesenden Personen in Beziehung setzen. Der Kameramann war Brian Grace, ein etwa sechzigjähriger, schlanker Mann mit sich bauschendem weißem Haar. Er trug Jeanskleidung und hatte dazu ein leuchtend buntes Seidentuch locker um den Hals gebunden, was ihm ein französisches Aussehen gab. Richard wusste allerdings, dass er in Wirklichkeit Australier war und drei Oscars gewonnen hatte. Er stand hinter der großen Kamera, beugte sich manchmal zu ihr vor und unterhielt sich dabei mit einer hochgewachsenen Frau an seiner Seite. Sie hatte sich Kopfhörer um den Hals gelegt, und ihr langes, dunkles Haar hing lose über die Schultern und eine Weste mit Dutzenden von Taschen, die alle voller Werkzeug und Filmband waren. Dies war Stella

Gonzales, Tonfrau, Spanierin und ebenfalls mit mehreren Oscars ausgezeichnet. Der Film muss ein ganz schönes Budget zur Verfügung haben, um sich solche Talente leisten zu können, dachte Richard. Dabei war für die Szenen im Château nur eine Rumpfmannschaft aus Paris gekommen.

In der Ecke stand ein gestresst wirkender Mann von etwa sechzig, dessen glänzender, maßgeschneiderter Anzug nicht zum Setting zu passen schien. Er wischte sich den Schweiß von der Stirn, und man sah die grauen Wurzeln seiner zurückgekämmten schwarzen Haare, deren Farbe herauswuchs. Mit demselben Tuch, mit dem er sich gerade die Stirn gewischt hatte, putzte er nun die Gläser im dicken Rahmen seiner Brille. Außerdem kaute er auf einer nicht angesteckten Zigarre herum. Hätte man das Klischee eines nervösen, an einem Magengeschwür leidenden Hollywood-Produzenten beschreiben sollen, so traf es auf Ben-Hur Friedman zu. Der nach dem Filmklassiker benannte Mann gehörte zum alten Hollywood-Adel, denn er war der Enkel des legendären Produzenten Isaac Friedman, einem der Gründungsväter des klassischen Kinos. Neben Friedman stand – nicht weniger gestresst – eine schick gekleidete Dame, die sich nervös die Hände rieb und offensichtlich versuchte, Friedman etwas zu erklären, das er nicht hören wollte. Richard war sich nicht sicher, vermutete aber, dass sie Dr. Amorette Arthur war, ehemalige Fernsehhistorikerin, die jetzt dauerhaft in Valençay wohnte und die Produktion beriet; irgendetwas ging ihr eindeutig gegen den Strich.

Auf einem Regiestuhl hinter diesen beiden saß eine ernst dreinblickende Frau mit Baseball-Kappe, auch sie mit Brille. In der einen Hand hielt sie Unterlagen, vermutlich das Drehbuch, und in der anderen einen Stift. Sie war, wie Richard wusste, Sacha Vizard-Guy, die zur bekannten neuen Riege der europäischen Filmregisseure gehörte. Sie wurde schon lange von Hollywood umworben, hatte aber bisher nicht nachgegeben und war eigensinnig bei Arthouse-Produktionen mit kleinem Budget geblieben. Sie lächelte nicht und bildete einen krassen Gegensatz zu dem neben ihr stehenden jungen Mann, der ebenfalls aufs Drehbuch konzentriert war und ein Energiebündel zu sein schien. Er wirkte fast genauso begeistert wie Richard, der so glücklich war, auf dem Set zu sein. Vermutlich war er der Regieassistent, schloss Richard, und schaute auf seine Namensliste: Samuel Friedman, also wohl mit dem Produzenten verwandt. Gelegentlich blickten Regisseurin und Assistent auf und deuteten auf den großen Esstisch in der Mitte des Raums, Mittelpunkt der nächsten Szene.

Die Ruhe am Set wurde von Napoleon selbst durchbrochen. Im Herankommen hörte man ihn im Flur herumschreien, wo er mit einem gar nicht zu Napoleon passenden amerikanischen Akzent Mitarbeiter anblaffte. Reed Turnbulls Name hatte für Filme einmal automatisch einen Spitzenplatz in den Kinocharts bedeutet; er war ein Action-Held, ein romantischer Held, ein Sexsymbol und ein ganzer Kerl. Noch immer war er ein Weltstar, und offensichtlich ließ er das heraushängen. Außerdem war er das, was man «schwierig» nennt, und er schien entschlossen, seinem Ruf gerecht zu werden.

«Wenn er so verdammt mächtig war, wieso hat der Kerl sich dann wie ein Weibsbild angezogen? Das hier sind doch keine Hosen, das sind Strumpfhosen!» Etwas krachte auf den Boden, aber keiner schien darauf zu achten, und man ließ es auf sich beruhen. «In dieser Szene muss ich mich setzen, Mensch noch mal; muss ich dieses Zeug tragen? Du da – ja, du – geh und frag die Regisseurin, ob ich dieses Zeug tragen muss.»

Die einzige Person, die das zu beachten schien, war Dominic

Burdett, der aus dem Garten hereingeschlendert war und nun am Esstisch saß, einen Ausdruck väterlicher Beschämung im Gesicht. Diesen Ausdruck, das war Richard klar, hätte seine Figur Talleyrand gezeigt, wenn der echte Napoleon sich in einem Wutanfall hätte gehen lassen. Neben dem sitzenden Burdett stand der französische Schauspieler Gilbertine, jung und gut aussehend, aber nicht mit fein ziselierten Zügen, sondern eher stämmig und daher die perfekte Besetzung für den berühmten Koch Marie-Antonin Carême, Erfinder der Profiteroles, der französischen Windbeutel, wenn Richard sich richtig erinnerte, und Talleyrands persönlicher Chefkoch im Château de Valençay.

Nun fehlte nur noch eine einzige Person, und sie traf eilig ein, setzte sich Burdett gegenüber und studierte das Drehbuch, wozu sie eine Brille so hielt, als wäre sie ein Vergrößerungsglas. Sie wirkte nervös, nervöser als man es von einer Frau mit ihrer Erfahrung und ihrem Talent erwarten sollte, aber andererseits versuchte Jennifer Davies sich an einem Comeback. Nervenzusammenbruch und Scheidung, beides von den Medien eifrig kommentiert, Entzugskliniken und ihre der Karriere keineswegs förderlichen Interviews über die grausame Behandlung von Schauspielerinnen «eines gewissen Alters» hatten ihre einst strahlende Laufbahn beschädigt. Obwohl Jennifer Davies und Reed Turnbull dasselbe Alter hatten und in einem Filmrenner der Achtzigerjahre als jugendliches Liebespaar berühmt geworden waren, spielte sie Letizia Bonaparte, Napoleons Mutter.

«Hallo, Mutter!» Mit einem grausamen Lächeln begrüßte Reed Turnbull die Schauspielkollegin. Es war beinahe ein Zähnefletschen, und Richard erwartete fast, dass die arme Frau zusammenbrechen würde, da sie auch so schon reichlich angespannt wirkte.

Sie blickte auf und schaute umständlich durch ihre Brille auf Turnbull. «Oh, Reed, ich denke immer noch, du hast die falschen Maße, um den Kaiser zu spielen!» Turnbull wölbte die Brust. «Napoleon war größer.»

Turnbulls Gesicht lief rot an, und er stolzierte davon. «Wo ist mein Stuhl?», schrie er. «Wo ist mein gottverdammter Stuhl?»

Richard blickte sich um und versuchte, im Voraus zu entdecken, wen der nächste Wutausbruch des Stars treffen könnte. Plötzlich merkte er mit einem immer stärkeren Gefühl von Peinlichkeit und drohendem Verhängnis, dass er derjenige sein würde. Er saß auf Reed Turnbulls Stuhl.

«Was machen Sie verdammt noch mal auf meinem Stuhl?», schrie der. «Nur weil ihr Franzosen für einen Teil des Films bezahlt, denkt ihr wohl, ihr könnt machen, was ihr wollt, ja?» Nach Richards Meinung war das für einen Napoleon eine merkwürdige Äußerung, doch Turnbull war noch nicht fertig, und er wusste jetzt, dass alle im Raum der Szene ihre volle Aufmerksamkeit schenkten. «Ich habe es so satt, dass man mir bei diesem Film keinen Respekt zeigt! Friedman!» Er rief es laut, ohne sich nach ihm umzuschauen. «Friedman, ich möchte, dass dieser Kerl rausgeschmissen wird, und es ist mir scheißegal, ob er der gottverdammte Präsident selbst ist, klar?»

Schweigen senkte sich über das Set, und eine unerträgliche Anspannung entstand. Genau in diesem Moment erwachte Richards Walkie-Talkie knisternd zum Leben: «Richard.» Ohne dass Valéric es wusste, schallte ihre Stimme durch den ganzen Raum. «Versuche bitte, dich in der Nähe der Schauspieler unauffällig zu verhalten, sie sind ein wenig launisch, denke ich. Bist du so gut?»

3

M r. Ainsworth, nicht wahr?» Es war der Produzent Ben-
Hur Friedman, der Richard sanft beim Ellenbogen
ergriff und aus der Lavaflut von Reed Turnbulls Zorn heraus-
steuerte. «Unser Sicherheitsmann, richtig? Ich habe eine Aufgabe für Sie.» Richard ließ sich wegführen, bemüht, so wenig
betroffen zu schauen, wie es vielleicht typisch für einen Sicherheitsmann wäre, wenn er von einem kleinen Mann mit Napo-
leon-Komplex angegangen wurde, der als Napoleon verkleidet
war. Außerdem versuchte er, seine grauenhafte Verlegenheit
darüber zu verbergen, dass er den weltberühmten Reed Turnbull in Rage gebracht hatte.

«Ich heiße Ben und bin der Produzent.» Der amerikanische
Akzent gefiel Richard, und dass Ben gestresst wirkte, gefiel ihm
ebenfalls, denn damit konnte er sich sehr gut identifizieren,
und so fühlte er sich auf der Stelle wohl mit ihm. «Wegen Reed
brauchen Sie sich keine Sorgen zu machen», fügte Friedman
mit einem gezwungenen Lachen hinzu und schob die Brille
mit dem dicken Rahmen höher auf die Nase. «Sie gehören erst
zur Film-Familie, wenn Reed Turnbull Sie rausgeschmissen
hat. Kommen Sie mit, ich möchte, dass Sie jemanden kennenlernen …»

Er führte Richard auf die andere Seite des Sets, weg von dem
noch immer schäumenden Filmstar, doch da trat ihnen die ge-

lehrtenhafte Historikerin Amorette Arthur in den Weg. Zum Zeichen für ihren Frust nahm sie die Brille ab.

«Monsieur Friedman, ich muss wirklich ...»

«Ja, sofort, Amorette, vielleicht gleich.» Friedman stürmte an ihr vorbei, noch immer Richard am Ellenbogen neben sich herführend. «Diese Lady gibt einfach keine Ruhe, äh ...» Er blieb stehen und sah Richard fragend an.

«Richard Ainsworth, Sicherheitsdienst?» Richard wiederholte seine Berufsbezeichnung beinahe wie eine Frage, womit er jeden trügerischen Anschein von Autorität sanft fahren ließ.

«Richard. Genau. Sicherheitsdienst. Genau.» Sie gingen weiter. «Wissen Sie irgendwas über das Filmgeschäft, Richard?» Friedman wartete die Antwort nicht ab. «Diese Lady ist unsere historische Beraterin; hysterisch würde es besser treffen. Verstehen Sie mich nicht falsch, sie ist eine glänzende Historikerin, wie man mir gesagt hat, und widmet sich ihrem Gebiet mit großer Leidenschaft. Aber!» Er blieb erneut stehen. «Sie weiß nichts über das Filmgeschäft.» Es war fast eine Verteidigungsrede. «Nur weil ein Film in der Vergangenheit spielt, heißt das nicht, dass er Fakten braucht, oder?»

Wie immer konnte Richard sich für keine Seite entscheiden, doch er spürte, dass Mr. Friedman sich ein wenig Rückhalt wünschte. «Nicht notwendigerweise, nein», antwortete er, wobei er sich vergewisserte, dass Madame Arthur außer Hörweite war. «Mir fallen viele Filme ein, die das mit den Fakten ein bisschen locker sahen: *Königin für tausend Tage* oder von Sternbergs *Die scharlachrote Kaiserin* – beides übrigens gute Filme.»

«Sehen Sie!» Friedman strahlte ihn über seine nicht brennende Zigarre hinweg an und breitete die Arme aus.

«Natürlich gibt es immer noch John Wayne, wie er Dschingis Khan spielte, ha!», fuhr Richard lachend fort und gab dann eine seiner John-Wayne-Imitationen zum Besten. «Auf Gedeih und Verderb, sie ist mein Schicksal!», zitierte er und lachte noch mehr. Dann bemerkte er, dass Ben-Hur Friedman nicht mitlachte.

«In diesem Film hat mein Großvater mitgespielt», sagte er mit verletzter Miene.

«Ganz großartiges Kino!», erwiderte Richard rasch.

Ein peinlicher Moment entstand, in dem der Produzent Richard begutachtete, und dann strahlte er ihn erneut an. «He, aber es ist toll, einen richtigen Filmfan in der Familie zu haben!» Er führte ihn weiter, vorbei an den Schauspielern am Tisch, die sich entweder auf ihre Zeilen konzentrierten oder von Samuel Friedman umschwirrt wurden. Brian Grace und Stella Gonzales waren noch immer in ein Gespräch über Beleuchtung und Ton vertieft, während Sacha, die Regisseurin, anscheinend bewusst darauf achtete, alle zu ignorieren.

«Sam, hast du einen Moment Zeit?», rief Friedman Samuel herbei.

«Hi, Onkel!»

«Das hier ist Richard, der Mann vom Sicherheitsdienst.» Richard hatte das Gefühl, dass seine Berufsbezeichnung von Minute zu Minute lächerlicher wurde. «Richard, das hier ist Sam, der RA – Regieassistent, aber das weißt du wahrscheinlich bereits. Er hat die Fäden in der Hand. Wenn du irgendwas brauchst, wende dich an Sam. Okay, Sam, wo ist der alte Mann?»

Samuel strahlte Richard an und deutete in eine Ecke, wo ein winziger alter Herr saß. Verwirrenderweise war er ebenfalls als Napoleon gekleidet, trug aber eine zerbeulte alte Baskenmütze.

«Du sprichst Französisch, Richard? Ja, natürlich. Der alte Mann dort, äh …» Der Produzent stockte.

«Corbeau», half Samuel nach einem Blick in seine Notizen aus. «Régis Corbeau.»

«Stimmt, Corbeau. Er wird bei dieser ersten Einstellung statt Reed hier sitzen. Er ist der älteste Mann von Valençay, nämlich …»

«Hundertzwei.»

«Hundertzwei, genau. Einhundertundzwei Jahre ist er alt, ist das nicht ein Ding?» Richard musterte den alten Herrn. Es war wirklich ein Ding; tatsächlich sah er älter aus. «Wir haben ein paar Einheimische einbezogen», fuhr Friedman fort, «weil wir in letzter Minute hierhergekommen sind; wir wollten die Leute nicht verärgern, und so sagten wir: ‹Können einige von Ihnen im Film mitspielen?› Und dieser Mann, äh …»

«Corbeau, Régis Corbeau.» Samuel sprang erneut für ihn ein.

«Ja, Corbeau, nun, das ist gute Werbung. Ein Kriegsheld und so.» Friedman sah Richard verschwörerisch an und fuhr flüsternd fort: «Außerdem ist er ungefähr so groß wie Reed.»

«Und auch vom Alter her gar nicht so weit von ihm entfernt», fügte Samuel hinzu, ebenfalls flüsternd.

«Ich stelle Sie ihm vor», unterbrach Friedman ihn, «mir scheint, er ist ein bisschen verängstigt. Vielleicht können Sie dafür sorgen, dass er sich entspannt.»

«Ben!» Das war Sacha Vizard-Guy, die Regisseurin, die jetzt das Drehbuch hochhielt, als wollte sie damit eine Fliege erschlagen. «Wir müssen allmählich das Set frei machen, bitte.» Ihre tiefe Stimme und der starke französische Akzent verliehen ihren Worten zusätzliche Autorität.

«Ja, Sacha.» Friedman wirkte jetzt wieder gestresst. «Das ist das Problem mit einer ausgedünnten Crew, Richard. Ich muss einspringen und untergeordnete Tätigkeiten ausführen. Sacha, das hier ist Richard vom Sicherheitsdienst.»

Sie warf Richard einen so unangenehm durchdringenden Blick zu, dass er sich wie unter Röntgenstrahlen fühlte. «Der Sicherheitsmann», sagte sie langsam. «Sie kommen ein bisschen spät.» Da sie den kalten Blick nicht von Richard wandte, bekam er schreckliche Schuldgefühle, obwohl er nicht die geringste Ahnung hatte, weswegen.

«Kommen Sie, Richard, gehen wir zu Monsieur Corbeau.» Richard war dankbar für Samuels Eingreifen und auch voller Hoffnung, dass Monsieur Corbeau sich in diesem von Spannungen erfüllten Raum als Verbündeter erweisen könnte. Wie ja gewissermaßen auch Richard war er ein Einheimischer.

«Monsieur Corbeau?»

Der alte Mann saß auf einem antik wirkenden Stuhl in einer Ecke des Raums. Er schaute durch einen Spalt in dem verhängten Fenster, einen sehnsüchtigen Ausdruck im Gesicht. Sehnsucht danach, überall anderswo zu sein, nur nicht hier. Als Samuel zu ihm trat, blickte er mit einem nervösen Lächeln auf.

«Monsieur Corbeau?», wiederholte Samuel. «Das ist Richard Ainsworth.» Damit eilte er davon, da jemand am Set nach ihm rief.

Trotz seines Alters stand der alte Mann rasch auf und reichte Richard die Hand. Ein rüstiges Lächeln öffnete sein zuvor so besorgtes Gesicht, und seine wässrigen Augen strahlten vor Herzlichkeit.

«Monsieur Ainsworth», sagte er. «Es ist mir eine große Ehre.» Richard erwiderte sein Lächeln und schüttelte ihm die Hand.

«Alles okay, Monsieur Corbeau. Ich bin nicht berühmt. Ich lebe in Saint-Sauver.» Dass Richard Französisch sprach, sorgte dafür, dass der alte Mann sich entspannte. Der kicherte, und seine Augen tränten sogar noch mehr.

«Was für eine Erleichterung.» Er klopfte Richard auf die Brust. «Heute sind mir massenhaft Leute vorgestellt worden, und alle schienen der Meinung zu sein, ich sollte wissen, wer sie sind.» Kopfschüttelnd setzte er sich wieder. «Eigentlich müsste ich jetzt daheim sein; ich habe noch im Garten zu tun.»

Richard fand einen Stuhl und setzte sich neben ihn. «Dann sind Sie also nicht aus freien Stücken hier?»

«Oh nein! Das hier ist überhaupt nichts für mich!» Corbeau deutete auf seinen napoleonischen Waffenrock. «Ich bin hundertzwei Jahre alt und habe mein ganzes Leben lang gegen Uniformen gekämpft.» Erneut grinste er. «Und jetzt, jetzt haben sie mich also endlich in eine gesteckt!» Lächelnd schüttelte er den Kopf. «Monsieur Ainsworth? Werden Sie niemals alt. Falls aber doch, werden Sie keinesfalls der Älteste! Hier in der Gegend benutzt man Sie dann wie eine Trophäe und staubt Sie für Zeremonien ab!» Wieder kicherte er. Ein Mann, der in eine Situation geraten war, über die er keine Kontrolle hatte, und der sich achselzuckend still und leise darin behauptete. Richard konnte einen Geistesverwandten erkennen, wenn er ihn traf.

«Hoffentlich dauert es nicht zu lange», sagte er, da ihm bereits aufgefallen war, dass Reed Turnbulls Neigung zum Jähzorn dafür sorgte, dass die Leute sich beeilten.

«Ja, das hoffe ich sehr», stimmte der alte Mann ernst zu. «Um elf habe ich einen Termin beim Arzt. Er hob die linke Hand, die mit einem schmuddeligen Verband umwickelt war. «Das hier muss ich neu verbinden lassen. Letzte Woche habe ich mir in den Finger geschnitten, als ich dem alten Marchant mit seinen Reben half. Und immer noch sickert etwas Flüssiges heraus.» Er machte ein angemessen verlegenes Gesicht.

«Na ja, wenigstens spielen Sie Napoleon», scherzte Richard. «Da können Sie Ihre Hand in der Knopfleiste verstecken!»

Beide lachten, und der alte Mann wischte sich dabei die Augen.

«Monsieur Corbeau?» Sie schauten auf und sahen Ben-Hur vor sich stehen, den üblichen besorgten Ausdruck im Gesicht. Richard stand auf, weil er annahm, dass ein «Sicherheitsmann» das in so einer Situation tun würde, und der alte Mann folgte seinem Beispiel. «Monsieur Corbeau, ich habe die Ehre, Ihnen einen unserer Stars vorzustellen, Mr. Reed Turnbull.»

Friedman trat beiseite, während Richard übersetzte, und gab damit den Blick auf den kleinen, finster blickenden Turnbull frei, der denselben Uniformrock trug wie der alte Corbeau, wenn auch mit mehr Autorität, das musste man sagen. Allerdings schien das Corbeau nicht im Geringsten zu stören, denn er blickte ihm lächelnd in die Augen.

«Es ist mir eine Ehre, Monsieur.» Er streckte dem Schauspieler die Hand hin, doch dieser sah sie entweder nicht oder überging die Geste einfach, während er sich ganz darauf konzentrierte, sich höher aufzurichten als sein «Double». Es klappte nicht, und Corbeau setzte sich kichernd hin.

«Monsieur Corbeau.» Samuel trat zu der Gruppe. «Wir sind jetzt so weit.» Corbeau stand erneut auf, nahm seine Baskenmütze ab und legte sie ordentlich auf den Stuhl. Mit wässrigen Augen lächelte er Richard an und wurde davongeführt.

«Ah, die Magie des Films», sagte Friedman senior, der ebenfalls lächelte. «Die Kamera wird hinter dem alten Mann stehen und sich auf die anderen konzentrieren. Keiner wird ahnen, dass die Gestalt in der Aufnahme nicht die von Reed ist.» Er beugte sich näher zu Richard vor. «Nur wird es vermutlich reibungsloser gehen.»

Samuel platzierte den alten Mann, und Brian Grace und Stella Gonzales stellten sich hinter ihn, die Kamera und das

Mikrofon bereit. Valérie kam mit der überwältigend schönen, aber sehr blassen Lionel herein, die sich Corbeau gegenübersetzte, zwischen Napoleons Mutter – Jennifer Davies – und Fürst Talleyrand – oder zumindest Dominic Burdett, was dem Fürsten so nahe kam, wie es möglich war. Mit vor Konzentration gerunzelter Stirn erteilte Sacha Vizard-Guy von der Seite leise Regieanweisungen. Auf Amorette Arthurs pingelige Einmischung hin rückte Samuel die Gedecke auf dem Tisch noch ein wenig zurecht, verstellte ein Dekantiergefäß mit Wein ein kleines Stück nach links, wischte ein Glas ab und stellte Fingerschälchen neben das dekorative Dessert, eine *Croquembouche*, wie Richard wusste – eine Pyramide von Profiteroles. Sacha wies Samuel an, alles wieder so zurückzustellen, wie es gewesen war, wobei es nur um Zentimeter ging, und die Historikerin errötete vor Zorn. Trotz der kleinen Unstimmigkeit war Richard von diesem Augenmerk aufs Detail beeindruckt und hatte das Gefühl, er sollte den Atem anhalten.

«Hoffentlich ist das kein echter Wein in der Flasche da», witzelte Turnbull aus dem Dunkeln. «Wir wollen schließlich nicht, dass *meine Mutter* vor dem Ende der Szene betrunken ist.»

«Bist du immer noch da, Reed?», antwortete Jennifer Davies ruhig. «Solltest du dir nicht langsam mal deine Schuhe mit den hohen Absätzen anziehen?»

«Ruhe auf dem Set!», schnauzte Sacha. «Und Film ab!»

Nach wenigen Minuten war alles vorbei, nur eine geringe Zahl von Einstellungen, zu Werbezwecken, vermutete Richard, und er sah, dass Corbeau erleichtert war. Sofort erschien Valérie neben Lionel und nickte Richard ernst zu. Du hast deine Sache gut gemacht, schien sie zu sagen, und prompt fühlte er sich so, als hätte er einen gefährlichen Zwischenfall verhindert.

«Okay, Monsieur Corbeau.» Es war Samuel, der rasch neben dem alten Mann auftauchte. «Dann ist jetzt mal Schluss für Sie!»

Corbeau verstand ihn nicht, nahm aber an, dass die Sache vorbei war, und stand noch immer lächelnd auf. Er wollte sich umdrehen, um zu gehen, doch das reich mit Spitzen verzierte Tischtuch hatte sich an einem Knopf seines Uniformrocks verhakt. Und so zog er das Tuch mit den Flaschen und Gläsern darauf mit sich. Als er es bemerkte, drehte er sich geschickt zurück, um einen Unfall zu verhüten, und riss dabei die verbundene Hand aus der Uniformjacke. Es war jedoch schon zu spät, denn das Dekantiergefäß fiel auf ein Glas und die Schälchen, und der «Wein» floss heraus. Corbeau schaute entsetzt, versuchte, das Verschüttete aufzuwischen und entschuldigte sich dabei wortreich.

Samuel legte ihm gütig den Arm um die Schultern und führte ihn freundlich zu Richard, der sah, dass seine Augen noch immer wässrig waren, doch diesmal vor spitzbübischer gespielter Verlegenheit. Monsieur Corbeau fing Richards Blick auf, und in dem Wissen, dass die anderen es nicht sehen konnten, verdrehte er die Augen und warf ihm ein schalkhaftes Lächeln zu. Er hatte doch von Anfang an nicht kommen wollen, und jetzt das, schien er zu sagen. Aber auch, dass das nicht das Ende der Welt war.

Als der alte Mann stumm seine Baskenmütze aufsetzte, legte Richard ihm die Hand auf die Schulter. Corbeau schaute noch einmal zum Set, und alle starrten zurück, als genierten sie sich an seiner Stelle. Corbeau wollte etwas sagen, wahrscheinlich, dass man sich nicht zu ernst nehmen solle, doch stattdessen verzog sich sein Gesicht vor Schmerz, er riss den Mund auf, und seine Augen weiteten sich vor Schreck. Er taumelte und fasste sich dabei an die Brust. Richard bemerkte die an seinem Hals pulsierenden Adern und schaffte es, den alten Mann gerade noch rechtzeitig aufzufangen, bevor er zu Boden stürzte. Er kam trotzdem zu spät. Monsieur Corbeau war tot.

4

Richard half, die Hecktür des Krankenwagens zu schließen. Mit einem lauten Knall fiel sie zu. Er beugte sich vor, lehnte die Stirn an die geschlossene Tür und schlug sie sanft dagegen. Die junge uniformierte *pompière* versuchte, ihm ein mitfühlendes Lächeln zu schenken, während sie auf den Sicherheitsabstand achtete, wie sie es in ihrer Ausbildung bezüglich trauernder und wütender Verwandter gelernt hatte.

«So etwas kommt vor, Monsieur», sagte sie leise. «Herzanfälle gibt es häufig, und er war ein sehr alter Mann.»

«Er war hundertzwei.» Richard nuschelte seine überflüssige Bestätigung in den Lack des Fahrzeugs.

Sie zuckte mit den Schultern, als wollte sie sagen: «Da sehen Sie es», übertrat die Regel und legte ihm sanft die Hand auf die Schulter. «Haben Sie ihn gut gekannt?»

«Nein.» Sie zog sofort ihre Hand zurück, während Richard seinerseits versuchte, den Kopf zu schütteln, aber nur die Stirn über den Lack rieb. «Ich habe ihn gerade erst kennengelernt.»

Sie sah ihn merkwürdig an, denn in diesem Fall begriff sie nicht, warum er die Sache anscheinend so schwernahm. Aber immerhin wusste Richard *genau*, warum. Ja, natürlich war der alte Monsieur Corbeau hundertzwei gewesen, und vielleicht hatten Aufregung oder Stress eine größere Rolle gespielt, als er mit seinem Verhalten zu erkennen gegeben hatte. Aber verärgert war Richard auch über die krasse Ungerechtigkeit des Ganzen. Der alte Mann hatte gerade einmal fünf Minuten unter seinem «Schutz» gestanden, und bums, war er tot umgefallen. Natürlich taten Richard der Mann und seine zweifellos zahlreichen Verwandten leid, aber es war verdammt unfair von Corbeau, dass er unter Richards Obhut gestorben war. Mensch noch mal, hätte er nicht warten können? Es war Richards erster Tag als Personenschützer oder Leibwächter, man nenne es wie man wolle, und bisher hatte er zu einhundert Prozent versagt. Erneut stieß er die Stirn gegen die Tür. Verblüffung, Verärgerung und das Gefühl, dass er eine Art Unglücksbringer war, ließen Richard in seine liebste Träumerei abgleiten. Er konnte das hier durchstehen, wenn er sich vorstellte, der alte Herr sei tatsächlich John Mills in dem 1978 gedrehten Remake von *Die 39 Stufen* gewesen, und unmittelbar bevor er unserem Helden Richard Hannay entscheidend wichtige Informationen hatte mitteilen können, von ausländischen Agenten ermordet worden.

Richard Ainsworth seufzte wie eine Luftmatratze mit Loch; er fühlte sich nicht wie ein Held, sondern wie ein Trottel.

«Tsss!», sagte er und richtete sich plötzlich auf. «Das ist mal wieder typisch!»

«Ich muss noch einiges erledigen.» Die *pompière* hielt ihn offensichtlich für eine Art Verrückten, war aber sehr nett zu ihm, umso mehr als seine Stirn jetzt mit Schmutz von der Krankenwagentür verschmiert war. «Fragen Sie doch meinen Fahrer, er wird Ihnen die Telefonnummer eines Psychologen geben. Sie wissen schon, falls Sie einen brauchen.» Ganz offensichtlich war sie der Meinung, dass das der Fall war. «Und hier …» Sie reichte ihm ein Papiertaschentuch und deutete auf seinen Kopf.

Oh Gott, dachte er, *sie glaubt, dass ich gleich weine.* «In Ordnung», sagte er und war sich dabei eindeutig bewusst, dass er vielleicht Aufsehen erregte, umso mehr, als Sacha ihre Regisseurskappe abgelegt hatte und ihn aufmerksam beobachtete. «Einiges zu erledigen.» Er beschloss, zu tun wie geheißen, und ging zum Fahrer, noch immer benommen und geistig abgelenkt.

«Pech, Alter.» Aus dem Fahrerfenster lehnte sich Martin Thompson, einen vorgespielten Ausdruck des Beileids im Gesicht. «Aber er hatte ja ein langes, ausgefülltes Leben, wie man hört.»

«Was machst du denn hier?» Richard seufzte, außerstande, seine Verärgerung zu unterdrücken. Martin wirkte verletzt, beschloss aber wohl nach einem Moment des Schweigens, Richards Verhalten auf den Stress zu schieben.

Richard zog misstrauisch die Augen zusammen. Sein Argwohn galt nicht notwendigerweise Martin Thompson selbst, aber doch seinem surreal wirkenden Auftauchen im Château de Valençay. Er hoffte, dass alles nur ein böser Traum und der erste Schützling, den er in seiner Eigenschaft als Sicherheits-«Experte» gehabt hatte, nicht wirklich tot war. Gleich würde er, Richard, aufwachen, Frühstück für seine Pensionsgäste machen und sich den Rest des Tages vor dem Leben verstecken, genau so, wie er es liebte. Er blickte sich nach Gennie um, Martins Frau, denn er wusste, dass die beiden immer als Paar auftraten. Beide kannte er gut, zu gut seiner Ansicht nach, und zwar seitdem er mit seiner inzwischen von ihm getrennt lebenden Frau Clare vor ein paar Jahren nach Frankreich gezogen war. Einerseits wollte Richard absolut nichts mit den beiden zu tun haben. Andererseits war man, was Martin und Gennie Thompson betraf, besser gerüstet, wenn man vorgewarnt war. Bleibe deinen Freunden nah und deinen

Feinden noch näher und so. Nicht, dass sie seine Feinde oder auch nur unsympathisch gewesen wären. Zwar konnte Martins ständige Suche nach anzüglichen Zweideutigkeiten einem auf die Nerven gehen, doch entscheidend war, dass sie ganz anders tickten als Richard, und zwar auf eine Weise, der er misstraute. Auch diese beiden führten und besaßen ein *chambre d'hôtes*, und während man hätte meinen können, Richards Abneigung beruhe ausschließlich auf Geschäftsrivalität, war dem nicht so. Martins und Gennies Betrieb war «spezialisiert», denn sie konzentrierten sich auf Paare «mit einem Sinn für Abenteuer», wie Gennie es ausgedrückt hatte. «Swinger», hatte Martin unumwunden bestätigt. Und so verwunderlich Richard mit seiner eher biederen Lebensweise das fand, ihr Geschäft blühte.

Richard sah sich weiterhin um. «Du suchst nach meiner Frau?», fragte Martin strahlend. «Sie ist nicht da. Ich werde ihr aber sagen, dass dich das verwundert hat.» Er zwinkerte, und Richard überkam ein Gefühl von Übelkeit.

«Und was machst du hier?», fragt er erneut, fast mit einem Anklang von Verzweiflung in der Stimme.

«Ah!» Martin sah sehr selbstzufrieden aus. «Na ja, weißt du, ich engagiere mich ehrenamtlich für die Gemeinde und so …» Er brach den Satz ab und strich mit dem Finger unter seinem frisch gewachsenen, militärisch wirkenden Schnauzbart vorbei. Er erinnerte Richard an Leslie Phillips, wenn er zweideutig «Hello» oder «Ding dong» sagte, aber ohne den komischen Charme und Anschein von Unschuld.

«Es ist die Uniform, oder?», fragte Richard, und aus seiner Frage konnte man ein Gefühl von Überdruss heraushören, wie wenn ein enttäuschter Schuldirektor eine Lüge aufdeckt.

«Genau», strahlte Martin. «Meine alte Dame liebt Uniformen. Sie hat immer gesagt, dir würde eine Uniform stehen,

Alter.» In Richards Kopf blitzte eine Vorstellung von Gennie und ihm selbst auf, in der sie aus irgendeinem Grund als verliebte Verkehrsüberwacher gekleidet waren. Plötzlich schlug Martin einen ernsthafteren Tonfall an. «Ich meine, natürlich sind es nicht nur die glänzenden Knöpfe, es ist schön, der Gemeinschaft etwas zurückzugeben und so.»

«Aber im Wesentlichen ist es die Uniform?» Richard gab sich keine Mühe mehr, seine Verachtung gegenüber Martin zu verbergen, denn der war ohnehin frei von jedem Schamgefühl und erkannte sie nie.

«Na ja. Neunzig Prozent, würde ich sagen.»

Die junge Sanitäterin sprang neben Martin auf den Beifahrersitz und bedeutete ihm, dass es Zeit wurde, die Leiche wegzufahren.

«Haben Sie Monsieur die Nummer des psychologischen Beraters gegeben?», fragte sie besorgt.

«Ich habe alles, was ich brauche», unterbrach Richard sie. «Vielen Dank jedenfalls.» Tatsächlich aber empfand er selbst nach einem ganz kurzen Gespräch mit Martin immer das Bedürfnis nach Beistand und Beratung – und nach einer Dusche.

«Richard …» Valérie tauchte neben ihm auf.

«Helloo, Val!» Martin grinste.

Genau wie Richard verwirrte sein plötzliches Erscheinen sie einen Augenblick. «Martin», sagte sie dann gelassen, «du siehst sehr schick aus.»

Richard verließ der Mut, und schon zwinkerte Martin ihm erneut zu. «Siehst du?» Er lächelte. «Die Uniform!»

Das Fahrzeug fuhr langsam durch den Steinbogen des Eingangs davon, und sie schauten ihm nach. «Was meint er mit ‹die Uniform›?», fragte Valérie spöttisch. «Der dumme kleine Mann.»

Die Thompsons hatten ihnen bei ihren «Fällen» geholfen. Einmal hatten sie dabei zweckentfremdete Handschellen und ihr Sadomaso-Verlies als kurzfristiges Gefängnis zur Verfügung gestellt. Valérie hatte zwar etwas für Gennie übrig, war aber von Martin nicht sonderlich beeindruckt. Tatsächlich war sie noch nicht darüber hinweggekommen, dass Martin sie für Cocktails nackt im Garten empfangen hatte. Gennie war zwar ebenfalls nackt gewesen, doch nach Valéries Meinung hatte sie den Augen nicht so wehgetan.

«Er mag Uniformen», erklärte Richard wenig erhellend.

«Na ja, wenigstens ist er bekleidet!», schnaubte sie. Dann wandte sie sich ihm zu. «Richard», sagte sie ruhig, «wir müssen miteinander reden.»

Natürlich hatte er das erwartet. Wenn man in einer Sicherheitsfirma eine Partnerschaft eingeht, gilt es eine frühe Tücke zu vermeiden, nämlich den Tod eines Schutzbefohlenen innerhalb der ersten Minuten nach Arbeitsantritt. Ein Schauer lief ihm den Rücken hinunter, nicht nur, weil der alte Corbeau tot war, sondern auch wegen der sich eindeutig abzeichnenden Möglichkeit, dass er nun gleich aus seiner eigenen Firma gefeuert würde.

«Ich weiß», seufzte er. «Aber betrachte es einmal von der positiven Seite. Als ich das Filmset verlassen habe, waren meines Wissens immer noch einige Menschen am Leben.»

In den letzten Monaten hatte Valérie ihrerseits versucht, sich einen Reim auf Richards Galgenhumor zu machen. Sie hatte ihn als eine fatalistische Antwort auf eine Welt eingeordnet, die ihn pausenlos herausforderte. Manchmal hatte sie sogar schon versucht, mit ihm gleichzuziehen, und diese Mühe machte sie sich jetzt auch.

«Ja, stimmt. Allerdings nicht alle.» Es musste gesagt werden, die ersten Resultate ihrer seltenen Streifzüge in die Welt der Satire und Bissigkeit waren bestenfalls durchwachsen, und Richard wirkte kurze Zeit von ihrem Kommentar niedergeschmettert. Sie zog ein Papiertaschentuch heraus, beugte sich vor und wischte ihm die Stirn sauber. Es war eine Geste, die ihn innerlich zum Taumeln gebracht hätte, wäre er nicht ohnehin schon so aufgewühlt vom Gefühl der groben Ungerechtigkeit, die ihm widerfahren war. Sie lächelte ihn an, hängte sich bei ihm ein und führte ihn sanft in den Garten, weg vom Château und dem Filmset.

5

Richard und Valérie standen zusammen an der äußeren Mauer des Gartens, in dem er Dominic Burdett vor wenigen Stunden als Talleyrand kennengelernt hatte, auch wenn es ihm viel länger vorkam. Jenseits der Mauer fiel das Tal gut dreißig Meter dramatisch steil zu einer schmalen Straße hin ab, unterhalb derer ein paar Häuser verstreut lagen. In der Ferne, dem Château direkt gegenüber, erhob sich eine Jagdhütte mit großer Kuppel. Ursprünglich hatte sie zum Gelände des Châteaus gehört, jetzt aber war sie durch die alles andere als fürstliche D956 von ihr getrennt, der Straße zur Stadt Châteauroux.

Die Jagdhütte war dazu benutzt worden, Mitglieder der spanischen Königsfamilie in luxuriös-gehobener Ausstattung gefangen zu halten. Zumindest theoretisch müsste das Hauptinteresse des Films diesen Personen gelten, denn ihre Entlassung war ein Teil des 1813 geschlossenen Vertrags von Valençay gewesen und hatte den Napoleonischen Kriegen auf der Iberischen Halbinsel ein Ende bereitet. Tatsächlich aber hatte Richard keine Schauspieler für die spanischen Rollen gesehen, da die zu drehende Hollywood-Interpretation der Geschichte sich stärker auf eine hypothetische Dreiecksbeziehung zwischen Talleyrand, Napoleon und Marie-Louise von Österreich konzentrierte. Zwei ältere Staatsmänner, die um die Gunst einer jüngeren Schauspielerin konkurrierten, das war ein etwas altmodischer Topos für eine Hollywood-Geschichte und widersprach der neuen Denkweise seit der «Me-too»-Bewegung. Selbst Richard, einem eisernen Unterstützer des alten Hollywood, kam das ein wenig zu rückwärtsgewandt vor.

Zumindest hatte er es so empfunden, als er am Vorabend das Drehbuch durchgeblättert hatte, doch jetzt gingen ganz andere Gedanken durch seinen Kopf.

«Wie geht es dir?», fragte Valérie sanft. Sie standen weniger als einen Meter auseinander; sie hatte der Jagdhütte den Rücken zugekehrt und lehnte elegant an der Mauer. Richard schaute weiter über die Mauer hinweg. Auch er lehnte daran, aber schwerfällig, mit gesenktem Kopf und die Hände darauf abgestützt. Vermutlich sah er so aus, als erwöge er, sich darüberzustürzen.

«Wie es mir geht?», wiederholte er ein wenig gereizt; dann ließ er den Kopf hängen und seufzte. «Ich fühle mich …» Er stockte. «Ich fühle mich unfähig.»

Valérie fuhr sofort zu ihm herum. «Oh nein, Richard!» Sie wirkte ehrlich verwirrt. «Was du heute Vormittag gemacht hast, war genial!»

Richard sah sie aus dem Augenwinkel an. Er war sich bewusst, dass sie in letzter Zeit versucht hatte, sich aufbauend zu verhalten, falls das der richtige Ausdruck war, doch außerdem war ihm klar, dass sie es nicht schaffte, ihre wahren Gefühle zu verbergen. Wenn sie jetzt allerdings eine solche Verschleierungstaktik versuchte, machte sie ihre Sache verdammt gut. Lionel musste ihr Schauspielunterricht gegeben haben.

«Genial?» Er stieß die Luft aus wie ein Kunde, der das zweifelhafte Geschwätz eines Händlers satthat. Bei ihm funktionierte das nicht, er konnte seine Medizin schlucken, und wenn jemand es vermasselt hat, sollte man es ihm sagen.

«Ja, genial.» Er wollte sie unterbrechen, doch sie ging über seine Einwände hinweg. «Unsere Hauptaufgabe hier lautet, Lionel Margaux zu beschützen; nun, das ist meine Rolle. Deine Rolle bestand heute Vormittag darin, die anderen auf dem Set zu behüten.» Sie sah ihn so an, als wäre das Erklärung genug.

«Du meinst, weil keiner vom eigentlichen Filmteam verstorben ist, war meine Arbeit heute Vormittag ein Triumph? Das ist ein bisschen dick aufgetragen, findest du nicht?»

«Richard, ich kenne mich mit Sicherheitsfragen aus.» Sie war sehr ernst. «Wir ziehen eine Linie um die Personen, die wir beschützen. Du hast unsere Auftraggeber vor einem … nun, ich weiß nicht, wie man es nennen soll, einem Trauma bewahrt.»

Er dachte darüber nach und hielt gleichzeitig nach Anzeichen Ausschau, dass Valérie einen Abendkurs in der Kunst des Lügens belegt hatte und einfach nur versuchte, ihn aufzumuntern. Aber natürlich war es ihr wie immer todernst mit dem, was sie sagte. Es stimmte, zwar hatten die Schauspieler und die Filmcrew die erforderlichen Äußerungen des Bedauerns von sich gegeben – bis auf den grässlichen Reed Turnbull, der sich über die Zeitverschwendung durch die aufgezwungene Drehpause beschwert hatte, und Sacha, die zumindest mit nach draußen gegangen war –, doch sie kreisten alle zu sehr um sich selbst, um nachspüren zu können, dass der Tod des alten Mannes tatsächlich etwas mit ihnen zu tun hatte. Vielleicht war das der Grund, aus dem Richard sich teilweise verantwortlich fühlte; außerdem erklärte es Valéries Gedankengang hinter dem Lob für seine sogenannte «geniale» Arbeit.

«Es stimmt», überlegte er laut. «Keiner wirkte besonders betroffen. Eigentlich ist das traurig.»

Sie schwieg kurz. «Vermutlich hätte niemand etwas gegen seinen Tod unternehmen können.»

«Nein.»

«Er war ein alter Herr.»

«Hundertzwei.»

«Der Stress auf dem Filmset und dazu das unglückliche Verheddern im Tischtuch und das Umwerfen der Gläser. Das muss zu viel für ihn gewesen sein. Bestimmt hat er sich furchtbar aufgeregt.»

Richard dachte darüber nach. Zur selben Schlussfolgerung war die junge Sanitäterin gelangt, und im Wesentlichen belief sie sich auf die Feststellung: «Er war hundertzwei und hatte Stress; was erwarten Sie da?» Er schüttelte den Kopf.

«Nein», sagte er leise.

«Nein? Nein was?»

«Er war weder gestresst noch nervös oder verstört. Ich hatte vorher mit ihm gesprochen, und ihm kam das alles ein bisschen wie Unsinn vor – dass die Leute sich so ernst nehmen und sich verkleiden.»

«Aber das war bestimmt, bevor er das Tischtuch heruntergerissen hat, oder?» Valérie war nicht überzeugt.

«Und danach ebenso.» Die Szene drängte sich nun detaillierter in Richards Erinnerung, und er fuhr fort: «Als man ihn vom Tischtuch befreit hatte, kam er auf mich zu und lächelte …»

«Wahrscheinlich ein nervöses Lächeln. Peinlich berührt.»

«Nein, so war es nicht. Es war beinahe verschmitzt …»

«Ich verstehe nicht, worauf du hinauswillst, Richard.»

Er drehte sich um und sah ihr ernst in die Augen, ohne zu wissen, ob er versuchte, sie zu überzeugen oder sich selbst. «Meiner Meinung nach kam ihm das alles ziemlich albern vor.»

«Er hat den Wein absichtlich umgeworfen?» Valérie hatte wohl das Gefühl, dass es jetzt weit genug gegangen war.

«Das behaupte ich gar nicht. Nur dass es ihm wirklich nicht so wichtig war. Über verschüttete Milch soll man nicht weinen und so. Oder in diesem Fall als Wein gefärbtes Wasser, ein paar Profiteroles aus Kunststoff und einige Fingerschälchen. Er hat mir sogar zugezwinkert. Ich glaube, dass er überhaupt nicht gestresst war.»

Valérie dachte kurz darüber nach, umfasste dann seine beiden Handgelenke und hielt sie fest, als müsse sie ihn davor beschützen, sich selbst etwas anzutun. «Richard.» Ihr Tonfall war mütterlich. «Das klingt wie eine deiner üblichen abenteuerlichen Ermittlungen ins Blaue.»

Wie gesellig und selbstbewusst man auch sein mag oder, im Falle Richards, wie wenig von beidem, es gibt Zeiten im Leben, da trifft einen etwas wie ein Tsunami aus Kränkung. Ein großer, nasser Schellfisch der Ungerechtigkeit, der einem an die Stirn geklatscht wird, einen von den Füßen haut und vollkommen und absolut sprachlos macht. Er konnte nichts entgegnen und schnappte bei diesem Vorwurf nur nach Luft. Schließlich wimmerte er wie ein kleiner Hund, der irrtümlich für das Vergehen eines anderen Hundes beschuldigt wird. *Seine üblichen abenteuerlichen Ermittlungen ins Blaue? Was für eine Unverschämtheit!*

«Und sonst?» Valérie beachtete die Wirkung ihrer Worte auf ihn nicht oder nahm sie gar nicht wahr. «Bist du dir sicher, dass keiner ein Interesse an der Tragödie hatte?»

Sie gingen die Treppe hinauf, die zum Catering-Wagen im Hof führte. Richard blieb ein paar Schritte hinter Valérie zurück, fest entschlossen, weiter gekränkt und missmutig zu sein. Aber etwas in Valéries Frage klang so, als testete sie seine

Beobachtungsgabe, und er durchdachte die Ereignisse des Vormittags erneut. Buchstäblich jeder der Anwesenden spielte eine bestimmte Rolle. Turnbull, der Tyrann. Burdett, ganz in seine Figur verloren. Sacha, die launische Arthouse-Regisseurin. Brian Grace und Stella Gonzales, die sich ganz auf Kamera, Beleuchtung und Ton konzentrierten. Jennifer Davies, die sich gelassen gegen Turnbull verteidigte. Der stolzgeschwellte französische Schauspieler Gilbertine, der ein großes Theater um seine Rolle als Carême machte. Und Amorette, die Historikerin, die am Rande des Sets herumzappelte. Sie alle waren wie einsam durch den Raum treibende Seifenblasen, die gelegentlich zusammenstießen, und Friedman und Samuel versuchten, dafür zu sorgen, dass keiner den anderen so hart traf, dass er platzte.

«Sie sind wirklich ein eigenartiger Haufen», spielte er auf Zeit. «Und ich glaube, sie sind alle zu selbstverliebt, um sich vom Tod eines ihnen Unbekannten berühren zu lassen, auch wenn er sich in ihrer unmittelbaren Nähe ereignet hat.»

«Sie alle?», fragte Valérie geheimnisvoll.

«Na ja, ich …» In klassischer Slapstick-Manier schlug er sich mit der Hand an die Stirn. «Natürlich! Lionel!» Valérie nickte langsam. «Mir ist aufgefallen, dass sie sehr bleich war, als du sie aufs Set geführt hast. Aber ich habe es aufs Make-up und, ich weiß nicht, ihre Rolle geschoben.»

«Und?»

Er hielt inne und fuhr dann ganz langsam fort: «Und es waren nicht das Make-up oder ihre Rolle?»

«Genau, Richard.» Sie blieb stehen und packte ihn am Arm. Sie hatte diese wilde Erregung im Blick, die nach seiner Erfahrung zumindest in ihrem Kopf den Beginn eines Problems, eines Falls oder eines Abenteuers markierte. So etwas ließ sie richtiggehend aufblühen, selbst wenn die Person, die sich eventuell in Gefahr befand, jemand war, den sie als Familie betrachtete.

«Was ist passiert?» Er versuchte, ruhig zu klingen, und nahm dadurch seine übliche Rolle in der Beziehung ein, ein Schwamm, der ihre überschießende Begeisterung aufsaugte.

«Jemand hat in Lionels Umkleidezimmer eine Nachricht für sie hinterlassen!» Es kam ihm so vor, als könnten ihr gleich die Augen aus dem Kopf fallen, und wie er wusste, bedeutete das, dass ihr Erregungslevel stieg.

«Ich nehme einmal an, es war keine Fan-Post?»

«Nein!» Sie sah ihm immer noch tief in die Augen, als bräuchte er keine weiteren Informationen, um ihre Aufregung zu teilen.

«Und, was war es für eine Nachricht?», fragte er schließlich.

«Eine Drohung!», rief sie.

«Madame d'Orçay!» Er war nicht immer so nachdrücklich, und bei der Anrede mit ihrem vollen Namen kam Valérie plötzlich von ihrer Erregung runter wie ein Kind, das hört, wie der Vater einer Anweisung den zweiten Vornamen hinzufügt. «Jetzt beruhige dich mal und erzähle mir, was vorgefallen ist. Machst du das bitte?»

Ihre Reaktion war ein warmherziges Lächeln. Nein, auf diese Weise hatte er ihren Namen seit dem ersten Kennenlernen nicht mehr verwendet, doch ihr war wohl klar, dass Richard mit dem fragenden «Bitte» am Ende signalisierte, dass er zu weit gegangen war.

Sie holte tief Luft. «Auf dem Schminkspiegel stand eine Nachricht, mit Lippenstift geschrieben», flüsterte sie, als sie sich dem Catering-Wagen näherten, jetzt wieder gelassen. «Dort stand: CACHE-CACHE?»

«Cache-Cache? Ein Versteckspiel?» Er runzelte die Stirn.

«Weißt du, was das bedeutet?» Valérie war jetzt todernst.

Wieder seufzte Richard tief, und seine Schultern sackten nach vorn. «Es bedeutet, dass die Person, die Lionel in Paris gestalkt hat, ihr hierhergefolgt ist.»

«Genau. Richtig, Richard.»

Beiden wurde bewusst, dass sich ihnen eine dritte Person genähert hatte. Es war Jennifer Davies, noch im Kostüm und mit Make-up. In der Hand hielt sie einen Styroporbecher mit einem blassgrünen Getränk darin. Es dampfte, und das Etikett eines Fenchelteebeutels klebte außen schlaff am Rand.

«Ich wollte Ihnen nur berichten, Monsieur Ainsworth ...» Sie hielt inne und hoffte offensichtlich, dass Richard etwas sagte. Er brauchte einen Moment, um dahinterzukommen, was sie von ihm erwartete.

«Oh, ach, nennen Sie mich doch Richard, bitte.» Er nickte und hätte sich aus Achtung vor dem Kostüm beinahe verbeugt; immerhin unterhielt er sich mit Napoleons Mutter. Valéries leises Lächeln angesichts dieser Förmlichkeit entging ihm.

«Oh, Richard, und nennen Sie mich doch bitte Jennifer. Ich wollte Ihnen berichten, dass ich mit Monsieur Corbeau gesprochen habe, und ...»

«Sie haben mit Monsieur Corbeau gesprochen?» Es rutschte Valérie einfach heraus.

In Jennifer Davies' Gesicht trat ein Ausdruck, als hätte sie nicht einmal gewusst, dass Valérie anwesend war. Die Welt ist brutal, dachte Richard nicht zum ersten Mal.

«Nicht direkt», antwortete die Schauspielerin kühl. «Sein Körper ist tot. Ich habe mit seinem Geist gesprochen.» Sie brach ab und starrte ins Leere. «Sein Geist möchte, dass wir mit der Produktion weitermachen; er ist jetzt unser Schutzengel.»

Ein wenig benommen heftete sie den Blick wieder auf Richard und Valérie, die ganz still dastanden.

«Oh. Ah ja, klaro», erklärte Richard endlich und zwang sich zu einem Lächeln.

«Ich dachte, Sie sollten Bescheid wissen.» Jennifer wandte sich schwungvoll ab und kehrte zum Château zurück.

Richard und Valérie stießen beide die Luft aus und drehten sich zur Theke des Catering-Wagens um. Richard schüttelte den Kopf, und Valérie war, was bei ihr selten vorkam, sprachlos.

«*Bonjour*, Richard», ertönte die tiefe Stimme des Caterers. «Wie ich hörte, hast du heute Morgen Napoleon ermordet!»

Richard erkannte die Stimme auf Anhieb, und als er aufblickte, sah er, dass René DuPont spöttisch zu ihm hinunterschaute. Es war gut, jemanden wie René, den Besitzer des Café de Tasses Cassées, zum Freund zu haben. Der frühere, in der Region Paris gefürchtete Schuldeneintreiber hatte sich inzwischen gut in der Gastronomie eingerichtet, doch noch immer hatte er die Ausstrahlung eines Menschen, der bei Bedarf bedrohlich sein konnte. Und so brachte es niemand über sich, ihm zu sagen, dass er vollkommen ungeeignet für seine neue Berufung war. Alle fanden seinen Kaffee grässlich, aber sowohl Richard als auch, nicht ganz so stark, Valérie versuchten, das vor ihm zu verbergen.

«Was machst du denn hier, René?», ging Richard über die scherzhafte Unterstellung hinweg, er habe den Kaiser ermordet.

«Ich bin bei diesem Quatsch der Caterer.» Er breitete die eines Popeye würdigen Arme aus, als öffnete er den Zugang zu seinem Königreich. Das war in der Tat ein Hingucker: ein umgebauter alter Citroën-Kleintransporter mit hochgeklappter Seitenfront, die eine Serviertheke freigab. «Ich habe das hier bei einem Kartenspiel gewonnen», erklärte er stolz.

«Also, das nenne ich einmal ‹gewonnen›.» Richard war beeindruckt, konnte sich aber des Gefühls nicht erwehren, das Engagement von René DuPont als Lieferant von Mahlzeiten und Getränken könne der endgültige Beweis dafür sein, dass diese Produktion vom Unglück verfolgt war.

«Außerdem stellt er für uns ein zusätzliches Paar Augen und Ohren dar, ein Mann mit Erfahrung, Richard», erklärte Valérie entschieden. «Sehr nützlich. Und du hältst heute Nacht Wache, René, oder?»

«Nein.» Über sein ehemaliges Verbrecherleben könnte René einige ziemlich düstere Storys erzählen, doch bei der Ankündigung dieser Änderung seiner Pläne zog er sich in den hinteren Bereich des Kleintransporters zurück, weg von Valéries Blick. «Das geht nicht. Ich wurde doppelt gebucht.» Er wischte auf einer Arbeitsplatte herum.

«Aber es könnte eine Frage von Leben und Tod sein», zischte sie dramatisch.

«Ich weiß, nämlich meinem!» Er versuchte, seine Bemerkung mit einem Lachen abzutun. «Tut mir leid, Madame, aber ich habe versprochen, heute Abend die *guinguette* zu bewirten. Es gibt nur noch wenige alte Leutchen, die sie tanzen, und ich möchte sie nicht enttäuschen.»

Richard verstand das Dilemma, in dem René sich befand. Die *guinguette* ist eine Tradition in Frankreich, üblicherweise ein Tanzboden im Freien an einem Fluss. Dort tanzten betagte Paare bei Akkordeonklängen zu alter französischer Kaffeehausmusik – Chansons von Piaf, Trenet und so weiter. Die Zahl der Tänzer war jedoch in den letzten Jahren dahingeschmolzen, und jetzt tanzten meistens alte Damen mit anderen alten Damen, da die hinfälligeren Männer verstorben waren. Richard wusste, es lag nicht so sehr daran, dass René die Gruppe nicht enttäuschen wollte, der Grund war vielmehr, dass sie selbst für ihn ein einschüchternder Haufen war.

«Na gut.» Valérie legte sich rasch etwas im Kopf zurecht, und Richard wusste aus seiner wenn auch begrenzten Erfahrung, dass nun er den Ärger abbekommen würde. «Richard, fahr jetzt heim und ruh dich aus. Ich denke, du solltest heute den Nachtdienst übernehmen.»

«Aber ich muss am Morgen das Frühstück servieren!» Er sagte sich, dass er sich zumindest symbolischen Widerstand schuldig war.

«Oh, das Problem können wir lösen.» Mit diesen Worten marschierte sie zur Arbeit davon, während Richard und René, das sehr ungewöhnliche Paar, hinter ihr herschauten.

«Was für eine Frau», sagte René schließlich und meinte es nicht ausschließlich bewundernd. «Noch einen Kaffee?»

Richard dachte über das Angebot nach. Es war ein auslaugender, erschütternder, anspruchsvoller Tag gewesen. Einer von dieser Sorte, wie er es sah, aber er war nicht so mitgenommen, dass er einen weiteren von Renés Kaffees brauchte.

6

Im Garten des Châteaus kauerte Richard unbeholfen im Mondschein und dachte dabei an seine geliebten Hennen, insbesondere die verstorbene Ava Gardner, die ihm so teuer gewesen war. Nach außen verlief sein Leben normal oder zumindest so normal, wie das in Valéries Kreisen möglich war, aber tatsächlich nährte er immer noch eine gehörige Portion Empörung über die mafiamäßige Ermordung Avas, selbst wenn dieses «Abenteuer», wie Valérie es jetzt nannte, sie beide zusammengebracht hatte. Natürlich begriff er, aufs Ganze gesehen war es unwahrscheinlich, dass er es mit der gesamten Cosa Nostra aufnehmen würde oder könnte, um den Tod eines Geschöpfs zu rächen, das bestenfalls eine unregelmäßige Eierlegerin gewesen war, doch die Sache verärgerte ihn immer noch.

Valérie hatte ihm eine Ersatzhenne geschenkt, die er Olivia de Havilland genannt hatte. Bei dieser Gelegenheit hatte Valérie die Bombe platzen lassen, dass die echte Olivia de Havilland, die die letzte lebende Vertreterin des klassischen Hollywood und daher für Richard eine Göttin war, tatsächlich in Paris Valéries Nachbarin gewesen war und manchmal nachmittags mit ihr ein wenig Gebäck genascht hatte. Die Schauspielerin Olivia de Havilland war vor nicht allzu langer Zeit im Alter von 103 Jahren gestorben, doch die Henne Olivia de Havilland integrierte sich sehr schön in die Gemeinschaft der beiden anderen Hühner: Lana Turner und die temperament-volle Joan Crawford. Die Tiere bereiteten Richard viel Freude. Sie bauten auf ihn, und er baute auf sie. Abgesehen von klassischen Schwarz-Weiß-Filmen spät am Abend waren sie der Ort, an den er sich flüchtete, wenn er Trost brauchte, und er war vernarrt in sie. Eigenartig, dass Vertreter der augenscheinlich selben Gattung, wenn auch nicht derselben Art, unter demselben zoologischen Sammelbegriff so unterschiedlich sein konnten.

Man nehme zum Beispiel die Pfauen. In Richards derzeit zugegebenermaßen voreingenommenen Augen waren sie boshafte Tyrannen. Hühner und Pfauen waren beide Geflügel, doch der Vogel vor ihm war anscheinend ein besonders flügel-schlagender Vertreter. Dieser Pfau, der, wie Richard gehört hatte, Clovis hieß, lief frei im Schlosspark herum und mochte es anscheinend nicht, wenn jemand in sein Revier eindrang. Richard hatte die ziemlich unbestimmte Anweisung erhalten, nach jemandem Ausschau zu halten, der auf dem Gelände herumstreifte, vermutlich mit Lippenstift, und sich so als die Person zu erkennen gab, die die recht erschreckende Botschaft auf dem Spiegel in Lionels Ankleidezimmer hinterlassen hatte. Doch gegenwärtig hatte Clovis Richard in die Enge getrieben, und der Ausdruck in seinen Augen legte die Vermutung nahe, dass Gnade nicht in seiner Natur lag.

«Lieber Pfau», sagte Richard vorsichtig und schon so etwa zum zehnten Mal. «Braver Pfau.» Sein Versuch, ein brüderliches Band zu knüpfen, erwies sich als jämmerlich wirkungslos, und außerdem kam ihm der Gedanke, dass dieser potenziell mordlustige oder, schlimmer noch, verliebte Vogel seine Sache als Bewacher des Châteaus besser machte als er selbst – und wahrscheinlich auch besser bezahlt wurde. Warum sollte überhaupt jemand einen Sicherheitsdienst brauchen, wenn doch dieses wilde Tier sich in den unheimlichen Schatten herumtrieb?

In einer Demonstration von Anmut, Mut und Schönheit, die dafür sorgen sollte, dass jeder vorbeispazierenden Pfauendame die Knie weich wurden, schüttelte der Vogel sein Gefieder. Dass nun auch Richard die Knie weich wurden, lag jedoch nicht daran, dass er dem romantischen Zauber des Hahns erlegen wäre. Vielmehr erschreckte ihn die hässliche Vorstellung, er könnte immer noch in dieser Ecke festsitzen, wenn die Schauspieler und die Crew zurückkehrten. Nein, das ging nicht. Das ging gar nicht. Richard beschloss, seine Strategie zu ändern, legte die Taschenlampe vorsichtig zu seinen Füßen nieder, breitete die Arme aus und schüttelte sich auf eine Art, die die Balz eines Pfaus imitieren sollte, und zwar hoffentlich so schlecht, dass der Vogel es weder als Bedrohung noch als Liebesaufforderung betrachten, sondern lieber durch die Dunkelheit davonziehen würde. Seine Nemesis sah ihn mit schief gelegtem Kopf an, verwirrt von Richards ungeschicktem Bauchtanz mit wild schlagenden Armen. Dann kreischte er so laut, dass es wie ein Schwall von Flüchen klang, schüttelte erneut sein Gefieder, scharrte auf dem Boden, kehrte Richard den Rücken und stolzierte als Sieger davon.

Richard wartete einen Moment lang ab und flüsterte dann leise nur für sich: «Das waren nicht die Flugzeuge. Es war Schönheit, die das Biest getötet hat.» Vermutlich würde Clovis das Zitat aus *King Kong* wie Butter runtergehen.

Mit sich selbst zufrieden, hob er die Taschenlampe auf, ließ sie aber sofort wieder fallen, als er hörte, wie jemand seinen Namen rief. Wie erstarrt stand er da und versuchte, sich von der Vorstellung freizumachen, der Pfau sei in Wirklichkeit ein gut verkleideter Mitarbeiter Valéries und habe mit der Konfrontation Richards Mut und seine Fähigkeiten im Ernstfall testen wollen.

«Richard?» Die Stimme ertönte erneut. Sie hatte einen amerikanischen Akzent, und im selben Moment bemerkte er Zigarrenrauch. «Ist der gottverdammte Vogel weg?» Ben-Hur Friedman trat aus dem Schatten, und in der Nacht glomm seine Zigarrenspitze wie ein Leuchtfeuer. «Warum sind diese Biester immer so wütend? Mensch noch mal.»

Richard hatte keine Ahnung, wie viel Friedman von den letzten paar Minuten mitbekommen hatte, sagte sich aber, dass er wohl ungeschoren davonkommen würde. «Na ja, man sollte einfach nur wissen, wie man mit ihnen umgehen muss, das ist alles.» Er klopfte sich den Staub ab und hob seine Taschenlampe wieder auf. «Ich wusste gar nicht, dass Sie noch hier sind, Mr. Friedman.»

«Nennen Sie mich doch Ben.» Er zog an seiner Zigarre, und das orangerote Glimmen verstärkte sich. «Sie wissen ja, was man über einen Kapitän sagt, Richard? Dass er als Letzter von Bord geht?»

Er sprach leicht lallend, und seine Stimme klang verdrossen.

«Geht das Schiff denn unter, äh, Ben?»

Der Produzent seufzte tief. «Ich bin mir nicht sicher. Aber wir wurden aus Paris vertrieben, heute ist dieser alte Mann gestorben ... die Leute mit dem Geld werden zu Hause nervös. Wissen Sie, was einer von ihnen heute Nachmittag zu mir gesagt hat?»

«Nein, was denn?»

«*Waterworld*, Richard. Er sagte *Waterworld*. Herr im Himmel. Der Film hat Costner um zwanzig Jahre zurückgeworfen.»

Über diesen Film wusste Richard nicht viel; er war, wie er

das nannte, «nach seiner Zeit» gelaufen. Doch er begriff, worauf Friedman hinauswollte. Wenn einer Filmproduktion erst einmal der Ruch anhaftete, dass es Schwierigkeiten gab, wurde sie leicht zu einer Beute der Geier und konnte sich kaum mehr davon erholen. Dann wäre der Film die Story.

«Ist es denn schon so schlimm?», fragte er freundlich.

«Daheim scheint man es zu glauben.» Friedman zog einen Flachmann aus seiner Innentasche und bot Richard einen Schluck an. «Hier, auch wenn Sie im Dienst sind.»

Richard griff nach dem Fläschchen, da seine Nerven nach dem Zwischenfall mit dem Pfau noch immer ein wenig in Aufruhr waren. Er erwartete einen kratzigen Bourbon-Geschmack, doch stattdessen war es ein wärmender Cognac sehr guter Qualität. Nach Richards Schluck nahm Friedman einen tiefen Zug aus dem Fläschchen und schraubte den Deckel wieder zu.

«Ich brauche diesen Film, Richard. Ich brauche ihn einfach. Er ist meine letzte Chance. Costners Durchhaltevermögen habe ich nicht. Wenn der Film nicht fertig wird oder sich als Flop erweist … ist es aus mit mir.» Er zog noch einmal an seiner Zigarre. «Ich wollte immer schon einen Kostümfilm produzieren. Einen richtigen Hollywoodfilm alter Schule, wie mein Opa und mein alter Herr sie gemacht haben. Keine CGI-Effekte, einfach nur tolle Stars und ein Super-Drehbuch.» Er stieß eine Rauchwolke aus. «Stattdessen habe ich jetzt die Verantwortung für ein Irrenhaus», sagte er langsam. «Und muss meine Schauspieler davon abhalten, sich gegenseitig an die Gurgel zu gehen.»

«Kann die Regisseurin Ihnen nicht dabei helfen?»

«Sacha? Ja, das sollte man meinen, hm?» Er öffnete den Flachmann und nahm einen weiteren Schluck, bevor er ihn

Richard reichte. «Ist Ihnen aufgefallen, dass sie nicht mit dem Kameramann spricht oder, besser gesagt, er nicht mit ihr?» Nein, das hatte Richard nicht bemerkt.

«Brian Grace?»

«Genau. Zweifellos ein Genie. Keiner hat ein solches Händchen für Kameraeinstellungen wie Brian, keiner. Deshalb hat er all die Preise gewonnen.» Er stockte. «Ich habe ihm auch seinen ersten Auftrag als Regisseur gegeben. Haben Sie jemals den Film *The Sidewalk Romantics* gesehen?» Er lachte leise. «Natürlich nicht. Keiner kennt ihn. Der Film ist mit anderem radioaktiven Müll irgendwo in einem Endlager vergraben. Der Mann ist ein Künstler, aber kein Regisseur.»

«Er wollte bei diesem Film hier Regie führen?»

Ben nickte. «Und er wurde richtig sauer, als er den Job nicht bekam. Aber Sacha hat das Drehbuch geschrieben. Es war ihr Projekt, für das sie eine Finanzierung suchte, und sie hat darauf bestanden, dass sie Teil des Deals ist.»

«Das kommt mir gerecht vor.» Richard hoffte, dass er sich am nächsten Morgen noch an all das erinnern würde.

«Gerecht? Vielleicht. Aber sie ist eine dieser Regisseure, die einen auf Kunst machen, eine echte Europäerin eben, verstehen Sie? Nehmen Sie es nicht übel. In der Realität gab es zwischen diesen Personen, also Napoleon, Talleyrand und Marie, Spannungen, Eifersucht und Mangel an Vertrauen, nicht wahr?»

«Vermutlich schon, ja.»

«Tja, sie möchte, dass die Schauspieler das alles wirklich fühlen.»

«Funktioniert es denn? Ist es gut?»

«Gut wird es nur, wenn es fertig wird, Richard, und ich bin der Depp, der alles zusammenhalten muss.» Er leerte den Flachmann. «Holen wir uns Nachschub.» Er ging mit vorsichtigen Schritten los, vielleicht, damit man nicht sah, wie betrunken er war. Im Lampenschein, der aus dem Schlosshof fiel, wirkte sein Schatten riesig. Richard hatte Zweifel, dass es auch zu seinem Job als Nachtwächter gehörte, sich mit dem Produzenten zu betrinken, doch als Mitbesitzer – zumindest nominell – der noch immer namenlosen Detektei, die Valérie mit ihm gegründet hatte, fiel das Sammeln von Klatsch definitiv in seinen Aufgabenbereich. Er folgte Friedman durch den Garten zum hinteren Bereich des Châteaus, wo in einem Zimmer im Erdgeschoss eine Terrassentür aufstand und ein blasser Lichtschein herausfiel.

«Ich wusste gar nicht, dass jemand im Château selbst übernachtet», sagte Richard in lässigem Tonfall, um Friedman nicht erneut in eine düstere Stimmung zu stürzen. Der Produzent taumelte in den Raum und blieb einen Moment stehen, um sein Gleichgewicht zurückzuerlangen. Mit einer schön verzierten Flasche Cognac, die er am Hals hielt, kam er rasch wieder heraus. Im Licht konnte Richard mit Mühe den Namen auf dem Etikett erkennen. Es war ein Frapin Millésime, und der Preis betrug etwa zweihundert Euro die Flasche. Er schluckte und kostete den verbliebenen Nachgeschmack aus.

«Offiziell schlafe ich nicht hier, sondern in einem der Wohnwagen wie alle anderen auch, aber ich konnte eine Übereinkunft mit Amorette treffen», sagte er. «Dies hier waren die Privaträume von Dorothea von Biron, Prinzessin von Kurland. Und Talleyrands Geliebte.»

«Sie kennen sich mit Geschichte aus», bemerkte Richard ermutigend.

«Sie war eine Frau, die ausgehalten wurde, eine Kurtisane. Nicht nur Talleyrands Geliebte, sondern auch die anderer mächtiger, reicher Männer.» Er seufzte tief. «Ich weiß genau, wie sie sich gefühlt hat. Verdammt, ich habe die Gläser vergessen.» Einen Moment lang glaubte Richard, er werde den Cognac direkt aus der Flasche trinken. «Hier, halten Sie mal», sagte Friedman und verschwand wieder nach drinnen.

«Dann wollten Sie also nicht mit dem Rest der Schauspieler und der Crew auf dem Gelände wohnen?», fragte Richard, als Friedman in den Garten zurückkehrte.

Der Produzent setzte sich schwerfällig auf ein niedriges Backsteinmäuerchen und zog erneut an seiner Zigarre. «Nein. Tagsüber bin ich der Hütehund aller und kann Probleme klären, wenn Not am Mann ist. Aber ich brauche auch Zeit für mich. Selbst der Kapitän muss sich manchmal in seiner Kajüte einschließen.»

Richard hatte den Eindruck, dass Friedman jemand war, den Alkohol depressiv machte, und dass er gegen die Existenz als solche vom Leder zog, wenn die Existenz gerade nicht hinschaute. Das fand er durchaus sympathisch. Er setzte sich neben den Producer, und der schenkte Spitzencognac im Wert von fünfzig Dollar ein.

«Betrachten wir es einmal von der positiven Seite», begann Richard. «Tyrone Power starb während des letzten Viertels der Dreharbeiten an *Salomon und die Königin von Saba*, und trotzdem haben sie mit dem Film noch Geld verdient!»

Friedman wandte sich ihm zu und musterte sein Gesicht aufmerksam. «Also, Sie kennen sich wirklich aus», sagte er beeindruckt.

«Tja, ich bin Filmhistoriker», antwortete Richard, «Promovierter Filmkenner.» Normalerweise hielt er damit hinter dem Berg, doch der Cognac sorgte für ein lockeres Mundwerk.

«Tatsächlich?» Friedman dachte über diese Information nach. «Und Sie sprechen Französisch?»

«Oui.»

Friedman strich sich über die leichten Bartstoppeln und legte Richard die Hand auf die Schulter. «Richard», sagte er. «Ich befördere Sie.» Sofort sprangen in Richards Kopf die Alarmglocken an. Also, was hatte er jetzt angestellt? «Können Sie sich morgen um die Presse kümmern? Die Jungs zu Hause werden beeindruckt sein, wenn ein richtiger Promovierter hier in Frankreich mit der Presse umgeht. Wirklich beeindruckt.»

Richard wusste nicht, was er sagen sollte. Das heißt, doch, er wusste genau, was er sagen wollte: «Kommt verdammt noch mal nicht infrage, vielen Dank auch.» Andererseits lautete die Alternative: Werde entweder mit den Journalisten fertig oder verbringe deine Nächte im Duell mit einem angriffslustigen Pfau.

«Na ja …», sagte er, noch immer ohne Farbe zu bekennen.

«Kommen Sie schon, Rich, das muss gefeiert werden! Denken Sie an das, was W. C. Fields gesagt hat: ‹Ich trinke, darum bin ich.›» Er zitierte den alten Komiker im Tonfall eines perfekten Imitators.

Richard lächelte zustimmend. «Gut!»

Friedman strahlte ihn an. Und damit verschwand er nach drinnen, vermutlich, um noch mehr Alkohol zu holen.

Eine Viertelstunde später saß Richard immer noch da und war kurz selbst eingedöst. Taumelnd stand er auf und ging durch die Terrassentür. Ben-Hur Friedman lag mit dem Gesicht nach unten auf dem Sofa, das Glas baumelte noch in seiner Hand. Richards erster Gedanke war: «Oh nein, nicht schon wieder!» Dann aber hörte er den Amerikaner laut schnarchen und beschloss, ihn sich selbst zu überlassen.

7

Richard war nicht gerade in Hochform, als er unmittelbar vor Tagesanbruch zu Les Vignes zurückkehrte, seinem *chambre d'hôtes.* Da war nicht nur die Erkenntnis, dass in seinem Lebensalter der Nachtschlaf so unverzichtbar war wie seine Lesebrille, sondern er begriff außerdem, dass er unbedingt weniger mit betrunkenen Hollywood-Produzenten und soziopathischem Geflügel zu tun haben sollte. Der Pfau hatte ihn in der Nähe des Labyrinths erneut angegriffen, und jetzt hatte Richards Hand einen Schmiss. Das war der Tropfen, der das Fass zum Überlaufen gebracht hatte. «Jetzt reicht's aber», hatte er zu dem wütenden Vogel gesagt und einen Stock geworfen, um ihn abzulenken. Das hatte jedoch nicht funktioniert, und Richard trat nun für alle Zeiten von seinem Posten als Nachtwächter zurück.

Er freute sich sogar was selten vorkam – auf seinen Frühstücksdienst. Er könnte sich hinter der Frühstückstheke verschanzen und später etwas Quality Time mit seinen Hennen verbringen. Doch da hatte er sich wohl geirrt. Valérie hatte das Kommando übernommen, und das Frühstück war bereits im vollen Gange, als er kam. Tatsächlich wirkten alle seine Gäste an den Dreharbeiten mit. Allerdings hatte er auch nicht mehr so viel Kundschaft, seit Valérie und Passepartout dauerhaft in eines der drei Zimmer eingezogen waren. Das zweite war derzeit von der noch blasser gewordenen Lionel Margaux und das dritte von Alain «Le Loup» Petit belegt. Der riesige, wild aussehende Petit war vermutlich eine zusätzliche Sicherheitsmaßnahme, doch Richard konnte sich des Gefühls nicht erwehren, dass er zwar eine gute Versicherungspolice darstellte, dass die Haare, die er beim Auschecken hinterlassen würde, aber beim Putzen eine Heidenarbeit machen würden. Noch bemerkenswerter war jedoch, dass das Frühstück nicht von Valérie, sondern von Madame Tablier serviert wurde. Wann immer er Madame Tablier bat, den Frühstücksdienst zu machen, erfüllte sie diesen Auftrag auf eine Weise, gegen die ein pampiger Teenager begeistert wirken würde, und doch schenkte sie jetzt Kaffee ein und bot Croissants an. Trug sie sogar ihr Haar ein wenig anders als sonst?

Richard war nicht scharf darauf, das Arrangement zu verändern, schlurfte misstrauisch in den Salon und ließ sich dort in einer Ecke in einen Sessel fallen. Alle starrten ihn an, und plötzlich wurde ihm bewusst, wie furchtbar er aussehen musste. Ein Mann mittleren Alters, der eine Nacht nicht geschlafen hat, verströmt selbst im besten Fall ein Odeur der Niederlage, aber wenn dieser Mann noch dazu viel Cognac getrunken hat, und sei er auch von bester Qualität, und von einem aggressiven Pfau verjagt wurde, der ihm einen Schmiss in der Hand zugefügt hat, erntet er unter normalen Umständen Mitleid. Doch dies hier waren keine normalen Umstände.

«Könnte ich bitte etwas Kaffee bekommen, Madame Tablier?» Er raffte einen Anschein von Würde zusammen, so wie man es vor der Hinrichtung durch die Guillotine macht.

«Wohl die Beine gebrochen, was?», erfolgte die gnadenlose Antwort.

Mit einem Seufzer bejahte er das für sich mit einem stummen Nicken.

«Ich hole Ihnen einen, Richard.» Lionel Margaux war diejenige, die dieses Angebot machte, und erneut wäre Richard unter normalen Umständen entzückt gewesen, gleichzeitig geehrt und verlegen, dass ein großer internationaler Filmstar, eine wunderschöne Frau, als seine Samariterin auftrat. Doch solcher Emotionen war er nicht mehr fähig.

«Danke», sagte er schwach. «Es war eine lange Nacht.» Auch wenn er sich bemühte, es sich nicht anmerken zu lassen, war ihm bewusst, dass sowohl Valérie als auch Passepartout ihn anstarrten, beide mit genau dem gleichen Ausdruck im Gesicht. Etwas Sorge lag vermutlich darin, aber das war kaum mehr als ein Anklang. Überwältigend war dagegen ein Gefühl von vollständigem Unverständnis, das ihm entgegenschlug.

«Hattest du einen Kampf, Richard?» Endlich sprach Valérie, und er meinte, aus ihrer Frage einen Anflug von Schuldgefühlen herauszuhören. Offensichtlich hatte sie nicht damit gerechnet, dass er das Opfer eines nächtlichen Angriffs werden würde.

«Das könnte man so sagen», antwortete er in recht scharfem Tonfall und band eine Papierserviette um seine blutende Hand, um seine Blessur zu unterstreichen.

Lionel schenkte ihm Kaffee ein. «Es tut mir furchtbar leid», sagte sie. «Das alles ist meine Schuld. Ich habe es mit mir hergebracht, was auch immer es ist oder wer auch immer es sein mag.»

«Das gehört nun mal zum Job», antwortete Richard heldenhaft.

«Wie viele waren es?» Alain Petit hatte eindeutig Erfahrung mit solchen Dingen.

«Wer war es, Richard?» Valérie setzte sich neben ihn und zeigte nun aufrichtige Sorge.

«Den Namen habe ich nicht mitbekommen.» Er hatte das

Gefühl, dass das jetzt weit genug gegangen war, wusste aber nicht, wie er einen würdevollen Rückzug antreten sollte.

«Sie sind sehr tapfer. Danke.» Lionel legte ihm die Hand auf die Schulter und kehrte zum Tisch zurück.

Richard stieß die Luft aus, rührte Zucker in seinen Kaffee und sagte leise: «Es war Clovis.» Alle wechselten verwirrte Blicke. «Clovis, der Pfau.»

Im Raum entstand ein verdattertes Schweigen.

«Aber du …», begann Valérie.

«Es war der Pfau, okay? Es war der verdammte Pfau! Dieses verdammte Drecksbiest.»

Für einen Sekundenbruchteil herrschte noch Stille, dann aber brach Alain in ein wieherndes, einen ganzen Zuschauersaal füllendes Gelächter aus. Selbst Madame Tablier lachte, dabei hatte seit dem vorigen Jahrhundert niemand je erlebt, dass sie auch nur vorsichtig gelächelt hätte. Lionel bemühte sich nach Kräften, sich das Lachen zu verbeißen, Passepartout hätte eindeutig gelacht, wenn er gekonnt hätte, und Valérie wusste nicht, was sie glauben sollte: Spielte Richard seine Heldentat nur stoisch herunter, oder hatte er wirklich mit einem Vogel gekämpft? Alain stand auf und trat zu ihm.

«Alle Hochachtung, Monsieur», sagte er und wischte sich die Tränen aus den Augen. «Lieber würde ich mit zehn Männern kämpfen, als einen einzigen balzenden Pfau abzuwehren!» Noch immer glucksend begab er sich zur Treppe, um sich fertig zu machen. «Madame», sagte er im Vorbeigehen zu Lionel. «Ich kann Sie heute Morgen mitnehmen, wenn Sie möchten und wenn das Sicherheitsteam einverstanden ist.» Er warf einen kurzen Blick auf Richard, der errötete. Valérie, die Chefin, nickte zustimmend.

Zwanzig Minuten später waren Lionel und Alain aufgebrochen, und Richard, Valérie und Madame Tablier blieben in unbehaglichem Schweigen zurück. Richard und Valérie fiel nichts ein, womit sie es brechen könnten, und Madame Tablier genoss die angespannte Atmosphäre. Am Ende durchbrach keiner der drei diese Stimmung, sondern Commissaire Henri LaPierre. Er kam durch die Tür, und bevor einer von ihnen auch nur «*Bonjour*» sagte, schenkte er sich einen Kaffee ein. Dann stützte er sich auf die Frühstückstheke, Richards Frühstückstheke, und musterte den Raum. Er sah jeden von ihnen einen nach dem anderen an und endete schließlich mit einem Blick auf Valérie.

«Natürliche Ursachen», sagte er ohne Einleitung. «Nun, Madame d'Orçay» – die Förmlichkeit, mit der er, einer von Valéries zahllosen Ex-Ehemännern, sie ansprach, blieb im Raum nicht unbemerkt –, «ich weiß nicht, wieso du mich gebeten hast, meine Zeit auf diese Weise zu verschwenden. Ich sagte mir: ‹Nun, sie hat ein Näschen für solche Dinge, also wer weiß …› Aber deine Nase hat die Richtung verloren, Madame.» Er warf einen kurzen Blick auf Richard, um allgemein klarzumachen, wo der Grund für Valéries derzeitigen Mangel an olfaktorischer Orientierung zu finden war.

«Lieber auf Nummer sicher gehen, Henri, findest du nicht?» Mit ihrer eigenen Formlosigkeit wollte sie dem aufgeblasenen Polizisten die Luft ablassen, doch nach Richards Überzeugung war dazu mehr als nur die Verwendung seines Vornamens nötig.

«Was hatte eine natürliche Ursache?», fragte Madame Tablier barsch, die jetzt, da «Le Loup» aufgebrochen war, wieder ihre üblichen Manieren angenommen hatte.

«Der Tod von Monsieur Corbeau», kam die steife Antwort. «Er hatte eine natürliche Ursache.»

«Na ja, der Mann war schon alt!»

«Hundertzwei», betonte Richard automatisch. Insgeheim bereitete es ihm ziemliche Befriedigung, dass Valérie seinen unbestimmten Verdacht zum Anlass genommen hatte, die Polizei zu Nachforschungen anzuregen.

«Nun, Henri, danke für die Rückmeldung.»

«Jetzt bin ich einigen Leuten einen Gefallen schuldig.» Der Commissaire ließ nicht locker. «Und mir ist nicht ganz klar, wieso du eine Autopsie wolltest. Tatsächlich war es ganz offensichtlich, dass der alte Mann einen Herzanfall hatte. Das haben die Sanitäter beim Anblick des Verstorbenen gesagt und du selbst ja auch.»

Richard wollte seine Zweifel mit LaPierre teilen, aber Valérie war schneller. «Es ist unser erster größerer Auftrag, Henri …»

«Ach ja, das *Sicherheits*-Geschäft!» Das Wort Sicherheit sagte er spöttisch und warf Richard dabei einen herablassenden Blick zu.

«Die Agentur Les Vignes wird sehr erfolgreich sein, Commissaire. Sie wird dich entlasten, sodass du mehr Zeit zum Angeln hast, was doch deine einzige wahre Passion ist, wenn wir mal ehrlich sind.» LaPierre errötete. «Und wir nehmen unsere Sorgfaltspflicht sehr ernst. Nicht wahr, Richard?»

«Absolut!», beteuerte Richard. Dabei war es das erste Mal, dass er den Namen der Agentur hörte. Er hätte sich denken können, dass Valéries Name in der Firmenbezeichnung nicht auftauchen würde.

«Ich verstehe», knurrte der Commissaire, der aus Erfahrung wusste, dass es sinnlos war, Valérie zu widersprechen. «Und ich wünsche dir viel Glück.» Er warf einen nachdrücklichen Blick auf Richard. «Für meinen Teil verstehe ich immer noch nicht, wieso du irgendwelche Zweifel an Monsieur Corbeaus Tod hattest. Er war schon sehr alt …»

«Hundertzwei», unterbrach Richard ihn, obwohl ihm auffiel, dass er sich ständig wiederholte.

«Ja. Hundertzwei. Und anscheinend hatte er den Wein auf dem Tisch umgestoßen; natürlich hat dieser Stress ihm zugesetzt!» LaPierre schlug mit der Hand auf die Küchentheke und tat es Monsieur Corbeau damit beinahe beim Verschütten von Getränken gleich.

«Ach was!» Madame Tablier ließ das nicht gelten. «Der alte Antoine Corbeau gestresst? Das ist der letzte Quatsch.» Alle sahen sie an. «Jedermann weiß, dass Antoine Corbeau sich nie wegen irgendwas aufgeregt hat. Er war die Gelassenheit in Person.»

«Was wissen Sie darüber, Madame?» Wider Willen erwachte das Interesse des Commissaire.

«Corbeau war ein Maquisard …»

«Ein Angehöriger der ländlichen Résistance.» Richard hatte natürlich von den Partisanen gehört und in der Umgebung immer wieder Schilder und andere unauffällige Widmungen gesehen.

«Im August 1944 hat die SS ihn und die anderen gesucht, meinen Vater ebenfalls. Valençay wurde abgebrannt.» Richard hatte Madame Tablier nur selten über ihre Familie reden hören. «Sie konnten entkommen. Manche allerdings nicht.» Sie stand auf, schniefte und sagte: «Nun, von alldem werden die Fenster nicht sauber, oder?» Damit verließ sie den Raum.

«All das spricht natürlich nicht dagegen, dass Corbeau wegen einer Krankheit gestorben ist.» LaPierre war genauso bewegt wie die anderen, doch sein Argument war stichhaltig. «Was aber noch schlimmer ist: Weil ich Interesse an dem armen Mann gezeigt habe, hat man mich gebeten, nachher an der Pressekonferenz teilzunehmen. Nein, nicht gebeten, man hat mich aufgefordert.» Beide fragten sich, warum das ein Problem war, und sahen ihn verwundert an. «Ich sollte heute eigentlich bei einem Angelwettkampf mitmachen!» Er erwiderte den Blick der beiden, um zu sehen, ob sie angemessen zerknirscht auf diesen persönlichen Schlag reagierten. Das war nicht der Fall. «Bei der Pressekonferenz soll etwas angekündigt werden, was, weiß ich nicht. Na ja, ich kann nur hoffen, dass alles glatt verläuft, damit ich mich schnell wieder verziehen kann.» Er hielt inne und trank einen Schluck Kaffee. «Wie ich hörte, haben sie für diesen Anlass einen neuen Pressesprecher.»

Richard spuckte seinen Kaffee aus und bekam einen Hustenanfall.

8

Langsam gondelte Richard durch die spätsommerliche Landschaft. Er hatte die Gewohnheit, in einem sicheren Tempo zu fahren und sich nicht hetzen zu lassen. Zum Teil lag es daran, dass seine zerbeulte alte Ente ohnehin nicht besonders schnell fahren konnte oder wenn, dann höchstens bergab, sodass Richard in diesen Fällen immer ein wenig abbremste. So ging er das Leben insgesamt an. Auf Sicherheit bedacht. Valérie hatte die Anmerkung gemacht, dass er so fuhr, wie er lebte: in einem sicheren Tempo und in einem sicheren Abstand von dem, was er sah. Er registrierte die Aussicht im Vorbeifahren, hielt aber selten an, um sie wirklich auf sich wirken zu lassen. Anfangs hatte Valérie das sehr genervt, und sie hatte immer darauf bestanden, in ihrem ganz anderen, sehr sportlichen Cabrio, einem Renault Alpine, selbst am Steuer zu sitzen. Doch nach einer Weile war Richard aufgefallen, dass sie manchmal ebenfalls langsamer fuhr. Vielleicht sogar, um einmal persönlich nachzuvollziehen, wie Richard die Dinge erledigte. Natürlich hatte er nicht laut über diese Beobachtung gesprochen; vielmehr hatte er den tröstlichen Gedanken genossen, ohne die Möglichkeit zu schaffen, das zu widerlegen.

Heute war jedoch keine der Gelegenheiten, bei denen Valérie es langsam angehen ließ.

«Richard, wir müssen uns wirklich beeilen. Wir dürfen nicht zu spät zur Pressekonferenz erscheinen; ich möchte sehen, wer da ist!»

Richard, der sich so fühlte, als wäre er versehentlich in ein tiefes, von Haien verseuchtes Gewässer gesprungen, hatte sogar noch weniger Eile als sonst. «Na ja, sie können nicht ohne mich anfangen, ich bin der Pressesprecher!» Als sie sich einer nicht allzu scharfen Kurve näherten, nahm er den Fuß vom Gas.

Valérie lächelte. «Ja», sagte sie mit einer gewissen Befriedigung in der Stimme. «Das war sehr raffiniert von dir.»

«Ach, weißt du …» Demonstrative Bescheidenheit zu zeigen, lag ihm nicht besonders, da er selten Gelegenheit dazu hatte.

«Wie bist du auf die Idee gekommen?»

«Welche Idee?»

«Dich als Pressesprecher anzubieten? Was hat dich auf diese Idee gebracht? Sie ist genial!»

Er schaltete in einen anderen Gang. «Nun, zum Teil war es Genialität, und zum Teil dachte ich, dass ich mich dann nachts nicht mehr ständig mit dem verdammten Pfau herumärgern muss.» Er blickte auf seinen dick verbundenen Zeigefinger, bis auf ihn hielt seine gesamte Hand das Lenkrad gepackt.

«Es war eine Inspiration, Richard, ich glaube, du hast wirklich ein Händchen für so was.»

Er prüfte mit einem Blick, ob sie sich einen Scherz erlaubte, aber das war natürlich nicht der Fall. «Na ja, ich dachte, es bringt uns direkt ins Herz der Produktion.» Allmählich erwärmte er sich für die winzige Täuschung, die er betrieb. «Das Entscheidende bei einem Pressesprecher ist nicht das, was er oder sie zur Presse sagt. Es geht mehr um das, was er oder sie der Presse nicht sagt. Dafür aber interessieren *wir* uns gerade.»

«Und du glaubst, dass man dich über diese Dinge informieren wird?»

Er dachte über ihre Frage nach, und die auf der Hand liegende Antwort war: nein. «Noch weiß ich es nicht, ich habe ja noch nicht angefangen. Ich muss allerdings sagen, dass Friedman, der Produzent, derzeit recht offen ist und gar nicht auf der Hut.»

«Wirklich?» Bei der Aussicht auf ein schwaches Glied in der Kette leuchteten ihre Augen auf.

«Ja. Er hebt auch gern mal einen, am liebsten Cognac der Spitzenklasse. Er sagte mir, das hier sei seine letzte Chance. Der Film muss nicht nur fertig werden, es ist auch wichtig, dass er groß rauskommt.»

«Um Geld zu verdienen?»

«Ja, zum Teil. Aber im Filmgeschäft muss man nicht unbedingt Gewinn machen, wenn der Film Preise abstaubt. Wenn er wertvoll ist.»

«Und was denkst du bisher über diesen Film, *The Master Servant*, ist er wertvoll?»

Richard dachte nur kurz über die Frage nach. «Ganz ehrlich», begann er, «wenn man Amorette Arthurs Einwände bedenkt, scheint mir, dass er Geld einspielen muss. Ich glaube, dass er sehr viel Geld einspielen muss.»

Valérie ließ sich das durch den Kopf gehen. «Ich verstehe das Filmgeschäft nicht. Und ich habe den Eindruck, die arme Lionel mag es nicht einmal.» Vor Konzentration biss sie sich auf die Unterlippe. «Könnte der Tod von Monsieur Corbeau für Werbezwecke ausgeschlachtet werden, oder sogar der Stalker von Lionel, könnte der ebenfalls für so etwas benutzt werden?»

Richard fuhr in den Kreisverkehr, der nach Valençay hineinführte, ganz vorsichtig, da er immer befürchtete, seine Ente könnte umkippen. Auf der Insel in der Mitte stand ein Denkmal, das an die Gründung der SOE, der Special Operations Executive, im Zweiten Weltkrieg erinnerte. Sie war der Vorläufer des SAS, des Special Air Service, über den er kaum etwas wusste, außer dass David Niven und Ian Fleming etwas damit zu tun gehabt hatten. Valérie hatte eine interessante Frage aufgeworfen.

«Aufgrund der Bedrohung Lionels durch einen Stalker und der Verlegung der Dreharbeiten aus Paris heraus ist die Produktion wohl ohnehin schon *berühmt-berüchtigt*. Das wäre also das. Bei Monsieur Corbeau bin ich mir nicht sicher, denke aber eher nein. Diese Pressekonferenz wird eine ganz kleine Angelegenheit werden. Man wird verkünden, dass man ihm den Film widmet und so weiter, und er wird im Abspann auftauchen, aber viel mehr nicht.» Er gab sich ganz als Experte. «Vermutlich werden nur ein paar hiesige Journalisten da sein.» Vor einem Zebrastreifen bremste er ab. «Wirklich traurig, nach so einem Leben.» Vor ihm überquerte ein Marschmusikorchester den Überweg, mit seinen schimmernden Blasinstrumenten bewaffnet, um sich auf der anderen Seite der Straße vor dem Ehrenmal der Kriegsgefallenen aufzustellen.

Richard wandte den Blick langsam nach links, und ihm sank der Mut. Auf dem Platz vor dem Kriegerdenkmal hatten sich etwa zweihundert Personen versammelt; manche waren offensichtlich Einheimische, aber viele, viele andere nicht. Man sah einige hochrangige Militäruniformen und, schlimmer noch, Scheinwerfer, Plattformen für Kameras und Reporter, die bereits für die nationale und internationale Presse Bericht erstatteten. Um zu zeigen, wie ernst man die ganze Sache nahm, wehten an den sonst immer leeren Fahnenmasten die Trikolore, die EU-Fahne und verschiedene weitere heraldische Übertreibungen. Richard wusste genau, was das bedeutete. Wenn im ländlichen Frankreich eine Fahne gehisst wurde, hieß das, dass ein «Event» bevorstand. Es würde sich also um eine große Pressekonferenz handeln, für die Richard Ainsworth, oder um es für diesen Anlass genauer auszudrücken, Dr. Richard Ainsworth, anscheinend die Verantwortung trug. Er traf eine Entscheidung, drückte aufs Gas und zwang die Ente, gegen ihren Willen quietschend an dem Gedränge vorbeizufahren. Er brauchte Zeit zum Nachdenken.

«Was machst du?», fragte Valérie genervt.

«Äh, ich parke auf der anderen Seite des Châteaus. Dann kommen wir leichter weg.»

«Weg wohin?», fragte sie ganz vernünftig.

«Weg irgendwohin, verdammt noch mal», knurrte er in sich hinein und bretterte so gut wie mit der Ente möglich auf das Château zu, das gebieterisch am Ende der Straße stand. Er begriff, dass er sich nirgendwohin flüchten konnte.

«Richard, wo fahren wir hin? Die Pressekonferenz findet dort hinten statt.»

«Da will ich nicht parken. Niemand soll mich in diesem Wagen sehen.»

«Ich dachte, du magst dein Auto.»

«Ich liebe es. Aber auf der Tür steht ‹Les Vignes – *chambre d'hôtes*›. Ich möchte jedoch wie ein professioneller Pressesprecher aussehen, als wüsste ich, was ich tue. Und nicht wie ein abgehalftertes Irgendwas, das gescheitert ist und zahlende Gäste aufnehmen muss.»

Das stimmte nur zur Hälfte. Nichts hätte ihm im Moment besser gefallen, als den Wagen zu wenden, die Werbung stolz vor den internationalen Medien zu präsentieren und in Ruhe ein abgehalftertes Irgendwas mit einer Hühnerschar zu sein. Dennoch hatte seine Erklärung bei Valérie etwas angerührt.

«So siehst du dich? Als Gescheiterten? Als abgehalftertes Irgendwas?»

Er parkte den Wagen auf dem Stellplatz neben dem Château, stellte den Motor aus und sah ihr ernst in die Augen. «Ich, ein abgehalftertes Irgendwas? Nein.» Er lachte. «Madame d'Orçay, ich war nie jemand!» Er öffnete seine Tür. «Und jetzt an die Arbeit?»

Er stieg aus, und kurze Zeit blieb sie tief in Gedanken sitzen. Dann traf sie anscheinend eine Entscheidung, denn sie folgte ihm, als er energisch zum Ehrenmal marschierte.

«Ich wünschte, ich hätte eine Krawatte umgelegt», sagte er, und beim Überqueren der Straße verlangsamte er den Schritt. «Ich meine, das sähe viel respektvoller aus. Du trägst eine Krawatte und ich nicht.» Es stimmte, Valérie stand immer noch auf lässige Tweed-Anzüge, hatte aber den Rollkragenpullover mit einer schicken weißen Bluse und einer Krawatte vertauscht.

«Leg meine um», schlug sie nüchtern vor.

«Und was trägst du dann?»

«Ich habe eine Brosche, die ich stattdessen anstecken kann. Hier.» Sie zog ihre Krawatte aus, reichte sie ihm aber nicht, sondern hielt ihn an und stellte sich ihm gegenüber. Rasch klappte sie seinen Kragen hoch, band einen perfekten Windsorknoten und legte den Kragen wieder um. «Wir sind ein gutes Team, Richard, finde ich.» Sie sah ihn mit sehr ernster Miene an, und dann gingen sie schweigend weiter, sie mit ihrem üblichen Selbstvertrauen und er mit einem selten empfundenen Gefühl: ungewohntem Selbstvertrauen.

«Das ist eine hübsche Brosche», sagte er. Tatsächlich war es eine sehr gewöhnliche Brosche, die ein aufgeschlagenes Buch mit einigen römischen Ziffern darstellte, doch er hatte das Gefühl, etwas sagen zu müssen, um gelassen zu wirken.

«Ja, sie war ein Geschenk.»

Friedman empfing sie und schaute dabei nervös auf seine Armbanduhr. «Ah, Richard! Ich dachte schon, Sie tauchen nicht auf. Hallo, Madame», fügte er mit nervösem Lächeln zu Valérie gewandt hinzu.

«Nennen Sie mich doch Valérie», sagte sie munter.

Er wollte sich wieder Richard zuwenden, konnte aber den Blick nicht von Valérie lösen, sondern musterte sie mit dem Auge des Produzenten von Kopf bis Fuß. «Okay», sagte er, immer noch ohne Richard anzuschauen, obwohl Valérie ihn ignorierte und den Anblick des Menschenauflaufs in sich aufnahm. «Okay, ich habe aufgeschrieben, was Sie in unserem Namen über den armen, alten, äh, Monsieur sagen sollen, äh … Monsieur …»

«Corbeau», beendete Richard den Satz für ihn.

«Corbeau, genau.» Endlich wandte Friedman den Blick von Valérie. «Wir werden ihn im Abspann nennen, aber außerdem bekommt er am Ende des Films eine Ehrung für sein Leben. Er war hier ein Held; das wusste ich nicht.»

«Das haben wir erst heute herausgefunden», mischte Valérie sich ein.

«Außerdem möchte das Marschmusikorchester der Stadt morgen Abend nach den Dreharbeiten ein Bankett zu seinen Ehren abhalten. Eigentlich würde ich lieber darauf verzichten, aber es sähe nicht gut aus, wenn wir ablehnten.» Die Sache schien Friedman nervös zu machen.

Im Hintergrund begann das Blasorchester mit einer nicht besonders gut einstudierten Wiedergabe der Marseillaise, die Trompeten und Tubas lagen gewissermaßen im Wettstreit miteinander, und so wirkte das Stück nicht wie die übliche mitreißende Hymne, sondern eher wie die musikalische Interpretation eines Hunds, der seinen Schwanz jagt. Der Orchesterleiter wirkte älter als der Mann, dessen sie gedachten, und der Tubaspieler war so klein, dass man fast meinte, er könnte in seinem Instrument wohnen. Richard schritt an ihnen vorbei zum Vortragspult, und da ging dem Orchester auch schon die Luft aus, und das Ende war wie das Eintreffen der Nachzügler bei einem Marathon.

Von seinem Platz auf dem Podium sah er den größten Teil der Schauspieler in der ersten Reihe sitzen wie für Fotoaufnahmen, allerdings fehlten Dominic Burdett und die Regisseurin des Films, Sacha Vizard-Guy. Letztere stand, wie Richard bemerkte, am Ehrenmal selbst, ein Stück von den anderen entfernt. Sorgfältig und zunächst auf Französisch las er die von Friedman vorbereitete Erklärung vor und fügte noch ein paar seiner Meinung nach fehlende Sätze des Inhalts hinzu, wie beraubt die ganze Produktions-«Familie» sich fühle. Als er erklärt hatte, dass man den Film vor dem Abspann dem alten Mann widmen werde, ertönte ein Murmeln der Zustimmung und höflicher, dankbarer Applaus.

«Ich danke Ihnen allen für Ihr Kommen», sagte er großartig. Da er sich für seine Rolle erwärmte und sich ein wenig davonreißen ließ, fügte er hinzu: «Und nun wollen wir Monsieur Corbeaus Gedächtnis Gerechtigkeit widerfahren lassen und uns an die Arbeit machen, denn wir müssen einen Film drehen!» Sein Fehler war weniger die Wahl des falschen Tonfalls, als dass er die Stimme erhoben hatte, und da er nicht Bedeutendes hinzuzufügen hatte, beugte er sich näher zum Mikrofon vor und sagte: «Er war hundertzwei!» Das trug ihm eine Runde verwirrten Applaus ein, half ihm aber aus der Klemme. «Noch einmal danke», wiederholte er und wollte das Podium verlassen.

«Entschuldigen Sie!», ertönte eine Stimme aus der Menge. «Wir würden gern noch ein paar Fragen stellen.» Es war eine französische Stimme, die englisch sprach. In ihr lag eine erschöpfte Autorität, als würde eine Schlange gähnen, was Richard sofort Ärger befürchten ließ. Er blieb auf halbem Weg zwischen dem Vortragspult und den Stufen stehen, die vom Podium herunterführten, und deutete mit einer komischen Geste auf sich selbst, als wäre er überrascht über den Umfang seiner Rolle. Langsam und widerstrebend kehrte er zum Mikrofon zurück.

«Ja, entschuldigen Sie bitte», antwortete er misstrauisch und räusperte sich. «Fragen Sie.»

Wieder ertönte dieselbe Stimme. «Yves Crévin, Entertainment TV Channel.» Richard erkannte ihn in der Menge, sein Gesicht war zum Teil von dem riesigen roten Schwamm des Mikrofonüberzugs verborgen, auf dem ETVC! stand. «Es hat den Anschein, dass der verfrühte Tod eines Kriegshelden mit dem Stalking von Lionel Margaux verknüpft ist. Möchten Sie das kommentieren?»

Jeder Anwalt, der sein Geld wert war, hätte sich über die «Fangfrage» beschwert, und jeder Richter, der nicht gerade schlief, hätte diesem Einspruch sofort stattgegeben. Richard hätte gern geschrien: «Nein, das möchte ich verdammt noch mal nicht!», doch da fiel ihm der neben der Bühne stehende, blasiert dreinschauende Commissaire LaPierre ins Auge.

«Ich bin nicht in der Position, das zu kommentieren», begann er sehr mit sich zufrieden. «Monsieur Corbeau ist an einer natürlichen Ursache gestorben. Er war hundertzwei. Was das andere von Ihnen angesprochene Thema betrifft, so handelt es sich um ein laufendes Ermittlungsverfahren, und Sie sollten alle Fragen an Commissaire LaPierre richten.» Er deutete auf den Commissaire, der sofort aufhörte zu feixen und stattdessen ein Gesicht machte, als wollte er Richard drohen, sollte er ihn auch nur mit 32 km/h in einer 30-km/h-Zone erwischen, stünde die Guillotine für ihn bereit. «Jetzt ist allerdings nicht die richtige Zeit!», fügte Richard eilig hinzu.

Er beantwortete einige weniger unangenehme Fragen, geschickt, so empfand er es, und wechselte dabei zwischen Englisch und Französisch und außerdem zwischen Mitgefühl und Filmbegeisterung hin und her.

«Dr. Ainsworth?» Diesmal wurde die Frage nicht nur auf Englisch gestellt, sondern auch mit einem englischen Akzent. «Norman Barry, Pariser Korrespondent, BBC World News.» Friedman hatte sich bei den Einladungen für die Pressekonferenz ganz schön ins Zeug gelegt, dachte Richard. «Wurde jemals besprochen, was ein Kriegsheld wie Monsieur Corbeau», seine Aussprache war perfekt, «in einem Film über Talleyrand machte? Wie Sie wissen, steht Talleyrand für manche Franzosen noch immer für Verrat und die Entscheidung, den persönlichen Vorteil über die Nation zu stellen.»

Es war die Art von tiefsinniger Filmhistorikerfrage, über die Richard nach ein paar Bier mit Kollegen in zwielichtigen Pubs in Soho diskutiert hatte. Doch mit einem kundigeren Journalisten und vor Live-Fernsehkameras wollte er ein solches Gespräch vermeiden. Vor Kurzem hatte er den berühmten Film *Le Diable boiteux* – Der hinkende Teufel – über Talleyrand gesehen, und dieses Werk hatte mit denselben Fragen gekämpft. Hatte Talleyrand Frankreich in den Napoleonischen Kriegen gerettet oder verraten?

Richard kannte die Antwort nicht, und jetzt war weder die Zeit noch der Ort, um über die Frage zu spekulieren. Daher begann er, eine unzureichende Antwort zu stammeln, als er vom Dröhnen eines Motors übertönt wurde. Es war jedoch nicht das tiefe Brummen eines Fahrzeugs, sondern der eher heulende Ton eines Kleinflugzeugs. Die Menge blickte auf, als ein kleiner Doppeldecker mit offenem Cockpit unmittelbar über ihren Köpfen vorbeiflog und dabei fast die Fahnen von ihren Masten riss. Alle deuteten nach oben und stießen aufgeregt die Luft aus, als das Flugzeug wendete und zu einer Wiederholung zurückkehrte. Kameras richteten sich auf den erneut von geschickter Hand nach unten gelenkten Flieger aus, und aufgeregte Reporter schrien ihre Berichte ins Mikrofon. Wer war der Pilot? Warum störte er die Pressekonferenz mit seinen Tiefflugmanövern?

«Es ist Talleyrand selbst!», rief ein erregter Zuschauer, der ein Fernglas an die Augen gesetzt hatte. «Talleyrand lenkt das Flugzeug!» Die Menge schnappte nach Luft, als den Leuten klar wurde, dass tatsächlich der Hollywood-Star Dominic Burdett am Steuerknüppel saß, und zwar in einem vollständigen Talleyrand-Kostüm. Er wendete erneut und warf diesmal Blütenblätter aus dem Flugzeug. Nein, es waren keine Blütenblätter, sondern eher große Konfetti: blaue, weiße und rote Konfetti.

«Vive la France!», schrie Burdett, und selbst mit seiner ausgebildeten Schauspielerstimme hatte er Mühe, sich über den Motor hinweg Gehör zu verschaffen. «Vive la France!», wiederholte er und gewann diesmal den Kampf, weil er noch tiefer nach unten steuerte.

Die Menge brach in Applaus aus; das Spektakel war Hollywood pur, dem Anlass aber auch merkwürdig angemessen. Da das Flugzeug in der Ferne verschwand, wandten alle Reporter und Kameraleute ihre Aufmerksamkeit wieder dem Podium zu, um den Pressesprecher zu dieser unerwarteten und aufregenden Entwicklung zu befragen. Doch zu ihrem Pech hatte dieser die Situation ausgenutzt und die Bühne eilig verlassen, auf der man ihn zuletzt dabei gesehen hatte, wie er mit Ben-Hur Friedman um den Besitz eines Flachmanns kämpfte.

9

Dieses Mal war es Lionel, die an Richards üblichem Platz hinter der Frühstückstheke stand, doch im Gegensatz zu ihm versteckte sie sich nicht. Sie bereitete, in ihren Worten, «ein einfaches Pasta-Gericht» zu, weil sie vor dem morgigen großen Tag auf dem Set etwas essen und dann schlafen musste. Alain Petit hatte ihr angeboten, die Tomaten für sie zu schneiden, doch sie hatte abgelehnt. So lerne sie ihre Texte, hatte sie hinzugefügt, indem sie häusliche Arbeiten verrichte und alles im Kopf noch einmal durchgehe.

Auf der anderen Seite der Theke saßen mehrere Personen an den drei Tischen verstreut. Madame Tablier und Alain reparierten einen kaputten Scheinwerfer und brummten dabei kopfschüttelnd vor sich hin wie ein altes Ehepaar, das im Urlaub versehentlich auf einen FKK-Strand geraten ist. Commissaire Henri LaPierre saß allein, gegen eine Wand gelehnt und ein Glas Wein in der Hand. Keiner wusste recht, wieso er da war, doch eine Weile zuvor hatte er Richard und Valérie, vor allem Valérie, erklärt, er sei gekommen, weil «etwas im Busch ist. Es sieht zwar so aus, als wäre nichts im Busch, doch ich glaube, etwas ist im Busch.» Jetzt schaute er zu ihnen hinüber, wo sie auf der anderen Seite des Raums einander gegenübersaßen. Valérie rührte eine Vinaigrette für den Salat an. Passepartout schlief neben ihr auf einem Stuhl, während

Richard seinen Wein trank, einen gehetzten Ausdruck im Gesicht, vor allem, so hätte er erklärt, weil er ja tatsächlich gejagt wurde.

In modernen Zeiten ist es nicht ungewöhnlich, dass der Auftritt eines Pressesprechers mehr Fragen als Antworten hinterlässt, Vernebelungstaktik heißt der Name des Spiels. Dominic Burdetts Flugzeugmätzchen verlangten jedoch eine Erklärung von jemandem in Richards Position, und so hatte er, seiner Meinung nach klugerweise, beschlossen, Reißaus zu nehmen. Unbeleckt, wie er in solchen Dingen war, hatte er angenommen, die Zudringlichkeit der Presse werde sich von da an auf Burdett richten. Daher war er entsetzt gewesen, als er bei der Rückkehr zu seiner Ente schon aus der Ferne feststellen musste, dass die Medien sie umzingelt hatten. Valérie und er hatten sich nach einer anderen Transportmöglichkeit umsehen müssen, und nach zwanzig Minuten war Martin – diesmal zusammen mit einer aufgescheuchten Gennie – am Steuer seines Krankenwagens eingetroffen, mit heulenden Sirenen, und hatte sie zu Hause abgesetzt.

Valérie hatte die beiden zum Bleiben aufgefordert, doch sie hatten abgelehnt. Sie seien «gerade beschäftigt» gewesen, sagten sie, und hätten es eilig, zurückzukehren und da weiterzumachen, «wo sie aufgehört» hätten. Selbst jetzt, einige Stunden später, wurde Richard fast schlecht bei dem Gedanken an das, was das bedeuten mochte, und er hoffte um des medizinischen Rufs des Val de Follet willen, dass heute Abend keiner die Hilfe eines Krankenwagens oder eines sexuell dauererregten Erste-Hilfe-Mannes in Uniform brauchte. Natürlich hatten die Medien einfach die Adresse von «Les Vignes» recherchiert und lagerten in beträchtlicher Zahl vor seiner Tür. Allerdings wurde die Menge zum Glück kleiner, da Madame Tablier darauf bestand, sie regelmäßig pünktlich zur vollen Stunde mit einem Wischmopp herauszufordern.

Noch schlimmer war in Richards Augen, dass er eine Nachricht von Clare erhalten hatte. Es war ihr erster Austausch seit einigen Wochen, da keiner von ihnen sich dazu aufraffen konnte, etwas so Endgültiges oder Unerquickliches wie eine Scheidung durchzuziehen. Es war ein Einzeiler, und die Nachricht erfüllte ihn mit Schrecken. «Habe dich heute auf BBC gesehen. SEHR eindrucksvoll. Ich schaue vielleicht am Wochenende vorbei xxx.» Trotz seiner Begeisterung für klassische Hollywood-Helden und der Tatsache, dass er sich ständig in ihre Lage hineinträumte, genoss er die Aufmerksamkeit nicht. Natürlich erinnerte alles an *North by Northwest – Der unsichtbare Dritte.* Ein Kleinflugzeug war dicht über ihn hinweggeflogen, und er war für etwas gehalten worden, was er nicht war. Außerdem gab es eine Femme fatale, auch wenn er in seiner Verwirrung nicht recht wusste, ob Valérie, Clare, Lionel oder sogar Madame Tablier diese Rolle ausfüllten. Jetzt fehlte nur noch, dass seine Mutter auftauchte und ihm kein Wort glaubte und dass jemand ihm zwangsweise Alkohol einflößte, dann wäre der Hitchcock-Kassenschlager vollständig. Den Teil mit dem Alkohol bewältigte er erfolgreich selbstständig, und der Commissaire übernahm unwissentlich die Rolle der ungläubigen Mutter.

Er leerte ein weiteres Glas Wein, und Alain tauchte sofort auf, um ihm nachzuschenken, während Madame Tablier erneut zum Gartentor gegangen war, um die internationalen Medienvertreter zu bedrohen.

«Das ist doch vollkommen absurd.» Der Commissaire spie seine Worte beinahe heraus. «Ich bin wegen des ruhigen Lebens hierhergekommen; viele andere kommen auch wegen des ruhigen Lebens hierher. Das Val de Follet und die Loire, sie sind doch für ein ruhiges Leben bekannt.» Er sah Richard direkt in die Augen, beinahe flehend. «Ziehen Sie um, Monsieur, bitte, ich flehe Sie an, ziehen Sie ins Dordogne-Tal. Meines Wissens mag man so etwas dort.»

Das empfand Richard als ein bisschen ungerecht. Nicht er hatte eine antike Doppeldecker-Maschine gestohlen, nicht er war dann mit dem Fallschirm durch ein unschätzbar wertvolles Oberlicht des Château gesprungen, worauf das Flugzeug über einem Weingut abgestürzt war und einen kompletten Jahrgang gärenden Valençay Sauvignon vernichtet hatte. Außerdem waren die Leute mit dem Geld «zu Hause» absolut entzückt von dem Medienspektakel gewesen. «Selbst wenn der Film ein Reinfall wird, ist damit ein großes Premierenwochenende garantiert», hatten sie anscheinend gesagt. Und Burdett hatte nicht unter dem Einsatz gelitten. Er hatte sich nie durch einen Stuntman vertreten lassen und war unverwüstlich, wie man hörte. Wie er allerdings das Lenken eines Flugzeugs mit seiner Rolle als Charles-Maurice de Talleyrand-Périgord, Napoleons rechter Hand im frühen neunzehnten Jahrhundert, unter einen Hut brachte, konnte man nur raten.

Richard stand leicht taumelnd auf und störte damit Passepartout, doch der warf ihm nur einen gelangweilten Blick zu und machte es sich wieder bequem.

«Alles in Ordnung mit dir?», fragte Valérie. Seit der Rückkehr war sie sehr still gewesen, und Richard hatte das Gefühl, dass etwas ihr Sorgen bereitete, doch er war entschlossen, sich erst danach zu erkundigen, wenn sie allein waren und er mehr Wein intus hatte.

«Alles bestens», lautete seine Antwort. «Aber ich muss mich mit den Göttern besprechen», fügte er dramatisch hinzu, und alle, einschließlich der gerade zurückkehrenden Madame Tablier, verfolgten nun, was er tat.

Er ging zur antiken Ankleidekommode, die an der Wand stand, zog die mittlere Schublade auf und holte ein großes Buch heraus. Es war sein Lieblingsbuch, seine Bibel nannte er es: Halliwells *Who's Who in the Movies*. Es war die letzte Ausgabe der Filmenzyklopädie, die veröffentlicht worden war, die von 2006 mit dem jungen Daniel Craig auf dem Cover, und sie war vom tausendfachen liebevollen Durchblättern ganz abgenutzt. Richard nahm sie behutsam heraus und trug sie zum Tisch. Clare hätte angesichts dieses Verhaltens die Augen verdreht, denn sie wusste seit Ewigkeiten, dass Richard sich in Stresszeiten in Filmbüchern vergrub und sich in Fakten und Figuren vertiefte, die er ohnehin auswendig kannte. Valérie lächelte stattdessen über ihn. Passepartout war derjenige, der die Augen verdrehte.

«Ich möchte nachschlagen, was Halliwell über Burdett schreibt», erklärte er.

«Ist dieses Buch nicht ein bisschen alt?» Lionel schaute von ihrer Küchentätigkeit auf. «Nehmen Sie doch die IMDb.» Bei dieser Bemerkung verdrehte selbst Valérie die Augen. «Schauen Sie», fuhr die junge Schauspielerin fort. Sie wischte sich die Hände ab, griff nach ihrem Handy und sah nicht, wie Richard Valéries mitfühlenden Blick auffing. «Ich kann sie nicht öffnen», sagte Lionel. «Funktioniert das Internet nicht?»

«Doch, meine liebe Nichte. Aber diese Site ist blockiert; manche Hotels blockieren Pornografie, Richard blockiert die IMDb.com. Er betrachtet sie als die Wurzel allen Übels.»

«Nicht allen Übels», versuchte Richard es zu erklären. «Aber sie hat sicherlich eine wichtige Rolle dabei gespielt, mich zu einem *ehemaligen* Filmhistoriker zu machen.»

«Oh, ich verstehe», sagte Lionel zögernd, obgleich klar war, dass sie es nicht verstand.

Richard blätterte im Buch und kam zu dem Eintrag über Burdett. «Okay», begann er. «Er ist 1985 geboren, also älter, als ich dachte. Seinen großen Durchbruch hatte er in der Rolle eines Teenagers, aber damals muss er fast schon dreißig gewesen sein. So oder so, Halliwell nennt ihn einen ‹altmodischen Filmstar, der sich allem zuwenden kann, und manchmal sogar erfolgreich›.» Er lachte. «Der gute alte Halliwell.» Er studierte den Eintrag weiter. «Es sieht so aus, als hätte er Ende der Neunzigerjahre – diese Zeit fällt nicht in mein Spezialgebiet – drei Jahre Pause gemacht. Warum wohl? Als er vom Buch aufblickte, merkte er, dass keiner ihm zuhörte. Nur LaPierre schien ihn überhaupt noch wahrzunehmen, und das mit einem Blick absoluter Verachtung. Richard berichtete trotzdem weiter. «Danach spielte er in einem Film namens *My Brother's Wings* und anschließend wieder eine Pause … Ich muss das in Katz' *Film Encyclopaedia* überprüfen …»

«*My Brother's Wings?*», dachte Alain laut nach. «Ist bei diesem Film nicht ein Stuntman gestorben?»

Richard erwartete, dass Valérie bei dieser Information aufhorchen würde, doch sie wirkte immer noch geistesabwesend.

Richard blätterte ein paar weitere Seiten und Bücher durch. «Seitdem hat er kaum je einen richtigen Erfolg gelandet, und fast immer arbeitet er für Friedman.»

«Das liegt daran, dass sonst keiner ihn engagiert», bemerkte Alain. «Immer ist er entweder betrunken oder mitten in einem Rollenspiel.»

«Er erträgt es nicht, er selbst zu sein», bemerkte Lionel leise. Dann änderte sich ihr Tonfall jedoch vollkommen: *«À table!»*, rief sie munter, zum Zeichen, dass das Abendessen fertig war.

Alain schob zwei Tische zusammen, damit sie sich als Gruppe zusammensetzen konnten. Allerdings wirkte der Commissaire noch immer nicht willens, sich ihnen anzuschließen. Seine Miene hellte sich jedoch ein wenig auf, als ein schöner, bedeutender internationaler Filmstar ihm eine Schale mit Nudeln und selbst gekochter Soße unter die Nase stellte.

«Merci», sagte er ein wenig verlegen. «Das sieht sehr gut aus.»

Alain schenkte Wein ein, während Madame Tablier vor die Tür ging, um noch einmal spät am Abend ihre Kräfte mit den verbliebenen Journalisten zu messen. Richard legte widerstrebend seine Bücher weg und ließ sich zwischen Valérie und Lionel nieder. Das Essen schmeckte köstlich, und alle bedachten die Köchin mit Lauten der Dankbarkeit, auch wenn Madame Tablier vor ihrem erneuten Verschwinden missbilligend geschnalzt hatte, weil so viel Sauerei entstanden war.

«Tante», sagte die von Staralüren völlig freie Lionel zu Valérie, «könntest du mir bitte den Parmesan reichen?»

Alain, der seinen Mundschenkdienst eindeutig sehr ernst nahm, fragte, ob er ihr nachschenken solle, doch sie lehnte ab. «Nein, danke», antwortete sie lächelnd. «Morgen ist ein wichtiger Tag, und ich muss so gut aussehen und auftreten, wie ich nur kann.»

«Was ist denn morgen los, Madame?», fragte LaPierre, ohne zu bemerken, dass er beim Sprechen seine Krawatte mit Soße bekleckerte.

«Morgen steht die große Sex-Szene an», sagte Lionel so nüchtern und ausdruckslos, als hätte sie den Versammelten unbekümmert in Erinnerung gerufen, dass sie am nächsten Tag einen Zahnarzttermin hatte. Es folgte ein kurzer Augenblick, in dem nur das Klirren des Geschirrs zu hören war, dann bat

Lionel um Baguette und brach die angespannte Atmosphäre damit geschickt auf. Das gestattete Richard, sich dem Hustenanfall zu überlassen, den er zu unterdrücken versuchte. Lionel klopfte ihm auf den Rücken wie eine Mutter, die einem Baby ein Bäuerchen entlockt, und Richard entschuldigte sich.

«Tut mir leid», stotterte er. «Mir muss etwas in die falsche Öffnung geraten sein.» Er lief rot an und war dankbar, dass wenigstens Martin und Gennie nicht da waren, sonst wäre ihm ein grässlich zweideutiger Scherz sicher gewesen.

Valérie war noch immer merkwürdig schweigsam, und obwohl Richard solche Dinge trotz seiner englischen Art nicht immer mitbekam, hatte er den starken Eindruck, dass Tante und Nichte die Angelegenheit bereits besprochen hatten und bei dem Thema nicht gänzlich einer Meinung waren. LaPierre wischte sich Soße von der Krawatte und fragte, ohne Lionel anzusehen: «Wie bereitet man sich auf so etwas vor, Madame? Leicht kann das nicht sein.»

Lionel seufzte. «Diese Dinge sind nicht einfach, aber inzwischen nicht immer so schwierig, wie sie es früher waren. Die Szene gehört zur Geschichte. Amorette sagte, sie sei eine der wenigen authentischen historischen Episoden des Films!» Sie lachte ein wenig nervös. «Zum Glück haben wir eine Regisseurin, eine Frau. Sacha ist sich sehr bewusst, wie unangenehm so etwas ist. Sie hat ihre Rolle sogar mit meiner verglichen, als weibliche Regisseurin in einer Männerwelt! Könnte ich bitte noch etwas Baguette bekommen?» Richard reichte ihr den Korb. «Wichtig ist vor allem, dass sich die Schauspieler in der Szene gegenseitig vertrauen», fügte sie ernst hinzu. «Vertrauen und Respekt sind absolut entscheidend.»

Im Raum wurde es still. «Und Ihrem Partner in dieser, äh, Szene, dem vertrauen Sie?», fragte LaPierre.

«Mein Partner in dieser Szene, Monsieur, ist Reed Turnbull.» LaPierre machte ein verwirrtes Gesicht, doch ein heimliches Kopfschütteln Valéries veranlasste ihn, das Thema fallen zu lassen.

«Jedenfalls soll morgen sein letzter Tag auf dem Set sein.» Lionel klang hoffnungsvoll. «Die Szene wurde vorgezogen, damit er früher abreisen kann.»

Die Tür ging auf, und Madame Tablier kam mit einem unwirschen Schnauben zurück. «Oh ja, fangt nur schon ohne mich an, warum auch nicht?» Sie zog ihren Stuhl wieder heran und setzte sich neben Alain. «Nun, inzwischen sind die meisten weg, aber morgen kommen sie wieder. Gleich in der Frühe, sagten sie. ‹Wer ist dieser Dr. Ainsworth?›, haben Sie immer wieder gefragt und ständig erklärt, sie wollten Lionel Margaux sehen. Ich hoffe, morgen steht Ihnen ein leichter Tag bevor, Miss, denn es wird beschissen schwierig werden, hier rauszukommen.» Ihre Worte stießen auf betretenes Schweigen. «Was ist denn?»

«Das hat mir gerade noch gefehlt!» Lionel sah Valérie Hilfe suchend an, und die schaute wiederum, ob Richard eine Idee hatte. Ausnahmsweise war es so. «Überlasst das mir», sagte er kokett und ging los, um einen Anruf zu tätigen.

10

hr habt Glück, dass heute Morgen schönes Wetter ist»,
sagte Patrice Marnier laut und drehte den Gashahn auf. Die
Flamme wurde größer, verströmte einen orangeroten Schein
und jede Menge Hitze. Der große regenbogenfarbene Heißluftballon erhob sich majestätisch in die Luft, was der wild
gemischten Gruppe der Fahrgäste im Korb entzückte Laute
entlockte. Der hochgewachsene Patrice trug ein weites weißes
Hemd, hatte dunkles, zerzaustes, schulterlanges Haar, einen
Siebentagebart und wäre als Retter von Damen in Not die
erste Wahl eines jeden Hollywood-Produzenten gewesen. Er
sah aus wie ein Musketier nach Feierabend, und keiner konnte
den Blick von ihm wenden, außer Richard, der lässig am Korb
lehnte und mit sehr selbstzufriedener Miene einen Kaffee
schlürfte. Seine Selbstzufriedenheit wurde noch dadurch
verstärkt, dass Valérie von seiner innovativen Idee eindeutig
beeindruckt war. Wie üblich war sie wunderschön, hatte ein
strahlendes Lächeln, und der Wind zerzauste ihr Haar, als mo-
delte sie für ein Fotoshooting. Lionel sah genauso umwerfend
aus – vor dem Hintergrund der Wolken wirkte sie wie ein emp-
findsamer Engel. Alain machte interessanterweise einen etwas
nervösen Eindruck und hielt den Rand des Korbs umklam-
mert. Madame Tablier – Richard kam nicht dahinter, wieso sie
überhaupt dabei war – verzog keine Miene. Passepartout da-

gegen war vollkommen verängstigt und hatte die Schnauze in Valéries Armbeuge versteckt.

«Danke, dass du so kurzfristig gekommen bist, Patrice», sagte Richard, der sich buchstäblich in seinem Erfolg sonnte.

«Es war mir ein Vergnügen!», erwiderte Patrice, regelte etwas an den Instrumenten und führte den Ballon hoch über das Gartentor und die Köpfe der vor Wut schnaubenden Journalisten hinweg. «Schließlich bekomme ich nicht jeden Tag Gelegenheit, das Taxi für Lionel Margaux zu spielen.» Er lächelte Lionel an, die sich vernünftigerweise in der Mitte des Korbs versteckte, um vor den Zoomobjektiven der Kameraleute verborgen zu sein.

«Wie reizvoll, Monsieur, in die Wolken entkommen zu können, wenn einem danach ist», sagte sie, als sie frei dahintrieben.

Patrice lächelte unbeschwert. «Wenn das Wetter es erlaubt, Madame, nur wenn das Wetter es erlaubt.»

«Bitte, nennen Sie mich doch Lionel.»

Er nickte. «Patrice», gab er zurück.

Valérie löschte das Knistern zwischen den beiden mit einem Hüsteln. «Wie lang wird der Flug dauern, Patrice?», fragte sie sehr geschäftsmäßig.

Patrice zuckte mit den Schultern, eine einfache Geste, die nichts anderes bedeutete als: «Es dauert so lang, wie es dauert.» Das Reisen mit einer *Montgolfière* schloss Fahrpläne und Eile aus.

«Meinetwegen kann der Flug den ganzen Tag dauern», bemerkte Lionel leise, denn sie dachte an die Aufgabe, die vor ihr lag.

Der Flug nach Valençay war traumhaft schön. Wie in den Tagen zuvor bauschte sich frühherbstlicher Nebel in den Weinbergen, als läge dort abgezupfte Zuckerwatte. Rehe tänzelten geisterhaft über die Wiesen, bis sie im Wald Deckung suchten. Der Fluss Follet wurde breiter und schmaler, dann wieder breiter, während er durch langsam erwachende Dörfer rauschte. Einmal, als sie gerade einen kleinen Weiler überflogen, ging Patrice geschickt mit dem Ballon nach unten.

«Eigentlich soll ich das nicht machen», sagte er, «aber die Fahrgäste mögen es.» Inzwischen flog der Ballon für Amateuraugen gefährlich tief. «Riechen Sie das?», fragte er und sog die Luft tief ein.

Und ja, sie rochen es. Aus dem Schornstein einer *boulangerie* stieg ein köstlicher Duft zu ihnen hoch und erfüllte den Passagierkorb. Selbst Lionel, die inzwischen in Gedanken überwiegend anderswo war, schloss die Augen und sog die Luft tief ein. Richard folgte ihrem Beispiel. Der Duft war so stark, dass man beinahe ein warmes Baguette schmecken konnte.

«Patrice!» Von unten ertönte ein Ruf, und hinten aus der Bäckerei stürzte ein rundlicher Mann mit Schürze heraus. «Wirf dein Seil runter!» Ohne eine Antwort zu geben, tat Patrice wie geheißen, und der Bäcker band unten ein Körbchen fest. «Bon appétit», rief er nach oben und grüßte dabei mit erhobener Hand.

«*Merci*, mein Freund!», antwortete Patrice. «Ich werfe den Korb nachher wieder runter!»

Der Ballon stieg erneut auf, und Richard verteilte verschiedene Sorten von Croissants und warmes Baguette. Es war das denkwürdigste Frühstück, das er je gegessen hatte.

«Das ist einfach herrlich, Richard», sagte Valérie, die neben ihm stand und nach unten schaute. «Wirklich wundervoll.»

Richard merkte sich ihr Entzücken und fragte sich, ob er wohl Patrice dazu bewegen könnte, ihm ein wenig Unterricht zu geben, damit er sie einmal selbst durch die Luft befördern könnte. Passepartout japste allerdings vor Angst, was ihn von diesem Gedankengang abbrachte.

Es dauerte kaum länger als eine Stunde, bis die Reise endete, doch nur Alain und Passepartout waren froh darüber. Unten auf dem Gelände des Châteaus wartete eine aufgeregte Empfangsgesellschaft. Natürlich war Friedman da, vermutlich außer sich vor Sorge über die Frage, ob seine Versicherung für einen Unfall aufkommen würde, wenn sein Star hoch oben in einem Korb über der französischen Landschaft dahingondelte.

«Danke, Patrice», sagte Richard, als sie ausstiegen.

«Es war mir ein Vergnügen, Richard.» Dann sah er Lionel an. «Jederzeit gern wieder», erklärte er mit einem warmherzigen Lächeln.

«Danke.» Sie erwiderte sein Lächeln. «Ich wünschte, ich könnte jeden Tag auf diese Weise zur Arbeit fliegen.» Sie gaben sich fast förmlich die Hand und verweilten ein wenig länger bei der Geste, als der Norm entsprach.

Natürlich war es wieder Valérie, die sie unterbrach und Lionel zu einem der bereitstehenden Golf-Buggys des Châteaus scheuchte, mit denen sie zu den Wohnwagen fahren würden. Dort angekommen, beobachtete Richard, wie Lionel tief Luft holte, bevor sie nervös die Tür ihres Campers öffnete. Doch bevor sie die Stufen hinaufsteigen konnte, schob Valérie sich an ihr vorbei und ging als Erste hinein. Dann streckte sie rasch den Kopf heraus und bat Richard, ihr bei der Kontrolle zu helfen.

«Tut mir leid, mein Schatz», sagte sie zu Lionel und lächelte ihr dabei freundlich zu. «Aber lieber auf Nummer sicher gehen.»

Lionel zuckte mit den Schultern und setzte sich zu Jennifer Davies, die auf einer Bank saß und die Morgensonne genoss.

Richard stieg in den Wohnwagen hinauf, und Valérie schloss sofort die Tür hinter ihm. «Schau!», zischte sie und deutete auf Lionels gut beleuchteten Spiegel. Darauf stand in rotem Lippenstift schon wieder eine Botschaft:

«Bist du darauf gefasst – du Hure?»

Richard zog die Augenbrauen hoch. «Das ist nicht besonders freundlich, oder?», fragte er ruhig.

Sie wandte sich zu ihm um, um zu sehen, ob er scherzte und über etwas spottete, was sie als eine gefährliche Entwicklung betrachtete. Dann kam sie aber zu dem Schluss, dass dem nicht so war und er sich einfach so verhielt, wie es seiner Art entsprach. Dass er nämlich die Formulierung und ihre Bedeutung so gründlich bedachte wie ein Faultier, das ein Baumblatt kaute. Daher sagte sie etwas aufgebracht: «Du bist manchmal so unglaublich englisch!»

Richard fühlte sich dadurch ein wenig überrumpelt. «Was soll ich denn nach deiner Meinung sagen?» Er klang etwas verletzt. Möglich, dass er noch im Ballonfahrtmodus und etwas zu entspannt war, aber es kam ihm ein wenig hart vor, deswegen auf ihm herumzuhacken. *Er* hatte diese Botschaft schließlich nicht geschrieben.

«Was hältst du davon?», fragte Valérie, obwohl klar war, dass sie bereits ein paar eigene Ideen hatte.

«Na ja», begann Richard, der dachte, dass er wie üblich getestet wurde. «Erstens hatte derjenige, der das hier geschrieben hat, Zugang zur Drehfassung, denn vermutlich bezieht die Botschaft sich auf die Szene, die heute gedreht wird. Das engt das Feld der Verdächtigen auf die Personen ein, die direkt in die Dreharbeiten einbezogen sind, da der Terminplan geändert wurde.» Er war recht stolz auf seine Schlussfolgerung und schaute zu Valérie, um zu sehen, ob sie ihr zustimmte. Valérie hatte die Stirn gerunzelt, nickte langsam und legte dann den Kopf schief.

«Ich gebe zu, dass ich daran nicht gedacht habe.» Sie klang merkwürdig unsicher.

«Oh.» Richard war von dieser Enthüllung genauso verblüfft wie Valérie selbst.

«Ich ging davon aus, dass es sich auf Lionel als Mensch bezieht, ganz allgemein. Dass die Person, die es geschrieben hat, damit ausdrücken wollte, dass er oder sie bald zuschlägt!»

Richard las die kurze Nachricht noch einmal durch. «Es könnte beides bedeuten», erklärte er achselzuckend.

Valérie schaute sehr besorgt. «Richard, das gefällt mir gar nicht. Ich bin Lionels wegen sehr beunruhigt.» Sie sahen einander über den Spiegel und durch die gekritzelte Botschaft hindurch ins Gesicht. Plötzlich klopfte es an der Tür.

«Kann ich allmählich reinkommen?», fragte Lionel.

«Schnell!», flüsterte Valérie. «Wisch es ab!» Sie schnappte sich ein Päckchen Abschminktücher und warf es Richard zu, der sich sofort an die Arbeit machte. Er wischte auf der Botschaft herum und verschmierte sie, bis sie unlesbar war. Am Ende des Gangs öffnete Lionel die Tür, und Valérie ging ihr entgegen und lenkte sie vom Schminkbereich weg.

«Ist alles in Ordnung?», fragte Lionel.

«Oh ja!» Nicht zum ersten Mal dachte Richard, dass Valérie eine furchtbar schlechte Lügnerin war. In der Art, wie sie «Oh ja!» sagte, schwang so viel falsche, übertriebene Begeisterung mit, dass Lionel sofort misstrauisch wurde.

«Bist du dir sicher?», fragte sie nervös.

«Ja, ganz sicher.» Valérie regelte ihren Überschwang ein wenig herunter. «Richard hat etwas verschüttet und wischt es gerade auf. Manchmal ist er wirklich schrecklich ungeschickt!»

Der Gedanke war unabweisbar, dass diese Frau sich ganz schön was herausnahm. Dann hörte er beide kichern. Valérie mochte eine miserable Lügnerin sein, aber es fiel offensichtlich gänzlich ins Reich des Glaubwürdigen, dass Richard ein ungeschickter Volltrottel war, den man keine Minute allein lassen konnte.

«Also wirklich!», knurrte er in sich hinein und wischte den Spiegel vollständig sauber. «Das ist die letzte Ballonfahrt, die ich organisiert habe.»

«Bist du allmählich mit Aufwischen fertig?», fragte Valérie gellend.

«Ja!», antwortete er mürrisch. «Aber ich bin ein derart linkischer Tollpatsch, dass man nicht wissen kann, was ich als Nächstes kaputt mache.» Seine Worte troffen vor Sarkasmus, und er hoffte, dass Lionel dafür genauso immun war, wie er es von Valérie kannte. Er ging ihnen durch den Flur entgegen. «Ich bin so weit», erklärte er übellaunig.

Es folgte ein verlegenes Schweigen, und es war klar, dass Lionel in Gedanken schon wieder anderswo war. Sie sah weniger nervös als fest entschlossen aus; als wäre die nächste zu drehende Szene ein Hindernis, das sie überwinden musste, eine beschwerliche Aufgabe, die zu erledigen war, auch wenn jede Begeisterung fehlte. Außerdem war unübersehbar, dass die ganze Situation Valérie inzwischen noch unglücklicher machte. Der Gedanke, dass ihre schöne Nichte gleich nackt vor den Kameras liegen und von dem groben Reed Turnbull betatscht werden würde, ließ bei ihr offensichtlich den Finger am Abzug zucken, und Richard machte sich ebenso große Sorgen um sie, wie er Mitgefühl mit Lionel empfand.

«Weißt du», sagte er, bemüht, die Stimmung ein wenig aufzulockern, «als *Im Geheimdienst Ihrer Majestät* gedreht wurde, hatte Diana Rigg einen solchen Abscheu vor George Lazenby, dass sie vor jeder Kussszene Knoblauch aß.»

«Hast du Knoblauch zur Hand, Richard?», fragte Valérie scharf.

«Nein», antwortete er und beschloss, von jetzt an den Mund zu halten.

Das Wissen, dass Lionel diese Aufgabe nun einmal erledigen musste, machte alles nur umso schwieriger. Lionel bereitete sich innerlich auf die Dreharbeiten vor, Valérie war so angespannt wie eine Mausefalle, und Richard war zum Glück viel zu englisch, um über das Thema sprechen zu wollen. Lionel hatte sich überzeugt, dass die Szene historisch so gerechtfertigt war wie nur möglich und nicht einfach nur Nacktheit um der Nacktheit willen. Es war auch nicht so, wie es in der Vergangenheit schon vorgekommen war, dass der männliche Hauptdarsteller eigens zu seinem Vergnügen eine Szene ins Drehbuch hatte schreiben lassen. Oh nein. Sie war Marie-Louise, Erzherzogin von Österreich, Napoleon Bonapartes zweite Frau, die Mutter seines kleinen Sohns und zweiundzwanzig Jahre jünger als ihr Mann. Napoleon liebte sie, wenn auch nicht so sehr, wie er immer noch die von ihm geschiedene Joséphine liebte. Oberflächlich gesehen wirkte eine zärtliche Szene zwischen den beiden zu einem Zeitpunkt, als Napoleon gerade anfing, Selbstzweifel zu empfinden, nur natürlich. Das machte es jedoch nicht leichter.

Die Tür des Trailers wurde mit einem Ruck aufgerissen, und ein grinsender Reed Turnbull sprang herein. In den Händen hielt er eine Sektflasche und zwei Gläser. Das Grinsen verging ihm aber, als er sah, dass Lionel nicht allein war. Selbst Passepartout, der zufrieden in einem bequemen Sessel ruhte, knurrte den Eindringling an.

«Ach», sagte er, ohne sich um Höflichkeiten zu bemühen. «Ich dachte, du wärest allein.» Valérie trat langsam auf ihn zu, und Richard fragte sich erneut kurz, wie gut Friedmans Versicherung war und ob eine Klausel eine Entschädigung für den Fall vorsah, dass ein «Hauptdarsteller eine Sektflasche verschluckte».

«Sie ist nicht allein, Monsieur Turnbull. Wie Sie sehen.»

Nachdem Richard Reed Turnbull in den letzten Tagen beobachtet hatte, vermutete er, der Mann sei gleichgültig gegen alles außer seiner eigenen Stimme, doch etwas in Valéries Tonfall drang zu seinem Ego durch. Nach Richards Überzeugung konnte Turnbull von Glück sagen, wenn er mit heiler Haut davonkam. «Keine Sorge», nuschelte er und ging rückwärts zur Tür. «Vor solchen Szenen ist das bei mir einfach nur Tradition», er hob die Sektflasche hoch. «Es hilft beim, äh, Entspannen …» Er brach den Satz ab. «Wir sehen uns auf dem Set, Mademoiselle.» Er schaute an Valérie vorbei und nahm es sich tatsächlich heraus, Lionel vor seinem raschen Rückzug zuzuzwinkern.

Valérie schlug die Tür krachend hinter ihm zu. «Ich liebe dich, mein Schatz, das weißt du. Aber dein Beruf gefällt mir absolut nicht.»

Lionel lächelte matt, und Richard hielt den Mund. Er selbst wäre auch nicht scharf auf das gewesen, was Lionel gleich bevorstand, doch eine Kopfgeldjägerin und eventuell sogar Killerin nahm sich ganz schön viel heraus, wenn sie die Moral von jemandes anderen Broterwerb infrage stellte.

Jemand klopfte an der Tür, und Valérie reagierte diesmal sofort, bereit, ihre «Selbstverteidigungs»-Kenntnisse unter Beweis zu stellen, sollte Turnbull zurückkehren. Doch es war die Regisseurin Sacha.

«Guten Morgen», wandte sie sich mit einem Gruß an alle. «Lionel, wir müssen uns über die heutige Szene unterhalten.» Dann senkte sie die Stimme. «Ich habe daran einige Änderungen vorgenommen.»

11

Zum ersten Mal an diesem Morgen spürte Richard die Anspannung, die Lionel empfand, und es war klar, dass Valérie sie ebenfalls wahrnahm, obwohl sie in ihrem Beschützermodus nicht unbedingt einfühlsam auf Stimmungsschwankungen reagierte, so reizbar wie sie war. Lionels Fassade, ihre Coolness, brach in sich zusammen, und in ihr Gesicht trat ein Ausdruck des Entsetzens.

«Aber ich kenne die Szene in- und auswendig, Sacha. Im Kopf bin ich sie immer wieder durchgegangen. Ich habe sie vollständig im Griff.» Die Hände im Schoß gefaltet, setzte sie sich auf ein weich gepolstertes Ecksofa und blickte flehend zur Regisseurin auf. «Ich muss die Szene im Griff haben», sagte sie leise.

Sacha setzte sich neben sie und legte die frisch getippte Version der Szene in Lionels Schoß. «Glaub mir, Lionel, ich weiß, dass es so ist, und ich würde niemals Veränderungen vornehmen, die deine Fähigkeiten untergraben, garantiert nicht. Wenn du die Ergänzungen liest, wirst du es gewiss verstehen.» Sacha blickte zu Richard und Valérie auf, und obgleich ihre Augen teilweise durch den Schirm ihrer Baseballkappe verborgen waren, schien sie um Unterstützung zu bitten. «Ich denke, wenn wir dich hier allein lassen und du dir das Drehbuch ein paar Minuten anschaust …» Sacha stand auf, ging zur Tür und gab Valérie und Richard ein Zeichen, ihr nach draußen zu folgen.

Leise schloss sie die Tür hinter ihnen und blieb wartend bei der Treppe stehen. «Sie stehen ihr sehr nahe, oder?» Es war weniger eine Frage als die Feststellung einer Tatsache.

«Ja», antwortete Valérie für sie beide.

«Das ist gut.» Sacha nickte. «Bei einer solchen Szene, einer Sexszene, fordere ich normalerweise ein für nicht Beteiligte geschlossenes Set. Nur die Schauspieler, die Kamera, der Ton und ich. Eine Zuschauermenge will ich wirklich nicht dabeihaben. Aber es wäre mir lieb, wenn Sie beide anwesend wären, um Lionels willen. Sie vertraut Ihnen. Werden Sie das für sie tun?»

«Natürlich», antwortete Valérie ohne Zögern, während Richard einige unbestimmt ermutigende Laute von sich gab und bei der Aussicht bereits leicht errötete.

«Sind Sie sicher, dass ich …», stammelte er.

«Sei nicht albern, Richard.» Heute Morgen hatte Valérie keine Zeit für seine englischen Eigenheiten.

«Okay, klaro.» Damit blies er die immer röter werdenden Wangen auf.

Sacha nickte ihnen zu und ging los, um das Set vorzubereiten. Valérie starrte mit angespannten Kiefermuskeln auf die Wohnwagentür.

«Ihr steht euch wirklich sehr nahe, oder?», fragte Richard, der sie ein wenig ablenken wollte.

«Was? Oh. Ja, ich liebe sie sehr. Ich kenne sie schon ihr ganzes Leben.»

«Na ja, du bist ja auch ihre Tante.»

«Sie ist nicht meine leibliche Nichte. Ihre Mutter und ich stehen uns nahe, sehr nahe, wir haben miteinander gearbeitet.

Lionel bedeutet mir beinahe mehr als eine echte Nichte, und ich gebe immer gut auf sie acht.» Sie hielt inne, und es war klar, dass sie die Situation sehr schwierig fand. «Das ist nicht immer leicht, weil sie sehr berühmt ist», fügte sie hinzu. «Aber es ist meine Pflicht.»

«Sie könnte keine bessere Beschützerin haben, Valérie.» Er legte ihr ungeschickt die Hand auf den Arm. «Aber sie ist eine erwachsene Frau. Es ist ihre eigene Entscheidung.»

Lächelnd wandte sie sich ihm zu. «Ich weiß», sagte sie leise. «Das weiß ich. Danke, Richard.»

Die Tür ging auf, und Lionel trat heraus. Sie trug einen seidenen Morgenmantel und an den Füßen etwas, das an Hotelslipper erinnerte. Außerdem hatte sie, wie Sportler das nennen könnten, ein Wettkampfgesicht aufgesetzt. Konzentriert, ein wenig kalt und ganz bei der Sache. Doch als Valérie sie fragte, wie es ihr gehe, trat außerdem ein Funkeln in ihre Augen. Richard wäre der Erste, der einräumen würde, dass er die Stimmung von Frauen nicht deuten konnte, und selbst wenn er es könnte, würde er es nicht zugeben, damit ihn nur ja niemand beim Wort nahm und testete. Aber wenn man ihn nötigte, würde er behaupten, dass Lionel die Situation nicht nur, wie von ihr gefordert, vollkommen im Griff hatte, sondern dass sie den von Sacha vorgenommenen Änderungen auch zugestimmt hatte, und zwar aus ganzem Herzen. Sie sah so aus, und man konnte es nur auf eine einzige Weise ausdrücken, als wäre sie auf das, was kommen sollte, erpicht.

Lionel ging ihnen die Treppe hinauf zum Set voran. Damit es authentisch wirkte, hatte Sacha eines der Schlafzimmer im ersten Stock beschlagnahmt, und bei ihrem Eintreffen war es für die Drehaufnahmen bereit. Das Set war dunkel; die Beleuchtung, soweit es eine gab, war raffiniert so ausgerichtet worden, dass es aussah, als fiele nichts als ein Strahl Mondlicht ins Schlafzimmer. Sogar die Schatten einiger Stäbe wurden auf den Boden geworfen, damit es so wirkte, als fiele das scheinbar von außen eindringende Licht durch ein Fenstergitter. Der Raum hatte eine sinnliche Atmosphäre, doch Richard, der immer auf die Kinogeschichte zurückgriff, fand, dass er nichts Romantisches ausstrahlte. Vielmehr wirkte das Setting ein wenig angespannt. Sacha hatte Wort gehalten; auf dem Set befanden sich nur Brian und Stella, die für Kamera, Beleuchtung und Ton sorgten. Zwei zuverlässige, erfahrene Profis, die wussten, wie man sich in einer potenziell angespannten Situation diskret verhielt. Auf dem Weg zum Set waren Valérie, Lionel und Richard sonst niemandem begegnet; Friedman, Samuel und die anderen hielten sich offensichtlich fern.

Richard und Valérie verharrten im Dunkeln, und Richard spürte, wie nervös Valérie war. Eine nahestehende Person auf dem Bildschirm dabei zu beobachten, wie sie eine Szene spielte, war vielleicht doch etwas ganz anderes, als so wie sie jetzt live dabei zu sein. Er selbst fühlte sich ebenfalls sehr unwohl. Lionel stand nur einige Meter entfernt und wartete, als Reed Turnbull, der nach einem teuren Rasierwasser roch, aufs Set polterte.

«Okay», sagte er begeistert, da er die Stimmung vollkommen falsch einschätzte, «Wo soll ich stehen?» Natürlich hätte er diese Frage an Sacha richten müssen, die als Regisseurin das Sagen hatte. Doch so war es nicht; stattdessen hatte er sich mit einem fiesen Lächeln an Lionel gewandt. Richard hielt Valérie am Ellenbogen und fühlte, wie sie sich anspannte. Sie blickte zu ihm auf und nickte beinahe entschuldigend.

«So wie einstudiert, Reed», erklärte Sacha energisch. «Du hältst deine Ansprache, während du auf Lionel zugehst. Sie sitzt nackt auf dem Bett. Wenn du fertig bist, kniest du dich hin und umarmst sie. Alle an ihre Plätze.»

Lionel holte tief Atem, streifte ihre Slipper von den Füßen und reichte Valérie den Morgenmantel. Dabei wurde sichtbar, dass sie etwas trug, das wie ein hauchzarter, hautfarbener Bikini aussah. Er verhüllte ihre wohlgeformte Gestalt nicht, vermittelte aber einen Eindruck, als wäre sie für eine prüde Zeitungsbeilage mit einer Airbrush-Pistole bemalt worden. Sie ging schweigend zum Bett, wo Stella sie so auf die Bettkante setzte, dass sie zum Lichtstativ und dem Pseudofenster schaute. Ihr Gesicht, ihre Schultern und ein Teil des Bauchs waren angestrahlt, doch die vom Fenstergitter erzeugten Schatten verhüllten ihre Brüste. Es war geschickt erdacht und sah so kunstvoll aus wie ein Gemälde.

«Sehr klug, meine Liebe», kommentierte Reed ihr «Kostüm», war aber entweder unfähig oder nicht bereit, eine gewisse Schärfe in seiner Stimme zu verbergen. «Sehr professionell in dieser ‹Me-too›-Zeit.» Die Worte «Me too» spie er geradezu heraus. «Für die Nahaufnahmen funktioniert es natürlich nicht.» Er stand ein wenig abseits der Beleuchtung, um keinen Schatten zu werfen, und Brian bediente die Kamera, die über seine Schulter hinweg auf Lionel gerichtet war.

«Okay», rief Sacha hinter ihrem Monitor hervor. «Ich will das mit so wenigen Aufnahmen wie möglich erledigen. Wir alle kennen unseren Text und unsere Bewegungen. Ton läuft. Kamera ab. Klappe.»

Sie schlug die Klappe selbst zusammen. «Und bitte!»

«Cherie», begann Reed/Napoleon in wichtigtuerischem Tonfall, ganz ähnlich dem von Turnbull selbst. «Du siehst wunderschön aus.» Er ging langsam auf sie zu und achtete dabei gekonnt darauf, keinen Schatten auf sie zu werfen. «Ich bin dein besiegter Soldat, ein bezwungener, geschlagener Feind. Über halb Europa habe ich triumphiert und erwachsene Männer vor Angst erzittern lassen. Und doch ist das nichts gegen den Zauber, mit dem du mich belegst.» Er kniete sich vor ihr nieder und senkte den Kopf. «Ich bin dein, mit mir zu tun, wie es dir beliebt. Obwohl ich dein Kaiser bin, bitte ich, nimm mich als deinen Gefangenen.»

Er beugte sich vor seiner Leinwand-Gattin nieder und öffnete die Arme, um sie an sich zu ziehen.

«Cut!», rief Sacha. «Reed, du bist im Licht.»

«Das glaube ich aber nicht», widersprach er gereizt. Auch in Richards Augen hatte es nicht so ausgesehen.

«Auf die Positionen», sagte Sacha ein wenig aggressiv. «Ton ab. Kamera ab. Klappe. Und … bitte!»

«Cherie», begann Turnbull erneut. «Ich bin dein …»

«Tut mir furchtbar leid.» Das war Lionel. «Aber ich glaube, ich muss gleich niesen. Was ist das für ein Geruch?» Sie legte den Finger an die Nase. «Nein, jetzt ist er weg.»

«Kamera läuft noch. Auf die Positionen.»

Turnbull kehrte zu seiner Anfangsposition zurück, während Lionel einfach nur ins Leere starrte. Sie sah aus wie eine Marmorstatue.

«Cherie, du siehst wunderschön aus.» Reed setzte sich wieder in Bewegung. «Ich bin dein besiegter Soldat, ein bezwungener, geschlagener Feind. Über halb Europa habe ich triumphiert und erwachsene Männer vor Angst erzittern lassen. Und doch ist das nichts gegen den Zauber, mit dem du mich belegst.» Er kniete sich vor ihr nieder und senkte den Kopf. «Ich bin dein, mit mir zu tun, wie es dir beliebt. Obwohl ich dein Kaiser bin, bitte ich, nimm mich als deinen Gefangenen.» Erneut kniete er sich hin, um sie zu umarmen.

Lionel nieste laut. «Tut mir furchtbar leid», sagte sie. «Oh, ich fürchte, ich habe auf deine Uniform geniest, Napoleon.»

Reed stand rasch auf, eindeutig verärgert.

«Auf die Positionen. Kamera läuft noch.»

«Cherie, du siehst wunderschön aus. Ich bin dein besiegter Soldat, ein bezwungener, geschlagener Feind. Über halb Europa habe ich triumphiert und …»

«Cut!»

«Was ist denn jetzt, Herrgott noch mal?»

«Du überstürzt es, Reed, geh es langsamer an.»

«Ich versuche, es hinter mich zu bringen, bevor ich ins Exil muss», knurrte er und kehrte zu seiner Markierung zurück.

«Und bitte!»

«Cherie, du siehst wunderschön aus.» Diesmal war sein Tonfall zärtlich. «Ich bin dein besiegter Soldat, ein bezwungener, geschlagener Feind. Über halb Europa habe ich triumphiert und erwachsene Männer vor Angst erzittern lassen. Und doch ist das nichts gegen den Zauber, mit dem du mich belegst. Ich bin dein, mit mir zu tun, wie es dir beliebt. Obwohl ich dein Kaiser bin, bitte ich, nimm mich als deinen Gefangenen.» Erneut kniete er sich nieder.

«Ich meine es ernst, riecht sonst noch jemand, dass es brennt?», fragte Lionel.

«Cut!»

So ging es eine Weile weiter, und jedes Mal gab es etwas, womit Sacha, Lionel oder ein paarmal auch Stella nicht zufrieden waren. Die Unterbrechung ergab sich immer, wenn Turnbull gerade Lionel umarmen wollte, und falls es ihr unangenehm war, nackt auf dem Set zu sitzen, ließ sie es sich nicht anmerken. Vielmehr war Turnbull derjenige, der allmählich ernstlich verärgert war, da er die Szene niemals zu Ende spielen und seine schöne Starkollegin nicht in die Arme schließen konnte.

«Und bitte!», rief Sacha zum x-ten Mal.

«Cherie, du siehst wunderschön aus …» Als Reed/Napoleon sich am Ende seines Vortrags niederkniete, inzwischen schon ein wenig ungelenk, rechnete er wahrscheinlich mit einer weiteren Unterbrechung, doch die blieb diesmal aus.

«Das kann ich und werde ich tun», antwortete Lionel/Marie-Louise auf eigentümliche Weise und sah ihm jetzt endlich in die Augen. Reed/Napoleon stand auf und wollte die junge, überwiegend nackte Schauspielerin umarmen.

Lionel aber sprang hastig auf und wich den ausgestreckten Armen aus wie ein Flügelstürmer beim Rugby, sodass Reed beinahe hinfiel.

«Cut!», rief Sacha.

«Aber willst du nicht sehen, wie wir einander tatsächlich in den Armen halten?», fragte der Schauspieler gereizt, während er sich die Uniform glattstrich.

«Die Nahaufnahmen machen wir später, Reed.»

«Dann also noch ein Take?» Turnbull wehrte sich gegen die Eile. «Ich glaube nicht, dass ich das ganz richtig hinbekommen habe. Vielleicht sollte ich den Kopf auf sie legen …»

«Das war in Ordnung», fuhr Sacha ihn an. «Brian?» Sie blickte von ihrem Monitor auf.

«Großartig.»

«Stella?»

«Perfekt.»

«Lionel?»

«Ich bin damit zufrieden.»

Reed Turnbull begann, leise zu murren.

«Okay.» Sacha klatschte in die Hände. «Wir haben ein paar

Minuten, während wir dieselbe Szene aufbauen, aber diesmal über die Schulter von Lionel gesehen.» Valérie streifte Lionel, die in ihr Drehbuch schaute, den Morgenmantel über die Schultern, während Brian und Stella eilig ihre Aufgaben abarbeiteten. «Reed?»

«Ja», blaffte er.

«Ich habe eine Idee für diese Einstellung.» Sacha klang so, als hätte sie gerade eine Art Erleuchtung gehabt. «Vielleicht funktioniert sie nicht, aber ich würde sie gern ausprobieren.» Turnbull seufzte. «Wenn sie funktioniert, brauchen wir es nur ein einziges Mal zu machen. Dann können wir mit den intimeren Nahaufnahmen fortfahren.»

«Was soll ich tun?», fragte er, vorläufig bereit, eine kleine Verzögerung hinzunehmen, bevor das kam, was er offensichtlich als einen Bonus seines Jobs betrachtete.

«Die Kamera lasse ich laufen, was auch immer geschieht. Ich möchte, dass du improvisierst. Denk daran, dass du nicht Napoleon auf der Höhe seiner Macht bist. Dein Einfluss schwindet dahin, und du hast Niederlagen erlitten. Jetzt sollst du dir vorstellen, dass Lionel, sorry, ich meine Marie-Louise, eine weitere Schlacht ist, die gewonnen werden muss. Ich möchte Verletzlichkeit und Frustration spüren.»

Reed lächelte schief. «Vor den intimen Nahaufnahmen?»

«Vor den intimen Nahaufnahmen.»

«Er ist wirklich ein abscheulicher kleiner Mann.» Valérie machte sich nicht die Mühe, die Worte zu flüstern, und es war ihr gleichgültig, ob Turnbull sie hörte. Ihn selbst störten sie offensichtlich auch nicht.

«Okay!» Sacha klatschte erneut in die Hände. «Auf die Positionen. Ton ab. Kamera ab. Klappe. Und … bitte!»

Reed Turnbull begann von vorn. «Cherie, du siehst wunderschön aus.» Er setzte sich erneut in Bewegung, und man kann ohne Weiteres sagen, dass er zumindest in Richards Augen die «Verletzlichkeit» nicht sehr erfolgreich darstellte. Eher schon sah er aus wie ein Raubtier. «Ich bin dein besiegter Soldat, ein bezwungener, geschlagener Feind. Über halb Europa habe ich triumphiert und erwachsene Männer vor Angst erzittern lassen. Und doch ist das nichts gegen den Zauber, mit dem du mich belegst.» Erneut kniete er sich vor Lionel nieder und neigte den Kopf. «Ich bin dein, mit mir zu tun, wie es dir beliebt. Obwohl ich dein Kaiser bin, bitte ich, nimm mich als deinen Gefangenen.» Auch diesmal streckte er die Arme aus, um die junge Schauspielerin zu umfangen, aber sie wich ihm ein weiteres Mal aus.

Erneut schaute Lionel zu ihm hinunter, aber nicht wie eine gefangene Beute. «Ich soll dich als meine Eroberung betrachten?»

Turnbull blickte auf. «Von deinem Zauber besiegt», improvisierte er.

«Und doch hast du *mich* erobert, genauso wie du Österreich besiegt hast, meine Heimat.»

«Madame», beschwichtigte sie Napoleon, der bei der Erinnerung lächeln musste.

«Aber Österreich ist wieder auferstanden, oder etwa nicht? Es ist nicht länger dein besiegter Gegner.»

Turnbull sprang auf. Seine Augen blitzten vor Wut. Falls das improvisiert war, war es genial, aber Richard hatte eher den Verdacht, dass Napoleon inzwischen kapiert hatte, wie der Hase lief.

«Du bist immer noch meine Eroberung!», erklärte er wütend.

«Aber ich habe gehört, was du gesagt hast, mein werter

Gatte. Ich habe gehört, was du zu unserem Gastgeber, dem Fürsten von Talleyrand-Périgord, gesagt hast. Du hast mich als eine Gebärmutter beschrieben. Du hättest eine ‹Gebärmutter› geheiratet.»

«Aber ich …»

«Ich war deine Eroberung, und du hast die Beute von diesem Sieg, du hast einen Sohn. Einen weiteren wirst du nicht bekommen.» Sie hielt inne, und bevor Turnbull noch etwas erwidern konnte, erklärte sie kalt: «Ich werde ein weiteres erobertes Land sein, das du verloren hast.»

Von dort, wo Richard stand, sah er den Monitor, auf den Sacha sich konzentrierte. Die Kamera machte eine Großaufnahme von Turnbulls Gesicht, dessen Augen vor Wut loderten.

«Weißt du, wer ich bin?», schrie er. «Glaubst du, du einfaches Mädchen, du könntest dich mir verweigern?» Es war nicht klar, ob er hier als Napoleon improvisierte oder seinen echten Zorn als Schauspieler Reed Turnbull zeigte.

«Das kann ich, und ich werde es tun», antwortete Lionel ruhig.

«Ich nehme …» Napoleon oder Reed wollte sich vorstürzen.

«Cut!», rief Sacha erneut, und Lionel rutschte rasch vom Bett und schlüpfte in ihren Morgenmantel, den Valérie ihr hinhielt. Sie stand von Turnbull abgewandt, dessen Gesicht vor Zorn verzerrt war.

«Warum wurde ich nicht über diese Änderungen informiert?», fragte er. «Warum? Wo ist Friedman?»

Sacha ging gelassen auf das inzwischen hell erleuchtete Set. «Reed, das war großartig», sagte sie.

«Was?» Er beachtete sie kaum und folgte Lionel mit dem Blick.

«Vergiss nicht, es handelt sich um Napoleon am Ende seiner

Karriere.» Sacha ergriff ihn am Arm und führte ihn davon. «Er steht nur ein einziges Jahr vor dem Exil und ist frustriert über seinen schwindenden Einfluss.»

«Wovon redest du?», stammelte er.

«Ich rede über Frustration. Du hast sie perfekt dargestellt.»

Turnbull hielt einen Moment inne und starrte die Regisseurin an, keineswegs ruhiger geworden. «Wo ist Friedman?», wiederholte er drohend, nahm einen kleinen Blister Tabletten aus seiner Hosentasche und schluckte zwei davon. Sacha zuckte mit den Schultern, und das machte ihn nur noch wütender. Aufgebracht stürmte er vom Set.

Richard beschloss, ihm in einem unauffälligen Abstand zu folgen, und beobachtete, wie Turnbull das Château mit einem wütenden Tritt gegen die Tür verließ, womit er zu seinem Pech den Pfau Clovis aufscheuchte, der sich auf der Treppe gesonnt hatte. Auf der Suche nach einem Opfer, gegen das er seine Wut richten könnte, trat Turnbull nach dem erschreckten Vogel, doch der wich dem Tritt nicht nur geschickt aus, sondern schaffte es, dem einst großen Kaiser mit derselben gleitenden Bewegung in die Hand zu hacken.

«Das wirst du teuer bezahlen!» schäumte Turnbull, doch der Vogel war entflohen.

12

Richard saß im Dunkeln, das einzige Licht kam von seinem Handy und den Bildern, die über das kleine Display flackerten und ihn glücklich stimmten. Er saß im Hühnerstall und schaute *Du sollst mein Glücksstern sein – Singin' in the Rain.* Den Film hatte er sich vor einer Weile genau für solche Situationen auf sein Handy geladen, nämlich Momente, in denen er etwas zur Stärkung brauchte, eine Erinnerung an Unschuld und reine Freude – in anderen Worten, eine fiktive Welt. Er ließ sich von Donald O'Connor mit seinem Abfedern von den Wänden zum Lachen bringen, beobachtete, wie Gene Kelly Debbie Reynolds umwarb, und empfand die drei zusammen als eine Naturgewalt, die den Morgen mit nichts als Optimismus begrüßte.

Optimismus, dachte er, *nicht gerade meine starke Seite.* Der Tag auf dem Filmset hatte ihn erschöpft, und er wusste, dass Valérie es genauso empfand. Obwohl die Szene abgeschlossen war, und damit auch Reed Turnbulls Teilnahme an den Dreharbeiten, hatte es sich schmuddelig und sogar schmierig angefühlt, und er wollte das Ganze hinter sich zurücklassen. Turnbull würde am nächsten Morgen aufbrechen, doch Richard hegte nicht den Wunsch, an diesem Abend zu einem förmlichen Dinner zu Ehren von Monsieur Corbeau oder der Produktion selbst zu gehen. Dabei mochte angesichts der bevorstehenden Abreise des verabscheuten Turnbull sogar eine Andeutung von Partylaune aufkommen. Daher hatte er sich mit seinem einzigen eleganten Anzug in den Hühnerstall gesetzt, wo er seine Batterien mit dem Anblick von echtem Hollywood-Schwung auflud, und hoffte, dass seine geliebten Hennen das einzig Richtige tun und ihn vollkacken würden, sodass er nicht gehen konnte.

Sie hatten diese Rolle jedoch noch nicht übernommen; vielmehr saßen sie friedlich im Stroh und gackerten leise und zufrieden, da sie seine Gesellschaft genossen. Olivia de Havilland, Joan Crawford und Lana Turner – Richards geliebte Symbole des alten Hollywood, oder Relikte, wenn man so möchte. Geister, könnten manche sagen. Doch es war eine Welt von Glamour, Raffinesse und Schwung. Okay, es stimmte, zusammengenommen hatten die drei Schauspielerinnen im echten Leben mit zahlreichen Problemen gekämpft, zum Beispiel Affären, Fehden, Körperverletzung, Pornografie, Drogensucht und so weiter, aber davon hörte man nie etwas, man hörte nur von Romantik, Geheimnis und Glamour. Von den Schattenseiten erfuhr man nichts. Und Richard wollte das auch gar nicht. In seinen Augen war die Welt damals buchstäblich schwarzweiß gewesen, und nicht zum ersten Mal wurde ihm betrübt klar, dass er etwa sechzig Jahre zu spät geboren war.

Tatsächlich war seine einzige reale Verbindung mit dieser Welt im Moment, dass er einen auf Greta Garbo machte. «Ich möchte allein sein», sagte er leise in sich hinein, vergeblich um einen schwedischen Akzent bemüht. Wenigstens hoffte er, dass Valérie ihn nicht finden würde. Wenn Richard eine Gabe hatte, dann die, Dinge von sich abzublocken, für eine Weile zu verschwinden und sich zu verstecken. Schließlich hatte er das während des größten Teils seines Erwachsenenlebens perfektioniert, und dunkle, nicht beleuchtete Vorführ-räume sowie staubige Bibliotheken in Kellerräumen hatten ihm die perfekte Zufluchtsstätte geboten. Doch leider, und dessen war er sich schmerzlich bewusst, besaß Valérie ebenfalls ganz besondere Fähigkeiten, nämlich die, Menschen, die entweder gejagt wurden oder sich gejagt fühlten, erfolgreich aufzuspüren.

Die Tür des Hühnerstalls ging auf, und eine strahlend schöne Valérie stand ihm gegenüber, einen Ausdruck beinahe mütterlicher Enttäuschung im Gesicht, vermischt mit ein wenig Mitgefühl, das hoffte er zumindest. Zweifellos sah sie in ihrem fließenden, moosgrünen Hosenanzug fantastisch aus. Die Hosenbeine zog sie ein wenig hoch, damit das Outfit nicht durch Exkremente ruiniert wurde. Sie seufzte und sah ihn mit einem tröstenden Lächeln an.

«Ich wusste, dass du hier sein würdest», sagte sie leise. «Wir müssen los.»

Richard schaute auf sein Display; gerade eilte Debbie Reynolds aus dem Kino. Er wusste, wie sie sich fühlte. «Müssen wir denn wirklich? Ich meine, können wir die Leute nicht einfach feiern lassen, nur einen Abend lang?»

Sie schüttelte den Kopf. «Ich habe auch keine Lust, aber jemand bedroht meine Nichte, und ich möchte sicherstellen, dass dieser abscheuliche kleine Turnbull sich ihr an diesem letzten Abend nicht nähert.»

Er stieß die Luft tief aus. Natürlich hatte sie recht. «Lass den Regen nur kommen», sagte er düster. «Ich habe ein Lächeln im Gesicht.»

«Wovon redest du?», fragte sie, ging davon und ließ ihm die Tür offen, damit er ihr folgte.

Eine Viertelstunde später, Valérie war gefahren, befanden

sie sich in der Orangerie du Château, mit seinen Sprossenfenstern ein eindrucksvolles Restaurant auf dem Schlossgelände. Dort stellten sie sich in der Schlange an und warteten darauf, dass man sie zu ihren Plätzen geleitete. Alles war sehr förmlich, ähnlich wie bei einem Hochzeitsempfang, und sie standen hinter Jennifer Davies. Die wäre ebenfalls lieber nicht gekommen, und so versuchte sie, das Beste daraus zu machen.

«Ich bin nicht in der Stimmung für so etwas», sagte sie an beide gewandt. «Mein Tantriga Jyotidam möchte, dass ich heute faste und alles vermeide, was meine Chakren aus dem Gleichgewicht bringen könnte.»

Sowohl Richard als auch Valérie warteten darauf, dass der jeweils andere reagierte, denn keiner von ihnen hatte die geringste Idee, wovon die Schauspielerin redete.

«Was ist ein Tanty …?», begann Richard. «Entschuldigung. Wie hatten Sie es genannt?»

«Mein Tantriga Jyotidam», antwortete Jennifer in einem Tonfall, der den Gedanken nahelegte, er sei der letzte Mensch auf der ganzen Welt, der noch nicht davon gehört hatte. «Das ist tantrische Astrologie», fügte sie in der Hoffnung hinzu, dass das half.

«Ah ja, klaro.» Er beschloss, das Thema nicht zu vertiefen.

«Es ist nicht einmal so, als könnten wir das hier als eine Feier betrachten.» Das Gesicht der Schauspielerin nahm einen Ausdruck dramatischer Enttäuschung an, was Richard auf den Gedanken brachte, dass jetzt vielleicht ein Chakra zerbrochen war.

«Eine Feier?» Valérie sah ihrerseits verwirrt aus. «Des Lebens von Monsieur Corbeau, meinen Sie?»

«Na ja.» Jennifer stockte. «Das vermutlich ebenfalls. Nein, es sollte eigentlich Reeds letzter Tag auf dem Set sein. Die

Szene mit der armen Lionel wurde von Sacha auf heute Morgen vorgezogen, damit er nicht länger gebraucht würde. Deshalb glaubten wir alle, er würde morgen aufbrechen.»

«Aber das tut er nicht?» Die Nachricht verstimmte Richard. Er war zu dem Schluss gelangt, dass Reed Turnbull genau das war, was mit der Welt nicht stimmte, und konnte es gar nicht abwarten, ihn von hinten zu sehen. Die Neuigkeit, dass er bleiben würde, würden alle als schlechte Nachricht aufnehmen. Wie er spürte, spannte Valérie neben ihm sich bei dem Gedanken ebenfalls an.

«Richtig. Er sagt, dass er bleiben wird.» Jennifer sah fast schon verzweifelt aus. «Ich hoffe, dass er mir nicht in die Quere kommt, doch wahrscheinlich macht er genau das. Er ist ein übler Kerl, wissen Sie. So etwas spüre ich.»

Obwohl Richard nicht über den Vorteil spiritueller Auren und tantrischer Kalender verfügte, empfand er es ganz ähnlich, und dasselbe galt auch für Valérie, die flüsterte: «Ich glaube, das bedeutet Ärger, Richard.» Sie warf ihm einen besorgten Blick zu. Er wusste, dass eine solche Entwicklung eines Falls sie unter normalen Umständen beflügeln würde, doch dies waren keine normalen Umstände.

Sie rückten langsam in der Schlange vor und wurden von den Würdenträgern Valençays empfangen, die sich in einer Reihe aufgestellt hatten, um sie zu begrüßen. Auf dem Tisch vor ihnen standen zwei Fotos von Monsieur Corbeau. Das erste war im Krieg aufgenommen worden. Darauf trug er die unvermeidliche Baskenmütze, sein Mantelkragen war hochgeschlagen, eine Zigarette hing zwischen seinen Lippen, und er hatte ein Gewehr über die Schulter geworfen. Das Foto war ein wenig verschwommen, aber trotzdem spürte Richard nicht nur den Mut, den der junge Mann ausstrahlte, sondern auch seine

Erregung, denn wie bei Valérie war die Gefahr für ihn eine Droge. Einen ebenso erfrischenden Gesichtsausdruck hatte er auch auf dem Foto daneben. Auf diesem viel jüngeren Porträt lachte der alte Mann, der er inzwischen war, herzlich mit tränenden Augen. Das Foto unterstrich nur das, was Richard schon die ganze Zeit behauptete, nämlich dass Monsieur Corbeaus Tod nichts mit Stress zu tun gehabt hatte.

Der Bürgermeister war ein großer, grauhaariger Mann in einem dunklen Anzug, der eine blau-weiß-rote Amtsschärpe trug. Er hatte eine routiniert betrübte Miene aufgesetzt, doch gleichzeitig konnte er nicht verbergen, wie sehr es ihn faszinierte, einer Reihe von bedeutenden Stars zu begegnen. Der offizielle Fotograf folgte ihm auf Schritt und Tritt. Neben ihm stand ein kleinerer Mann, der ihm die Gäste vorstellte.

«Noel?», fragte Richard bestürzt, und sein Gefühl, an einer bedeutenden Veranstaltung teilzunehmen, verflüchtigte sich sofort. «Was zum Teufel machst du denn hier?»

Noel Mabit war in Richards Augen ein ewiges Ärgernis. Keiner kannte seine genaue Funktion im Val de Follet, doch wenn es hier irgendeinen offiziellen Anlass gab, wieselte Noel Mabit sich in einer nicht einmal offiziell zu nennenden Eigenschaft hinein und übernahm die Rolle als Schmieröl im Getriebe der Bürokratie. Er hatte auch niemals den Versuch unternommen, seine Feindseligkeit gegenüber Richard zu verbergen oder seine Bewunderung für Valérie.

«Madame d'Orçay», schmeichelte Noel Mabit, «wie entzückend, dich zu sehen. Du siehst *fantastique* aus.»

«Noel», antwortete Valérie, über seine Anwesenheit ebenso verblüfft wie Richard. «Wie charmant, danke.»

«Monsieur Ainsworth», bemerkte Mabit kühl, ohne Richard in die Augen zu sehen, und in einem Tonfall, als tränke er gerade nach Kork schmeckenden Wein. «Ich glaube, dein Name steht nicht auf der Liste …»

«Schau unter Doktor, Pressesprecher oder Sicherheitschef.» Richard war nicht der Angeber-Typ, da er bisher nichts zum Angeben gehabt hatte, aber der Kerl machte ihn wild.

«Ah ja.» Mabit zuckte mit keiner Wimper. «Du stehst ganz unten.» Er hakte den Namen ab und schnippte dann im Stil eines Oberkellners mit den Fingern. Die kalkulierte Unhöflichkeit dieses arroganten Proleten machte Richard wütend. Eigentlich wollte er ja gar nicht hier sein. Valérie, die spürte, dass er gleich aus der Haut fahren würde, hakte sich bei ihm ein und führte ihn weg, hinter der Kellnerin her, die das Klischee einer klassischen Kellnerinnentracht trug. Das schwarze Kleid mit dem weißen Rüschensaum und weißen Rüschen an den Ärmeln war vollkommen übertrieben, und dazu kam noch die Rüschenhaube auf dem Kopf. Richard und Valérie wechselten ein Lächeln, weil die Kostümierung so absurd war.

«Keine andere Kellnerin trägt diese Uniform», flüsterte Valérie, und dann dämmerte es Richard.

«Hallo, Gennie.» Er seufzte tief. «Sag mir nicht, dass du einen Vorwand für die Uniform gebraucht hast.»

Gennie und selbst Valérie kicherten, als Gennie sie zu ihren Plätzen führte. «Na ja», sagte sie mit einem herzlichen Lächeln, «wenn man in unserem Alter nicht ein bisschen Spaß haben kann, wann dann? Übrigens seht ihr beide toll aus. Valérie, dieser Farbton steht dir super, er unterstreicht deine Augenfarbe.»

Tatsächlich unterstrich er auch die Augen jedes anderen Mannes im Raum, denn Richard fiel auf, dass sie sich bei Valéries Anblick weiteten, obwohl ja auch bedeutende weibliche Filmstars da waren.

«Und mir gefällt deine Kleidung», antwortete Valérie unschuldig. «Sie wirkt so stilvoll.»

«Wo ist Martin?», fragte Richard misstrauisch. «Wahrscheinlich draußen im Krankenwagen, mit laufendem Motor.»

«Oh nein», gab Gennie zurück. «Er hat heute Abend frei.» Richard machte unwillkürlich ein erleichtertes Gesicht. «Er steht in der Küche, als Chefkoch gekleidet. Mit Kochmütze und allem. René ist ziemlich neidisch.»

Richard schweifte in Gedanken zu den potenziellen Fragen der Küchenhygiene ab, die sich stellen würden, sollten Martin und Gennie dem Reiz ihres Uniformfetischs erliegen, doch Valérie hatte andere Sorgen.

«René Dupont kocht?» Sie machte ein entsetztes Gesicht. «Er ist der *traiteur*?»

Richard wollte einen Scherz über die Ähnlichkeit von *traiteur*, dem französischen Wort für Caterer, und *traitre*, französisch für Verräter, reißen, denn ein Verräter war René tatsächlich an Frankreichs kulinarischem Ruf, ließ es aber sein, da Amorette Arthur zum Platz neben ihm geführt wurde. Gennie eilte davon, und Valérie blieb angesichts des in Aussicht stehenden *Dîners* kreidebleich zurück.

«Guten Abend, Madame.» Richard lächelte die sich setzende Amorette an.

«Guten Abend, Monsieur, Madame.» Sie wirkte ein wenig verunsichert.

«Richard und Valérie», sagte er und deutete überflüssigerweise erst auf sich selbst und dann auf Valérie, als könnte Verwechslungsgefahr bestehen.

«Amorette.» Erneut lächelte sie nervös. «Ich wollte nicht kommen!» Es war offensichtlich, dass sie das unbedingt loswerden wollte.

«Warum denn nicht?» Valérie hatte Renés künftige Verbrechen vorläufig aus ihrem Kopf geschoben und stellte die Frage charmant. «Sie sehen übrigens ganz entzückend aus. Ihr Kleid und Ihre Frisur gefallen mir, sie stehen Ihnen.»

Richard fragte sich, was nur in sie gefahren war. Das Kleid war schwarz, schlicht und endete kurz oberhalb des Knies, und Amorette Arthurs Haar sah, offen gesagt, so aus, als müsste es erst noch frisiert werden. Er war kein Experte und würde seine Meinung gewiss nicht laut aussprechen, aber das blonde Haar der Historikerin saß zwar in einer Art Knoten auf dem Kopf, sah aber aus, als befände es sich mitten in einem Bürgerkrieg, der noch lange nicht enden würde. Sie wirkte, als hätte sie sich in aller Eile fertiggemacht.

«Danke, das ist sehr nett», antwortete sie, eindeutig nicht an Komplimente gewöhnt. «Ich habe mir die Mühe gemacht, aber eigentlich wäre mir ein ruhiger Abend lieber gewesen. Diese ganzen Dreharbeiten haben mich erschöpft. Ich dachte, das hätte ich alles hinter mir zurückgelassen.»

«Die Tage sind anstrengend, das ist sicher», stimmte Richard ihr zu, schenkte den beiden Frauen Wein ein und füllte ein größeres Glas für sich selbst.

«Und die Egos auch», fügte Valérie hinzu und verzog die Lippen, als hätte sie an einer Zitrone gesaugt. «So viele kleine Menschen, die sich für groß halten.»

«Es ist nicht nur das», erwiderte Amorette gereizt. «Ich wünschte einfach, sie würden es fiktiv nennen und gut.» Sie trank einen Schluck Wein. «Wissen Sie, anfangs sollte der Film im Zweiten Weltkrieg spielen, doch dann hat man den Plan geändert. Schade. Hier in Frankreich erinnert man sich noch an den Krieg; da kann man die Fakten nicht so leicht abtun.»

«Das wusste ich nicht.» Richard sah Valérie mit hochgezogenen Augenbrauen an, doch die wurde gerade dem Schauspieler Gilbertine vorgestellt. Eine Kochmütze – eine *toque blanche* – verwegen schief auf dem Kopf, sah er sehr flott aus, aber in Richards Augen bedrängte sein Bauch die Knöpfe seines Kochkittels mehr, als gut war. Französische Schauspieler sind eine andere Sorte, dachte er, hier mag man es, wenn sie wie echte Menschen aussehen, so, als würden sie immer gut speisen. Valérie wirkte jedenfalls von ihm eingenommen.

«So vieles ist falsch, so vieles ist ungenau!», unterbrach Amorette Arthur seine Gedanken. Offensichtlich war sie mit der Absicht gekommen, sich heute Abend alles von der Seele zu reden. «Für eine Historikerin ist das sehr ärgerlich. Ich meine, Napoleon ist niemals mit seiner Mutter gereist, das ist lächerlich. Manche der Kostüme und Tischdekorationen sind bedauerlich anachronistisch. Und wo sind überhaupt die spanischen Gefangenen? Hier soll es um den Vertrag von Valençay im Jahr 1813 gehen, um das Ende der Napoleonischen Kriege auf der Iberischen Halbinsel, doch weit und breit ist kein Spanier zu sehen.» Sie leerte ihr Glas, und Richard schenkte ihr nach. Valérie unterhielt sich herzlich mit Gilbertine, der über das bevorstehende Menü plauderte und dabei auf die Speisekarte und das Foto von Monsieur Corbeau zeigte, das diese schmückte. Es war, als hätte er in der Rolle des Antonin Carême irgendwie eigene kulinarische Fähigkeiten entwickelt.

Das Essen verlief durchaus angenehm. Mit einer *daube de bœuf* hatte René sich selbst übertroffen. Anscheinend war das Kochen für eine größere Gästeschar seine Stärke, was wahrscheinlich auf seine Erfahrung als Häftling und Koch in verschiedenen Pariser Gefängnissen zurückzuführen war. An den zu einem Quadrat aufgestellten Tischen der Tafel, direkt gegenüber von Richard und Valérie, saßen der Bürgermeister und neben ihm Friedman an der Kopfseite, falls man das so nennen wollte. Unterdessen wuselte Noel Mabit im Saal herum und nervte die Gäste wie eine Wespe beim Picknick. Auf des Bürgermeisters anderer Seite saß Lionel, was dem Würdenträger sehr zu gefallen schien. Rechts neben Lionel hatte Burdett seinen Platz, er war schlaff auf seinem Stuhl zusammengesackt. Wiederum neben ihm saß Turnbull, während Jennifer Davies die andere Seite von Friedman einnahm, mit Sacha neben sich, die ausnahmsweise einmal lachte, während sie sich mit Samuel unterhielt. Bemerkenswert war, dass die Frauen nicht in Reed Turnbulls Nähe platziert worden waren, vermutlich auf Friedmans Anweisung hin. Es war wirklich schade, dass Reed nicht am nächsten Tag aufbrechen würde. Brian Grace und Stella Gonzales saßen auf einer der beiden Seiten, unterhielten sich mit der lokalen Hautevolee und zwangen sich hier und da zu einem Lächeln, das ihnen aber niemand abnahm. Zwischen den Gängen standen beinahe alle Gäste auf und schlenderten herum. Schauspieler und Crew mischten sich untereinander, allerdings abgesehen von den beiden männlichen Hauptdarstellern, und die Einheimischen wirkten erleichtert, dass sie einmal ein paar Minuten lang nicht herumschleimen mussten.

Gilbertine entschuldigte sich bei Valérie, er habe noch zu tun. Dabei rückte er seine lächerliche Kochmütze gerade.

«Genießt du den Abend?», fragte Richard ein wenig steif.

Valérie blies die Wangen auf. «Nicht so besonders», antwortete sie. «Reden Schauspieler eigentlich immer nur von sich selbst? Es ist sehr ermüdend. Kein Wunder, dass Sacha so gelangweilt wirkt.» Er schaute zu der inzwischen verdrossen dreinschauenden Regisseurin hinüber, da Samuel andere Gesprächspartner gefunden hatte. Sie wirkte in der Tat gelangweilt, und sie stocherte endlos in ihren Speisen herum und ging jedem Gespräch aus dem Weg. «Man muss wohl ein besonderer Mensch sein, um den ganzen Tag lang Schauspieler und Filmleute um sich herum aushalten zu können. Sie tut mir leid.»

Gilbertine kehrte aus der Küche zurück, eine riesige Servierplatte in Händen. Darauf türmte sich eine großartige *croquembouche*, ein hoher, pyramidenförmig angeordneter Kegel von Profiteroles, wie er von Marie-Antonin Carême erfunden worden war. Er wurde von einem Zucker-Karamell-Gespinst zusammengehalten und entlockte den versammelten Gästen erstaunte Laute. Der Schauspieler stellte das Dessert vor den finster blickenden «Napoleon» und einen «Talleyrand», der nur noch halb bei Bewusstsein zu sein schien. Dann verbeugte er sich und nahm den Applaus der Menge entgegen.

«Oho!» René trat ebenfalls aus der Küchentür und ließ den Beifall nicht gelten. «Ehre, wem Ehre gebührt.» Gilbertine verharrte mitten in seiner Verbeugung. «Meine Damen und Herren», erklärte René stolz. «Den *croquembouche* hat Madame Jeanine gemacht.» Jeanine, die *boulangère* von Saint Sauver und eine Freundin Richards und Valéries, trat verlegen aus der Küche und nickte den Gästen im Raum zu.

«Jawohl, bravo», sagte Gilbertine, dem damit die Luft abgelassen worden war. «Bravo!» Er stolzierte zu seinem Platz zurück und riss sich die Mütze vom Kopf.

«Oh, ich liebe Profiteroles!», rief Amorette aus, und Richard schenkte Wein nach. Tatsächlich war er allmählich ziemlich entspannt, wenn auch nicht so entspannt wie Dominic Burdett, der sich gerade schwankend erhob. Richard nahm an, er wollte sich zu den Toiletten begeben, und fragte sich, ob er ihm in seiner Funktion als Sicherheitsmann wohl folgen sollte. Nein, beschloss er, heute Abend würde er sich freinehmen. Diese überwiegend grässlichen Menschen sollten auf sich selbst aufpassen.

Burdett stand da, wankte ein wenig von links nach rechts, doch statt davonzugehen, schlug er leise mit einem Löffel an sein Weinglas. «*Mesdames et Messieurs*», lallte er, «als Charles Périgord Sagan Talleyrand …» Richard hörte, wie Amorette missbilligend schnalzte, denn obwohl der Schauspieler von seiner Rolle erfüllt war, hatte er Fehler beim Namen gemacht. Richard hätte darauf hinweisen können, dass der Mann auch noch mit etwas ganz anderem abgefüllt war, ließ es aber auf sich beruhen. «Wir haben einmal einen Kriegsfilm gedreht», rülpste Burdett heraus, «und es ist immer ein trauriger Anlass, wenn ein Sohn Frankreichs fällt.»

An diesem Punkt angelangt, wollte er sich wahrscheinlich in eine vom frühen 19. Jahrhundert inspirierte Lobrede auf Monsieur Corbeau ergehen, doch leider fiel auch er. Nämlich buchstäblich zurück auf seinen Stuhl.

«Ach, Herrgott noch mal.» Jetzt erhob sich Reed Turnbull, wischte sich die Hände ab und wusch sie in den Fingerschälchen, die eine Verbeugung vor den Speisegewohnheiten des frühen 19. Jahrhunderts waren.

«Napoleon rettet Talleyrand. Er ist der Mann der Stunde.» Die Historikerin links neben Richard lallte auch schon ein wenig. Zu seiner Rechten bemerkte er, dass Valérie mit den schärferen Bestandteilen des Bestecks spielte, und er hoffte, dass Turnbulls Rede kurz sein würde.

«Wir sind offensichtlich hier, um das Leben des alten …» Er deutete auf das große Fotoporträt Monsieur Corbeaus. «Äh, also, dieses Mannes da zu feiern. Nun», Reed Turnbull schaute ins Leere, «mein Eindruck des alten Mannes war …»

Plötzlich verzog sich sein Gesicht vor Schmerz. Er griff sich an die Brust, kippte nach vorn und riss den Tisch mit sich. Na, dachte Richard, wenn das eine Nachahmung des alten Monsieur Corbeau war, zeugte es wirklich von sehr schlechtem Geschmack.

13

Brian Grace hatte das Set wunderschön angestrahlt, eine subtile Low-key-Beleuchtung, die die Stimmung der Schauspieler widerspiegeln sollte. Es gab weiche, besinnliche Schatten und zudem ein paar künstliche Kerzen, bei denen ein Flackern eingestellt war, als stünden sie in einem Luftzug. Dazu kam noch das natürliche Licht des Mondes, der durch die vorhanglosen Fenster einfiel und sich in strategisch positionierten Spiegeln brach. Das Set selbst war in drei Bereiche unterteilt, und die meisten Schauspieler saßen träge herum, als warteten sie auf ihren Einsatz. In der Mitte stand der Esstisch, noch immer gedeckt. Daran saßen Jennifer, Sacha, Stella, Brian und Gilbertine und pokerten. In einer Ecke des Raums, die noch als Boudoir eingerichtet war, lag Lionel auf einer Chaiselongue, und in seinem «Büro» auf der anderen Seite des improvisierten Studios lehnte Talleyrand zusammengesackt in einem Sessel. Auf seiner Brust ruhte eine kleine Flasche Wasser, und in der linken Hand hielt er eine Flasche Whiskey. Alain stand mit verschränkten Armen bei der Tür und sah weniger wie ein Wolf als wie ein ausgestopfter Museumsbär aus.

Von ferne betrachtet mochte die Szene wie die Filmkunst-Attrappe eines berühmten Gemäldes wirken, das die Dekadenz zu Beginn des 19. Jahrhunderts darstellte, nur stand das hier nicht im Drehbuch. Keiner musste seinen Text durchgehen, und die Anspannung war viel tiefer als die den Raum erfüllenden Schatten. Ben-Hur Friedman kaute an einer nicht angezündeten Zigarre und starrte aus dem Fenster. Ständig schaute er auf seinem Handy, ob es Neuigkeiten gab, da sein Neffe Samuel im Krankenwagen mitgefahren war. Mit nervöser Miene stand Amorette Arthur beim künstlichen Feuer, während Valérie auf der Kante von Lionels Chaiselongue saß und gelegentlich einen Blick auf Richard warf, der nicht stillsitzen konnte und nervös nach Talleyrand schaute. Falls es sich wirklich um Talleyrand handelte. Allmählich begriff Richard, dass ein nüchterner Dominic Burdett Talleyrand war und ein betrunkener Dominic Burdett Dominic Burdett. Er selbst fand das schon verwirrend genug; die Götter mochten wissen, was erst für ein Durcheinander im Kopf des Schauspielers herrschen musste. Auf Valéries Blicke hatte Richard mit einem düsteren Stirnrunzeln reagiert, und er nahm an, dass sie inzwischen wie er selbst überzeugt war, dass Corbeaus Tod keine natürliche Ursache gehabt hatte.

Die Sanitäterin des Krankenwagens, die in Zivil erschienen war, weil ihre «Uniform verschwunden war», wie sie ihm erklärt hatte, hielt Richard inzwischen für einen Unglücksbringer. «Das ist Ihr zweiter Herzanfall in drei Tagen, Monsieur. Wenn mein Schwiegervater das nächste Mal in der Stadt ist, lade ich Sie zum Essen ein.» Valérie d'Orçay glaubte normalerweise nicht an Zufälle, ihr Ex-Mann Commissaire Henri LaPierre dagegen schon, und daher hatte er Turnbulls Herzstillstand sofort auf Stress zurückgeführt, obgleich «er nicht hundertzwei war», wie er beim Abfahren mit dem Krankenwagen süffisant bemerkte, wobei er Richard finster ansah.

Jennifer Davies warf die Pokerkarten hin. «Ich halte diese

Warterei nicht mehr aus», sagte sie eine Spur zu dramatisch. «Ben, gibt es immer noch keine Nachrichten?»

«Nein», antwortete der sonst so überschäumende Produzent leise und ohne sich von seinem Ausguck am Fenster abzuwenden. «Samuel sagte, er würde sich melden, sobald er kann.»

«Der arme Reed!» Aus Richards gewiefter Filmkennersicht übertrieb Jennifer die Szene. Jedermann wusste, dass Reed und sie einander verabscheuten.

«Ich kannte ihn nicht gut», bemerkte der junge Gilbertine, und sein singendes Englisch verstärkte, vielleicht zu Unrecht, die Fassade der Unschuld. «Ich habe ihn erst bei den Dreharbeiten kennengelernt.»

«Er *ist* ein großartiger Schauspieler», erklärte Jennifer.

«Immer noch *ist*, richtig, Madame, soweit wir wissen.» Der junge Mann hielt ihr tröstend die Hand, während Friedman seinen Posten verließ und Gilbertine die Hand auf die Schulter legte, dankbar für seine Worte, die er zweifellos als familiäre Unterstützung betrachtete.

«Ich kenne ihn seit vierzig Jahren», sagte Brian Grace und sah dabei in seine Pokerkarten. Sein australischer Akzent war stärker, als Richard ihn in Erinnerung hatte.

«Und?», kam Jennifers Frage nach kurzem Schweigen.

«Und», antwortete Brian mit seinem starken Akzent und legte zwei Karten auf den Tisch, «er war ein großartiger Schauspieler.» Bei seinen Worten, die oberflächlich gesehen eine einfache Aussage waren, aber eine, bei der viel ungesagt blieb, verzog sich sein Gesicht in leichtem Spott, denn er hatte angedeutet, dass er von Turnbulls Tod ausging.

Stella nahm Brians Karten auf. «Ich mochte ihn nicht», sagte sie schlicht. «Er verabscheute Frauen.»

«Da bin ich mir nicht sicher», entgegnete Sacha, die, den Blick auf ihre Karten geheftet, an den Fingernägeln kaute. «Ich glaube, auf seine Art mochte er Frauen, solange sie nichts sagten und das taten, was man ihnen auftrug.»

Richard hatte Turnbull ebenfalls nicht gemocht, aber er war altmodisch genug, ein wenig Mitgefühl mit ihm zu empfinden. Vermutlich kämpfte der Mann im Moment um sein Leben, während seine Kollegen, von Jennifer Davies einmal abgesehen, ihn für tot erklärten und seine Persönlichkeit durchhechelten.

«Er war ein bedeutender Mann!», rief Burdett, als wände er selbst sich in Todeszuckungen. «Und ich habe mein Leben dem Dienst an ihm geweiht!» Aha, dachte Richard, jetzt sprach also Talleyrand und nicht Burdett; der Schauspieler wurde wohl allmählich nüchtern.

«Es war nicht einfach, mit ihm zu arbeiten», bemerkte Lionel leise und durchbrach damit das Schweigen, das Burdetts Ausbruch folgte.

«Ha! Er war eine Herausforderung für jeden Regisseur oder jedenfalls für eine weibliche Regisseurin!» Sacha warf triumphierend die Karten nieder, während Davies ihr einen ablehnenden Blick zuwarf.

«In *The Town That Never Slept* war er herausragend», bemerkte Richard. «Ich fand, dass er den Oscar verdient hatte.» Darauf erwiderte niemand etwas, allerdings schob Valérie sich leise neben ihn.

«Er war ein Chauvinist», flüsterte sie ihm so heftig ins Ohr, dass er sich beinahe geduckt hätte. «Er hätte einen guten Franzosen abgegeben!» Bisher hatte er sie noch niemals so wütend erlebt; ihre übliche kühle Zurückhaltung im Angesicht von Gefahr war manchmal erschreckend eisig, aber in ihre bisherigen Abenteuer war auch niemals jemand verwickelt gewesen, den sie als Familie betrachtete.

Die Tür öffnete sich geräuschvoll, und ein erschöpft aussehender Commissaire LaPierre tauchte auf, mit bedrückter Miene, hängenden Schultern und natürlich verkleckerten Resten des Dîners auf Hemd und Krawatte. Er trat langsam ein, gefolgt von Samuel, der ausnahmsweise einmal kein Energiebündel war.

«*Mesdames et Messieurs*», sagte der Commissaire düster, «leider habe ich schlechte Nachrichten. Mr. Reed ist heute Abend im Krankenhaus von Châteauroux gestorben. Das Ärzteteam hat sein Möglichstes gegeben, aber am Ende hat leider sein Herz aufgehört zu schlagen.»

Es folgte ein kurzes Schweigen. «Sie haben Glück gehabt, dass sie überhaupt eines gefunden haben!» Jennifer Davies lachte und vollzog damit eine so rasche Kehrtwende, wie Richard es bei einer Schauspielerin nur je erlebt hatte.

«Jennifer …», bat Friedman leise, der das Wissen über ihre Abneigung offensichtlich im Kreis der Familie halten wollte.

«Sie mochten ihn nicht, Madame?» LaPierre knöpfte sie sich sofort vor.

«Nein, überhaupt nicht.» Ein Grinsen konnte sie sich ebenfalls nicht verkneifen.

Burdett stand plötzlich auf, er sah bis in die Haarspitzen wie der berühmte Diplomat Talleyrand aus. «Eine Frau wird manchmal dem Mann verzeihen, der versucht, sie zu verführen …», begann er, verlor dann aber den Faden, trank noch einen Schluck Whiskey und sank auf seinen Stuhl zurück.

«… aber niemals dem Mann, der die Gelegenheit verschmäht, die sie ihm geboten hat», brachte Amorette das Zitat an seiner Stelle zu Ende.

«Gerade eben noch wirkten Sie recht mitfühlend?» Valérie war diejenige, die das entstandene verlegene Schweigen durchbrach.

«Eben dachte ich, er wäre vielleicht noch am Leben!», antwortete Jennifer beißend. «Aber das ist er nicht, und so muss ich kein Mitgefühl mehr heucheln.» Sie blickte sich im Raum um, als forderte sie die anderen auf, ihr öffentlich zuzustimmen.

«Wie schon gesagt.» Brian lächelte. «Er war ein großartiger Schauspieler.»

LaPierre verschränkte die Hände hinter dem Rücken und ging langsam zum Fenster. «Vorläufig ist die offizielle Todesursache ein Myokardinfarkt, ein akuter Herzinfarkt. Natürlich wird man morgen früh eine Autopsie durchführen, aber ich gehe nicht davon aus, dass sich etwas an dieser Einschätzung ändern wird.» Mit finsterer Miene sah er Richard und Valérie drohend an. Auf keinen Fall sollten sie die offizielle Haltung der Polizei mit inoffiziellen Bemerkungen untergraben.

«Ohnehin wollten wir morgen früh nicht drehen», erklärte Sacha und erhob sich vom Tisch. «Am Vormittag sollte das Set für die Szene am Nachmittag vorbereitet werden. Jetzt gehe ich wohl mal ins Bett», fügte sie hinzu. «Gute Nacht, meine Damen und Herren.»

«Das bedeutet, dass es für uns ebenfalls früh losgeht.» Beim Sprechen beugte Brian sich zu Stella vor. «Kann jemand uns in unsere Pension fahren?»

«Das kann ich machen», sagte Samuel. Seine Meinung über Reed Turnbull hatte er erkennbar für sich behalten. «Wo übernachtet ihr denn?»

«Ich erinnere mich nicht an den Namen der Pension ... hast du eine Visitenkarte mitgenommen, Stella?» Die Angesprochene schüttelte den Kopf. «Jedenfalls hat unsere Gastgeberin heute Abend gekellnert, ist das vielleicht ein Hinweis?»

«Gennie. Martin und Gennie», antwortete Valérie, bevor Richard eine unpassende Bemerkung machen konnte. «Der Commissaire kennt die Adresse wohl.»

Der Commissaire errötete. «Vermutlich könnte ich sie finden.»

«Okay», erwiderte Samuel. «Dann bringe ich Dominic in seinem Wohnwagen zu Bett und halte ein Auge auf ihn.»

«Danke, Samuel. Ich gehe jetzt selbst ebenfalls schlafen. Oh, Entschuldigung. Jennifer, Gilbertine …» Friedman senior war kurz aus der Rolle gefallen. «Gute Nacht.»

Alle erhoben sich von ihren Plätzen, um sich zu ihren Luxus-Wohnwagen zu begeben, während die Friedmans versuchten, den inzwischen schnarchenden Burdett in Bewegung zu setzen.

Valérie machte ihr Berufsgesicht und hatte einen sehr ernsten Blick aufgesetzt. In ihrem grünen Hosenanzug sah sie aus wie eine Generalin, die gleich einen Schlachtplan verkünden wird. In seinem Abendanzug hätte Richard sich mit dem nötigen Selbstbewusstsein als James Bond fühlen können. Dieses besaß er jedoch nicht, schon gar nicht, wenn Valérie in der Stimmung war, in der sie Anweisungen erteilte.

«Alain.» Valérie trat zu dem Hünen und sprach ihn leise an. «Ich hätte gern, dass Sie Lionel zu uns nach Hause zurückbringen, bitte.»

Zu uns? Das war, zumindest aus Richards Sicht, vermutlich die wichtigste Neuigkeit des Tages. *Zu uns nach Hause!*

«Ich würde heute Nacht viel lieber hierbleiben», sagte Lionel. «Mir ist nicht danach zurückzufahren.» Valérie wollte sie unterbrechen, doch Lionel sah sie energisch an. «Ich will einfach nur allein sein», fügte sie leise hinzu, was Richard sehr gut gefiel, weil es ein Echo Greta Garbos war.

Valérie spannte die Unterkiefermuskeln an.

«Ich habe zu tun, wie Sie sehr wohl wissen», sagte Alain knurrig und deutete aufs Set.

«Ja, Sie haben heute Abend zu tun.» Valérie knöpfte ihn sich vor. Wenn sie keine Kontrolle über ihre Nichte hatte, würde jemand ihre Verärgerung abkriegen. «Sie müssen zu uns nach Hause fahren und dafür sorgen, dass Passepartout heute Abend gefüttert wird, bitte.» Alain wollte Einwände erheben, doch Valérie erhob die Stimme und die Hand. «Reden Sie nicht zu viel. Nach dreiundzwanzig Uhr wird er reizbar.»

Alain wusste selbst nicht, wie ihm geschah, doch aus einem mürrischen, einschüchternden Giganten hatte er sich plötzlich in eine Art Löwen aus dem *Zauberer von Oz* verwandelt und trottete davon, um zu tun wie geheißen. Lionel sah fix und fertig aus und gab ihrer Tante einen Gutenachtkuss.

«Wir fahren also nicht heim?», fragte Richard, nachdem nur noch er selbst, Valérie und LaPierre zurückgeblieben waren, während Brian und Stella am Polizeiwagen auf den Commissaire warteten.

«Nein. Ich muss bei Lionel bleiben und möchte über alles nachdenken, was passiert ist, Richard.»

«In Ordnung», sagte er. «Dann brauchst du mich ja eigentlich nicht, und ich kann …»

«Richard, ich brauche deine Anwesenheit. Du hilfst mir beim Nachdenken.»

«Oh, okay.» Richard blies die Wangen auf und fing dabei LaPierres Blick auf. Der war alles andere als freundlich.

«Madame», sagte LaPierre förmlich. «Eines möchte ich klarstellen. Der Tod hatte ganz offensichtlich eine natürliche Ursache. Sie brauchen über gar nichts nachzudenken, nur darüber, dass Sie», er blickte Richard ebenfalls an, «dass Sie beide Pech haben.» Er konzentrierte sich auf Richard. «Sehr viel Pech.»

«Ich glaube nicht, dass es sich hier um Pech handelt, Henri. Das magst du vielleicht denken, aber das liegt wohl daran, dass es dir so gefallen würde. *Ich* glaube es jedenfalls nicht.» Sie betonte das *ich* und fügte dann hinzu: «Glauben wir das, Richard?»

«Hm?» Richard erwachte zum Leben. «Ach, na ja, weißt du. Zwei Herzinfarkte wirkt ein bisschen … weißt du? Eigenartig.»

Die anderen beiden sahen ihn an. «Eigenartig?» LaPierre sprach fast schon mit gefletschten Zähnen.

«Ja, das trifft es genau.» Valérie sprang Richard bei. «Eigenartig. Zwei Herzinfarkte sind eigenartig.» Nachdem sie es wiederholt hatte, wirkte sie weniger überzeugt. «Monsieur Corbeau war alt, wie wir wissen, aber Reed Turnbull nicht.»

«Ah.» In den Augen des Commissaire funkelte es. «Aber er hatte Herzprobleme und hat deswegen regelmäßig Medikamente genommen!» Triumphierend hob er den Zeigefinger. «Madame, es gibt nichts, womit ich dich am neugierigen Herumstochern hindern könnte. Vielleicht könnte ich dich unter irgendeinem Vorwand einsperren lassen, aber da ich dich schon lange kenne, bezweifle ich, dass das helfen würde. Ich glaube, nicht einmal das ganze Getriebe des französischen Staats könnte dich aufhalten. Ich wünsche euch beiden eine gute Nacht.» Er ging zur Tür und drückte den Griff herunter. «Ich sehe euch morgen, wenn die Bestätigung da ist.»

«Die Bestätigung?», fragte Valérie.

«Der natürlichen Ursache, Madame.» Hätte er einen Hut gehabt, wäre dies der Zeitpunkt gewesen, ihn aufzusetzen, doch stattdessen ging er nur mit triumphierend gereckter

Nase. Valérie blieb mit zweifelnder Miene zurück, und Richard mit so vielen Fragen und Tagesordnungspunkten, dass er gar nicht wusste, wo er anfangen sollte.

14

Sie gingen langsam die Außengrenze des Schlossgeländes ab. Valérie war überwiegend still und warf nur hin und wieder einen Blick nach hinten auf die Wohnwagen, doch vor allem ging sie alles im Kopf durch und bombardierte Richard gelegentlich mit rhetorischen Fragen. Er wusste aus Erfahrung, dass die Vorstellung von Zufälligkeit nicht nur Valéries aggressiven Widerspruch erregte, sondern dass es auch ihrer Natur entsprach, sofort alternative Lösungen vorzuschlagen, wie empörend diese auch sein mochten. Und während Richard es in seinen besseren Momenten vielleicht als seine Rolle betrachtete, ihre Einbildungskraft zu zügeln, war er gerade jetzt ziemlich abgelenkt. Alle Sinne angespannt, war er auf der Hut vor seinem Erzfeind, dem Pfau Clovis. Es war wie in dem Film *Hell in the Pacific – Die Hölle sind wir*. Lee Marvin und Toshiro Mifune, Kriegsgegner, waren unabhängig voneinander auf einer einsamen Insel gestrandet und jagten sich gegenseitig aus Angst um ihre Sicherheit und im Wissen um ihre Verletzlichkeit. Er konnte sich nicht entscheiden, ob er Marvin oder Mifune war; beide waren edel und heroisch, wie sie sowohl die eigene Unversehrtheit beschützten, als auch ihre miteinander im Krieg liegenden Nationen repräsentierten. Natürlich bezweifelte er, dass der Pfau und er jemals den Zustand widerwilliger, aber notwendiger Kooperation erreichen würden, die sich in dem Film entwickelte, aber …

«Richard!»

Er bemerkte, dass Valérie inzwischen zwanzig Meter hinter ihm auf einer niedrigen Bank ohne Rücklehne saß, während er sich von seinen Tagträumen hatte davontragen lassen. Also machte er kehrt und ließ sich im Mondlicht, das alles in ein verwaschenes Blaugrau tauchte, neben ihr nieder. Sie verharrte schweigend, wirkte aber gleichzeitig zappelig.

«Alles ist im Fluss, nicht wahr», sagte er nach einer Weile, nahm es sich aber übel, dass er das Schweigen mit dem dämlichsten und typisch englischsten Eröffnungszug gebrochen hatte, der überhaupt möglich war.

«Was ist im Fluss?», fragte sie gereizt.

«Na ja … alles.»

«Im Fluss wohin?»

«Vergiss es. Was ist los? Seit LaPierres Aufbruch hast du kaum etwas gesagt.»

Sie wägte seine Worte ab und seufzte dann tief, fast als würde sie sich besiegt geben. «Was ist, wenn du recht hast, Richard?»

«Das bringt dich auf? Dass ich vielleicht recht haben könnte? Ha! Also, das gefällt mir!» Er hielt inne, und sie wartete ab, dass seiner Empörung die Luft ausging, was schnell geschah. «Womit recht?», fragte er leise.

«Der arme Monsieur Corbeau», antwortete sie. «Dass es schließlich doch keine natürliche Todesursache war.»

«Ach so», sagte er, da er spürte, in welche Richtung das unvermeidlich führte. «Ich habe nicht gesagt, es sei keine natürliche Todesursache gewesen. Ich sagte, er sei nicht am Stress gestorben.»

«Du glaubst also an eine natürliche Ursache?» Ihr Blick fing das Mondlicht auf und traf ihn blitzend wie ein Laser.

«Alle anderen behaupten das, ja. Die Ärzte, die Polizei … alle, sogar bei der Autopsie wurde es festgestellt. Was mir ziemlich abschließend vorkommt.»

Sie nickte, ohne den Blick von ihm zu wenden. «Aber du hast von Anfang an daran gezweifelt, Richard.»

«Ja, das stimmt. Ich weiß selbst nicht recht warum, aber ich hatte einfach das Gefühl, dass er stärker war, als die Leute ihm zugutehielten. Er kam mir nicht wie der Typ vor, der einfach so umkippt. Ich weiß selbst nicht, warum ich das dachte und immer noch denke. Aber so ist es.» Er holte tief Luft. «Warum glaubst du denn jetzt, dass es keine natürliche Todesursache war?»

«Weil du es nicht glaubst», antwortete sie leise. «Und ich vertraue deinem Urteilsvermögen.»

Er versuchte, locker zu bleiben, merkte aber schnell, dass weitere Lockerheit nur dazu führen würde, dass er rückwärts von der Bank fiel. Zweierlei schoss ihm durch den Kopf, nämlich erstens, dass Valérie niemandem so ohne Weiteres vertraute, und zweitens, dass bisher nur sehr wenige Menschen seinem Urteilsvermögen vertraut oder auch nur vermutet hatten, dass er welches besaß.

Sie packte ihn am Handgelenk und sagte plötzlich: «Richard, ich glaube, du hast recht!» Ihre Erregung war spürbar und wirkte bei ihr wie eine Droge, ihre Augen waren geweitet, ihr Blick eindringlich, ihr Unterkiefer stahlhart, und das galt auch für ihren Griff um sein Handgelenk. Richard seinerseits hatte das Gefühl, er sollte versuchen, sich ihrer Begeisterung anzuschließen, aber ihm war klar, dass die Ader an seiner Stirn hervorstehen musste, ein eindeutiges Zeichen für Nervosität und selbst nachts zu erkennen. Hatte er mit Corbeau recht? War dessen Tod wirklich nicht auf eine natürliche Ursache zurückzuführen? Plötzlich war er sich nicht mehr so sicher wie zuvor, dabei war er auch schon vorher nicht wirklich überzeugt gewesen. Er hatte einfach nur ein unbestimmtes Gefühl, und nun verließ Valérie sich darauf. Das war die Sache mit dem Vertrauen; das Problem war weniger, dass Richard das Vertrauen in seinen eigenen Instinkt fehlte. Vielmehr begann er, wann immer jemand überhaupt irgendwelches Vertrauen in ihn erkennen ließ, eher an dessen Fähigkeiten zu zweifeln als an seinen eigenen.

Mit Mühe gelang es ihm, seine Stimme zu kontrollieren. «Du glaubst, dass Turnbull ermordet wurde, was bedeuten würde, dass Monsieur Corbeau ebenfalls ermordet wurde, nicht wahr?»

«Ja!» Sie war beinahe ekstatisch.

«Ich verstehe», antwortete er ein wenig zu stoisch. Es wirkte fast, als schwänge ein Anklang von Enttäuschung in seiner Stimme mit, etwa so, als hätte man ihm mitgeteilt, sein Leihwagen fahre mit Automatik, obgleich er ausdrücklich ein Schaltgetriebe bestellt hatte.

«Mehr fällt dir dazu nicht ein als *Ich verstehe*?» Inzwischen war sie an seine Versuche gewöhnt, sie zu zügeln, und auch wenn sie es niemals zugeben würde, war ihr gleichzeitig bewusst, dass seine Rolle als Löschkommando sie beide zu einem guten Team machte. Doch es gab auch die Zeiten, zu denen er wie ein schwer verdaulicher englischer Pudding war, der das vorangegangene edlere Mahl zu erdrücken drohte. Und dies war eine dieser Gelegenheiten. «Richard, wir haben hier zwei Morde …»

«*Möglicherweise* zwei Morde …»

«Nun gut, möglicherweise zwei Morde, wenn du darauf bestehst, du aber verhältst dich so, als wäre es dir völlig egal.»

«Natürlich ist es mir nicht egal», erklärte er mit einem Anklang von Genervtheit. «Aber morgen früh, wenn LaPierre die Autopsieergebnisse für Turnbull kennt, werden wir mehr wissen.»

«Die Ergebnisse kennen wir bereits.» Mit diesen Worten schoss sie von der Bank hoch. «Beide wurden ermordet!»

«Das wissen wir nicht mit Gewissheit. Es könnte wirklich auch ein Zufall gewesen sein. Turnbull war herzkrank, und Monsieur Corbeau war …»

«Ja, ja, klar. Hundertzwei. Das weiß ich. Du hast also jetzt deine Meinung geändert?»

«Nicht unbedingt», erwiderte er matt. «Wir brauchen einfach nur mehr Informationen, das ist alles. Ich meine, wenn zwei Menschen den Hungertod sterben, ist das bei einer Hungersnot kein Zufall, oder?» Er hatte absolut keine Ahnung, worauf er mit seiner Bemerkung hinauswollte, und Valérie ebenso wenig. Ob es also nun der langweilige gesunde Menschenverstand war, mit dem er nach Daten verlangte, oder der Mangel an Leidenschaft und Erregung in seiner Stimme, oder ob Valérie nach einem langen Tag einfach erschöpft war, oder ob sie ihren Emotionen Luft verschaffen musste, um ein Gegengewicht zu seiner schwerfälligen, pragmatischen Art zu schaffen, Richard wusste es nicht, doch die Wirkung war explosiv. Sie sah ihm direkt in die Augen, schrie vor Frust auf, warf gleich darauf den Kopf in den Nacken und heulte erbittert zum Mond hinauf.

«Pssst», zischte er. «Sei doch still! Du weckst noch den verdammten Pfau!»

Welche wütende Beschimpfung sie ihm auch immer hatte

entgegenschleudern wollen, Richard würde es niemals erfahren, denn aus den düsteren Schatten des Châteaus ertönte ein ganz ähnlicher Schrei wie der von Valérie. Dieser aber ließ körperlichen Schmerz erkennen und dauerte länger.

«Jetzt schau, was du gemacht hast!» Richard sprang auf, ausnahmsweise einmal hellwach.

«Das war kein Pfau, Richard, *viens!*»

Sie rannten durch den Park zurück, obwohl sie nicht wussten, woher der Schrei erklungen war, denn sie entdeckten nichts offensichtlich Ungewöhnliches. Der Pfau selbst stand an einer Mauer und wirkte vollkommen unbeeindruckt von allen potenziellen Umtrieben.

«Sollen wir uns aufteilen?», fragte Richard, obwohl es, offen gesagt, das Letzte war, was er wollte.

«Ja, ich denke schon.» Valérie leuchtete mit der Taschenlampe die Bereiche ab, die die Schlossbeleuchtung nicht erreichte. «Das war der Schrei eines Mannes, Richard. Geh du nachschauen, ich muss mich überzeugen, dass es Lionel gut geht.»

Das ergab Sinn, unbedingt, und er protestierte nicht offen, doch ihm war klar, dass er wahrscheinlich die gefährlichere Mission bekam. «Okay», sagte er, und diesmal war seine kontrollierte britische Art der Situation vollkommen angemessen. «Kannst du mir deine Taschenlampe leihen?»

Sie trennten sich. Valérie ging zu den Wohnwagen der Schauspieler, und Richard näherte sich langsam dem Schloss, sehr behutsam, damit der Kies nicht unter seinen Füßen knirschte. Die Außenleuchten, die die Kuppeln des Châteaus und den Großteil der Mauern erhellten, warfen lange, unheimliche Schatten in den Hof, und Richard schluckte nervös. Hinter ihm knirschte der Kies, und jemand näherte sich ihm mit beharrlichen Schritten. Er fuhr herum, sah sich aber nur dem neugierigen Clovis gegenüber, der im Strahl der Taschenlampe stehen blieb.

«Mensch noch mal, Clovis! Jetzt hätte fast *ich* einen Herzanfall erlitten. Hau ab!» Ausnahmsweise tat der Vogel einmal wie geheißen und stolzierte in die Dunkelheit davon. Richard wandte sich wieder dem Château zu und bemerkte, dass die Haupttür offen stand. Er näherte sich ihr langsam und leuchtete mit der Taschenlampe in den Korridor und auf ordentlich gestapelte Filmausrüstung. Ganz leise, da niemand sein donnernd hämmerndes Herz hören konnte, trat er in den Empfangsbereich und ging in Richtung der Empfangstheke, an der die Besucher vorbeimussten, bevor sie die Säle besichtigen konnten. An der Wand hingen Porträts, Wappen und verschiedene andere Bilder, Appetithäppchen für den bevorstehenden Besuch. Der Schein seiner Taschenlampe blieb an einem Bild hängen; es zeigte die Skulptur eines aufgeschlagenen Buchs und war anders gerahmt als die übrigen Werke; es wirkte, als wäre es nachträglich dazwischen gehängt worden. Sonst fiel ihm nichts Ungewöhnliches auf, und so war er in Versuchung, wieder zu gehen, bevor er das Pech hatte, auf etwas zu stoßen, das tatsächlich die Ordnung durchbrach. Als er vorsichtig zur Tür zurückkehrte, fiel ihm zu seiner Linken auf, dass von unten Licht heraufdrang. Angesichts des Pechs, das er hatte, wurde ihm mulmig zumute. *Das ist mal wieder typisch*, dachte er. *Jetzt muss ich dem nachgehen.*

Die steinerne Wendeltreppe, die in den riesigen Küchenbereich hinunterführte, war normalerweise gut beleuchtet, doch von dort kam das Licht nicht. Es sickerte von weiter weg herauf, und so stieg er die Treppe vorsichtig hinunter und hoffte, dass das Licht keine Bedeutung hatte oder dass schlimmstenfalls

Clovis gelernt hatte, wie man die Schalter betätigte. Im Untergeschoss war es kälter, und der Gewölbegang, der zu den Küchenräumen führte, wirkte besonders abweisend. Richard bog zunächst nach links ab und untersuchte den alten Weinkeller. Jetzt war er mit leeren Flaschen gefüllt, doch in Talleyrands Zeit hatte er zu den am besten bestückten Weinlagern Frankreichs gehört, denn der Diplomat hatte ein Vermögen damit verdient, ganze Jahrgänge aufzukaufen und wieder zu verkaufen. Einige Kellerräume waren mit Eisengittern versperrt, doch der größte war für Besucher zugänglich und mit künstlichem Staub versehen, damit er authentischer wirkte. Richard spürte, wie etwas unter seinen Füßen knirschte, und leuchtete mit der Taschenlampe hinunter. Es war eine zerbrochene Weinflasche. Instinktiv bückte er sich, um eine Scherbe mit dem Etikett aufzuheben, doch dabei übersah er eine weitere Scherbe dahinter und jaulte auf, als deren scharfe Schnittkante die Wunde an seinem Finger erneut öffnete. Für den Fall, dass jemand mit ihm hier unten war, schaltete er die Taschenlampe aus, während er an seinem verletzten Finger lutschte, um die Blutung zu stillen.

Ohne darüber nachzudenken, ob er allein war oder nicht, schaltete er die Taschenlampe plötzlich wieder ein und beleuchtete seinen Finger. Es war nur ein kleiner Schnitt, keine große Sache, aber nicht deshalb hatte er alle Vorsicht in den Wind geschlagen und den Strahl wieder aufleuchten lassen. Er brauchte ihn vielmehr, um zu unterstreichen, dass ihm ein Licht aufgegangen war. «Heureka!», flüsterte er. «Ein Schnitt im Finger.» Das musste er sofort Valérie berichten.

Er wusste, dass es hier im Untergeschoss noch einen weiteren Ausgang gab, am Ende des gemauerten Gangs, und er ging rasch darauf zu und leuchtete im Vorbeigehen kurz in die beiden riesigen Küchenräume. Nichts kam ihm auffällig vor, und so eilte er aus der Tür, die neben Ben-Hur Friedmans Wohnung lag. Seine Überlegung war, dass er erst nach Friedman schauen und dann Valérie bei den Wohnwagen aufsuchen könnte. Als er um die Ecke bog, bemerkte er, dass in den Räumlichkeiten des Produzenten kein Licht brannte, aber auch dort stand die Glastür offen. Es war ein warmer Abend, sicher, aber aus irgendeinem Grund kam ihm Friedman nicht wie ein Mann vor, der auf eine natürliche Belüftung setzen würde; das war nicht *kalifornisch.* Vorsichtig näherte er sich der geöffneten Tür und richtete den allmählich schwächer werdenden Strahl seiner Taschenlampe in den dunklen Raum.

«Mr. Friedman?», rief er, eher flüsternd, denn schließlich mochte der Produzent auch einfach schlafen. «Mr. Friedman?» Er ging hinein und schwenkte die Taschenlampe im Raum herum. Auf dem Schreibtisch stand eine geöffnete Flasche Cognac und daneben ein Glas, in dem noch ein Rest des Getränks verblieben war. Das gefiel Richard gar nicht; Friedman war definitiv nicht der Typ, der seinen teuren Schlummertrunk einfach stehen lassen würde. Er war jedoch nirgends zu sehen, weder im Hauptraum noch im Schlafzimmer noch im Bad. Auch von Gewalt keine Spur, sagte Richard sich, wobei er allerdings zugeben musste, dass er keine Ahnung hatte, wonach er schauen musste.

Er kehrte nach draußen in den Garten zurück und beschloss, einen Rundgang über die kleine Brücke zu machen. Und da hörte er das Stöhnen. Mit der Taschenlampe leuchtete er in den trockenen Schlossgraben, erkannte aber zunächst nichts. Erneut hörte er das Stöhnen. Und nun sah er: Es war Friedman. Er lag am Grund des tiefen Grabens und erinnerte an eine auf den Rücken gefallene Schildkröte. Als Richard vorsichtig die steile Böschung hinunterstieg, richtete Friedman sich langsam auf.

«Was ist passiert?», fragte Richard eindringlich, als der Produzent benommen den Kopf schüttelte.

«Ich weiß nicht recht. Geben Sie mir eine Minute Zeit, oder auch zwei, aber ich freue mich, Sie zu sehen!», sagte er schließlich. Seine Schläfe war mit Blut verschmiert.

«Sind Sie gefallen?» Richard setzte ihn aufrecht hin, und in diesem Moment tauchte auch Samuel Friedman auf.

«Ich habe den Schrei gehört», sagte der junge Mann. «Was ist passiert, Onkel, bist du gefallen?»

«Nein», antwortete der Produzent und schaute von einem zum anderen, einen verletzten und gekränkten Ausdruck im verschatteten Gesicht. «Jemand hat mich geschlagen und dann gestoßen!»

Samuel sah Richard an; in seinem Gesicht stand ernsthafte Sorge. «Schaffen wir ihn aus dem Graben», sagte er und stand auf.

Selbst unter normalen Umständen wäre es schwierig gewesen, die Böschung hinaufzuklettern, geschweige denn mit einem betrunkenen amerikanischen Produzenten, den sie zusätzlich noch hochschleppen mussten, aber am Ende schafften sie es. Oben angekommen, standen sie zu dritt nebeneinander und schnappten nach Luft. Richard und Samuel hielten Friedman an den Armen fest. Richards Handy piepte, und er ließ den Produzenten kurz los. Friedman verlor den Halt und wäre beinahe wieder hinuntergestürzt, doch Samuel fing ihn gerade noch rechtzeitig auf.

«Tut mir leid», sagte Richard und schaute auf sein Handy. Es war eine Nachricht von Valérie. «Komm. Dringend.»

15

Richard wusste nicht, ob er körperlich schlapp war, so wie er auch nicht mit Sicherheit sagen konnte, ob er die intellektuelle Fähigkeit besaß, Astrophysiker zu werden: Der Mangel an Testmöglichkeiten bedeutete, dass das Ergebnis fraglich war. Er trieb niemals Sport und wurde daher niemals einer körperlichen Prüfung unterzogen, die etwas darüber aussagen würde, wie sehr er außer Form sein mochte. Als er sich jetzt jedoch vor Lionels Wohnwagen schwer auf einen Stuhl stützte, kam es ihm so vor, als hätte er die Testergebnisse erhalten, und irgendeine Art von sanfter regelmäßiger Bewegung wäre vielleicht keine schlechte Idee. Es fühlte sich so an, als hätte er eine intensive Herz-Kreislauf-Trainingseinheit hinter sich, denn er war überall herumgerannt, beinahe senkrechte Grabenböschungen hinauf- und hinuntergeklettert, hatte mit einem Pfau gekämpft, und das alles nach einem recht mächtigen Dinner. Doch Valérie hatte ihn gebeten, sofort zu kommen, und das hatte er getan. Er richtete sich auf, klopfte seinen Abendanzug ab, zupfte demonstrativ seine Manschettenknöpfe zurecht, zog auf die traditionelle lakonische Geheimdienstmanier die eine Augenbraue hoch, auch wenn ihn niemand beobachtete, ließ sich dann aber wieder auf seinen Stuhl zurückfallen und vergewisserte sich, dass er auch wirklich wieder bei Atem war. Er machte sich durchaus Sorgen, er könnte dem derzeitigen Trend zum Opfer fallen und einen Herzinfarkt erleiden. LaPierre wäre begeistert, dachte Richard; endlich hätte er einen Todesfall mit eindeutig natürlicher Ursache.

Er klopfte sanft an die Wohnwagentür und zog sie langsam auf. Drinnen war es nahezu dunkel. Die Make-up-Spiegelbeleuchtung war ausgeschaltet, und nur in einer Ecke brannte eine kleine Nachttischlampe. Als er sah, dass Valérie auf dem Ecksofa die offensichtlich erschlaffte, auf dem Bauch ausgestreckte Lionel Margaux im Arm hielt, fürchtete er sofort das Schlimmste. Zu seinem Entsetzen entdeckte er einen Ausdruck von Zorn und Schuldgefühlen im Gesicht seiner Freundin, und sofort empfand er dasselbe.

«Was ist passiert?», flüsterte er laut.

«Schau auf den Spiegel», antwortete sie leise, ohne den Blick von ihrer Nichte zu wenden, und strich ihr sanft übers Haar.

Er ging rasch durch den kleinen Flur und tat wie geheißen. Auf dem Spiegel stand in leuchtend rotem Lippenstift eine weitere Nachricht:

JETZT SCHAU, WAS DU ANGERICHTET HAST.

Auf dem Tischchen unter dem Spiegel lag eine geöffnete Tablettenschachtel, und Richard nahm sie in die Hand. Es war Nitrazepam, ein starkes Schlafmittel, wie er aus der Zeit wusste, in der Clare noch bei ihm gelebt hatte. Der größte Teil des Inhalts war verschwunden. Er schüttelte traurig den Kopf. Die arme junge Frau. Eingesperrt in die künstliche Welt, in der sie lebte, und von ihr tyrannisiert. Es bereitete ihm Schuldgefühle, dass es dieselbe Welt war, wenn auch in einer anderen Ära, in der er – jemand, der von außen kam – Trost und Zuflucht fand. «Ganz anders als die arme, vom Schicksal gequälte Lionel Margaux», flüsterte er in sich hinein. Und was war mit Valérie? Richard war nie jemandem begegnet, der so offensichtlich stark und selbstsicher war wie Valérie d'Orçay, doch dies würde ein schrecklicher Schlag für sie sein und sie hart treffen. Er kehrte zum Sofa zurück und kniete sich bei den beiden Frauen nieder.

«Es tut mir furchtbar leid, Valérie», sagte er, die Stimme brüchig vor Trauer. «Sie muss unter furchtbarem Stress gestanden haben.»

Valérie sah ihn im Dämmerlicht an, die Stirn hatte sie verwirrt in Falten gezogen. In seinen Augen suchte sie eine Antwort, eine Antwort, die er ihr nicht geben konnte. Er hatte recht. Es hatte sie hart getroffen, sehr hart.

«Richard», sagte sie leise, und er spürte, dass sie sich zwang, kräftiger zu sprechen, als sie sich fühlte.

«Die arme, vom Schicksal gequälte junge Frau», wiederholte er und schüttelte traurig den Kopf.

«Richard!» Diesmal zischte sie seinen Namen.

«Du musst dich nicht stark stellen, Valérie, manchmal ist es gut, seinen Gefühlen freien Lauf zu lassen, weißt du? Das kann reinigend wirken.» Er wollte ihre Hand ergreifen. Stattdessen schlug sie nach seiner.

«Richard! Wovon redest du?»

Erst jetzt merkte er, dass er ihre Miene vollkommen missdeutet hatte. Falls sie Verwirrung und Verärgerung empfand, richtete sich das gegen ihn. Er nahm sich innerlich vor, niemals, niemals wieder den Versuch zu unternehmen, die Miene einer Frau zu deuten. Nun zeigte er ihr die Schachtel Nitrazepam. «Ich ... na ja, ich dachte, dass ...»

Valéries Gesicht wurde weicher, und sie lächelte ihn an. «Sie schläft einfach nur», sagte sie freundlich. «Die Tabletten sind von mir.»

«Aber ich dachte, sie wäre tot.» Peinlich berührt stand er auf.

«Nein, als ich hier eintrat, starrte sie auf den Spiegel. Sie wirkte erschöpft und verängstigt …»

«Wer wäre das nicht?»

«Eben. Also habe ich sie überredet, sich auszuruhen, und ihr ein paar von meinen Schlaftabletten gegeben. Das wird ihr guttun, denke ich.»

Richard klopfte mit der Schachtel auf seine linke Handfläche. «Ich wusste gar nicht, dass du so was nimmst?» Er versuchte, es als harmlose Frage zu formulieren.

«Nur manchmal», antwortete sie und strich ihrer Nichte erneut übers Haar. «Fass es bitte nicht als Kommentar zur Qualität deiner Betten auf, Richard.» Da er sich den Versuch, in Frauen hineinzuschauen, inzwischen abgewöhnt hatte, gab er nur ein neutrales Grunzen von sich. «Weißt du», fuhr Valérie fort, in der Stimme einen Anklang von Überraschung angesichts einer neuen Erkenntnis. «Wenn ich hier war, musste ich nie welche nehmen.» Sie sah ihn an und kicherte plötzlich los. «Und, Richard! Ein Engländer, der einer Französin sagt, sie solle ‹ihren Gefühlen freien Lauf lassen›! Du bist ein reizender Mensch. Danke.»

Richard räusperte sich, bemüht, gelassen zu bleiben. «Jedenfalls, diese Nachricht auf dem Spiegel.» Ein Themenwechsel war wohl angebracht. «Was hältst du davon?»

«Also, das ist auf jeden Fall unser Stalker.» Da Valéries Zorn nun wieder aufflammte, war ihre Ausstrahlung plötzlich ganz anders.

«Oberflächlich gesehen, scheint er Lionel Turnbulls Tod vorzuwerfen.» Richard ging auf und ab.

«Ja, so wirkt es. Aber das kommt mir eigenartig vor.» Valérie dachte laut nach. «Und mir fällt niemand ein, der sich nicht über Turnbulls Tod freut.» Sie schwieg kurz. «Richard!»

Der Ausruf kam so plötzlich, dass er vor Schreck fast umkippte. «Vielleicht gehört der Stalker ja gar nicht zu den Filmleuten?» So, wie sie es sagte, war sie bereits davon überzeugt. «Jetzt weiß ich, glaube ich, um wen es sich handelt, Richard, und wir müssen äußerst vorsichtig sein.»

«Um wen denn?» Er blieb stehen.

«Um Lionels Vater.» Ihre Stimme klang verärgert. «Oder besser gesagt, um ihren Stiefvater, Armand Duvert. Ihr leiblicher Vater ist schon vor ihrer Geburt gestorben. Duvert ist ein abscheulicher, gewalttätiger Mensch. Aber er kann sehr charmant sein und einen damit täuschen.»

«Und deine Freundin, Lionels Mutter, ist auf diesen Duvert hereingefallen?»

Valérie seufzte. «Genau, so wie viele. Er war einmal sehr gut aussehend.»

Richard setzte sich ihr gegenüber, noch immer mit der Tablettenschachtel in der Hand. «Aber warum sollte er sie stalken? Ich dachte, Stalker hätten eher eine, na ja, sexuelle Motivation, wenn du verstehst, was ich meine?»

«Nicht immer. Ich denke, sie sind obsessiv.»

«Mir ist trotzdem nicht klar, wieso jemand seine eigene Tochter stalken sollte, auch wenn es die Stieftochter ist.» Als Vater einer erwachsenen Tochter stieß Richard allein schon der Gedanke ab.

«Als Lionel alt genug war, erzählten wir ihr von ihrem leiblichen Vater. Sie hatte nach ihm gefragt, und wir hielten es nicht für richtig, ihr die Wahrheit weiter vorzuenthalten. Ihrem Stiefvater hatte sie nie besonders nahegestanden, und damit war die Beziehung der beiden endgültig am Ende.»

«Ich verstehe. Und er hat die Ablehnung nicht gut aufgenommen? Das Schwein!»

Seine Empörung um Lionels willen entlockte Valérie ein Lächeln. «So ungefähr», antwortete sie geheimnisvoll. «Lionel ist eine ausgesprochen gute Menschenkennerin. Sie beschloss, dass sie nichts mehr mit ihm zu tun haben wollte, nachdem sich Mutter und Stiefvater scheiden ließen.»

«Und das ist ihm sauer aufgestoßen?»

«Es hat den Anschein. Wahrscheinlich braucht er Geld.»

Sie saßen eine kleine Weile schweigend da.

«Aber», dachte Richard laut nach. «Das bedeutet, dass dieser Duvert entweder Corbeau und Turnbull ermordet hat, um es am Ende irgendwie Lionel in die Schuhe zu schieben, oder dass sie an einer natürlichen Ursache gestorben sind, und er die Lage ausnutzt, um sie in den Wahnsinn zu treiben?»

«Ich glaube nicht an …», begann sie.

«… Zufälle», beendete Richard den Satz für sie. «Ich weiß.»

«Vielleicht hat er Corbeau und Turnbull nicht ermordet, um es Lionel in die Schuhe zu schieben, sondern um sie in den Wahnsinn zu treiben, wie du eben selbst gesagt hast. Aber wir wissen ja noch nicht einmal, dass die beiden *tatsächlich* ermordet wurden.»

«Ah!» Richard stand so rasch auf, dass er sich den Kopf an einer Deckenleuchte stieß. «Das hatte ich bei der ganzen Aufregung vergessen. Ich glaube, inzwischen weiß ich, wie sie vergiftet wurden!» Die letzten beiden Wörter zischte er nur, für den Fall, dass jemand sie belauschte, auch wenn das unwahrscheinlich schien. Er hob den Finger, der den kleinen Schnitt aufwies.

«Du hast dich schon wieder am Finger verletzt?» Ihre Stimme klang ausdruckslos, eher so, als hätte man sie genötigt, Scharade zu spielen, obwohl sie keine Lust dazu hatte.

«Erinnere mich daran, niemals Mitgefühl von dir zu erwarten, wenn ich es brauche», sagte er. «Nein. Verstehst du, Corbeau hatte einen Schnitt im Finger. Er hat ihn mir gezeigt und mir gesagt, er müsse zum Arzt, um ihn verbinden zu lassen.»

«Okay.» Sie klang zweifelnd.

«Und Turnbull wurde von Clovis in die Hand gebissen!»

«Wer ist Clovis noch mal?»

«Der Pfau.»

«Ah ja, der Pfau, ich verstehe.»

Er breitete die Arme aus, als flehte er sie an. «Wohl kaum. Beide Opfer hatten sich am Finger verletzt. Beide Opfer haben Napoleon gespielt. Und was macht Napoleon immer? Er steckt die rechte Hand in die Öffnung seiner Uniformjacke. Meiner Meinung nach wurden die beiden auf diese Weise vergiftet.»

Sie starrte ihn volle zehn Sekunden an und nickte dann langsam. Richard, der jetzt schnell doch mal wieder versuchte, in eine Frau hineinzuschauen, wusste: Entweder sie fand, dass an seinem Argument etwas dran war, oder sie dachte, dass er nun völlig durchgeknallt war. Das Nicken beschleunigte sich; sie schloss sich seiner Meinung an.

«Richard», flüsterte sie, während Lionel sich kurz im Schlaf bewegte, «genial!»

Er setzte sich wieder, sehr zufrieden mit sich. «Ach ja, weißt du …»

«Wieso hast du dich am Finger verletzt, Richard, war es dieser Clovis?»

«Hm? Ah, nein!» Er stand erneut auf. «Die Tür zum Château stand offen, und ich ging hinein …»

«Gut gemacht, Richard, du bist sehr mutig.»

«Ja, natürlich, das ist mein Job.» Sie lächelte ihn erneut an. «Jedenfalls, unten, wo die Küchenräume sind, brannte Licht, und so ging ich hinunter und schaute im Weinkeller nach …»

«Und jemand hat dich angegriffen?» Ihr Zorn schoss wieder hoch wie ein Geysir.

«Nein! Überhaupt nicht, zumindest nicht mich.»

«Jemand anderes wurde angegriffen?»

«Ja», antwortete er ungeduldig. «Dazu komme ich gleich. Ich bin auf Glasscherben getreten. Im alten Weinkeller waren ein paar Flaschen aus dem Regal geschoben worden und auf dem Boden zerbrochen. Ich wollte eine der Scherben aufheben, und dabei habe ich dummerweise die Wunde in meinem Finger wieder geöffnet. Und so bin ich auf den Gedanken an Corbeaus und Turnbulls verletzte Hände gekommen.» Er setzte sich wieder, zufrieden mit seiner Arbeit.

Valérie, die noch immer Lionels Haar streichelte, hielt kurz damit inne. «Und wer wurde angegriffen?», fragte sie.

«Friedman.» Er merkte, dass er fast schon so lebhaft wurde, wie es normalerweise ihre Art war.

«Aber von wem?» Ihre Augen waren geweitet, weil das alles so erregend war.

«Das hat er leider nicht gesehen. Anscheinend hat jemand ihm von hinten einen Hieb versetzt und ihn in den alten Schlossgraben gestoßen. Das ergibt Sinn, denn die Person, die im Weinkeller war, ist durch die Tür bei Friedmans Wohnung hinausgegangen.»

Valérie nahm sich einen Moment Zeit, um das alles zu verdauen, doch bevor sie etwas erwidern konnte, klopfte es an der Tür, und der jüngere Friedman, Samuel, kam herein.

«Oh, hallo», entfuhr es ihm. «Ich wusste nicht, ob Sie noch hier waren. Ich überprüfe nur, ob es allen gut geht.»

«Alles bestens, danke», antwortete Valérie ruhig. «Wie geht es Ihrem Onkel?»

«Oh, der schläft. Und das ist gut so, weil er meistens die

ganze Nacht auf ist und sich Sorgen macht. Er wird …» Er entdeckte Lionels Spiegel. «Was ist das?», fragte er beunruhigt. Valérie suchte rasch Richards Blick, und er verstand, sie wollte, dass er etwas Bestimmtes unbedingt sofort verstand. Was es war, wusste er nicht so richtig, er würde wohl raten müssen.

«Oh, das», stammelte er. «Das ist, äh … Motivation.» Samuel sah nicht so aus, als fiele er darauf herein.

«Motivation?», erwiderte er skeptisch.

«Ja, Motivation.» Richard beschloss, dass wichtigtuerische Andeutungen den besten Ausweg aus dieser Situation boten. «Ich dachte, als Regieassistent wüssten Sie über so etwas Bescheid. In ihrer Rolle als Marie-Louise von Österreich hat Madame Margaux Zweifel, wie sie ihren Mann behandeln soll.» Richard erwärmte sich für sein Thema. «Zwischen der Liebe für ihr Vaterland und der Liebe zu dem Mann, den sie, äh, liebt, fühlt sie sich hin- und hergerissen. Sie spielt ein gefährliches Spiel, und so fragt sie sich: ‹Was habe ich angerichtet?› Diese Schrift auf dem Spiegel bezeugt Madame Margaux' Professionalität und künstlerische Integrität.»

Samuel setzte sich vor den Spiegel, scheinbar überwältigt von Richards Redeschwall. «Haben Sie selbst einmal als Schauspieler gearbeitet, Sir?», fragte er leise.

«Das Theaterspiel habe ich nicht im Blut», antwortete er, was sehr übertrieben klang.

«Es war ein sehr langer Tag für Sie, Samuel.» Valérie wandte sich unter der noch immer schlafenden Lionel heraus und trat zu den beiden Männern.

«Unbedingt», antwortete der junge Mann, setzte die Brille ab und rieb sich die Augen. «Erst Reed und dann mein Onkel. Das hier ist mein erster Film. Hoffentlich sind sie nicht alle so.»

«Wie war es im Krankenhaus? Es war bestimmt nicht sehr schön für Sie.» Valérie reichte ihm eine kleine Flasche Wasser, die er dankbar entgegennahm.

«Ziemlich hart.» Er schraubte den Deckel ab und trank einen Schluck. «Es war vollkommen klar, dass Reed es nicht schaffen würde. Der Mann hat schon seit Jahren Herzprobleme – Angina Pectoris und hoher Blutdruck. Er raucht und trinkt. Na ja, zumindest hat er das getan. Es ist ein Wunder, dass er überhaupt so lange gelebt hat. Sie haben ihm Blut für Untersuchungen abgenommen, während er noch geatmet hat. Ich meine, wozu macht man denn so was? Kann man den Mann nicht in Ruhe lassen?»

«Er hat wohl ziemlich viele Medikamente eingenommen?», hakte Richard nach.

«Oh ja; der Mann war eine wandelnde Apotheke. Sonntags hatte ich unter anderem die Aufgabe, seine Medikamente für die ganze Woche vorzubereiten. Sie wissen schon, in einer dieser Tablettenboxen für jeden Tag der Woche. Schon vor dem Frühstück hat er ein halbes Dutzend Pillen genommen, und das waren nur die, über die ich Bescheid wusste.»

«Sie glauben, dass er auch noch andere geschluckt hat?», fragte Valérie.

«Beweise habe ich nicht», antwortete Samuel und hob unschuldig die Hände. «Ich habe mich nur um seine offiziellen Medikamente gekümmert. Aber ich glaube, dass es auch noch ein paar inoffizielle Mittel gab, die eher in Richtung, sagen wir einmal, Entspannung gingen. Mein Onkel hat immer gesagt, Reed könnte sich als Belastung erweisen.»

«Warum hat er ihn dann überhaupt engagiert? Er war eine Belastung, und sonst hat ihn keiner gemocht. Warum wollte ihr Onkel ihn dabeihaben?» Valérie klang aufgebracht.

«Tja, Ma'am, tatsächlich ist mein Onkel ein Romantiker. Seit Jahren hat keiner dieser Leute mehr gute Arbeit geleistet, und er wollte das Team wieder zusammenbringen, eine letzte Produktion mit ihnen drehen. Sogar mit Jennifer Davies, wobei das allerdings mehr Sachas, äh, Madame Vizard-Guys Idee war. Sie wusste, dass Jennifer und Reed Gift füreinander sein würden, aber die Schauspielerin tat ihr leid. Sie wissen, dass sie sich während unseres Aufenthalts hier auch um Make-up und Garderobe kümmert? So hat es angefangen, so haben Reed und sie sich damals kennengelernt. Den Gerüchten zufolge wurde sie schwanger, und er hat eine Abtreibung bezahlt. Dann entdeckte sie, dass sie schauspielerische Ambitionen hatte. Mein Onkel hat alles aufs Spiel gesetzt, um diese Leute und sich selbst wieder ganz nach oben zu bringen. Die Reste der Kunstsammlung seines Granddaddys hat er als Sicherheit hinterlegt.»

«Und Sie denken, jemand versucht, die Fertigstellung des Films zu verhindern?» Diese Frage stellte Richard.

Samuel schüttelte den Kopf. «Das habe ich nicht gesagt. Die offizielle Linie ist immer noch, dass es natürliche Todesursachen waren. Sacha und mein Onkel halten daran fest.»

Valérie bedachte diesen Hinweis mit Spott. «Daran glaubt doch keiner ernsthaft!»

Das darauffolgende Schweigen wurde von ihrem Handy unterbrochen, das über das Eintreffen einer Textnachricht informierte. Sie las sie mit offensichtlicher Erregung. Dann legte sie das Handy weg und packte Samuel am Arm. «Nun, Sie machen Ihre Sache sehr gut, Samuel. Aber jetzt brauchen Sie wohl ein wenig Ruhe, wir werden hier alles im Auge behalten.» Sie öffnete die Tür und schob ihn praktisch hinaus. Dann schlug sie sie hinter ihm zu.

«Was ist los?», fragte Richard.

In ihren Augen loderte eine Mischung aus Erregung und dem Gefühl, recht behalten zu haben. «Das war eine Nachricht des Commissaire!» Mit einer triumphierenden Geste hielt sie das Handy hoch. «Reed Turnbull wurde *tatsächlich* vergiftet.»

16

Am nächsten Morgen schien die Sonne prächtig auf das Château, und nach den Ereignissen der vorangegangenen Nacht waren Würde und Heiterkeit des Bauwerks wiederhergestellt. In der Luft hing erneut herbstlicher Dunst, doch bis zur Mittagszeit würde die Sonne ihn wegbrennen. Es war ein Morgen, an dem alles möglich schien, und auch wenn Richard und Valérie nicht viel Schlaf bekommen hatten, fühlten sie sich durch LaPierres Textnachricht doch bestätigt. Das galt ganz besonders für Richard. Natürlich war die Neuigkeit an sich keine *gute*. Zwar war Reed Turnbull ein abscheulicher Mensch gewesen, aber der Tod war nun einmal nichts Erfreuliches. Die Tatsache, dass er, genau wie von Richard und Valérie vermutet, vergiftet worden war, gab Richards Selbstbewusstsein jedoch genau den Auftrieb, den er gebraucht hatte.

Die beiden gingen zwischen den niedrigen Buchshecken des französischen Gartens hindurch zu Renés Frühstücksmobil. Die rudimentäre Filmcrew, die aus Brian, Stella, Alain Petit und zu Richards Verwunderung, da er ja ihr Arbeitgeber war, auch aus Madame Tablier bestand, war damit beschäftigt, die Ausrüstung herbeizuschaffen. Die schauspielerischen Talente hatten den Vormittag freibekommen, und so herrschte keine Eile, und die Atmosphäre war entspannter als bisher. Commissaire Henri LaPierre erwartete sie, eine kleine Styroportasse mit Espresso in der Hand, und selbst aus der Ferne konnte man sehen, dass seine Körpersprache nichts von einem Selbstvorwurf erkennen ließ: Tatsächlich trat er sogar recht draufgängerisch auf.

«Für einen Mann, der sich gleich wird entschuldigen müssen, sieht er ziemlich aufgeblasen aus», sagte Richard leise.

«Dieses Auftreten kenne ich», antwortete Valérie mit einem gespielten Lächeln. «Er führt etwas im Schilde.» Passepartout, den sie am Morgen zurückgehalten hatte, stieß ein leises Knurren aus tiefer Kehle aus, das Valérie auf keine Weise zu unterbinden versuchte.

«Ah», begrüßte der Commissaire sie wie alte Freunde mit weit ausgebreiteten Armen. «Wenn das nicht Sherlock Holmes und Doctor Watson sind!»

Die Alarmglocken in Richards Kopf waren auch in guten Zeiten nie weit vom Anschlagen entfernt; jetzt läuteten sie wie bei einer königlichen Hochzeit.

«Du wirkst heute so selbstgefällig, Henri. Das ist äußerst unerfreulich.» Valérie hielt sich nicht zurück, und wie üblich zog sie den frontalen Angriff einem geduldigen Manövrieren vor.

«*Moi*, selbstgefällig?», antwortete LaPierre, und seine vorgespielte weitäugige Unschuld wich einem unangenehmen, leisen Kichern. «Im Laufe der Jahre habe ich nur so wenige Siege erlebt, Madame. Ich bin ein hart arbeitender Diener des Volkes. Wenn ich meine Sache gut mache, bedankt sich keiner. Wenn ich mich irre, fällt alle Welt über mich her. Das ist das Los des bescheidenen Polizisten, ich beklage mich nicht …»

«Ach, hör doch auf, du Dummkopf!» Mit einem Nadelstich ließ Valérie ihm die Luft ab wie einem Ballon, und er fiel sichtbar in sich zusammen. Um ein Haar hätte er Richard leidgetan.

Aber nur um ein Haar. «Du hast mir gestern die Nachricht geschickt, Turnbull sei vergiftet worden. Genau das hatten wir dir vorhergesagt, nicht wahr, Richard?»

«Ja, ich …»

«Eben», fuhr sie fort, da Richards Unterstützung im Moment überflüssig war. «Du hast darauf bestanden, dass es sich um eine natürliche Ursache handelt, aber Gift lässt auf einen Mord schließen. Warum schaust du dann also so selbstgefällig? Es steht dir nicht; dir fehlt die Übung darin!»

Wenn das ihre Angriffslinie war, war Richard erleichtert, dass er nicht gebraucht wurde.

LaPierre wischte sich die unvermeidlichen Krümel von seinem schütteren Schnauzbart; anscheinend war er noch nicht ganz fertig. «Sollen wir uns auf ein Missgeschick einigen, *mes amis*?» In Erwartung einer Reaktion blickte er vom einen zum anderen. Valérie sah so aus, als würde sie ihn am liebsten zu Brei schlagen und auf die Folgen pfeifen, und so beschloss Richard, in die Bresche zu springen.

«Zwei Espressi bitte, René», sagte er und trat zwischen das einstige Ehepaar. «Commissaire?»

«Ich habe meinen schon, danke, *Monsieur*.» Das Wort Monsieur sagte er in einem Tonfall, als hätte Richard diesen Titel nach seiner Meinung gar nicht richtig verdient. Es klang bestenfalls herablassend, und die Art, wie er einen triumphierenden Schluck seines dampfend heißen Kaffees trank, unterstrich sein widerlich überlegenes Auftreten noch. Dieses Auftreten erhielt jedoch sofort einen Dämpfer, da der Kaffee viel zu heiß zum Schlucken war, was bewirkte, dass der Commissaire dunkelrot anlief und die Flüssigkeit auf seine Hemdbrust spuckte.

«Armer Henri», sagte Valérie und drückte ihr winziges Hündchen an sich, um zu illustrieren, wie weit unten Ex-Ehemänner in der Hackordnung standen. «Und jetzt hör mit den Albernheiten auf, mach dich sauber und erzähle uns bitte, was du weißt.»

Erst einmal gedemütigt, führte der Commissaire sie an einen Tisch vor dem Restaurant L'Orangerie, wo sie noch am Vorabend gespeist hatten, auch wenn es sich so anfühlte, als wäre es schon Tage her, weil inzwischen so viel geschehen war. Als sie sich am Tisch niederließen, hatte Richard es satt, von den sich bekriegenden Ex-Ehepartnern auf die Seitenlinie verwiesen zu werden: Schließlich war es nur seine Vermutung, es könne sich um Fremdeinwirkung handeln, die sie bis hierher geführt hatte.

«Wenn Sie Missgeschick sagen, Commissaire, meinen Sie damit, dass es sich um Selbstvergiftung handelt?»

Die Frage überrumpelte LaPierre ein wenig, da er Richard bisher nicht nur als den Juniorpartner des Ermittlungsteams betrachtet hatte, sondern auch davon ausgegangen war, dass der Engländer, genau wie er selbst, weniger zu melden hatte als Passepartout.

«Richtig, Monsieur.» Diesmal zeigte er ein wenig mehr Achtung.

«Pfft!» Valérie reagierte mit einem Verziehen der Lippen und einem Achselzucken, wie nur französische Frauen es so perfekt beherrschen, weshalb Richard annahm, dass sie es entweder in den Genen hatten oder aber in der Schule lernten. «Ich glaube nicht, dass dieser Mann Selbstmord begangen haben könnte. Er hatte keine *humilité*, an ihm war nichts Bescheidenes, überhaupt nichts.» Ihre Verärgerung wuchs. «Richard! Berichte ihm von den Fingern.»

«Ah, ja richtig. Nun ...»

Der Commissaire, der inzwischen nicht mehr triumphierend schaute, sondern eher wie ein getretener Dackel, wirkte nicht glücklich, neue Informationen zu erhalten, insbesondere Informationen, die seine eigenen Schlussfolgerungen untergraben könnten. Noch weniger überzeugt wirkte er, als Valérie mit dem energischen Blick einer entschlossenen Mutter, die sich den Schultyrannen vorknöpft, Richards verletzten Finger mit dem winzigen Schnitt hochhielt.

«Siehst du?», fragte sie, bevor Richard irgendetwas erklären konnte. Man konnte ohne Weiteres behaupten, dass der Commissaire es nicht sah, überhaupt nicht; allerdings warf er Richard ausnahmsweise einmal einen mitfühlenden Blick zu. Es war nur ein kurzes Flackern in seinen Augen, doch darin war sein Mitleid deutlich zu lesen.

«Was soll ich sehen?», fragte er mit so erschöpfter Stimme, dass er nur mit Mühe zum Ende der Frage gelangte.

«Den Schnitt!» Sie hielt erneut Richards Finger hoch.

«Willst du etwa sagen, er könnte verbluten?»

«Hach! Du warst schon immer unmöglich, Henri. So vernagelt. Monsieur Corbeau und Reed Turnbull hatten beide eine Verletzung am Finger.» Erneut versuchte LaPierre, Richards Blick aufzufangen, möglicherweise ein letztes Flehen um Hilfe. «Wir glauben, dass das die Methode war, wie sie vergiftet wurden.»

LaPierre seufzte. «Sind Sie vergiftet worden, Monsieur?»

«Nein», gab Richard zu.

«Noch nicht», fügte Valérie hinzu, was ihren Geschäftspartner ein wenig nervös machte. Diese Möglichkeit hatte er überhaupt nicht erwogen.

«Aber Madame, Valérie.» Der Commissaire bemühte sich, geduldig zu bleiben und an eine gelassenere Seite in ihr zu appellieren. Richard kannte Valérie zwar erst einen Bruchteil seiner Zeit, hätte ihm aber sagen können, dass das ein vergebliches Unterfangen war.

«Komm mir nicht mit Valérie», erfolgte die vorhersehbare Antwort. «Mir erscheint es einleuchtend, dass beide Männer über einen Schnitt im Finger tödlich vergiftet wurden.» Sie lehnte sich siegessicher zurück, holte tief Luft und fügte hinzu: «Wahrscheinlich ein Nervengift. Rizin, Novichok oder etwas in der Art. Eine Substanz, die schnell wirkt und das Atemsystem überbelastet. Wahrscheinlich Rizin, da es bei einer Autopsie schwer nachweisbar ist.»

Jetzt war es an Richard, seinen Kaffee auszuspucken und seine Tasse schnell abzusetzen. Das alles war ihm vollkommen neu. Er hatte einfach nur festgestellt, dass zwei körperliche Auffälligkeiten zufällig zusammentrafen, und nicht wirklich darüber hinausgedacht, während Valérie sich bereits im Reich von Attentaten eines Kalten Kriegs befand. LaPierre schaute vom einen zum anderen und dann, als hoffte er auf ein wenig gesunden Menschenverstand, auf Passepartout.

«Ich verbeuge mich vor deinem Fachwissen auf diesem Gebiet», erklärte er kühl, «aber Reed Turnbull ist nicht an Rizin, Novichok oder explodierenden Zigarren gestorben. Genauso wenig hat der verdammte Pfau als verdeckter Attentäter seinen Schnabel in Digitalis getaucht.» Er bemühte sich, ruhig zu bleiben. «Monsieur Turnbull ist an Herzversagen gestorben …»

«Du selbst hast …», wollte Valérie ihn unterbrechen, doch der Commissaire hob die Stimme, um sie zu übertönen.

«… das durch eine starke Überdosis Sildenafil ausgelöst wurde.» Diesmal nahm er einen vorsichtigeren triumphierenden Schluck, doch ein triumphierender Schluck war es.

«Dieses Sildenafil kenne ich nicht», erklärte Valérie leise, fast als spräche sie mit sich selbst.

«Und Sie, Monsieur, kennen Sie dieses Sildenafil?» Etwas in der Frage legte nahe, dass Richard von der Substanz gehört haben sollte, doch er schüttelte den Kopf. «Vielleicht kennen Sie es besser unter seinem Handelsnamen?» Erneut verneinte Richard mit einer Geste. «Es ist Viagra, Monsieur, Viagra.»

Was für eine Unverschämtheit, war Richards erster Gedanke. Auch wenn er seinen männlichen Stolz nicht oft für öffentliche Zurschaustellungen abstaubte, gab es doch Grenzen.

«Viagra?» Valérie war skeptisch. «Über die Wunde am Finger?»

«Wohl kaum, Madame, nein.» Erneut wandte er sich Richard zu. «Sie wussten nicht, dass Viagra tödlich sein kann?»

«Natürlich wusste er das nicht!» Valérie lachte geistesabwesend. «Er hat vielleicht nicht deine Probleme, Henri.»

Ein solcher beißender Sarkasmus lag nicht in Valéries Natur, und sie hatte ihren Ex-Mann mit ihrer Bemerkung auch gar nicht so tief treffen wollen, doch sie als Schlag für Commissaire Henri LaPierre zu beschreiben, wäre eine Untertreibung. Der Mann sah so aus, als wäre er überfahren worden, woraufhin man ihm seine Seele entnommen und sie noch einmal gründlich verprügelt hätte.

«*Vielleicht* nicht.» Er sprach leise und hielt sich an dem einen positiven Punkt fest, den er in Valéries undiplomatischer Offenheit erkannte.

Richard hatte sich oft aus seinen eigenen ehelichen Showdowns zurückgezogen, und es war ihm eindeutig unangenehm, bei diesem anwesend zu sein. Der Wortwechsel warf eine Reihe von Fragen auf, aber wieder einmal stand für ihn der Gedanke im Vordergrund, was für ein unwahrscheinliches Paar die beiden gewesen waren. Valérie hatte ihm erzählt, sie hätten sich an einer Polizeischule kennengelernt, doch ihm kam das immer noch unglaubwürdig vor. Der schwerfällige künftige Polizist und die bezaubernde künftige Kopfgeldjägerin. Sie schienen absolut nichts gemeinsam zu haben, und doch diskutierten sie gerade öffentlich über ihre sexuelle Geschichte. Oder genauer gesagt, Valérie gab einen Kommentar zu ihrer sexuellen Geschichte ab, und der Commissaire wurde gedemütigt.

Richard beschloss, das Gespräch wieder in die richtige Bahn zu lenken. «Wenn Turnbull an Herzversagen gestorben ist, das durch Viagra ausgelöst wurde, bedeutet das, dass er … Sie wissen schon …?»

«Genial, Richard! Natürlich! Aber mit wem?»

LaPierre war offensichtlich erleichtert, dass sie das Thema gewechselt hatten. «Die Antwort auf diese Frage kennen wir noch nicht», erklärte er, nun wieder in einem offiziellen Tonfall. «Ich weiß auch nicht, ob das eine Rolle spielt. Jeder *médecin legiste* wird zu dem Schluss gelangen, dass es ein Unfalltod oder ein Missgeschick war. Gewiss kein Mord.»

«Pfft!», machte Valérie erneut, eindeutig nicht überzeugt. Richard war jedoch der gleichen Meinung wie der Commissaire. «Aber es interessiert dich gewiss trotzdem, für wen er das Viagra brauchte?»

«Zu welchem Zweck, für Klatsch und Tratsch?» LaPierre reagierte zunehmend verärgert.

«Weil es dein Job ist, Henri!»

Erneut hatte Richard das Bedürfnis einzugreifen. «Hat die Autopsie gezeigt, dass Reed, nun ja, Sie wissen schon … ich meine, kurz vor seinem Tod?»

«Das ist eine sehr gute Frage, Richard. Hat er Sex gehabt?» Valérie schlug mit der Hand auf den Tisch.

«Ich warte noch auf das vollständige Autopsieergebnis», antwortete der Commissaire verlegen.

«Woher wissen Sie dann über das Viagra Bescheid?», fragte Richard ganz vernünftig.

«Ich habe darauf bestanden, dass noch im Krankenhaus Blutproben abgenommen wurden, solange das Herz noch schlug.»

«Sehr gut, Henri», gestand Valérie ihm zu, worauf er höflich nickte.

«Außerdem habe ich Monsieur Friedman, Samuel meine ich, gefragt, was er über Monsieur Turnbulls Gesundheitszustand wusste. Das Ergebnis lässt keine Zweifel bestehen. Monsieur Turnbull hat Mittel gegen Angina pectoris und Bluthochdruck genommen; offensichtlich verträgt der Nitratgehalt dieser Medikamente sich nicht mit dem Sildenafil in Viagra, was zu Herzversagen führen kann. Außerdem war er Raucher. Das ist die richtige Mixtur für eine Katastrophe, aber nicht für einen Mord.»

Valérie sah ausnahmsweise einmal so aus, als gäbe sie sich geschlagen. «Tod durch Eitelkeit», sagte sie leise, doch plötzlich wurde sie wieder munter. «Aber die vollständigen Autopsieergebnisse stehen noch aus!»

«In der Tat.» Der Commissaire seufzte so tief, dass es so wirkte, als hätte ihn alle Lebenskraft verlassen. «Am Ergebnis habe ich jedoch praktisch keinen Zweifel.»

«Wieso bist du dir so sicher?» Ihre Frage klang recht abschätzig, und er ging nicht darauf ein.

«Ich an Ihrer Stelle», er wandte sich Richard zu, «würde die nächste Pressekonferenz so kurz und unbestimmt wie möglich halten, Monsieur.» *Oh Gott*, dachte Richard. *An eine weitere Pressekonferenz hab ich gar nicht gedacht.*

«Henri LaPierre.» Valérie ließ nicht locker. «Ich frage dich noch einmal, wieso bist du dir so sicher, dass es die Medikamente für Herz und Blutdruck waren, die in Verbindung mit dem Viagra den Tod herbeigeführt haben?»

«Weil ich Medikamente gegen Herzprobleme und Bluthochdruck einnehme, Madame.» Der Commissaire klang besiegt. «Und ich beachte die Warnungen.»

Richard begriff es jetzt, und er hielt es für das Beste, seinen Kaffee still zu trinken und niemandem in die Augen zu sehen.

17

Richard und Valérie überließen den Commissaire sich selbst, der nur noch «ganz wenige lose Fäden verknüpfen musste», wie er betonte, und kehrten wortlos zu Renés Frühstücksmobil zurück. Stumm dachte jeder auf seine eigene Weise über das Gespräch mit dem unnachgiebigen Polizisten nach. Valérie schüttelte unausgesetzt den Kopf, da sie sich weigerte, ihre eigenen Schlussfolgerungen fallen zu lassen. Richard empfand es genauso, verhielt sich aber weniger demonstrativ. Man konnte es drehen und wenden, wie man wollte, überlegte er, aber ein Tod durch eine natürliche Ursache und ein weiterer Tod durch ein Missgeschick bedeuteten jedenfalls zwei Todesfälle innerhalb nur weniger Tage. Außerdem hatten beide Männer Verletzungen an den Fingern erlitten, auch wenn die Polizei nicht viel darauf zu geben schien; darüber hinaus hatten beide Napoleon gespielt. Richard war kein Freund von unnötigem Aufruhr, aber es einfach nur Zufall zu nennen, käme selbst ihm zu bequem vor.

Er blieb stehen und griff dabei nach Valéries Ellenbogen. Sie verharrte ebenfalls und sah ihn erwartungsvoll an. «Nein», brummte er und schüttelte den Kopf, als bedauerte er, was er gleich sagen würde: «Das kaufe ich nicht.»

Sie lächelte ihn mitfühlend an. «Das hast du garantiert nicht nötig, Richard. Leider war das niemals Henris Stärke.»

Bemüht, ihre Worte zu verstehen, zog er die Augenbrauen zusammen, und dann endlich fiel der Groschen. «Was? Nein! Nein, das meinte ich nicht.» Er spürte, wie seine Wangen heiß anliefen und wie sie beim Gedanken daran, dass er errötete, noch leuchtender glühten. Jetzt war er doppelt rot. «Ich meinte, das mit dem Zufall kaufe ich ihm nicht ab! Vom anderen habe ich nicht geredet. Das habe ich niemals gekauft.»

Sie kicherte wegen des Missverständnisses, und er schaffte es erstaunlicherweise, sogar noch röter zu werden. «Tut mir furchtbar leid, Richard», sagte sie, doch plötzlich wurde ihr Gesicht sehr ernst. «Und nein», fuhr sie fort, «ich kaufe es ihm auch nicht ab.»

Richard holte tief Luft. Er würde gleich eine Frage stellen, auf die er die Antwort bereits kannte, doch zum ersten Mal in der Zeit ihrer Beziehung fürchtete er sie nicht. «Also», sagte er, den Unterkiefer stahlhart angespannt, da er mit zusammengebissenen Zähnen sprach, «was machen wir jetzt? Keiner von uns beiden glaubt, dass es sich um einen Zufall handelt, aber es gibt keine Beweise für das Gegenteil. Wir haben einfach nur so ein Bauchgefühl.»

Sie schob die Lippen vor. Auch ihre Stirn war gerunzelt, und so war sie ein Inbild ernsthaften Nachdenkens. Schließlich sah sie ihn mit einem äußerst gallischen Achselzucken an. «Weißt du, was ich denke, Richard? Ich denke, du bist überhaupt nicht hilfreich!»

Unter normalen Umständen wäre er von diesem Angriff aus heiterem Himmel vielleicht benommen gewesen und hätte sich verletzt gefühlt. So aber nickte er nur resigniert. Gerade wenn man glaubt, dass man diese Frau in den Griff bekommt … war sein erster Gedanke. Dem folgten jedoch rasch rechtschaffene Empörung und der Wunsch, sich einmal völlig unenglisch zu verhalten. Statt unerschütterlich zu bleiben, wollte er in eine gesalzene Schimpftirade ausbrechen.

«Was zum …», begann er, doch da legte sie ihm sanft die Hand auf den Mund, da sie sah, dass er dabei war, die Beherrschung zu verlieren.

«Ich bin nicht daran gewöhnt, Zustimmung zu erhalten, Richard, weder von sonst irgendjemandem noch von dir.» Sie lächelte ihn freundlich an. «Weißt du, ich bin nicht so dumm, wie du denkst. *Normalement* bist du meine Leine, du hältst mich zurück. Manche Dinge sage ich sogar nur deshalb, und manche Ideen bringe ich nur deshalb vor, um diese Seite von dir aufscheinen zu sehen. Unsere Gegensätzlichkeit macht uns zu einem guten Team. Aber wenn wir jetzt beide der Meinung sind, dass es sich hier um keinen Zufall handelt, dass es einen Mord gibt und Schlimmeres, dass Lionel», sie stockte, «dass meine Nichte bedroht ist … dann brauche ich deine Hilfe. Nicht nur, um den Mörder zu fassen …», sie hielt inne, «… sondern auch, um mich daran zu hindern, diese Person zu töten.»

Sie nahm die Hand von seinem Mund, und mit einem eindringlichen Blick suchte sie sein Gesicht nach einer Reaktion ab. Zum ersten Mal gab sie implizit zu, dass sie töten konnte und wahrscheinlich sogar ihren Lebensunterhalt damit verdiente. Und obwohl er das schon lange vermutet hatte, hatte dieses Eingeständnis in ihrer Partnerschaft einen Wall durchbrochen; er wusste nicht, ob er sich geschmeichelt fühlen oder eher Angst haben sollte, und entschied sich für eine Mischung aus beidem.

«Na ja, äh … ich glaube, zwei Tote sind wirklich genug, du nicht? Wir wollen doch nicht, dass du festgenommen wirst, gerade jetzt, wo wir …»

«Genau, Richard!» Sie lachte, und er war dankbar für die

Unterbrechung. «Und jetzt», sagte sie im Davongehen über die Schulter zurück, «warum glauben wir eigentlich nicht an einen Zufall?»

Richard lächelte in sich hinein. Die Bresche im Wall war schon wieder verschlossen, und in Anbetracht der Umstände nahm er das mit einer gewissen Erleichterung zur Kenntnis.

«Wegen Napoleon», antwortete er fest. «Ich weiß nicht, wie die beiden gestorben sind. Und ich hoffe wirklich sehr, dass es sich nicht um irgendein Nervengift handelt», fügte er steif hinzu, als hätte ihm jemand zu viel Milch in den Tee geschüttet. Sie schaffte es nicht, bei diesen Worten ein Kichern zu unterdrücken. «Schau mal», sagte er. «Ja, ich weiß, das hat schrecklich englisch geklungen, aber tatsächlich bin ich überhaupt nicht daran gewöhnt, Mordmethoden zu diskutieren.»

«Tut mir furchtbar leid», sagte sie, aber es war klar, dass sie sich immer noch das Lachen verbeißen musste.

«Okay. Wie schon gesagt, es ist wegen Napoleon. Deshalb ist es in meinen Augen kein Zufall. Beide haben Napoleon gespielt. Keiner, zumindest keiner, der mir einfällt, hatte einen Grund, Monsieur Corbeau nicht zu mögen, und gewiss hatte keiner einen Grund, ihn zu töten. Während …», er brach ab und sammelte sich.

«Während?», ermunterte Valérie ihn.

«Während Reed Turnbull anscheinend von allen verabscheut wurde.»

«Genug, um ihn zu ermorden, denkst du?»

«Also, ja. Es sei denn, er wäre wirklich gestorben, weil er, du weißt schon, zu viel wollte.» Nun gingen Richard wirklich allmählich die Euphemismen für den Gebrauch von Viagra aus, und inzwischen hoffte er fast schon, dass bald ein Nervengift als der Missetäter enthüllt würde, damit er sich nicht länger damit abmühen musste. Valérie starrte ihn einen Augenblick lang an, weil sie zu entschlüsseln versuchte, was er meinte. Dann leuchtete so unvermittelt wie ein Blitzschlag ihr typisches Lächeln auf.

«Genial, Richard.» Sie strahlte ihn an, und wie üblich tanzte ihre extreme Erregung als Flamme in ihren Augen. Das war etwas, was ihm gefiel, ihn aber auch verunsicherte.

«Ah, Richard, und äh …», wurden sie von einem gedrückt wirkenden Ben-Hur Friedman begrüßt, als sie sich dem Imbisswagen näherten.

«Valérie.» Valérie nickte förmlich.

«Valérie, richtig.» Er schien mit den anwesenden Teammitgliedern und Schauspielern eine Art Versammlung durchzuführen. Die meisten saßen, und auch Jennifer Davies, Gilbertine und Lionel waren darunter. Allerdings fehlte Dominic Burdett, was angesichts der jüngsten Ereignisse ein wenig besorgniserregend war. Samuel war ebenfalls da, und außerdem auch Amorette Arthur. Brian Grace und Stella Gonzales saßen an einem separaten Tisch, während Sacha Vizard-Guy neben ihrem Produzenten stand. Sie wirkte beinahe so besorgt wie Friedman, auch wenn sie keinen Verband um den Kopf trug.

«Wie geht es Ihrem Kopf?», begrüßte Richard ihn munter, obwohl das nicht zur Stimmung der Versammelten passte.

«Nicht gut, und es wird schlimmer», kam die niedergeschlagene Antwort. «Wir haben gerade eine Besprechung, um zu entscheiden, ob wir das Ganze kippen sollten. Sie wissen schon, wegen Reeds … na ja.»

«Ermordung!», heulte Jennifer Davies auf. «Dass es Mord war, spüren wir alle!» Mit einem Blick auf die Versammelten suchte sie nach Unterstützung, doch keiner sah ihr in die Augen. Die Nächste, die etwas sagte, war Valérie.

«Es gibt keinen Grund, die Dreharbeiten einzustellen», erklärte sie laut. «Reed Turnbull hat sich selbst vergiftet.»

«Selbstmord?» Friedmans Miene legte den Gedanken nahe, dass das aus Sicht der Kassenverkäufe noch schlimmer war als ein Mord.

«Nein.» Richard trat zuversichtlich vor. «Reed Turnbull hat wegen Herzproblemen und zu hohem Blutdruck verschiedene Medikamente genommen. Leider hat er außerdem noch … äh … etwas anderes geschluckt. Und das Ergebnis war …»

«Monsieur Turnbull hat zu viel Viagra eingenommen», verkündete Valérie, als handelte es sich um eine Presseerklärung. «In Verbindung mit seinen anderen Medikamenten hat das zu Herzversagen geführt.» Sie fing Richards Blick ein, um ihm klarzumachen, was sie vorhatte.

Der Nachricht folgte ein bestürztes Schweigen, Getränke, die gerade zum Mund geführt worden waren, erstarrten in der Luft. «Viagra?» Jede neue Entwicklung machte alles für Friedman noch schwerer, und er führte die Hand zum Kopf, verschob damit aber versehentlich seinen Verband.

Richard und Valérie musterten die Gesichter der Versammelten und versuchten, ihre Reaktion zu beurteilen. Die meisten wirkten einfach sprachlos, nur Brian Grace versuchte, ein unübersehbares spöttisches Grinsen zu unterdrücken. Gilbertine machte eine verwirrte Miene, und Sacha nickte, als hätte sie sich so etwas schon längst gedacht.

«Also, bei mir hat er das nie gebraucht!», rief Jennifer Davies, die eindeutig versuchte, sich als Verdächtige aus der Schusslinie zu nehmen. «Reed hatte massenhaft Probleme, aber das gehörte nicht dazu, das kann ich euch erzählen!» *Bitte nicht*, dachte Richard. «Er war ein Drecksack, aber der Kerl hätte nach Öl bohren können!» Sie blickte sich herausfordernd um, was Brian Grace gestattete, endlich seinem spöttischen Grinsen freien Lauf zu lassen. Gilbertine verzog überraschend peinlich berührt das Gesicht, und Richard seinerseits kam zu dem Schluss, dass Jennifer Davies' beruhigende Chakren und tantrische Schwingungen heute anscheinend blaumachten.

«Jennifer, ich glaube nicht …», begann Friedman.

«Was denn? Du glaubst nicht, dass er das gern gehört hätte? Wirklich? Er würde wollen, dass es auf seinem Grabstein steht, Ben.» Sie setzte sich wieder hin, jetzt von ihren Gefühlen überwältigt. «Das Einzige, was Reed beim Vögeln je brauchte, war ein Knebel.» Sie blickte sich erneut unter den Anwesenden um. «Er war ein Faselhans», erklärte sie. «Er hat praktisch die ganze Nacht geredet. Nicht dass er nachts oft dageblieben wäre. Nein, Moment mal … das war Dominic. Ich fürchte, meine Vergangenheit ist ein wenig verschwommen.» Sie strahlte alle Welt an, als nähme sie gerade eine Trophäe entgegen. «Jetzt ist mir nur noch die Zukunft wichtig», fügte sie hinzu, klang dabei aber eher so, als versuchte sie, vor allem sich selbst zu überzeugen.

Wenn Richard überhaupt etwas über hysterische Frauen mit einem Knacks wusste, dann dass er eine erkannte, wenn er sie sah. Jennifer Davies hatte eindeutig die Fassung verloren und konnte nicht aufhören zu reden. Vermutlich hatte sie Turnbull zuletzt aus ganzem Herzen verabscheut, aber sie hatten auch eine beträchtliche gemeinsame Geschichte, und sie tat Richard ein wenig leid. Die beiden anderen Teammitglieder an Davies' Tisch nahmen es ebenfalls nicht gut auf. Amorette Arthur schüttelte ungläubig stumm den Kopf, und Lionel sah nicht zum ersten Mal so aus, als hätte sie genug von der ganzen Sache.

Keiner wusste, was er auf Davies' Worte erwidern sollte,

und so beschloss Richard, das Thema zu wechseln. «Denken Sie immer noch, dass Sie die Dreharbeiten abbrechen müssen, Mr. Friedman?», fragte er, um die Versammelten für etwas Neues zu interessieren.

Der Produzent schüttelte den Kopf. «Ich weiß nicht recht, ich weiß es einfach nicht. Ich glaube, Reed würde wollen, dass es weitergeht.» Überall ertönte leise Zustimmung. «Die Szenen, in denen er auftrat, sind bereits vollständig abgedreht.»

«Wir wollten noch ein paar Pick-ups machen», dachte Sacha laut nach. Sie hatte bisher geschwiegen, wirkte aber erleichtert, dass es so aussah, als würden die Dreharbeiten fortgesetzt. Dies war schließlich ihre große Chance; eine weitere würde es vielleicht nicht geben. «Aber für Aufnahmen von hinten können wir einen Ersatzmann nehmen.»

Richard beugte sich zu Valérie vor. «Ich glaube kaum, dass es dafür allzu viele Anwärter geben wird», flüsterte er. «Es ist buchstäblich ein vergifteter Kelch.»

«Alle sind ziemlich skrupellos», erwiderte sie, und er fragte sich, ob das auch auf ihre Nichte gemünzt war.

«Okay.» Friedman erwachte mit einer solchen Begeisterung zum Leben, als hätte er diesen Impuls direkt dem Handbuch der Hollywood-Klischees entnommen. Er riss sich sogar die Reste seines Verbands ab. «Wir machen weiter!» Überwiegend besserte das die Stimmung der Versammelten, abgesehen von Lionel und Amorette, die beide nicht scharf auf eine Fortsetzung zu sein schienen. «Und», fügte Friedman großartig hinzu, «morgen fangen wir wieder an, und wir tun es für Reed!»

Wenn er an dieser Stelle Jubelrufe erwartet hatte oder Hüte, die vor Begeisterung in die Luft geworfen wurden, hatte er sich geirrt. Stattdessen erntete er ein höfliches Nicken und ein eher peinliches Schweigen. Es wurde von zwei sichtlich zornigen Menschen gebrochen, Madame Tablier und Alain Petit, die mitten zwischen die Versammelten marschierten.

«Sie beide», die grimmige Frau deutete mit dem Schraubenschlüssel auf Richard und Valérie, «Sie nennen sich Sicherheitsdienst? Nun, jemand hat mein verdammtes Motorrad gestohlen.»

Richard und Valérie sahen einander verwirrt an, während Ben-Hur Friedman stöhnte, weil sich ein neues Desaster ankündigte. «Madame», er wandte sich an Madame Tablier. «Könnte ich kurz mit Ihnen sprechen, ein oder zwei Minuten?»

Doch bevor sie Zeit hatte, sich von ihm befragen zu lassen, ertönte ein lautes Röhren, und Madame Tabliers Motorrad donnerte lächerlicherweise aus dem Eingang des schlosseigenen Souvenirshops und jagte dabei Clovis ins Gebüsch. Das Motorrad drehte, um die Ecken schlingernd, ein paar Runden durch den französischen Garten, während sein Fahrer, Dominic Burdett mit einer Perücke auf dem Kopf, Vollgas gab, hinter sich eine Beifahrerin, deren langes blondes Haar unten aus dem Helm herauswehte.

Mitten zwischen den Versammelten kam das Motorrad schlitternd zum Stehen, und Amorette Arthur, Historikerin und selbst ernannte Hüterin der majestätischen Geschichte des Châteaus de Valençay, rastete schließlich aus.

«Was zum Teufel denken Sie sich eigentlich dabei?», schrie sie und sprang dabei auf.

«Madame», antwortete Burdett gelassen. «Ich bin Charles-Maurice de Talleyrand-Périgord, Fürst von Bénévent und Außenminister unter dem Kaiser Napoleon Bonaparte, und als solchem», er stieg vom Motorrad, «gehört mir die Bude.»

«Das ist nicht richtig!», schrie Amorette erneut. «Nichts

davon ist richtig!» Sie brach in Tränen aus und rannte zum Château und vermutlich ihrer Wohnung davon.

Alle außer Richard schauten ihr nach. Er dagegen hatte den Blick auf das Motorrad geheftet, im Gesicht einen Ausdruck, als ahnte er ein Verhängnis. Als die Beifahrerin abstieg, ihren Helm absetzte und ihr langes blondes Haar ausschüttelte, war seine Niederlage klar.

«Hallo, Richard.» Clare Ainsworth strahlte ihn unschuldig an. «Wie schick, dich ausgerechnet hier zu treffen!»

18

Wusstest du, dass sie kommt?» Valérie stand neben Richard, und ihre Frage hatte einen zurückhaltenden Tonfall, beinahe zu sehr, als würde sie sich bewusst bremsen. Das alles bemerkte Richard gar nicht, denn seine geistigen Fähigkeiten waren derzeit vollauf mit der groben Ungerechtigkeit des Universums beschäftigt. Nicht dass er Clare nicht mochte, ganz im Gegenteil, aber sie hatte die Gewohnheit, zu den unpassendsten Zeiten aufzutauchen, und zwar so, als wollte sie ihn kontrollieren wie eine Aufseherin einen Arbeitnehmer. Ihre Ehe war vorbei, das erkannten beide an. Sie waren deswegen auch beide ein wenig erleichtert, obwohl sie es schafften, weiterhin gut miteinander auszukommen. Aber Richard wusste, dass Clare ihn noch immer als einen Teil ihres Reviers betrachtete, während sie gleichzeitig dafür sorgte, dass sein Feld brach blieb. Dominic Burdett half ihr galant beim Absteigen.

Valérie hüstelte. «Richard», wiederholte sie, «wusstest du, dass sie kommt?» Diesmal war ihr Tonfall weniger unbeschwert und eher beißend.

«Was? Oh ja, ich denke schon. Sie hatte es erwähnt.»

«Ich verstehe.»

Richard erwachte aus seinem benommenen Selbstmitleid. «Sie hat mich in den Nachrichten gesehen. Ich habe sie nicht gebeten herzukommen. Warum sollte ich das tun?»

«Es geht mich nichts an», erklärte Valérie eisig.

Das wurde allmählich alles zu viel für Richard Ainsworth. Einerseits hätte er sich in einem günstigeren Moment geschmeichelt fühlen können, der Gegenstand von weiblicher Eifersucht zu sein – geschmeichelt und ungläubig. Andererseits hatte er den eindeutigen Eindruck, dass keine der beiden Frauen ihn tatsächlich wollte – sie wollten beide nur nicht, dass die jeweils andere Frau ihn bekam.

«Typisch», sagte er zu sich.

«Verzeihung?» Valérie war steif und förmlich geworden.

«Typisch, dass sie gerade jetzt auftaucht, wo wir gemeinsam so viel zu tun haben.» Aus dem Augenwinkel versuchte er, ihre Reaktion einzuschätzen; sie schien sich ein wenig zu entspannen.

«Wir haben noch immer unseren Job zu erledigen, Richard.» Sie lächelte ihn an. «Wir lassen uns nicht ablenken.»

«Nein, keine Ablenkung.» Er lächelte zurück.

Clare kam auf sie zu und ließ einen ins Leere starrenden Burdett zurück, der zwischen der Wirklichkeit und der eingebildeten Grandeur eines Fürsten des 18. Jahrhunderts hin- und herschwankte. Er wirkte ziemlich verloren.

«Ah, Valérie! Wie reizend, dass du ebenfalls hier bist! Dann sind wir ja alle wieder zusammen.»

«*Bonjour*, Clare, du siehst fantastisch aus. Hast du abgenommen?»

Unerfahrene Beobachter Valéries hätten zu der Ansicht gelangen können, dass die Bemerkung ungewöhnlich hinterlistig, wenn nicht sogar regelrecht gehässig war, doch Richard wusste es besser. Es war einfach die Feststellung einer Tatsache. Hätte Clare zugenommen, hätte Valérie das ebenfalls angemerkt, doch Clare wirkte wirklich sehr gut in Form. Sie hatte tatsächlich abgenommen und war selbstbewusst genug, ein ehrliches Kompliment zu erkennen, wenn sie es hörte. «Das ist sehr nett von dir, Valérie, und ich liebe dein Outfit. Es gibt nur wenige Frauen, die sich den maskulinen Look gestatten können.»

Clare dagegen ..., dachte Richard zum Thema vergiftete Komplimente.

Mit dem nächsten Gedanken wanderte er zu Dr. Schiwago und verschaffte sich so eine kleine Auszeit. Omar Sharif als der namengebende Arzt, der zwischen zwei geliebten Frauen hin- und hergerissen war, Julie Christie und Geraldine Chaplin. Er ließ sich ein wenig treiben, merkte aber plötzlich, dass beide Frauen ihn inzwischen ansahen und wussten, dass er abgeschweift war.

«Sorry», sagte er leise.

Die Frauen näherten sich einander, übertrieben eifrig, wie Richard fand, wie zwei Ringerinnen, die entschlossen waren, vor dem Beginn des Kampfs ihre Tapferkeit zu zeigen. Dann erledigten sie den doppelten Wangenkuss, sehr pariserisch mit so viel Abstand zwischen sich, dass Lionels Wohnwagen dort hätte parken können.

Daraufhin entstand ein peinliches Schweigen, doch Richard war zu klug, um es zu brechen. «Nun», sagte Valérie. «Anscheinend haben wir jetzt alle den Tag frei. Ich organisiere ein Fahrzeug, das uns heimbringt.»

«Heim?» Während Valérie sich abwandte, sah Clare Richard mit hochgezogenen Augenbrauen an.

«Äh, ich schätze, in gewisser Weise ist es ihr Zuhause.» Der Ausdruck in Clares Augen gefiel ihm gar nicht. «Nun, nicht wirklich. Offensichtlich.» Der Ausdruck in Clares Augen verschwand nicht. «Erinnerst du dich an den Film *Separate Tables – Getrennt von Tisch und Bett*?», fragte er verzweifelt. «Er handelt von einer Pension, aber die Leute leben dort dauerhaft, daher ist es eine Art Zuhause ... für sie.»

«Richard.»

«David Niven hat den Oscar gewonnen.»

«Richard!», fuhr Clare ihn an. «Hör auf zu faseln.»

«Ja.» Er senkte den Kopf.

«Es ist mir vollkommen gleichgültig. Es ist nicht mein Zuhause, selbst wenn mir immer noch die Hälfte davon gehört. Jedenfalls», ihre Stimmung hellte sich sichtlich auf, was bei Richard alle Alarmglocken schrillen ließ, «bin ich hier, um dir zu helfen. Als ich dich im Fernsehen gesehen habe, war das einzige Annehmbare an deiner Erscheinung die Krawatte.» Sie hängte sich bei ihm ein und dirigierte ihn durch den Park. Alle anderen waren losgegangen, um ihre Sachen zu holen und einen Tag weg von der bedrückenden Enge des Filmsets zu genießen. «Meiner Meinung nach müssen wir einkaufen gehen», sagte Clare gerade. «Haben wir vor deinem nächsten Auftritt noch Zeit, nach Paris zu fahren, was meinst du? Andernfalls muss Tours wohl genügen.»

Das Ende des Satzes hörte Richard schon nicht mehr, denn in seinem Kopf hallte der lange Schrei eines Mannes, der von einer Klippe fällt. Für kurze Zeit hatte er die unvermeidliche zweite Pressekonferenz vergessen. Was um Himmels willen sollte er über Reed Turnbulls Tod sagen? Falls ihm die Wahrheit gestattet war, war sein Wissen über die Gründe und Hintergründe für das Ableben des Mannes bestenfalls begrenzt. Bei der letzten Pressekonferenz waren die Reporter ziemlich aggressiv gewesen, und sie waren Filmexperten wie er selbst. Was, wenn ihm diesmal eine Zeitungsfritzenversammlung von Pulitzerpreisträgern mit dem Spezialgebiet erektile Dysfunktion gegenüberstand?

«Ah, Dominic, mein Lieber. Ist alles in Ordnung?», fragte Clare, als sie eine Runde gedreht hatten. Zwischen den beiden bestand bereits eine ungezwungene Freundschaftlichkeit, wie Richard bemerkte. Burdett stand noch immer beim Motorrad und konnte nicht gehen, bevor Madame Tablier es gründlich auf Schäden untersucht hatte. Einen Ausdruck ärgerlicher Enttäuschung im Gesicht, weil alles vollkommen in Ordnung zu sein schien, überprüfte sie es so pingelig wie ein Polizist, der ein Fahrzeug herausgewinkt hat und unter die Lupe nimmt.

«Mir ist es egal, für wen Sie sich halten», sagte sie gerade zu einem phlegmatisch wirkenden Burdett, «lassen Sie künftig die Finger von meinem Motorrad.» Mit versteinerter Miene sah sie Clare an. Nichts konnte Madame Tablier überraschen, alles wurde nur einer Liste halb erwarteter Ärgernisse hinzugefügt. Dass ihr Motorrad für kurze Zeit von einem Hollywoodstar entwendet worden, aber mit der Beinah-Ex-Frau ihres Arbeitgebers auf dem Soziussitz zurückgekehrt und aus der Tür eines Souvenirshops gekommen war, erfüllte sie daher nicht mit dem Staunen, das sonst möglich gewesen wäre. Sie musterte Clare von Kopf bis Fuß und schnalzte missbilligend mit der Zunge. Dann klappte sie den Ständer ein und schob das Motorrad davon.

«Und Ihnen ebenfalls ein *bonjour*, Madame Tablier», rief Clare ihr mit einem spöttischen Lächeln hinterher, während die ältere Frau mit dem Kraftrad davonmarschierte, einen zwinkernden Johnny Hallyday auf dem Rücken ihrer bemalten Lederjacke. «Dann ist sie also immer noch so herzlich wie eh und je!» Die ungewöhnlich gute Stimmung, in der Clare war, beunruhigte Richard zunehmend. Aus Erfahrung wusste er, dass das kein gutes Vorzeichen war.

«Samuel hat bereits organisiert, dass eine Stretchlimousine

uns alle zurückfährt», berichtete Valérie, die gerade wiederkam. «Er ist sehr tüchtig.»

«Wirst du von Madame Tablier genauso behandelt, Valérie?», fragte Clare scheinbar unschuldig.

«Behandelt?» Valérie machte ein verwirrtes Gesicht. Falls sie genauso behandelt wurde, und das war bei jedem der Fall, hatte sie es noch nicht bemerkt. «Nein, ich glaube nicht.»

Einen Moment lang wich Clare das Lächeln aus dem Gesicht.

«Eine Stretchlimousine, Madame d'Orçay?» Richard suchte nach einer Ablenkung und reizte zu hoch. «Ich meine, wir fahren doch nur zu fünft zurück?»

«Samuel hat das gesagt, Richard», erwiderte sie mit der Betonung auf dem Namen des jungen Mannes. «Und wir werden zu acht sein, einschließlich Passepartouts.»

«Ah ja, klaro.» Richard beschloss, die verbleibenden Minuten einfach zu Boden zu schauen und das Kampffeld den Schwergewichten zu überlassen.

«Hat jemand eine Limousine bestellt?» Lächelnd stand Martin Thompson bei der Tür des Souvenirshops. Er trug einen schicken grauen Anzug, eine Fahrermütze, eine dunkle Sonnenbrille und sah von Kopf bis Fuß aus wie der klassische Chauffeur. Ausnahmsweise einmal widerstand Richard dem Impuls, sich beim Auftauchen Martins entmutigten Gedanken hinzugeben; diesmal war er eine willkommene Ablenkung. Bei Martin wusste man, wo man stand. Es gab keine geheime Agenda und keine Spielchen – zumindest keine Psychospielchen. Er war einfach nur ein verlässlicher Perverser, der so war, wie er wirkte, und manchmal, das musste Richard zugeben, konnte das sehr erleichternd sein. Neben ihm tauchte Gennie auf, genauso gekleidet wie ihr Mann, und bei ihrem Anblick sauste Richards Herz nicht in den Hosenboden wie sonst, sondern ging ihm auf, weil all das so berechenbar war.

«Hallo, Clare!», sagte Gennie und setzte die Sonnenbrille ab. «Ich wusste gar nicht, dass du wieder hier bist. Du siehst wunderbar aus! Nicht wahr, Martin, sieht sie nicht wunderbar aus?»

«Doch, ziemlich!», antwortete Martin mit rauer Stimme.

«Und ihr beide seid so gekleidet, als hättet ihr noch was vor!», rief Clare aus. «Ist das euer neues Unternehmen?»

«Genau!» Gennie hüpfte praktisch vor Erregung auf und ab. «Du weißt ja, wie gern Martin herumwerkelt ...» Martin öffnete den Mund, um etwas zu sagen. «... nicht jetzt, Martin. Na ja, er spielt schon seit Jahren mit diesem alten Schätzchen herum, und da dachten wir, warum nicht?»

Martin wippte stolz auf den Zehenspitzen. «Gestern Abend habe ich es auf dem Weg zum Krankenhaus gegenüber dem jungen Friedman erwähnt, als er einmal gerade nicht mit den USA telefonierte. Und vor einer halben Stunde hat er mich angerufen. ‹Dann mal los, altes Mädel›, hab ich gesagt.» Er wandte sich zum großen roten Tor am Eingang des französischen Gartens um, und tatsächlich, im Sonnenlicht schimmerte dort eine große, schwarze Stretchlimousine. Die Scheiben waren getönt, die Hintertür jedoch geöffnet, und dort sah man weiße Ledersitze und ein knallig violettes Licht über einem gläsernen Barschrank. «Ein Lincoln Continental von 1978. Er braucht etwa einen Liter pro vierzig Meter, ist aber gut mit allem bestückt, was man hier so kriegt!»

«Und den habt ihr dann also für euren Nebenerwerb gekauft?» Richard wollte einfach nur höflich sein.

«Nebenerwerb? Oh, du meinst die *Miteinander-Bekanntmach*-Agentur?» Gennie betonte das Wort Bekanntmachen so stark, dass es wie ein Underground-Club des Sohos der Siebziger-jahre klang. «Weißt du, dass wir noch gar nicht daran gedacht hatten, nicht wahr, Martin?»

«Nein! Aber es ist eine verdammt gute Idee. Du kannst dir den Wagen ausleihen, wenn du möchtest!»

Richard drehte sich der Magen um.

Die Thompsons gingen ihnen zu dem Giganten von einem Fahrzeug voran. Die Filmleute waren offensichtlich an ein solches Schauspiel gewöhnt, aber Clare und sogar Valérie wirkten beeindruckt. Richard war immer noch leicht benommen. Brian, Stella und Lionel stiegen als Erste ein, gefolgt von Clare und Valérie, die Passepartout an sich drückte. Zum Schluss kam noch Alain Petit dazu.

«Darf ich ebenfalls mitkommen?» Jennifer Davies rannte zu den schon im Wagen Sitzenden. «Hier ist es mir total unheimlich, darf ich heute bei Ihnen übernachten?», fragte sie Richard direkt, und er bemerkte, dass sowohl Valérie als auch Clare die offensichtliche Flirttechnik der Schauspielerin nicht zu goutieren schienen.

«Na ja, also … ich … die Sache ist die …»

«Ich kann unten auf dem Sofa schlafen», bot Alain hilfreich an. «Du kannst mein Zimmer haben, Jennifer.»

«Ja, aber …», stammelte Richard.

«Unsinn!» Gennie mischte sich ein und sprach Alain an. «Bei uns haben wir noch Zimmer frei, kommen Sie mit zu uns.»

Richard bemerkte, wie Brian und Stella reagierten, und der Blick, den sie wechselten, legte nahe, dass Alain Petit, auch wenn er ein Krieger von einem Mann war, nun ein ganz anderes Spiel kennenlernen würde. Jennifer Davies bedankte sich wortreich bei dem Riesen und setzte sich neben ihn. Richard

wollte ihrem Beispiel folgen, wurde jedoch von Valérie zurückgehalten.

«Richard», sagte sie, wirkte dabei geübt geistesabwesend
und streichelte ihren kleinen Hund. «Fahr doch am besten
vorne mit. Du könntest Martin über Viagra befragen.»

19

Es war wahrscheinlich die längste kurze Fahrt in Richards Leben. Vorn in einer Stretchlimousine zwischen zwei uniformierten Chauffeuren zu sitzen, von denen der männliche Teil sein Bestes gab, den Guinness-Weltrekord für die Zahl an Viagra-Zweideutigkeiten zu brechen, war fast schon mehr, als er ertragen konnte. Es begann schlecht und wurde fortlaufend schlimmer.

«Viagra, hm?», krächzte Martin, der sich neben ihm auf die Sitzbank gleiten ließ. «Du versuchst wohl, auf einer Höhe mit deinen beiden Frauen zu bleiben?»

Bevor Richard Gelegenheit hatte, ihn von irgendwelchen Ménage-à-trois-Ideen abzubringen, ertönte die spöttische Stimme einer eindeutig nicht amüsierten Clare aus dem Kommunikationssystem der Limousine. «Vielleicht wäre es klug, dein Mikrofon auszuschalten, Martin», sagte sie, als hätte sie den Mund voller Reißzwecken.

«Oh.» Von Gennies Kichern begleitet, tat Martin wie geheißen. «Tut mir leid, Alter. Aber wenigstens», immerhin schaute er Richard entschuldigend an, «bricht es das Eis, oder?»

Martins darauffolgende Showeinlage war in gewisser Weise eindrucksvoll, vor allem aber deprimierend. Richard war nie ein Fan des britischen Humors im zweideutigen Postkartenstil gewesen, er hasste dieses augenzwinkernde Anstupsen. Seiner

Meinung nach war es kindisch und zeugte von Mangel an Kultiviertheit, doch das, was Martin machte, war schlimmer. Es war wie ein Folterszenario: Richard als auf den Beifahrersitz gefesselte Geisel in einem gnadenlos grausamen Spiel Schweinkram-Monopoly.

Während dieses Bombardements fügte Gennie ein paar Fakten hinzu, zum Beispiel, dass Viagra das Leben von Topfpflanzen verlängern konnte oder dass der Verkauf des Medikaments bedrohte Tierarten vor dem Aussterben bewahrte, da gewildertes Rhinozeroshorn und dergleichen für die verzweifelten Männer überflüssig wurde. Alles in allem kam Richard sich jedoch so vor, als befände er sich in einem Take der Aversionstherapie-Szene von *A Clockwork Orange – Uhrwerk Orange*. Er wollte unbedingt das Thema wechseln, nicht nur, weil es einen Tsunami von Sitcom-Pseudovulgaritäten aus den Siebzigerjahren auslöste, sondern auch, weil ihm vollkommen klar war, dass Clare später über die Situation würde reden wollen, in die er dank Valéries Arglosigkeit geraten war, und genau würde wissen wollen, was vor sich gegangen war. Warum zum Beispiel interessierte Richard sich für Viagra? Solche Gespräche hatten Clare und Richard schon früher nicht gut hinbekommen.

Der letzte Nagel in Richards Sarg war der ziemlich glanzlose Versuch – Martin ging allmählich die Luft aus –, Reed Turnbulls Tod mit den Exekutionen des 15. Jahrhunderts gleichzusetzen. Es ging in die Richtung, er sei praktisch gleichzeitig gehängt, gestreckt und geviertelt worden, und bei dieser Stelle angelangt, sackte Martin einfach in sich zusammen, alle Kraft verbraucht, wie wenn ein Marathonläufer vollkommen schlappmacht.

«Mit Viagra ist nicht zu scherzen», sagte Gennie, deren kindlich unschuldige Erscheinung wie immer in krassem Widerspruch zu dem stand, was Richard über sie wusste. «Wir hatten einen Freund, der seine Frau nicht wissen lassen wollte, dass er das Zeug nahm. Er hat die Tabletten immer zermahlen und das Pulver in die leeren Kapseln von Vitamindragees gefüllt.»

Bei der Erinnerung verzog Martin schmerzlich das Gesicht. «Genau, nur hatte seine Frau das Gleiche gemacht. Sie wollte ihn nicht kränken und so. Der arme Kerl war eine Woche lang im Krankenhaus. Ist dem Tod gerade noch mal von der Schippe gesprungen.» Er hielt inne, offensichtlich mit der Frage beschäftigt, ob das wieder einmal eine zweideutige Anspielung war, entschied sich aber dagegen. «Ich kann dir welches besorgen, wenn du nicht zum Arzt gehen willst.» Wie immer war Martin so freundlich wie nur möglich, schaffte es aber trotzdem, Richard mit Unbehagen zu erfüllen. Seine kurze Anwandlung von Dankbarkeit für die Berechenbarkeit und Beständigkeit dieses Mannes hatte beträchtlich nachgelassen.

«Es ist nicht für mich», erklärte Richard. «Es geht um Reed Turnbulls letzte Nacht. Die Polizei sagte, er sei an einer Überdosis des Zeugs gestorben. Anscheinend hat es mit anderen Medikamenten für Herz und Blutdruck reagiert.»

«Ja, das ist eine gefährliche Mischung», erklärte Gennie ernst. «Die Ärzte warnen immer davor.»

«Trotzdem, was für eine Art, sich zu verabschieden, hm?» Martin konnte einfach nicht anders. «Vor allem die Bestatter tun mir leid.» Richard und Gennie sahen ihn verwundert an. «Es wird nicht einfach werden, den Sargdeckel zuzuklappen.»

Schließlich trafen sie in Richards *chambre d'hôtes* ein. Ein paar Reporter harrten weiterhin beim Gartentor aus, da die Nachricht über Turnbull noch nicht im Umlauf war. Die verbleibende Meute war jedoch von Madame Tablier gefügig gemacht worden, denn sie stand mit der Mistgabel in der Hand

Wache, bereit, sie alle in Siebe zu verwandeln. Martin lenkte die Limousine geschickt durchs Gartentor und hielt. Dass er den Chauffeur spielte und seinen Fahrgästen die Tür aufhielt, war überflüssig, denn Lionel war bereits ausgestiegen und schnappte japsend nach Luft. «Entschuldigung», sagte sie und fasste sich an die Brust, «aber in solchen Fahrzeugen wird es mir schnell zu eng. Dann lieber tausend Flüge mit dem Ballon.»

Sie wirkt zu empfindlich für dieses Geschäft, dachte Richard. Er war immer bereit, Glanz und Gloria Hollywoods und der Filmwelt im Allgemeinen zu verteidigen, doch er wusste, wie brutal diese Welt war. Sie war fähig, Menschen zu zerkauen und auszuspucken, und man musste sagen, dass Lionel so aussah, als fühlte sie sich diesem Kampf nicht länger gewachsen. Hinter ihr stakste Jennifer Davies ungeschickt aus dem Wagen. Es fiel schwer, die beiden nicht zu vergleichen. Falls Jennifer Lionels Zukunft war, wäre diese die Mühe vielleicht nicht wert, und er sah, dass Valérie, die ihre Nichte beschützen wollte, das Gleiche dachte. Clare dagegen sah so aus, als wäre sie in ihrem Element, und entstieg der Limousine anmutig, einen Ausdruck im Gesicht, als erwarte sie halb und halb ein Blitzlichtgewitter.

Plötzlich kam Richard der Gedanke, dass sie angesichts all dessen, was los gewesen war, der Frage noch gar nicht auf den Grund gegangen waren oder sie auch nur oberflächlich gestreift hatten, wieso seine von ihm getrennt lebende Frau im Château de Valençay auf dem Soziussitz von Madame Tabliers Motorrad aufgetaucht war, die Arme um einen einigermaßen bedeutenden Hollywood-Filmstar geschlungen. Wie üblich wurde ihm alles ein bisschen viel.

«Will jemand einen Aperitif?», fragte er ein wenig zu begeistert. Wie er wusste, war Begeisterung nicht seine Stärke, aber er konnte einen anständigen Drink mixen, und in jedem Fall konnte er einen vertragen.

«Wir müssen leider verzichten, Alter», antwortete Martin enttäuscht. «Ich mache heute Abend Dienst im Krankenwagen. Und bei dem Tempo, das ihr derzeit vorlegt, könnte es viel zu tun geben!», fügte er kichernd hinzu.

«Ach Martin!», ermahnte Gennie ihn. «Jedenfalls müssen wir jetzt unseren Gast versorgen, Alain, nicht wahr? Er braucht ein Zimmer.» Alle verabschiedeten sich erschöpft voneinander, und dann lenkte Martin die Limousine geschickt aus dem Tor.

Erst jetzt dämmerte Richard, in was für eine Zwangslage er geraten war. Sie alle standen vor der Tür des Salons, Valérie mit Passepartout auf dem Arm, die stirnrunzelnde Clare, Lionel, Jennifer, Madame Tablier und Richard selbst. Er fühlte sich wie ein totes Kaninchen zur Schlangenfütterungszeit im Zoo. Die Aperitifs würden riesig werden.

«Was ist das für eine reizende Pension», sprudelte es aus Jennifer Davies heraus, die wie immer ein wenig übertrieben agierte. «Sie hat unglaublich gute Vibes.»

«Ja, danke», antwortete Clare steif und öffnete die Salontür. Sie blickte von Valérie zu den beiden Schauspielerinnen und dann zu Richard. «Also», sagte sie, «Viagra. Richard, was ist los?»

Sie folgten ihr nach drinnen, Richard ganz am Ende des Auftriebs, während Madame Tablier zischelnd missbilligte, dass sie nicht Teil der Viagra-Ermittlungsgruppe war.

«Ich weiß nicht, wer Sie sind.» Jennifer wandte sich an Clare, eine Andeutung von Aggressivität in der Stimme. «Aber da Sie offensichtlich mit Dominic befreundet sind, müssen Sie wissen, was los ist. Im Schlaf erzählt er jedem alles.»

«Über so etwas bin ich nicht informiert, meine Teure», gab

Clare frostig zurück. «Mr. Burdett habe ich erst heute kennengelernt. Der Wagen meines Mannes hat den Geist aufgegeben – nicht zum ersten Mal.» Sie warf Richard einen gemeinen Blick zu. «Und ein Mann mit Perücke kam auf einem Motorrad vorbei. Natürlich habe ich ihn erkannt.»

«Der Wagen Ihres Ehemannes?», fragte Davies mit einer Stimme, als wäre ein Ehemann ein Mythenwesen, das man selten außerhalb der Fantasy-Literatur antraf. Clare deutete auf Richard, der matt lächelte. «Wer sind dann Sie?», fragte Davies Valérie.

«Seine Geschäftspartnerin», erfolgte die ungeduldige Antwort. «Und Lionel ist meine Klientin.»

«Er ist Ihr Geschäftspartner? Ja, natürlich!» Davies lachte. «Zwischen Ihnen beiden ist mehr Action als auf einem ganzen Filmset!»

«Und ich bin wohl einfach ein Niemand», schimpfte Madame Tablier über die Schulter zurück, während sie zur Treppe stapfte. «Dann mache ich also Ihr Zimmer fertig. So was tun Niemande nämlich ...»

Clare schüttelte den Kopf. «Was für eine Frau», knurrte sie. «Richard, wo sind die Drinks?»

«Ah, ja klaro. Ich gehe los und hole ...»

«Und verschwinde nicht zu deinen Damen, wir müssen miteinander reden.»

«Was für Damen?», fragte Davies. «Er hat noch mehr Damen?»

«Seine Hühner, meine Teure. Er ist längst nicht so aufregend, wie Sie zu glauben scheinen. Oder, Richard?»

«Oh nein. Mein Gott, nein.» Richard rückte in dieser Hinsicht sehr gern mit der Wahrheit heraus und stahl sich auf der Suche nach ein paar nervenberuhigenden kühlen Drinks aus der Tür. Er blieb eine Weile im Keller und hoffte, dass man in seiner Abwesenheit alle Verständnislücken füllen und die Pünktchen aufs i setzen würde, doch bei seiner Rückkehr erzählte ein einziger Blick in die Gesichter der Versammelten eine andere Geschichte. Die Leute sahen aus wie ein Standfoto der verfeindeten Gangs aus der *West Side Story*.

«Dann hol ich mal die Gläser», sagte er mit zur Schau getragener Verärgerung. «Mögen alle Sekt? Ja, natürlich mögen wir den.»

«Ich nicht», wehrte Jennifer ab. «Tut mir leid, ich trinke nicht mehr.» Sie blickte sich unter den Versammelten um, einen Ausdruck überflüssiger Zerknirschung im erschöpften Gesicht.

«Dafür brauchen Sie sich nicht zu entschuldigen, Madame», sagte Valérie herzlich. «Ich denke, ich verzichte ebenfalls lieber auf mein Glas. Ich möchte einen klaren Kopf behalten.» Sie sah Richard an, doch falls sie damit andeuten wollte, dass er ihrem Beispiel folgen sollte, war diese Andeutung nicht deutlich genug, um Wirkung zu zeigen. Tatsächlich war das Gegenteil der Fall.

«Also, ich brauche einen Drink», erklärte Richard und wich ihrem Blick aus. «Wir im Sicherheitsdienst hatten einige sehr lange Tage.» Er ließ den Korken knallen und schenkte einige Gläser ein, während Valérie für Jennifer und sich selbst Saft holte.

«Du, Richard? Du bist im Sicherheitsgeschäft?» Clare lachte, doch es klang eher wie ein Pferd, das vor Schreck entsetzt wieherte.

«*Wir* sind im Sicherheitsgeschäft», entgegnete Valérie und setzte damit Clares Gekreische ein rasches Ende.

«Und wie läuft es?», fragte Clare und löste damit ein

Schweigen aus, das so unheilschwanger war, dass auch Unheils-Drillinge zu erwarten wären.

«Wir haben zwei Tote», antwortete Jennifer. «Bisher.»

«Ja, sicher», unterbrach Richard sie. «Statistisch gesehen. Aber der eine war ein alter Mann ...»

«Er war hundertzwei», warf Valérie hilfreich ein. «Eine natürliche Todesursache.»

«Und der zweite war ein Unfall ...»

«Reed Turnbull», erklärte Jennifer dramatisch, was Clare veranlasste, erstaunt die Augen aufzureißen.

«Er hat Viagra genommen, zusätzlich zu seinen Herzmedikamenten.» Richard klang wenig überzeugt. «Ein Unfall.»

Als Erste hielt Lionel ihr Glas zum Nachschenken hin. Seit der Rückkehr war sie schweigsam und bleich.

«Wie schon gesagt», fuhr Jennifer fort, «bei mir hat er so was nie gebraucht.»

«Ja, aber eure Affäre ist seit Jahren vorbei!» Die jüngere Schauspielerin verlor die Geduld mit der älteren.

«Es war letzte Woche, Schätzchen!» Jennifer kippte ihren Saft, als wäre er Bourbon Whiskey. «Alte Gewohnheiten wird man nur schwer los. Nimm es nicht krumm.» Sie holte tief Luft. «Und denk nicht, du bist besser als ich, *junge* Lady, denn wenn du lang genug dabeibleibst, bin ich deine Zukunft.»

«Ihr Zimmer ist fertig.»

Madame Tabliers Timing war perfekt, und Jennifer antwortete mit salbungsvoll süßer Stimme: «Vielen Dank auch.» Am Fuß der Treppe drehte sie sich noch einmal um. «Wie schon gesagt, Reed hat solches Zeug nie gebraucht, nicht mit mir. Und außerdem habe nicht ich gestern Abend vor dem Dinner mit ihm gevögelt. Ich war mit Gilbertine zusammen, der ist jünger, viel, viel jünger.» Damit verschwand sie die Treppe hinauf.

«Ich mag sie nicht», sagte Madame Tablier, die zu den anderen trat. «Ist davon noch was für mich übrig?»

«Wisst ihr was?» Richard klang gedankenverloren. «Anscheinend hat sie eine erfolgreiche Nebenbeschäftigung gefunden, nämlich Alibis für Dinge zu finden, derer man sie gar nicht unbedingt verdächtigt hat.»

«Allerdings lügt sie», gab Lionel beinahe flüsternd zurück. Der Ausdruck in Valéries Gesicht legte nahe, dass sie mit einer unangenehmen Enthüllung vonseiten ihrer Nichte rechnete. «Ich kenne Gilbertine seit unserem zwölften Lebensjahr; wir waren zusammen in der Schauspielschule. Er hat garantiert nicht mit Jennifer geschlafen.»

«Manchmal stehen jüngere Männer auf ältere Frauen, das kann ich Ihnen sagen!» Clare fühlte sich genötigt, ihre Generation zu verteidigen.

«Ja, Madame, aber Jennifer ist nicht sein Typ.» Lionel schien sich da sicher zu sein.

«Ist er schwul?», fragte Madame Tablier, und da sie es satthatte, darauf zu warten, dass jemand ihr ein Glas Sekt einschenkte, griff sie selbst nach der Flasche.

«Dann könnte sogar Gilbertine mit Turnbull zusammen gewesen sein?» Richard entwickelte die unangenehme Gewohnheit, laut nachzudenken, was unvermeidlich dazu führte, dass die Leute sich anhörten, was er sagte. «Man kann nie wissen, oder?»

Valérie ergriff seine Hand. «Genial, Richard! Man darf es nicht ausschließen.»

Clare war sarkastischer. «Ja, genial, Richard», sagte sie und zog die schön gezupften Augenbrauen hoch. «Ich hoffe sehr, du kannst das Niveau halten.»

20

W o ist dann also mein Auto?» Richard reichte Clare einen Becher mit *tisane* und setzte sich ihr auf der Terrasse gegenüber. Die anderen waren zu Bett gegangen, alle außer Valérie, die nicht schlafen konnte und Passepartout im Garten spazieren führte.

«Dein Auto? Oh, das steht nicht weit von hier. Keine Sorge, Richard, ich glaube kaum, dass jemand es stehlen wird.» Beide tranken ihren Kräutertee. «Du amüsierst dich wirklich prächtig, oder?», fragte sie, ohne ihn anzusehen.

Möglicherweise handelte es sich um eine Falle, doch Richard erkannte es, wenn Clare Fallen stellte, und dies hier war keine dieser Gelegenheiten. «Ich habe definitiv viel zu tun», antwortete er, trotzdem misstrauisch.

«Du Glückspilz.» Sie lächelte ihn warmherzig an. «Ich freue mich wirklich sehr für dich, weißt du.»

«Danke.» Er erwiderte ihr Lächeln. «Deshalb bist du gekommen, weil du nach mir schauen wolltest?»

Sie tat so, als zupfte sie sich eine Fluse vom Rock. «Ach, ich weiß nicht …» Sie stockte. «Vielleicht schon. Ich habe mich gelangweilt. Ein bisschen hatte ich gehofft, du würdest dich ebenfalls langweilen, doch dann habe ich dich im Fernsehen bei dieser Pressekonferenz gesehen und gemerkt, dass genau das Gegenteil stimmt. Keine Sorge, ich bin nicht hier, um jemandem auf die Zehen zu treten. Außerdem habe ich auch ein paar Bankgeschäfte zu erledigen.»

«Der Gedanke, dass du dich langweilst, gefällt mir nicht», bemerkte er. «Das sieht dir so gar nicht ähnlich.» Er bemühte sich, gleichermaßen von Mitgefühl und Eitelkeit frei zu bleiben. «Ich dachte, du bist immer auf Trab?»

«Oh ja, ich habe genug zu tun! Wohltätigkeitsveranstaltungen hier, Theaterbesuche da und so weiter. Bridgeabende. Aber so spannend wie bei dir geht es bei mir nicht zu!»

«Man sollte mit seinen Wünschen vorsichtig sein?», fragte er mitfühlend.

«Vermutlich. Aber andererseits, du! Richard Ainsworth, der große Abenteurer! Wer hätte das gedacht?» Beide lachten.

«Es passt nicht immer zu mir», räumte er ein.

«Nein, das kann ich mir denken. Aber du amüsierst dich besser als je zuvor in deinem Leben, oder?» Ihr Blick hatte etwas Betrübtes. Er wollte nicht bejahen, nicht gegenüber Clare, aber er wusste, dass es stimmte. «Ist es gefährlich, Richard?»

Er lachte. «Glaubst du, ich würde es machen, wenn es das wäre?»

«Valérie erscheint mir nämlich sehr angespannt. Ich hoffe, das hat nichts mit mir zu tun …»

«Nein», antwortete er vielleicht ein wenig zu rasch. «Es liegt daran, dass Lionel Margaux ihre Nichte ist. Daher steht Valérie natürlich sehr unter Stress.»

Clare schwieg einen Moment. «Ihre Nichte. Das würde es erklären.» Sie trank noch einen Schluck. «Aber bei einem Hollywood-Film mitzuarbeiten, Richard! Das hast du dir doch immer gewünscht.»

Er sah sie an und nickte bedächtig. «Ja, man soll mit seinen Wünschen vorsichtig sein.»

«Ah ja. Die Wirklichkeit hat den Traum eingeholt?» Sie beugte sich vor, und das Licht der Solarlampe spiegelte sich in ihren Augen, die voller Sorge waren.

«Ich fürchte ja. Es fängt damit an, dass keiner den anderen ausstehen kann. Es gibt nichts Reizvolles, kein … nichts.»

«Keine Grace Kelly? Keinen James Stewart?»

«Ich weiß. Ich bin ein Träumer, das war ich seit jeher, und außerdem weiß ich, dass die Hollywood-Welt, von deren Existenz ich ausging, einfach nur eine Fassade war. Ja, das ist mir klar. Aber hier gibt es etwas, worauf ich nicht recht den Finger legen kann. Die einzelnen Schauspieler und Crewmitglieder mögen sich untereinander nicht, sie verabscheuen sich sogar. Und doch brauchen sie sich gegenseitig; zumindest für diesen Film brauchen sie einander. Sie sind wie eine bunt zusammengewürfelte Truppe auf einer Mission, die hofft, am Ende einen Topf voll Gold zu gewinnen.»

Clare lachte. «Das ist der Richard, den ich kenne. Auf welchen Film hast du angespielt? Nein, sag es nicht. Habgier, Verrat … *The Man Who Would Be King? – Der Mann der König sein wollte?*»

Richard zog lächelnd die Augenbrauen hoch, als wüsste er von nichts, knickte dann aber ein. «Derselbe Regisseur», antwortete er. «Aber eine andere Ära. *The Treasure of the Sierra Madre – Der Schatz der Sierra Madre.*» Clare erwiderte Valéries Lächeln, als diese sich neben ihr niederließ und Passepartout zwischen sie setzte.

«Richard, ich muss dir eine Frage stellen.» Valéries Eindringlichkeit war das genaue Gegenteil von Clares entspannter Haltung. Clare, die nackten Füße auf einen Rattan-Stuhl gelegt, und Valérie, wie sie mit eingezogenen Schultern dasaß und die Hände rieb, als wollte sie mit einem Stock Feuer machen. Zwei sehr schöne Frauen, diesen Gedanken gestattete er sich kurz, doch dann fiel ihm *Der Schatz der Sierra Madre* wieder ein und löschte jede potenzielle Glut. Was hatte der alte Mann im Film noch gesagt? «Ich würd nicht über Frauen reden oder auch nur an sie denken. Das tut der Gesundheit nicht gut.» Walter Huston, spulte Richard innerlich ab, als bester Nebendarsteller ausgezeichnet … Plötzlich hörte er, wie jemand mit den Fingern schnippte.

«Richard! Hallo? Valérie hat dir eine Frage gestellt.»

«Ah ja. Ich habe gerade darüber nachgedacht.» Er brach ab. «Wie lautete sie noch mal?» Beide Frauen schüttelten den Kopf über ihn.

«Ich habe gefragt: Warum sollte jemand einen Film sabotieren wollen? Was hat er oder sie dabei zu gewinnen?» Valérie sah ihn ernst an.

Clare stand auf. «Damit lasse ich euch jetzt allein», sagte sie gähnend. «Dieser Tag hatte es in sich.» Sie griff nach ihrem Schultertuch. «Und anscheinend seid ihr beide auf dieselbe Idee verfallen. Habgier und Verrat.» Damit tänzelte sie auf dem Gartenweg davon. «Habgier und Verrat.»

«Du hast also dasselbe gedacht?», fragte Valérie, sobald Clare außer Sicht war.

«Gewissermaßen», antwortete er, obwohl er seiner Eingebung nicht genug traute, um sie als Idee oder auch nur als Bauchgefühl zu betrachten. «Es ist nur so, dass die Familie, wie Ben-Hur Friedman sie so gerne nennt, in Trümmer geht. Ich versuche dahinterzukommen, warum eine Gruppe von Leuten, die sich offensichtlich gegenseitig nicht besonders mögen, bereit ist, miteinander zu arbeiten.»

«Fürs Geld?»

«Natürlich, aber haben sie es wirklich so dringend nötig?

Ich weiß nicht recht.» Er trommelte auf dem Tisch herum. «Du denkst also, dass jemand den Film absichtlich sabotiert?»

«Ich weiß nicht, es war nur ein Gedanke.» Sie schien nicht mehr viel davon zu halten. «Wenn ich selbst Schauspielerin wäre, würde ich es tun wollen», fügte sie hinzu. «Diese Menschen sind grässlich. Ich verstehe überhaupt nicht, wieso du so von dieser Welt fasziniert bist.» In Erwartung einer Erklärung sah sie ihn auffordernd an.

«Ich bin vom Endprodukt fasziniert», bot er eine Halbwahrheit an, statt noch einmal die bekannten Gründe durchzuhecheln. «Und nicht alle auf dem Set sind völlig verkehrt. Ich finde, Lionel ist anders.» Es klang wie ein vergeblicher Versuch, Valérie aufzumuntern, aber er meinte es ernst. «Das war wirklich so gemeint», fügte er hinzu, wodurch es nur noch mehr wie ein vergeblicher Versuch wirkte, sie aufzumuntern.

«Hoffentlich hast du recht. Ich denke schon.»

«Meiner Meinung nach, und du weißt ja, dass mein Urteil über Frauen untrüglich ist», er bereute den Scherz sofort, redete aber weiter, «gehört sie dieser Welt nicht mit ganzem Herzen an, jener Welt, meine ich.»

Valérie blickte ihm tief und ernst in die Augen, in der Hoffnung auf eine sofortige Bestätigung, dass er recht hatte.

«Hoffentlich», sagte sie leise. «Vielleicht kannst du Frauen besser beurteilen, als du denkst.» Richard jubelte innerlich, in Gedanken warf er einen Hut in die Luft. «Na ja, vielleicht nicht Frauen, aber Menschen», fuhr sie fort. Der Hut landete in einer Pfütze, doch Richard ließ sich nicht so schnell übertrumpfen.

«Ich glaube, für Lionel ist es gut, mit diesen Leuten zusammenzuarbeiten.» Als er sah, wie es in Valéries Augen erbost funkelte, fuhr er rasch fort: «Wie schon gesagt, ich glaube nicht, dass sie mit dem Herzen dabei ist, nicht nur bei diesem Film, sondern dem ganzen Filmgeschäft, dieser Welt, wie wir sie genannt haben. Sie scheut davor zurück, selbst vor so etwas Banalem wie einer Stretchlimousine. Beinahe hat sie eine Allergie gegen all das entwickelt. Für morgen früh habe ich ihr wieder den Ballon gebucht, ich glaube, den mag sie.»

Valérie lächelte ihn dankbar an. «Prima», sagte sie. «Ich fliege ebenfalls mit.»

«Du kannst Patrice Marnier vertrauen.» Richard hoffte, dass das stimmte. Er kannte den Mann kaum.

Valérie dachte über ihr Gespräch nach. «Trotzdem», erklärte sie fest. «Madame Jennifer Davies könnte wirklich Lionels Zukunft sein, genau wie sie es gesagt hat.»

«Oh, theoretisch ja. Übrigens war ich nicht der Meinung, dass das von Jennifer als Beleidigung gemeint war.» Valérie schnaubte höhnisch. «Nein, wirklich. Ich glaube, es war eine aufrichtige Warnung.»

«Eine Warnung, die wie eine Beleidigung klang.»

«Na ja, möglich. Ich glaube, sie trägt bei allem, was sie von sich gibt, zu dick auf, sei es vor der Kamera oder nicht. Aber sie tut mir leid. Sie ist das Ergebnis eines ziemlich harten Lebens.»

«Du denkst also, sie ist diejenige, die die Produktion sabotiert? Und einen Scheiterhaufen für Ex-Lover und Männer daraus macht, die sie manipuliert haben?»

«Das habe ich nicht gesagt. Es wäre möglich, falls Corbeau ein Unfall war oder ein Probelauf. Und falls jemand an der Uniformjacke herumgefummelt hat …» Er zuckte mit den Schultern. «Aber sie sagt, dass sie in der Zeit vor dem Dinner nicht bei Turnbull war. Und vielleicht ist ihr Alibi, dass sie diese Stunden mit Gilbertine verbracht hat, richtig.»

Im Kerzenlicht sah er, wie Valéries Unterkiefermuskeln Schwerarbeit leisteten, während sie all das auf ihre übliche intensive Art durchdachte.

«Rache muss nicht der einzige Grund für einen Sabotageakt sein», sagte er schließlich und suchte im Labyrinth seines Filmwissens nach Beispielen. «Einheimische haben das Filmset von *Doktor Dolittle* sabotiert, weil ein Damm, den die Produzenten errichteten, ihren Ententeich zerstörte.»

Valérie schüttelte den Kopf.

«Nein, das ist wohl nicht die richtige Spur», stimmte Richard zu. «Ah, da ist noch *Ghost in the Noonday Sun.* Der Star war Peter Sellers, und er hasste das Drehbuch, also hat er die Produzenten gleich am ersten Tag rausgeschmissen.»

«Kann man das?», fragte sie mit verwirrter Miene.

«Nein, na ja, vielleicht wenn man Peter Sellers ist, dann vielleicht schon.» Er bemerkte den leeren Ausdruck, der sich auf ihr Gesicht herabgesenkt hatte wie eine Jalousie. «Du weißt nicht, wer Peter Sellers ist, oder?» Er seufzte enttäuscht.

«Spielt das eine Rolle?», fragte sie.

«Ja, für mich schon. Er war Inspektor Clouseau. Außerdem war er … ach, was soll's, na egal. Dann hat er einen Freund engagiert, um das Drehbuch umzuschreiben. Anscheinend war das Ergebnis noch schlechter als das Original. Darüber hinaus hat Peter Sellers einen Herzanfall vorgetäuscht, um sich davonzuschleichen und mit Prinzessin Margaret zu lunchen.»

Valérie schaute genervt. «Richard, das ist nicht die richtige Zeit für Scherze.»

«Das ist kein Scherz! Es stimmt. Er wollte in dem Film nicht mitwirken, und so war sein Ziel, ihn kaputt zu machen.» Er nickte bedächtig. «Aber Reed Turnbull hat keinen Herzanfall vorgetäuscht, er hatte wirklich einen.»

«Jemand könnte allerdings beabsichtigt haben vorzutäuschen, dass er einen hatte?» Im Kerzenlicht weiteten sich ihre Augen.

«Du meinst, jemand hat ihm das Viagra verabreicht, an dem er dann gestorben ist?»

«Vielleicht wusste er gar nicht, dass das, was er einnahm, Viagra war.»

Richard strich sich übers Kinn. «Was sagt unser Commissaire über die Medikamente? Vermutlich hat er Reed Turnbulls Wohnwagen durchsucht?»

«Ja.» Sie klang niedergeschmettert. «Alles war so, wie es sein sollte. Fläschchen und Schachteln genau mit der Tagesdosis beschriftet. Es gab auch ein Fläschchen mit Viagra. Das hätte Turnbull nicht haben sollen, aber wir wissen über seine Eitelkeit Bescheid. Vielleicht dachte er, es sei das Risiko wert.»

«Ich habe noch einen Gedanken», erklärte Richard bedächtig und dachte die Idee dabei erneut durch. «Sagen wir einmal, er wusste, wie krank er war. Und was das Viagra in Verbindung mit den anderen Medikamenten bei ihm anrichten würde. Er war mit dem Film fertig; vielleicht hatte er auch alles andere satt. Und so ...» Er schüttelte den Kopf, da er seine eigene Theorie nicht recht glauben konnte.

«Und so ...», hakte Valérie ernst nach.

«Und so hat er Selbstmord begangen, um den Film zum Scheitern zu verurteilen.»

Erneut schwiegen sie, während sie versuchten, diese neueste Idee weiter auszuarbeiten. *Was wäre dann aber mit dem alten Corbeau?* Das war Richards Hauptzweifel.

«Ich glaube nicht, dass er das getan haben könnte», erklärte Valérie schließlich. «Denn falls ja, wäre er der Typ, der versucht, es jemand anderem anzuhängen. Selbst wenn er nicht mehr persönlich miterleben könnte, wie der in die Bredouille gerät.»

Richard erkannte, dass in diesem Argument viel Wahres steckte. «Vermutlich geraten alle in gewisser Weise in Verdacht.»

«Ich hatte mir von den Tabletten mehr Hinweise erhofft.» Sie hob unglücklich die Hände.

Richard schlug sich an die Stirn. «Vielleicht gibt es die auch!», rief er aus, verärgert, dass er erst jetzt darauf kam. «LaPierre hat an der falschen Stelle gesucht. Samuel Friedman hat jede Woche Reeds Tabletten fertig gemacht. Aber Samuels Wohnwagen hat LaPierre wahrscheinlich nicht durchsucht.»

Sie packte ihn am Arm. «Oh, Richard, das ist genial!»

Sie saßen eine Weile still da, beinahe erschöpft von all diesem Brainstorming.

Ein kleiner Schatten streifte am Licht der Kerze vorbei, die auf dem niedrigen Tischchen vor ihnen stand, sofort von einem vorsichtigen, kehligen *guooook* gefolgt. «Olivia.» Richards Stimme wurde weich wie die eines besorgten Vaters, dessen Kind einen Albtraum gehabt hat. «Du kannst nicht schlafen, was ist denn los?» Er hob sie sanft hoch, setzte sie auf seinen Schoß und strich ihr beruhigend über den Kopf, bis sie fast wie eine Katze schnurrte.

«Du bist auch nicht für diese Welt geschaffen, Richard, oder?» Valérie lächelte ihn warmherzig an. «Das gefällt mir.»

21

Von dem Anzug, der vor seinem Kinozimmer mit integriertem Schlafzimmer hing, hatte Richard Clares handschriftlichen Zettel abgezupft. «Das ist der beste, den ich finden konnte», stand dort. «Heute fahre ich nach Tours, um einen neuen zu kaufen. Vermutlich wird es noch mehr Todesfälle geben, von denen du der Weltpresse berichten musst.»

Er lächelte über ihren üblichen plumpen Sinn für Humor, ein Lächeln, das ihm verging, sobald er sich den Anzug genauer ansah. Sie hatten ihn vor ein paar Jahren gemeinsam ausgewählt, unmittelbar nach dem Umzug nach Frankreich. Damals waren sie zur Hochzeit geschiedener Engländer eingeladen gewesen, die nach Frankreich ausgewandert waren, der ersten Hochzeit dieser Art von vielen. Er erinnerte sich nicht mehr an dieses spezielle Paar und wusste nur noch, dass Clare und er nicht lange bei der Feier geblieben waren, und die Ehe hatte auch nicht viel länger gehalten.

Der Anzug passte einfach nicht zu ihm, schon damals war das so gewesen. Das gute Stück war ein bisschen protzig, ein bisschen halbseiden. Aber er trug den Anzug trotzdem, zu einem Hemd mit Blumenmuster, das Clare ebenfalls ausgewählt hatte. Damit fühlte er sich weniger wie ein Pressesprecher, sondern eher wie ein Schürzenjäger, der sich beim Tanzboden eines Kreuzfahrtschiffs herumdrückt.

Er war früh aufgestanden, um Lionel und Valérie in den Korb von Patrice' Heißluftballon zu helfen, und sah dem Gefährt nach, wie es im Frühmorgenlicht majestätisch aufstieg. Es gab keinen Zweifel, dass zwischen den beiden jungen Leuten ein Band entstand. Lionel wurde von der Romantik und Freiheit des Erlebnisses im wahrsten Sinne des Wortes erhoben, und Patrice bemerkte die Wirkung, die das Fliegen auf sie hatte, und konnte seinen Stolz nicht unterdrücken. Und das, obwohl eine ziemlich misstrauische Valérie sie aus einer Ecke des Korbs genau beobachtete und ein Gesicht machte wie eine verwitwete italienische Anstandsdame. Ihr fehlten nur noch das schwarze Kleid und ein schwarzer Schleier. Sie reichte Passepartout ohne weitere Anweisungen an Richard weiter, was bedeutete, dass sie ihm unausgesprochen vertraute. Das flößte ihm wiederum Selbstbewusstsein ein, und angesichts seines zweiten Einsatzes vor der Weltpresse brauchte er das dringend.

Kurz darauf waren Martin und Gennie in der absurden Stretchlimousine eingetroffen. Alain, Brian und Stella saßen bereits im hinteren Abteil und tranken Kaffee. Jennifer tauchte mit ihrer eigenen Flasche Gurken-Spinat-Saft auf. «Gut für die Haut», sagte sie unter einer schmierigen Maske dick aufgetragenen Make-ups hervor. Richard hatte sich ihnen mit Passepartout auf den Armen unbeholfen angeschlossen. Sein Anzug biss sich farblich mit dem Lederpolster, und es quietschte leise, als er an seinen Platz rutschte.

«Fühlst du dich heute Morgen ein bisschen steif, Alter?», hatte Martin abgesondert, worauf Gennie ihm einen wohlverdienten Rippenstoß versetzt hatte.

Die Reise verlief relativ schweigsam. So sorgfältig, als wäre er ein Fallschirmspringer, kontrollierte Alain immer wieder seinen Werkzeuggürtel, während Brian und Stella die Köpfe über ein paar ausgedruckten Szenenbüchern zusammensteckten und über Kamerawinkel und Beleuchtung redeten. Jennifer trank ihren Saft und las in ihrem Drehbuch.

Einmal drang Gennies Stimme aus der Lautsprecheranlage. «Guten Morgen, liebe Fahrgäste», begann sie überflüssigerweise wie eine Flugbegleiterin. «Haben Sie etwas dagegen, wenn ich das Verdeck aufklappe?»

Keiner erhob Einwände. Tatsächlich würde Richard ein wenig natürliches Licht sehr willkommen heißen. Am frühen Morgen waren die dunklen Fenster und die Nachtclub-Beleuchtung in der Limousine verwirrend, aber als das Verdeck mechanisch zurückglitt, flutete langsam Licht herein. Der Grund für Gennies Wunsch, die Sicht zum Himmel freizugeben, wurde bald ersichtlich, denn über ihnen schwebte nun Patrice' regenbogenfarbener Heißluftballon lautlos in der Luft.

«Das wäre eine tolle Aufnahme», sagte Brian lächelnd, bevor er sich wieder über das Szenenbuch beugte. Stella verweilte noch ein wenig länger bei dem Anblick, auch sie lächelte erfreut.

«Wir sollten Sacha davon erzählen, vielleicht könnte sie so eine Einstellung gebrauchen», sagte sie.

«Hmm.» Brian war nicht überzeugt. «Aber nur, falls unsere großartige Regisseurin sich genug erholt, um aus dem Bett zu kommen.» Sein Sarkasmus verdarb den Moment, und dann ließ die Limousine den Ballon hinter sich zurück, und Gennie schloss das Dach wieder.

«Sagten Sie, Sacha ist krank?», fragte Richard unschuldig.

Stella nickte mitfühlend. «Sie hat mir gestern am späten Abend eine Nachricht geschickt. Sie hat eine Magenverstimmung, heftiges Erbrechen. Nach ihrer Meinung könnte sie etwas Giftiges gegessen haben.»

In Richards Ohren klang das gar nicht gut. Sicher, da René Dupont für das Catering zuständig war, war eine Lebensmittelvergiftung nicht auszuschließen, aber dennoch wirkte es ein wenig verdächtig. Er setzte Passepartout neben sich auf den Sitz und tippte eine Nachricht an Valérie, sie müssten miteinander reden. Allerdings erwartete er keine sofortige Reaktion. Wenige Sekunden später klingelte sein Handy. Es war Valérie.

«Wie zum Teufel bekommst du da oben ein Signal?», fragte er sofort.

«Patrice hat dafür gesorgt», schrie Valérie so laut, dass alle Fahrgäste der Limousine sie hörten. «Er ist ein sehr gescheiter Mann. Am Ballon hat er eine Mobilfunkantenne angebracht. Das ist gut fürs Geschäft, sagt er, dann posten seine Kunden ihn in den sozialen Medien.»

«Ah, prima Idee.» Richard sprach wesentlich leiser.

«Ich kann dich nicht hören, Richard!»

«Na ja, hier kann dich der ganze Wagen hören!» Diesmal erhob er die Stimme. Was der diskrete Austausch von vielleicht entscheidenden Informationen hätte sein sollen, wurde nun buchstäblich ausposaunt.

«Oh», sagte Valérie und legte auf.

Also informierte er sie mit einer Textnachricht über die Neuigkeit, und eine Minute darauf piepte sein eigenes Handy. «Sacha ist krank?», begann Valéries Nachricht. «Eine Lebensmittelvergiftung? Sie kaut an den Fingernägeln.»

Er verstand ihre Schlussfolgerung sofort, und sobald Martin vor dem Château hielt, besprach er sich leise mit ihm. «Wie viel medizinische Ausbildung hast du eigentlich genossen?», fragte er gedämpft, damit keiner mithören konnte.

«Na ja, natürlich habe ich die Grundlagen gelernt», antwortete Martin stolz. «Mund-zu-Mund-Beatmung, Heimlich-Manöver, Schläfenmassage, so was alles.»

«Denkst du, du würdest eine Lebensmittelvergiftung erkennen?»

Martin warf ihm einen eigenartigen Blick zu. In den letzten Monaten war Martin allmählich klar geworden, dass der sanftmütige Richard Ainsworth es faustdick hinter den Ohren hatte. «Ist irgendwas los, Alter?», fragte er in genauso gedämpftem Tonfall wie Richard und zog dabei langsam seine ledernen Fahrerhandschuhe aus.

«Bei unserer Regisseurin Sacha Vizard-Guy wird eine Lebensmittelvergiftung vermutet. Würdest du sie dir einmal anschauen?»

«Natürlich.» Martins Antwort strotzte von Pflichtbewusstsein. «Führe mich hin. Gennie, Darling, wischst du bitte mal die Sitze ab? Ich bleibe nicht lang.»

Richard, immer noch mit Passepartout auf dem Arm, führte Martin zu der kleinen Versammlung von Wohnwagen, die kreisförmig auf der großen Wiese des Châteaus standen, getrennt von den größeren Wohnwagen der «Stars». Das Ganze sah aus wie ein Zirkusdorf, war aber vorübergehend das Zuhause von Sacha, Samuel, Renés vor Kurzem dorthin umgezogenem Imbisswagen und den Wagen für Maske und Garderobe. Außerdem gab es Alains Werkzeug- und Materialienbereich, der eher so aussah wie der Schuppen eines Bastlers. Von dort schaute Richard fünfzig Meter zum Restaurant L'Orangerie unmittelbar vor ihm. Vor dem Gebäude war eine erhöhte Tribüne aufgebaut worden, mit Mikrofonvorrichtungen und Plätzen für fünfzig Reporter vor der Bühne. Allmählich füllten sich dort die Reihen; Scheinwerfer und Kameras erwachten zum Leben. Richard und Passepartout mussten beide schlucken.

«Welcher Wohnwagen ist es, Alter?» Martin war zum Glück sehr geschäftsmäßig, da er seine medizinischen Pflichten ernst nahm. Richard führte ihn zu einem luxuriösen Caravan am Rande des Kreises. Richard klopfte leise an.

«Madame?», fragte er sanft, doch es kam keine Antwort. «Madame Vizard-Guy? Hier ist Richard Ainsworth.» Er sah Martin an. «Sicherheitsdienst», fügte er schüchtern hinzu. Von drinnen hörte man unbestimmte Geräusche, und Richard sagte sich, dass er als «Sicherheitsdienst» ein wenig energischer auftreten musste. Zunächst entschied er sich jedoch dafür, noch einmal anzuklopfen. Das Ergebnis war allerdings dasselbe. «Okay», sagte er lauter. «Dann müssen wir wohl nachschauen.»

Er öffnete die Tür und schob den nervösen Martin voran. Alle Jalousien waren heruntergelassen, und so herrschte im Wagen Halbdunkel, doch im dämmrigen Licht waren Sachas Umrisse leicht zu erkennen. Unter einer zerwühlten Schicht dünner Decken lag sie auf dem Bett. Sie bewegte sich nicht. Da Richard auch keinen Atem bemerkte, entschloss er sich ausnahmsweise einmal, rasch zu handeln. Er stürzte zum Bett und schüttelte die Frau mit der freien Hand an der Schulter. Zunächst geschah gar nichts, doch dann wachte Sacha mit einem Schrei auf. Richard schrie selber auf, und ein paar Sekunden lang kreischten sie sich gegenseitig an, fast wie in einem Wettbewerb, wer wohl die größte Angst hatte. Wie sich herausstellte, war es Richard.

«Was machen Sie?», fragte Sacha ganz vernünftig und brach dann in einen heftigen Hustenanfall aus.

«Tut mir leid», stammelte Richard. «Ich dachte, Sie wären tot!» Noch immer hielt er widersinnigerweise den erschreckten Passepartout auf dem Arm. Dann platzierte er ihn auf einem Stuhl.

Sacha setzte sich mühsam auf. «Wer ist das?», fragte sie schwach, da sie Martin jetzt erst bemerkte.

«Martin Thompson. Sanitäter.» Martin verhielt sich ziemlich schüchtern.

«Sie sehen aus wie ein Chauffeur», erwiderte Sacha skeptisch und hustete erneut.

«Er ist, äh, undercover hier.» Unter anderen Umständen wäre Richard mit dieser schnellen Ausrede vielleicht sehr zufrieden gewesen, doch ein zweiter, noch heftigerer Hustenanfall Sachas ließ ihm keine Zeit für Selbstgefälligkeit. Und schon gar nicht, als sie aus dem Bett sprang, zur Toilette rannte und sich heftig und laut würgend übergab. Ein paar Minuten darauf ließ sie sich wieder ins Bett fallen.

«Ich hole Ihnen etwas Wasser», sagte Martin und ging zur Küchenecke, um ein Glas zu suchen.

Richard breitete die Decken sorgfältig über der zitternden Sacha aus. «Wie lang fühlen Sie sich schon so?», fragte er leise und legte ihr die Hand auf die Stirn, um ihre Temperatur zu prüfen. Sie kam ihm warm vor, aber so etwas hatte er noch nie gut beurteilen können.

«Seit gestern spät am Abend», kam die schwache Antwort.

«Haben Sie etwas gegessen?»

«Nein. Und zu Mittag hatte ich dasselbe wie alle anderen.» Sie würgte erneut, als Martin mit einem Glas Wasser zurückkehrte.

«Sie hatten kein Abendessen?», hakte Martin nach, und Sacha schüttelte den Kopf. Das schloss zumindest René aus, was ja immerhin etwas war.

«Wir haben bis in die Nacht hinein gearbeitet.» Sie hustete erneut.

«Wir?», fragte Richard rasch, doch bevor Sacha antworten

konnte, wurde die Wohnwagentür aufgerissen, und Valérie stürmte herein.

«Was ist passiert?», fragte sie, einen besorgten und leicht verärgerten Ausdruck im Gesicht. Sacha, Richard und Martin wollten alle gleichzeitig antworten, so bestimmt war Valéries Frage und so eindeutig hatte sie die Führung übernommen, doch bevor jemand etwas Vernünftiges sagen konnte, forschte Valérie schon weiter. «Wo ist Passepartout?», fragte sie eindringlich. Dann entdeckte sie den kleinen Hund, der sich gerade auf dem Stuhl in der Ecke das Fell säuberte, und entspannte sich. «Okay», sagte sie und atmete tief durch. «Also, was ist passiert?»

Sacha würgte erneut stöhnend und trank dann noch einen Schluck Wasser. «Reden Sie nicht zu viel», ermahnte Martin sie. «Ihr Magen muss sich beruhigen. Ich gehe jetzt und rufe einen Arzt …»

«Nein, bitte nicht. Alles ist okay», erklärte Sacha mühsam. «Es ist einfach nur eine Magenverstimmung. Manchmal bekomme ich die, wenn ich unter Stress stehe. Ben hat schon genug Probleme, also rufen Sie bitte keinen Arzt.»

Mit einem Blick suchte Martin Führung bei Valérie, und sie schüttelte den Kopf. «Okay», stimmte Martin zu. «Aber wenn es nicht bald zu einer Besserung kommt, sollten wir jemanden kommen lassen.» Er setzte die Chauffeurmütze wieder auf. «Dann lasse ich euch jetzt mal allein», sagte er mit dem Schwung einer offiziellen Erklärung und tat genau das.

Valérie wartete ab, bis Martin die Tür hinter sich geschlossen hatte, bevor sie sich wieder Sacha zuwandte. «Nun, Madame?», fragte sie, und Richard fiel auf, dass in ihrer Stimme jedes Mitgefühl fehlte.

Sacha schien es ebenfalls zu bemerken. «Wir waren noch

ziemlich spät in der Küche des Châteaus», begann sie. «Ben, Gilbertine und ich selbst. Gilbertine möchte seine Rolle besser durchdringen.» Sie hustete heftig. «Er hat Marie-Antonin Carêmes Küchentechniken erlernt und wollte uns seine *croquembouche* zeigen, ihr wisst schon, diese Pyramide aus Profiteroles.»

Wieder mal Method Acting. Bei diesem Gedanken entfuhr Richard ein unangenehm berührter Laut.

«Sie waren ziemlich widerlich, zu süß; viel habe ich nicht davon gegessen.» Sie strich sich mit den Fingern durchs Haar, und sowohl Richard als auch Valérie bemerkten, wie rot ihre Fingerspitzen waren, beinahe bis zum Nagelbett abgekaut. Dieses Bild passte so gar nicht zu der selbstbewussten, kontrollierten Frau, als die sie sich auf dem Set und gegenüber den Schauspielern gab.

Valérie nahm Richard mit einem Seufzer beiseite. «Du musst jetzt zur Pressekonferenz gehen», sagte sie, und bei diesem Gedanken sackte er in sich zusammen. «Ich bleibe noch eine Weile hier, um sicherzugehen, dass ihre Verfassung sich bessert. Das gefällt mir gar nicht.»

«Mir auch nicht», stimmte Richard ihr zu. «Glaubst du, sie ist vergiftet worden?»

Valérie zuckte mit den Schultern. «Ich weiß es nicht», antwortete sie. «Falls aber ja, hat unser Mörder einen groben Schnitzer begangen.»

Richard begriff nicht. «In welcher Hinsicht?», fragte er.

«Er hat sie nicht getötet.»

Richard verstand es immer noch nicht, nickte aber ernsthaft und zustimmend.

«Ich werde Henri bitten, dafür zu sorgen, dass die Küchenräume abgesperrt werden, aber Profiteroles kann man zweifellos besonders leicht vergiften.»

Es war keine Frage, sondern eine Feststellung, doch Richard kam nicht dahinter, wieso sie sich da so sicher sein konnte. «Wie meinst du das?», fragte er, als bräuchte er nur eine Verdeutlichung.

«Das ist doch offensichtlich. Wenn man in eine Profiterole beißt, weiß man nicht genau, was sich im Inneren befindet. Die Außenhülle, der Brandteig, verbirgt die Füllung.»

«Das klingt ein bisschen wie unsere gesamte Situation», sagte er düster.

Sie sah ihn kurz an und lächelte. «So oder so, ich muss mich in Samuel Friedmans Wohnwagen umsehen.»

«Aber am helllichten Tag ist das doch gewiss zu auffällig?», wandte er ein.

«Das stimmt.» Valérie klopfte sich mit dem Zeigefinger an die Lippen. «Wir brauchen eine Ablenkung», sagte sie und deutete mal wieder mit dem Finger auf Richard.

22

Hinter der Bühne wollte Richard seine Krawatte zurecht-rücken, doch dann fiel ihm ein, dass er gar keine trug. Als er sein Spiegelbild im Fenster des Restaurants L'Orangerie sah, wurde ihm sofort klar, wieso er mit dem von Clare aus-gewählten Outfit ein Problem hatte. Es war die Kleidung eines cleveren, gewieften Mannes, aber clever und gewieft war so gar nicht Richards Ding. Tatsächlich würde er sich allenfalls zu einer sorgfältig kultivierten Aura einer mit einem Hauch von Kompetenz bereicherten Verwirrung bekennen. Dann waren die Leute nämlich nicht allzu enttäuscht, wenn man einen Feh-ler beging. Falls man dagegen irgendwie einen Treffer landete, waren sie überrascht, betrachteten es als einen Glücksfall und drängten nicht auf eine Wiederholung. In puncto Charakter war er eher ein Clouseau als ein Marlowe, und damit war er mehr als zufrieden.

«Also, Doc, bereit für eine Wiederholungsshow?» Ben-Hur Friedman war aufgetaucht und legte Richard den Arm um die Schultern, eine nicht angezündete Zigarre in der rechten Hand. Trotz der munteren Begrüßung wirkte er erschöpft und sah sogar niedergedrückt aus. Richard bemerkte, dass die Au-gen hinter dem dicken Rahmen der Brille eingesunken und gerötet waren, und die Hand mit der Zigarre zitterte sichtlich. Die Produktion und alles, was mit ihr schieflief, forderte ihren

Zoll von dem Produzenten. Jeder andere wäre vielleicht zu Boden gegangen, doch Friedman war, wie Richard genau wusste, alte Schule und hatte Hollywood zu dessen Glanzzeiten erlebt. Er würde die Sache bis zum bitteren Ende durchziehen, um welchen persönlichen Preis auch immer, sei es finanziell, körperlich oder emotional.

«Hält Talleyrand das Flugzeug bereit, falls ich nichts mehr zu sagen weiß?», scherzte Richard und bereute seine Alberei gleich wieder, da der Humor über Friedmans Kopf hinwegflog und irgendwo dahinter auf dem Gelände des Châteaus landete.

«Ha! Das gefällt mir!», sagte Friedman schließlich, obwohl eindeutig das Gegenteil der Fall war. «Ich habe Samuel damit beauftragt, Dominic auf dem Set zu babysitten, wo er seinen Text durchgeht. Wir sollten vor einem Drama sicher sein.»

Schade, dachte Richard. *Ich könnte einen Ausweg gebrauchen.*

«Sie wissen, dass Sacha krank ist?» Es war als rhetorische Frage gemeint, da Richard keinen Moment erwartet hätte, dass Friedman diese Entwicklung nicht kannte, doch er irrte sich.

«Was? Was meinen Sie damit, dass sie krank ist?» Er nahm den Arm von Richards Schulter, als wäre der plötzlich ansteckend.

«Es wirkt wie eine Lebensmittelvergiftung. Valérie ist jetzt bei ihr.»

«Himmel!» Friedman zog ein Taschentuch hervor und wischte sich über die Stirn. «Warum ich?»

«Ich glaube nicht, dass es allzu ernst ist.»

Friedman holte tief Atem. «Okay, hören Sie, sagen Sie diesen Leuten nichts davon, verstanden? Sie sind wie die Geier.» Er schüttelte den Kopf. «Halten Sie sich einfach ans Drehbuch», fügte er mit einem perfekten Ronald-Reagan-Akzent hinzu, ein Lächeln blitzte auf.

«Ha», lachte Richard. «Ihre Imitationen sind unglaublich gut.»

«Na ja, ich bin unter diesen Leuten aufgewachsen», erzählte Friedman bescheiden. «Sonntags kamen immer Mitchum, Lancaster, Curtis und so weiter zum Grillen vorbei.»

Richard seufzte. Seine Sonntage hatten darin bestanden, seiner Mum beim Bügeln zuzuschauen, während sie riet, was die im Fernsehen in *The Antiques Roadshow* gezeigten Gegenstände wert sein mochten. Friedman machte sich dünn, und erst da begriff Richard seine Worte richtig: «Halten Sie sich an das Drehbuch.»

Oho, dachte Richard, *was soll das wohl für ein Drehbuch sein?*

Er holte seinerseits tief Atem und stieg die Treppe zum rasch aufgebauten Podium empor, tippte ans Mikrofon und stellte sich den wartenden Reportern erneut vor. Sofort umfing ihn eine Welle kalter Gleichgültigkeit. Alle zusammen hatten kollektiv ein Gesicht aufgesetzt, als wollten sie sagen: «Nicht schon wieder Sie.» Richards empfindliches Selbstbewusstsein zerbrach und lag wie zerschmettertes Geschirr zu seinen Füßen.

Ein paar Minuten war er der Meinung, sich ganz gut zu schlagen. Niemals so gut, dass wieder ein wenig Zuversicht in ihn eingesickert wäre, aber immerhin so weit okay, dass er damit durchkommen konnte. Er erging sich in poetischen Plattitüden wie «was Reed gewollt hätte», «ein wahrer Profi», «eine der Größen unserer Zeit», «seit einiger Zeit krank», «the show must go on» und so weiter. Gerade trieb er der wenig überzeugenden Schlussfolgerung entgegen: «Er hätte nicht anders von uns gehen wollen», da fiel ihm in der Ferne etwas ins Auge.

Von seinem Aussichtspunkt auf dem Podium sah er über die Köpfe der gelangweilten Medienvertreter hinweg Valérie aus Sachas Wohnwagen treten. Sie hatte Passepartout nicht dabei, was nur eines bedeuten konnte – sie führte etwas im Schilde. Richard trudelte in seiner Rede weiter und umschrieb unbestimmt das Thema «komplexes Individuum», da hatte sich Valérie verstohlen zum Ende von Sachas kleinem Wohnwagen vorgearbeitet. An der gegenüberliegenden Seite befand sich Commissaire LaPierre, und zwar so, dass Valérie ihn nicht sehen konnte. Auch er sah so aus, als führte er etwas im Schilde, aber zum Glück hatte er Valérie noch nicht bemerkt.

Richard verlor seine Partnerin aus dem Blick, da sie hinter dem Caravan verschwand, während LaPierre nun witzigerweise zur vorderen Seite ging. Innerhalb von Sekunden hatten sie an beiden Enden die Position getauscht, ohne einander wahrzunehmen. «Er hätte es nicht anders gewollt», stimmte er an, während Valérie, noch immer vom Commissaire unentdeckt, zu Samuels zwanzig Meter entferntem Caravan schlich.

«Das sagten Sie bereits!», schleuderte ihm ein ziemlich aggressiver New Yorker in der vordersten Reihe der Pressekonferenz entgegen.

«Entschuldigung, wie bitte?» Richard hatte Mühe, den Blick von der Pantomime zu wenden, die sich hinter seinem Publikum abspielte.

«Das sagten Sie bereits!», wiederholte der Mann. «Das haben wir kapiert! The show must go on, aber ich habe eine Frage!»

Plötzlich hatte er Richards entsetzte, ungeteilte Aufmerksamkeit. «Wir werden erst Fragen beantworten, wenn die Ergebnisse der Ermittlungen bekannt sind», sagte der. Diesen Spruch hatte er schon von massenhaft sich windenden Politikern gehört, und es war das Erste, was ihm einfiel.

«Was für Ermittlungen? Ich dachte, es handelt sich um eine

natürliche Todesursache.» Der Reporter troff geradezu vor Skepsis.

Richard hielt noch immer ein Auge auf Valérie, die sich Samuels Caravan näherte. Er sah, wie sie ihren Dietrich aus der Hosentasche zog und ins Schloss schob, und zwar eben in dem Augenblick, als Commissaire LaPierre dasselbe mit Sachas Wohnwagen machte.

«Wollen Sie etwa andeuten, dass Monsieur Turnbull nicht an einer natürlichen Ursache gestorben ist?» Diesmal war es eine französische Reporterin, die auf keinen Fall hinter der Aggressivität des New Yorkers zurückbleiben wollte.

«Nein.» Richard entschied sich für ein eindeutiges Abstreiten mit einem Hauch von gespielter Empörung, doch das nahm sie nicht hin.

«Dass er vielleicht wie Napoleon vergiftet worden ist!» Sie endete schwungvoll, als käme sie nach einem besonders leidenschaftlichen Spiel Cluedo zu einer erfolgreichen Anklage.

«Ich wusste nicht, dass Napoleon vergiftet worden ist!», antwortete Richard aufrichtig. «Stimmt das?»

«So lautet das Gerücht», antwortete die französische Reporterin von oben herab. Nach Richards Meinung war es inzwischen ein bisschen zu spät für Spekulationen über den Tod des echten Napoleon Bonaparte, doch dieser Gedankengang wurde vom Anblick Commissaire LaPierres unterbrochen, der mit einem wenig begeisterten Passepartout auf dem Arm aus Sachas Wohnwagen trat.

«Es stimmt, es gibt diesen Verdacht, dass Napoleon vergiftet wurde.» Urplötzlich war eine blass wirkende Amorette Arthur aufgetaucht, und Richard fragte sich, ob Historiker einen Instinkt dafür hatten, wenn historische Kontroversen in der Luft lagen, wie Löwen Blut riechen. Oder waren das Haie?

«Und wer sind nun Sie?», fragte der New Yorker, als wäre Amorette vielleicht so unbedeutend, dass sie noch nicht einmal einen Namen besaß.

«Amorette Arthur», antwortete sie schwach. «Ich bin die historische Beraterin dieses Films und Schlosshistorikerin des Château de Valençay.»

«Amorette Arthur!» Diesmal war es die französische Reporterin, und mit einem Fingerschnippen bekräftigte sie, dass sie sie wiedererkannte. «Sie waren doch früher im Fernsehen – in welcher Sendung noch einmal?»

«*Notre pays historique*», antwortete Amorette leise.

«*Stimmt!* Wegen gewalttätigen Fehlverhaltens entlassen. Ich erinnere mich.»

Etwas in Amorette rastete ein. «Es war Notwehr», schrie sie. Offensichtlich hörte sie diese Anschuldigung öfter.

«Jaja, was auch immer.» Jetzt biss sich wieder der New Yorker fest. «Was soll das mit Napoleon, und wollen Sie vielleicht andeuten, dass Reed Turnbull ebenfalls vergiftet wurde?» Die Versammelten brachen in erregtes Gemurmel aus, doch viel schlimmer als das, Richard sah, dass Commissaire LaPierre langsam zu Samuels Wohnwagen vordrang.

«Napoleons Leiche wurde 1840 exhumiert», begann Amorette, die sich ein wenig beruhigt hatte. «Neunzehn Jahre nach seinem Tod, doch dank einer durch Arsen bewirkten Mumifizierung war seine Leiche noch kaum verwest. Das legte den Gedanken nahe, dass er mit Arsen vergiftet wurde.»

Die Reporter unterhielten sich eifrig untereinander, während Richard überall lieber gewesen wäre als auf der Bühne vor aller Augen. Er fragte sich, was LaPierre wohl tun würde, wenn er Valérie in Samuels Wohnwagen entdeckte. Mit Sicherheit würde er sie festnehmen.

«Hören Sie, Lady.» Der New Yorker hätte seinen Hut aufgebracht in den Nacken geschoben, hätte er einen getragen. «Wollen Sie behaupten, Reed Turnbull sei an einer Arsenvergiftung gestorben, weil jemand glaubte, er sei *tatsächlich* Napoleon?»

«Die Tapete», kam die rätselhafte und unzureichende Antwort von der Historikerin. Während Richard vor Sorge um Valérie außer sich war, sah er gleichzeitig, dass Ben-Hur Friedman, der neben der Bühne stand, eine Halsabschneide-Geste quer über die Kehle machte, womit er Richard bedeutete, das Debakel zu einem Ende zu bringen, und zwar schnell.

«Die Tapete?»

«Wahrscheinlich wurde Napoleon nicht ermordet, aber vermutlich war seine Tapete giftig.» Amorette klang plötzlich wie eine begeisterte Dozentin. «Im frühen neunzehnten Jahrhundert wurde in den Farbpigmenten der Tapeten Arsen verwendet. In einem warmen, feuchten Raum wie Napoleons Schlafzimmer im Exil gaben sie giftige Dämpfe ab.»

«Ist das Ihr Ernst?» Der Zeitungsmann aus New York verlor allmählich die Geduld.

«Reed Turnbull wusste das alles», fuhr sie fort. «Er hatte ausgiebig zu der von ihm dargestellten Persönlichkeit und dem Château selbst recherchiert, nicht nur in der Zeit Napoleons, sondern auch im Zweiten Weltkrieg, als der Louvre hier unschätzbar wertvolle Kunstwerke versteckte.» Zum ersten Mal fiel Richard auf, dass Amorette Arthur beim Sprechen schwankte, fast so, als spielte sie eine Scharade und imitierte die Bewegung, die man beim Rudern macht. Vermutlich aus Kummer um Reed war die arme Frau so angespannt wie die Hosenträger eines Bankiers.

«Ja, aber was hat das mit Monsieur Turnbulls Tod zu tun?»

Anscheinend lieferten die beiden prominenten Reporter sich ein Wettrennen, wer als Erster verärgert in die Luft gehen würde.

Langsam ging die Tür von Samuels Wohnwagen auf.

«Nun, Ladies and Gentlemen, das reicht vorläufig.» Friedman hatte genug. «Wir müssen unseren Film fertig drehen!»

«Wurde Reed Turnbull vergiftet?», schrie der New Yorker.

«Natürlich nicht!», schrie die französische Reporterin zurück. «Das hätte man doch bei der Obduktion festgestellt!»

«Ich habe Zweifel, Lady, anscheinend wissen die Franzosen hier nicht, was sie tun.»

«Wie können Sie es wagen!», schoss sie zurück. «Unser Gesundheitssystem ist viel besser als Ihres!»

«Es braucht nicht gut zu sein, keiner lebt hier lang genug, um zu genesen!»

«Ladies and Gentlemen, bitte!», rief Friedman ins Mikrofon.

«Reed Turnbull brauchte keine Viagra!», rief Amorette unter Tränen und schnappte sich gleichzeitig das Mikrofon, womit sie jedermanns Aufmerksamkeit errang, außer der von Richard.

Commissaire LaPierre, Passepartout noch immer auf dem Arm, stand auf der Treppe von Samuels Caravan und schüttelte den Kopf. Er sah so aus, als wäre er besiegt, und Richard stieß einen tiefen Seufzer der Erleichterung aus.

«Hatten Sie und Monsieur Reed eine Liebesbeziehung, Madame Arthur?» Typisch, dass es die französische Reporterin war, die diese Frage stellte, und inzwischen war die Zuhörerschar gewachsen. Nun waren auch alle Schauspieler und die ganze Crew anwesend.

«Ja. Ja, die hatten wir.» Amorette Arthurs Antwort war schlicht, und sie sprach mit leiser Stimme.

«Ich hab's begriffen», rief New York. «Reed Turnbull vergiftet! Sagt die hysterische Beraterin des Films!» Unter den Pressevertretern entstand Gelächter, und Friedman legte den Arm um die schluchzende Amorette und führte sie sanft von der Bühne, wobei er Richard einen bösen Blick zuwarf. Die Augen noch immer auf die Wohnwagen weiter hinten geheftet, musste sich der widerwillige und hoffentlich nur kurzzeitige Pressesprecher den Medien alleine stellen. Er öffnete den Mund, um das Wort zu ergreifen.

«Sagen Sie es nicht!», rief New York erneut. «Es ist das, was er sich gewünscht hätte!» Die Pressevertreter lachten erneut, und sogar die französische Reporterin, die noch immer an der Unterstellung herumkaute, die französische Gesundheitsversorgung tauge nichts, lächelte mit.

Benommen und verwirrt steckte Richard die Hände in die Hosentaschen, schlug sich den Kopf am Mikrofon an und stieg langsam die Treppe hinunter. Ihm dämmerte, dass er Valérie suchen und sie möglichst vor dem Commissaire finden sollte, und so ging er schneller, sprang die letzten verbliebenen Stufen rasch hinab, bog eilig um die Ecke und lief direkt in Valérie d'Orçay hinein.

«Gut gemacht, Richard!», sagte sie, die Augen so stark geweitet, wie es physiologisch überhaupt möglich war, ohne dass sie aus den Höhlen fielen. «Das war eine geniale Ablenkung!»

Richard hätte sich am liebsten zu Boden fallen lassen, sich in Embryonalhaltung zusammengerollt und wäre eine beträchtliche Zeit so liegen geblieben. Stattdessen wimmerte er: «Sollte es wirklich ein Nervengift sein, ist das für mich kein Problem. Ich habe keine Nerven mehr übrig.»

23

Valérie bewegte sich rasch, das Gesicht starr vor Konzentration und die Augen raubtierhaft kalt. Sie riss die Arme hoch und schleuderte die Hände ihres Angreifers zurück, der nach ihrem Revers gegriffen hatte. Jetzt zur Gegenwehr bereit, spreizte sie zwei Finger und stach ihren Möchtegernangreifer in die Augen. Der taumelte zurück, vorübergehend blind.

«Verdammt noch mal!», jammerte Richard, der sich an einer Wand stieß. «Du sollst mich coachen und nicht vollständig außer Gefecht setzen!»

Zerknirscht wollte Valérie ihm tröstend den Arm um die Schultern legen, doch Richard zuckte zurück, da er einen weiteren Schlag erwartete. «Tut mir furchtbar leid, Richard, ich habe nie gelernt, mich zurückzuhalten. So funktioniert die Krav-Maga-Technik nicht.»

Bis vor einer halben Stunde hatte Richard nicht einmal darüber nachgedacht, dass er sich über eine Rückkehr zum geradlinigen Sicherheitsdienst und der Gefahrendetektion freuen könnte, doch er hatte gezwungenermaßen zugeben müssen, dass das sein Terrain war. Clare hatte das Pressekonferenz-Debakel im Fernsehen verfolgt und war sofort wieder nach Tours gefahren, um die beiden Anzüge zurückzugeben, die sie dort gekauft hatte. «Die wirst du wohl nicht brauchen, Richard», hatte sie sehr enttäuscht gesagt. Valérie hingegen empfand das alles als sehr aufschlussreich und hatte jetzt einen Handlungsplan, auch wenn dieser Plan, soweit Richard es beurteilen konnte, darin bestand, ihm eine Tracht Prügel zu verpassen.

«Was ist Krav Maga überhaupt?», fragte er und rieb sich die tränenden Augen.

«Es ist ein Selbstverteidigungssystem, das vom israelischen Geheimdienst gelehrt wird. Eine Mischung verschiedener anderer Verteidigungstechniken, vor allem für Frauen entwickelt, weil die Größe des Angreifers dabei keine Rolle spielt. Ist mit dir alles in Ordnung?»

«Ich kann nichts sehen», antwortete er rasch. «Und ich finde es, ehrlich gesagt, ein bisschen heimtückisch, jemandem mit dem Finger in die Augen zu stechen.»

«Vielleicht gibt es eine englische Selbstverteidigungstechnik, bei der ich meinen Angreifer höflich bitte, erst einmal eine Pause zu machen, um unseren nächsten Schlag bei einer Tasse Tee zu besprechen – wäre dir das lieber?»

Richard hatte bisher noch nie erlebt, dass Valérie sich an Sarkasmus versuchte, und für das erste Mal war ihre Bemerkung sehr schneidend und erfüllte ihn mit Reue. «Tut mir leid», sagte er. «Du hast recht. Ich wäre wohl kein großartiger Angreifer, oder?»

«Das ist nichts, was einem leidtun sollte», erwiderte sie ernst, entspannte sich dann aber ein wenig. «Du musst von meiner Abwehr lernen, Richard, es geht hier um den Fall, dass *du* angegriffen wirst.»

«Ich *werde* gerade angegriffen», stöhnte er, doch er wusste, dass sie recht hatte. Sie wollte heute Abend nach Anbruch der Dunkelheit so viele einsatzfähige Kräfte wie möglich vor Ort haben. Da am nächsten Tag ein früher Drehbeginn geplant war, würden Schauspieler und Crew heute in den Wohnwagen übernachten, und sie hatte so ein Bauchgefühl, dass die Lage sich sehr bald zuspitzen würde. Ihre Einsatzkräfte würden als Beobachter dienen, schauen und lauschen. Sie hatte Martin und Gennie eingespannt, René Dupont, Madame Tablier und sogar Clare. Doch aus irgendeinem Grund war Valérie der Meinung, Richard könnte ein Angriffsziel werden, und erteilte ihm jetzt ein paar schmerzhafte Lektionen in der Kunst, sich zu schützen. Richard seinerseits fragte sich, ob die israelischen Selbstverteidigungstechniken auch gegen Pfauen wirkten.

«Es jagt einem das Adrenalin ins Blut, oder?», fragte Valérie, die angriffsbereit herumtänzelte. «Es hilft beim Nachdenken.»

«Bist du so LaPierre in Samuels Caravan entwichen?», fragte er in der Hoffnung, dass er gerade nicht in ihrer Reichweite stand. «Hast du ihn geblendet, bevor er dich sehen konnte?»

«Ich habe es dir ja erzählt.» Nun hampelte sie nicht mehr herum wie Tigger aus der Welt von Pu dem Bären. «Ich habe mich in Samuels Bett gelegt, die Bettdecke über mich gezogen und laut geschnarcht.»

Er schüttelte staunend den Kopf. Sie war wirklich eine verblüffende Frau. «Aber es wundert mich, dass Passepartout dich nicht erkannt hat.»

«Ha! Henri mit seinem billigen Versuch, mich zu ködern!» Sie trat mit dem Bein in die Luft und verfehlte nur knapp Richards Knie. «Für so etwas ist mein Passepartout zu gut ausgebildet.» Der kleine Hund schlief neben ihnen auf dem Sofa, und sein rechtes Bein zuckte, während er träumte.

«Und außerdem hast du dir Turnbulls Tabletten geschnappt, bevor LaPierre sie in die Hände bekommen konnte, sehr geschickt.» Er trat einen weiteren Schritt zurück, da Valérie schon wieder tänzelte. Er ging zum großen Esstisch und blickte noch einmal auf die Medikamentenreste, die auf einem

Tischset lagen. Es sah aus wie in einem Dealer-Labor: geöffnete Kapseln, manche mit einem weißen Pulver darin und manche mit einem blauen. Alles entsprach der Vermutung, die Gennie einmal geäußert hatte: Turnbulls Medikamente waren mit tödlicher Wirkung durch Viagra ersetzt worden. «Jetzt wissen wir also, wie Turnbull ermordet wurde, nämlich mit fein gemahlenem Viagra in seinen Kapseln gegen Angina pectoris. Aber warum? Und für Samuel sieht das gar nicht gut aus, oder? Ich meine, er wirkt nicht wie der Typ für so was.»

«Auch ich kann bei ihm kein Motiv erkennen; außerdem könnte jeder sich Zugang zu seinem Caravan verschafft haben, und offensichtlich hat er Henri erzählt, er hätte Reed Turnbulls Medikamente vorbereitet.»

Richard strich sich übers Kinn. «Samuel erinnert mich an Charlie Chans Sohn Nr. 1: Er ist sehr enthusiastisch und würde für ‹Pop› alles tun.»

«Ich habe keine Ahnung, wovon du redest, Richard.»

«Das hätten wohl nur wenige», räumte er ein. «Schauen wir lieber nach einem Motiv», fuhr er fort und wich einem weiteren Tritt aus.

«Okay, aber wir müssen gleichzeitig trainieren. Das hilft mir beim Nachdenken.» Sie wandte ihm den Rücken zu und zog das Gummiband ihrer grauen Trainingshose zurecht.

«Also, was wissen wir über Reed Turnbull?» Richard begann, im Zimmer hin- und herzugehen. «Der bekannte Star stirbt an Herzversagen, das durch eine absichtliche Vergiftung ausgelöst wurde. Er hatte eine Affäre mit Amorette Arthur und möglicherweise auch mit Jennifer Davies. Er wird von vielen aufrichtig gehasst und kennt sie alle schon seit einer Ewigkeit, nämlich seit *The Sidewalk Romantics*, das vor einem Vierteljahrhundert von Friedman senior und Brian Grace mit

Turnbull selbst, Jennifer Davies und Dominic Burdett gedreht wurde.»

Richard vergaß für einen Moment, wo er sich befand, und trat ein wenig zu nah an Valérie heran. Die ging tiefer, schwang ihr rechtes Bein vor und trat beide Beine unter Richard weg. Mit einem dumpfen Schlag krachte er auf den Boden. «Der OODA-Loop», bemerkte Valérie trocken. «Observe, Orient, Decide, Act – *Beobachten – Orientieren – Entscheiden – Handeln. Sorry.*»

Richard hielt die Hand auf sein Kreuzbein gedrückt, während sie ihm aufhalf. «Vielleicht hat Turnbull es ja *tatsächlich* absichtlich gemacht, als eine Art Rache?»

«Hmm, ich denke, er würde Zeuge sein wollen.» Valérie tänzelte wieder herum.

«Ich glaube, du hast recht. Okay, die Nächste. Sacha Vizard-Guy. Anscheinend hat sich zuletzt ein Giftanschlagsversuch gegen sie gerichtet; aber auch hier, warum? Ich begreife es nicht. Sie hat das Drehbuch verfasst und führt Regie. Damit Friedman seinen Kostümfilm machen kann, hat sie sogar die Story umgeschrieben. Sie würde also den Film niemals sabotieren, aber gleichzeitig begreife ich nicht, wem sie im Weg stehen könnte. Und warum haben Friedman und Gilbertine nichts von dem Gift gegessen? Für mich ergibt das keinen Sinn.»

«Ich gebe dir recht, und Henri schwört, in der Küche sei keine giftige Substanz gefunden worden, aber sind wir überzeugt, dass gründlich gesucht wurde?» Aggressiv rammte sie den Ellenbogen nach vorn. «Und was ist mit Monsieur Friedman?», fragte Valérie und tänzelte dicht am misstrauischen Richard vorbei.

«Auch er möchte unbedingt, dass der Film ein Erfolg wird. Er möchte wieder groß ins Geschäft kommen und betrachtet das hier als seine Gelegenheit. Es gibt keinen rational nachvollziehbaren Grund, aus dem er den Film sabotieren sollte. Und dann ist da noch Dominic Burdett.»

Er wandte sich ihr rasch zu, da ihm eine Idee durch den Kopf schoss. Das bereute er jedoch sofort, als Valérie ihr Knie in Richtung seiner ungeschützten Lendengegend schnellen ließ. Es verharrte gerade einmal einen Zentimeter von dieser empfindlichsten Körpergegend entfernt, doch er krümmte sich trotzdem, eine instinktive Bewegung, das Gesicht schon in Erwartung des Schmerzes verzerrt.

«Manchmal kann allein schon die Vorwegnahme des Schmerzes Zeit verschaffen, wenn man angegriffen wird», sagte sie strahlend. «Was ist mit Dominic Burdett?»

Richard richtete sich nicht aus seiner gekrümmten Haltung auf, und seine Stimme klang so angespannt, als hätte er tatsächlich einen Kniestoß kassiert. «Turnbull und er haben schon öfter Geld in Friedmans Filme investiert, und bei diesem hier vielleicht auch? Beide werden als Executive Producers angeführt.» Er richtete sich mühsam auf. «Außerdem weiß ich nicht, wie klar er bei Verstand ist. Nüchtern ist er ein französischer Diplomat des frühen 19. Jahrhunderts, und betrunken ist er ein Wrack. Apropos Wrack», setzte er hinzu und zog sich zurück.

«Die arme Amorette Arthur.» Valérie nickte.

«Ja, die arme Amorette Arthur. Nun, wir wissen, dass man sie beim Fernsehen gefeuert hat, wegen gewalttätigen Verhaltens …»

«Selbstverteidigung», erklärte Valérie energisch.

«Ja. Selbstverteidigung, allerdings denke ich allmählich, dass die Grenze zwischen beidem verschwommen ist. Sie sind wirklich ein äußerst merkwürdiges Paar, waren ein äußerst merkwürdiges Paar, sollte ich sagen, sie und Reed Turnbull.»

Valérie war einige Meter von Richard weggetreten, und der Abstand, der jetzt zwischen ihnen herrschte, entlockte ihm einen Seufzer der Erleichterung. «Ich weiß nicht viel über Filme, Richard, aber wenn Reed Turnbull ein großer Star war, muss er ein gewisses Charisma gehabt haben, eine gewisse Attraktivität.»

«Ich denke schon, ja. Wenn man es so ausdrückt.» Er wandte sich ab, um aus dem Fenster zu schauen, und so entging ihm, dass Valérie vorwärtshechtete und nur eine Handbreit von ihm entfernt abrollte. Sie sprang auf, zielte mit dem Ellenbogen auf seinen Adamsapfel und verharrte auch diesmal wieder unmittelbar vor einem Treffer. Er schluckte, blieb stocksteif stehen und wagte nicht, sich zu bewegen. «Außerdem hat Turnbull sich sehr für die Geschichte des Château Valençay selbst interessiert», fügte Valérie hinzu.

«Das ist ein gutes Argument», erwiderte er steif. «Bis dahin wurde Amorette wahrscheinlich von niemandem beachtet.»

«Aber er war ein sehr grausamer Mann, glaube ich. Aus Jennifer Davies hat er ein Wrack gemacht.»

Richard seufzte. «Das war wohl nicht allein Turnbull», bemerkte er leise. «Sondern das ganze System.»

«Wirklich? Glaubst du das?»

«Leider ja. Hollywood möchte die Frauen, wenn sie jung und strahlend sind, weiß aber nichts mit ihnen anzufangen, wenn sie einmal älter werden. Es gibt nur eine sehr begrenzte Zahl von Rollen, in denen man mit einer Nasenprothese einen Oscar gewinnen kann.»

Valérie warf ihm einen verwirrten Blick zu. «Egal. Aber auch hier, es war ihr großes Comeback, warum hätte sie sich das verderben sollen?»

«Es ist ihr großes Comeback, aber vielleicht auch das perfekte Setting für ihre Rache?»

«Ja, da mag etwas dran sein.» Richard begab sich zur anderen Seite des Raums und wägte seine nächsten Worte sorgfältig ab. «Und dann ist da Lionel …»

Halb und halb erwartete er, dass ein Schwarm von Ninja-Valéries sich von der Decke stürzen und ihn in Stücke hauen würde, doch das geschah zum Glück nicht. Valérie ging zum Fenster und schaute hinaus. Er sah nur ihr Spiegelbild und den Schmerz in ihrem Gesicht.

«Ihr Stiefvater war ein gewalttätiger Mensch», erzählte sie leise. «Ihre Kindheit und Jugend waren nicht einfach, und ihre Mutter wollte nicht, dass sie Schauspielerin wird.»

Richard ging vorsichtig zu seiner Partnerin, schräg von der Seite, statt sich ihr direkt von hinten zu nähern, und geduckt, um nicht eventuell einen Schlag gegen den Kopf zu riskieren. «Meiner Meinung nach», seine Stimme war ruhig und fest, «ist sie ohnehin bereit, das alles aufzugeben.»

«Sie könnte *tatsächlich* den Film sabotieren, um sicherzugehen, denkst du das?»

«Mir scheint, das ist etwas, was wir in Erwägung ziehen müssen. Der Stalker zum Beispiel? Es könnte ihr Stiefvater gewesen sein oder aber ihre eigene Einbildung?»

Valérie fuhr herum, ihm entgegen, und er warf sich bewusst zu Boden, da sein Selbsterhaltungstrieb gerade rechtzeitig das Ruder übernahm. Sie blickte auf ihn hinunter, und obgleich er sich potenziell in einer sehr verwundbaren Lage befand, hatte er kurzfristig das Element der Überraschung auf seiner Seite. Der Ausdruck der Verärgerung in ihren Zügen verschwand sofort.

«Du lernst sehr schnell, Richard!» Sie trat über ihn hinweg. «Wer bleibt dann also noch?»

Richard erhob sich steifbeinig. «Gilbertine, von dem wir

wissen, dass er Jennifer Davies' Alibi für etwas ist, wovon wir keine Ahnung haben. Allerdings ist klar, dass er als Alibi nicht infrage kommt, weil er schwul ist. Bei ihm ist alles ein bisschen unbestimmt.»

«Nur dass er seine Rolle als Marie-Antonin Carême sehr ernst nimmt und sich in der Küche des Châteaus eingerichtet hat.»

«Wo Sacha ihrer Meinung nach vergiftet wurde.»

«Und wo du jemandem gefolgt bist, der sich dort nachts herumtrieb.» Beide seufzten einmütig, weil alles, was mit Gilbertine zu tun hatte, so uneindeutig war. «Ich denke, wir müssen ihn genau im Auge behalten», sagte Valérie schließlich.

«Bleiben also noch Brian Grace und Stella Gonzales.» Richard nahm sein Hin und Her durchs Zimmer wieder auf. «Brian Grace hat bei dem Film *The Sidewalk Romantics* Regie geführt. Friedman hat ihn produziert; Turnbull, Burdett und Davies haben darin mitgespielt. Er war ein totaler Flop; vielleicht nimmt er ihnen das übel und ruiniert darum den jetzigen Film?»

«Möglich, ja, das ergäbe Sinn.» Valérie hatte die Arme locker verschränkt und spielte mit ihrer Brosche, die an ihrem Blusenkragen befestigt war.

«Und Stella, was hältst du von ihr?», fragte Richard, da er selbst keinerlei Informationen besaß.

«Sie ist sehr ernst, aber auch großzügig.» Daraus schloss Richard, dass Valérie genauso wenig wusste wie er selbst. «An unserem ersten Tag hat sie mir diese Brosche geschenkt, und das habe ich als eine sehr nette Geste empfunden.»

Richard trat vor, um sich die Brosche mit dem aufgeschlagenen Buch jetzt genauer anzuschauen. Es war dasselbe Bild, das ihm einmal im Empfangsbereich des Châteaus aufgefallen war.

«Dieses Gemälde kenne ich!», rief er erregt aus und beugte sich vor, um die Brosche zu berühren.

Nach allem, was er an diesem Vormittag gelernt haben sollte, war das ein sehr dummer, naiver Schritt. Valérie packte ihn instinktiv am Arm, drehte ihn hinter seinen Rücken, schlenkerte den verblüfften Richard herum wie ein Gymnastikband und schleuderte ihn auf den Boden, wo er ein Stück weit kullerte und als ein zerknautschtes Häufchen in der Tür liegen blieb. Er brauchte ein paar Sekunden, um sich in diese Position hineinzufinden, und statt sofort aufzustehen, beschloss er in der Hoffnung, sich so Ärger vom Hals zu halten, an Ort und Stelle liegen zu bleiben. Behutsam öffnete er die Augen und sah zu seiner Überraschung zu einer eindeutig nicht amüsierten Clare hinauf.

«Tja, lass uns ehrlich sein, Richard, du hast es wahrscheinlich verdient», sagte sie und trat verächtlich über ihn hinweg.

24

Valérie stand auf der vierten Stufe der Treppe, die zum Pressekonferenzpodium führte, und hielt eine Ansprache an ihre Truppen. Es war nicht genau wie General Patton bei seiner Ansprache an die 3rd Army – oder eher George C. Scott als General Patton bei der Ansprache an die 3rd Army, denn so sah Richard es –, doch sie hatte definitiv das Kommando. Nach Richards Meinung hätte es wohl nur wenig Widerspruch gegeben, hätte sie das Bedürfnis empfunden, ihre Streitkräfte mit einem Filmzitat anzustacheln, wie etwa: «Wir schneiden ihnen die Eingeweide raus und fetten damit die Ketten unserer Panzer.» Da stand sie, das Kinn von der Taschenlampe in ihrer Hand angeleuchtet, sodass sie beinahe gespenstisch aussah, und wies Aufgaben zu wie der berühmte General selbst.

«Also, René», sagte sie, und der Angesprochene nahm fast schon Haltung an. «Ich möchte, dass du die Gegend um deinen Imbisswagen abdeckst. Das heißt Sacha, Samuel, Maske, Kostüme und so weiter. Auch Brian Grace und Stella halten sich dort auf, und ebenso Alain Petit. Alle sind bereits schlafen gegangen, um morgen früh, wenn es zeitig losgeht, frisch zu sein. Ich möchte wissen, ob jemand seinen Wohnwagen verlässt.»

«Verstanden», kam die ernste Antwort. «Und falls ja?»

«Du hast dein Walkie-Talkie griffbereit?»

«Ja.»

«Dann gib mir sofort Bescheid, aber so unauffällig wie möglich. Ich bin nicht weit weg. Dasselbe gilt für euch, Martin und Gennie, am Eingang des Souvenirshops und beim Restaurant. Eure Outfits gefallen mir übrigens, schön düster.»

Soweit Richard es beurteilen konnte, hatten sie einfach nur ihre Chauffeurs-Schirmmützen mit wollenen Beanies vertauscht und sahen damit aus wie Statisten aus *The Guns of Navarone – Die Kanonen von Navarone*. Martin salutierte, und Gennie kicherte, was ein Fehler war.

«Das hier ist nicht zum Lachen, Gennie. Bitte nehmt eure Aufgabe ernst.» Valérie musterte die beiden im Schein ihrer Taschenlampe.

«Sorry, altes Mädel», brummte Martin.

«Madame Tablier, ich möchte, dass Sie sich um den Hof und die Gewölbebögen im Jardin de la Duchesse kümmern. Von dort können Sie den Donjon und das Schlosstor sehen, aber verhalten Sie sich bitte unauffällig. Bleiben Sie im Schatten.»

Aus irgendeinem Grund musste Madame Tablier immer irgendein Arbeitsgerät bei sich tragen. Sie grummelte also nicht nur etwas über Napoleon, sondern stützte sich auch erschöpft auf etwas, das wie eine Gartenhacke aussah, ganz ähnlich, wie ein Langbogenschütze es getan haben mochte, wenn er das Gefühl hatte, dass Heinrich V. ein wenig zu lang laberte. Mit einem missbilligenden Zungenschnalzen machte sie einen gewissen Widerspruch deutlich, wie es ihre Art war, aber Valérie entschied sich klugerweise dafür, das zu übergehen.

«Clare, ich möchte, dass du bei den großen Wohnwagen in meiner Nähe bleibst. Gemeinsam überwachen wir Dominic Burdett, Jennifer Davies, Gilbertine und, meine ... äh ... Lionel Margaux. Aber ich werde Rundgänge machen, daher wirst du manchmal auf dich gestellt sein.»

«Alles klar, Valérie», sagte Clare mit munterer Stimme, in der auch noch eine Andeutung von Erregung mitschwang. Richard fühlte sich, ehrlich gesagt, ein wenig eingeschüchtert. Valérie und Clare hatten das gleiche Outfit an: schwarze Skihosen, schwarze Stiefel und eng anliegende schwarze Rollkragenpullover. Auf dem Kopf trug Valérie nichts, doch Clare hatte ein breites schwarzes Stirnband über ihr zum Pferdeschwanz zusammengebundenes Haar geschoben. Das erinnerte ihn an einen der burlesken James-Bond-Nachahmerstreifen der Sechzigerjahre, Agentenkomödien, in denen die Attentäter immer unglaublich attraktive Frauen waren, zum Beispiel *Deadlier Than the Male – Heiße Katzen*. Mit Elke Sommer, 1966, wenn er sich recht erinnerte, oder war es 1967? Unbestimmt wurde ihm bewusst, dass jemand sprach.

«Richard, hörst du mir zu?» Valérie klang aufgebracht über seine fehlende Aufmerksamkeit, und außerdem bemerkte er, dass Clare spöttisch lächelte wie Lehrers Liebling.

«Aber selbstverständlich!» Er bemühte sich, gekränkt zu klingen, scheiterte aber. «Du möchtest, dass ich, äh … wo soll ich noch mal hin?»

«Ich möchte, dass du drinnen im Schloss Runden gehst!» Sie hatte wirklich die Geduld mit ihm verloren, und er senkte den Kopf, ohne Clares Grinsen zu beachten. «Drinnen kennst du dich besser aus als jeder andere, aber bitte rühre in der Küche nichts an, nur für alle Fälle. Ich vertraue darauf, dass du dich unauffällig verhältst, Richard.»

Sie war milde mit ihm umgegangen, und aus dem Augenwinkel bemerkte er, dass das höhnische Grinsen aus Clares Gesicht verschwand und durch etwas ersetzt wurde, das an Eifersucht grenzte.

«Sollen wir unsere Uhren abgleichen?», zischelte Martin.

Valérie hatte ihre Taschenlampe ausgeschaltet, machte sie jetzt aber wieder an. «Warum?», fragte sie.

Martin zuckte mit den Schultern. «Ich weiß es nicht. Ich dachte nur, dass man das so macht.»

«Ich glaube, das ist überflüssig.» Valérie wirkte durch die Frage verärgert und schaltete die Taschenlampe wieder aus. «Okay, allerseits. Meldet euch immer mal, und viel Glück.»

Martin und Gennie fassten sich bei den Händen und gingen davon, als wollten sie miteinander durchbrennen; René zündete sich eine Zigarette an, wischte sich die Hände an seiner schmuddeligen Schürze ab und kehrte zu seinem Imbisswagen zurück. Madame Tablier warf sich die Hacke über die Schulter, als trüge sie ein Gewehr, und marschierte zu ihrem Wachtposten davon, während Clare und Valérie, die beide so aussahen, als wollten sie für ein Fotoshooting posieren, stumm zu den Schauspielerwohnwagen davongingen.

Richard entfernte sich ebenfalls vorsichtig, und zehn Minuten später saß er im Musikzimmer des Erdgeschosses an einem Cembalo. Von seinem Aussichtspunkt hatte er Sicht in zwei Flure des Châteaus, sah auch einen Ausschnitt des Hofs und konnte ebenfalls zum Wohnwagenbereich hinüberspähen, sodass er bei Bedarf sofort reagieren könnte. Er war sich allerdings ziemlich sicher, dass er zu einer Situation, mit der Valérie und Clare nicht gemeinsam fertigwurden, auch nicht viel Hilfreiches würde beisteuern können.

Er wusste zwar, dass er wachsam sein und die Augen offenhalten sollte, doch ansonsten war ihm nicht ganz klar, wonach er Ausschau hielt. Valérie hatte eine ihrer typischen Ahnungen und war der Meinung, in dieser Nacht, in der alle gemeinsam auf dem Gelände waren, könnte sich etwas ereignen. Davon abgesehen hatte sie sich jedoch ziemlich unbestimmt geäußert.

Richard seinerseits schaffte es nicht, sich alles säuberlich zurechtzulegen. Er war sich ziemlich sicher, dass Reed Turnbull mit einer tödlichen Medikamentenkombination ermordet worden war, doch er kam nicht dahinter, wer etwas daraus zu gewinnen hatte, den Film auf eine so gewaltsame Weise zu sabotieren. Es musste sich um etwas handeln, das in der Vergangenheit lag, und Richard nahm sich vor, den Halliwell nach seiner Heimkehr noch einmal nach Informationen über *The Sidewalk Romantics* durchzugehen. Falls der Film in Großbritannien überhaupt so hieß. Er verdrehte die Augen und murmelte in sich hinein: «Was war ich nur für ein Idiot! Natürlich, sidewalk, *Gehsteig*, heißt in England doch pavement!» Am liebsten hätte er Valérie eine Nachricht geschickt, zog es dann aber vor, sie nicht in ihrem dunklen Versteck im Schatten der Wohnwagen zu stören.

Wie ihm auffiel, war Clare nicht so gut im Dunkeln verborgen. Im Mondlicht war ihr blonder Pferdeschwanz zwangsläufig ein Problem, und Richard sah ihn gelegentlich im Düsteren aufblitzen. Er hoffte, dass das keine Gefahr für sie darstellen würde, und war froh, dass Valérie ebenfalls da war und auf sie aufpassen konnte. Doch einige Minuten später wurde er daran erinnert, dass Clare Ainsworth niemanden brauchte, der auf sie aufpasste, überhaupt nicht.

Richard betrachtete sich nicht als den eifersüchtigen Typ. Seit einiger Zeit hatten sie eine angenehme Nach-Beziehungs-Phase erreicht, beinahe wie Bruder und Schwester. Sie waren einander zugetan, achteten einer auf das Wohlergehen des anderen und standen auch in gewisser Weise miteinander im Wettbewerb. Doch etwas in ihm regte sich unangenehm berührt, als er über den trockenen Schlossgraben sah und seine Frau in einer engen Umarmung mit der Hollywood-Legende

Dominic Burdett erblickte. Clare verhielt sich spielerisch und kokett, während Burdett, wie immer mit gepuderter Perücke und im staatsmännischen Aufzug, die Arme um sie gelegt hatte und versuchte, sie auf den Hals zu küssen. Sie schlang dem Mann die Arme um die Taille, hob ihn hoch und trug ihn in einer Umkehrung der Hochzeitsnacht-Etikette über die Schwelle seines Wohnwagens. Hinter den beiden fiel die Tür zu.

«Das geht mich nichts an», sagte Richard sich mit zusammengebissenen Zähnen, was das genaue Gegenteil von seinem tatsächlichen Empfinden war. «Überhaupt nichts.» Er beobachtete die Wohnwagentür, ob weitere Aktivitäten erkennbar wurden, entdeckte aber nichts. Nur ging drinnen das Licht aus, und Richard bemerkte plötzlich ein Geräusch ganz in der Nähe, erkannte dann aber, dass es sich um ihn selbst handelte, der mit den Zähnen knirschte.

Er hörte allerdings noch etwas anderes, ebenfalls nicht weit weg. Es klang wie Schritte auf einer Treppe, doch er erkannte nicht, wo genau das Geräusch herkam, und fühlte sich vollkommen überfordert. Erneut musste Richard Ainsworth, *Dr.* Richard Ainsworth, sich in Erinnerung rufen, dass er kein Undercover-Privatdetektiv eines Film noir der Vierzigerjahre war. Vielmehr war er ein Filmhistoriker, der eine schicke Pension führte und, falls überhaupt, nur eine einzige Fähigkeit besaß, nämlich das bemerkenswerte Geschick, sich vor der Welt und allen darin zu verstecken. Allmählich erwärmte er sich für das Gefühl, dass ihm Unrecht widerfuhr. Warum nur saß er in der dunklen Ecke eines unheimlichen französischen Châteaus und lauschte auf Schritte und Zeichen nächtlicher Aktivität, wo doch recht klar war, dass sich ein Mörder herumtrieb? Und warum hatte, sozusagen als Sahnehäubchen aller

Widrigkeiten, seine Frau den ganzen Spaß, während er selbst vielleicht schon bald einem Mord erliegen würde?

Er stand lautlos auf und spähte durch den Flur zum Empfangsbereich des Châteaus. Von allen Stellen, die er von seinem Platz aus einsehen konnte, war dieser am besten erleuchtet, da durch die großen Fenster das Mondlicht hereinströmte. Von dort könnte sich ihm kaum jemand nähern, ohne dass er ihn entdeckte. Rechts von ihm lag ein wesentlich schmalerer Flur, und auch dunkler, doch das Licht, das von außen einfiel, reichte, um deutlich zu sehen, dass sich dort niemand befand. Auch von draußen könnte niemand ins Musikzimmer eindringen, denn obwohl es eigentlich im Erdgeschoss lag, befand sich vor dem Fenster die Steilwand, die zum ehemaligen Schlossgraben hin abfiel.

Wieder hörte er die Schritte. Sie waren vorsichtig und bewegten sich nur langsam vorwärts. Vielleicht war demjenigen bewusst, dass Richard vor Ort war, und die Person war zum Angriff bereit. Richard schluckte, und es kam ihm so vor, als wäre das Geräusch, das er dabei machte, so laut wie ein Kanonenschuss. Erneut spähte er in die Flure und durchdrang den Schatten mit den Augen, doch obgleich die Schritte weiterhin zu hören waren, entdeckte er niemanden. Ungeschickt vor Angst stieß er eine Informationstafel des Museums vom Cembalo und bückte sich, um sie wieder aufzuheben. Der Text gab Erläuterungen zum Musikzimmer: Wer es benutzt hatte, das Alter der Instrumente und die Tatsache, dass sich in der Nische hinter ihm eine Geheimtreppe befand, die direkt ins Schlafzimmer des gefangenen spanischen Königs im Stockwerk darüber führte. Dieses entscheidende Informationshäppchen erhielt er aber ein bisschen zu spät, um sich zu retten, denn hinter einem bodentiefen Vorhang sprang jemand hervor, stürzte sich auf ihn und schleuderte ihn quer durch den Raum, sodass er sich den Kopf am Boden anschlug. Da ihm ein paar der Tricks wieder einfielen, die Valérie ihn gelehrt hatte, sprang er rasch auf; sein Angreifer stand jetzt mit dem Rücken zum Fenster, eine dunkle Silhouette vor dem mondhellen Himmel. Da die Person die gleiche «Uniform» trug wie Valérie und Clare – anscheinend lag Schwarz derzeit voll im Trend –, konnte er nicht erkennen, wer dort stand. Die Gestalt hatte außerdem eine Sturmhaube über den Kopf gezogen, und so sah er nur die Augen, in denen sich das Mondlicht von draußen spiegelte. Richard hob die Arme wie ein Ringer, der angreifen will, und wurde sofort mit einem Stoß in die Augen belohnt. Als er auf die Knie niedersank, war ihm klar, dass er das hätte vorhersehen müssen, doch im Einknicken packte er nach der Kleidung des Angreifers, Mann oder Frau, und riss einen Metallknopf von der Jacke. Wer immer die Person war, sie sprang über ihn hinweg und rannte durch den Flur zum Hof.

Richard steckte den Knopf ein und ging ihr vorsichtig nach, noch immer mit brennenden Augen. Die Gestalt wandte sich nach rechts und in den Park, vorbei an Friedmans Wohnung und hin zum Wohnwagenbereich. Richard rannte in die gleiche Richtung, verlor den Fliehenden aber im Dunkeln aus den Augen. Ganz unvermittelt flog er dann erneut durch die Luft, da einer der Golf-Buggys des Château de Valençay aus dem Gebüsch auf ihn zusauste und ihn aus dem Weg katapultierte. Gerade als Valéric und Clare auf ihn zustürzten, sprang er wieder auf, doch bevor sie etwas sagen konnten, bediente Richard sich eines seiner beliebtesten Filmzitate. «Ich bin unglaublich wütend», sagte er, «und werde es nicht mehr ertragen!»

Er rannte zum nächsten Golf-Buggy, sprang auf und schaltete noch mit derselben Bewegung den Motor an. Vor seinem inneren Auge brauste er auf der Jagd nach seinem Angreifer los, aber wie das bei Auto- oder in diesem Fall Golf-Buggy-Jagden der Fall ist, lief sie nicht im Rennwagentempo ab. Er hatte jedoch den Vorteil, dass er das Gelände besser kannte als die Person vor ihm, und da er ein paar kluge Abkürzungen nahm, lag er bald nur noch wenige Meter zurück. Er hatte keine Ahnung, wie viel der Akku eines Buggys hergab, und der Gedanke, dass das Dramatischste, was er je in seinem Leben unternommen hatte, vielleicht mit einem Gewimmer zu Ende gehen würde, da ihnen beiden der Saft ausging, kränkte ihn.

Das würde er nicht zulassen, und so trat er stärker aufs Gas, gewann einen Vorteil und zog schließlich mit seinem Gegner gleichauf. Doch handelte es sich wirklich um seinen Gegner? Wer auch immer Richard im Musikzimmer angegriffen hatte, war nicht der Fahrer des gegnerischen Golf-Buggys. Denn dieser war Dominic Burdett.

«Was zum Teufel treiben Sie da, Sie Verrückter?», schrie Richard über das metallische Geknatter der Buggys hinweg.

Burdetts Augen loderten vor Zorn auf. «Wie können Sie es wagen, so mit mir zu reden, Sir? Wissen Sie nicht, wen Sie vor sich haben?»

«Ja. Sie sind Dominic Burdett, und Sie sind verdammt noch mal durchgeknallt!» In Richard stieg neuer Zorn auf, teils, weil die Situation so absurd war, und teils, weil sein eigentlicher Angreifer entkommen war. Da ihm nichts Besseres einfiel, lenkte er seinen Buggy zu Burdett hinüber und rammte dessen Gefährt von der Seite. Burdett wehrte sich auf die gleiche Weise, und Richard konnte nur mit Mühe einer großen Platane ausweichen. Nun fuhr er wieder parallel neben dem Schauspieler her und rief ihm zu: «Hören Sie mit dem Unsinn auf, Burdett, schalten Sie das Ding einfach aus!»

«Sie werden mich niemals lebend fassen!», war die übertrieben dramatische und durchgedrehte Reaktion.

«Ach, Herrgott noch mal …» Richard lenkte seinen Buggy erneut gegen den von Burdett, und diesmal überrumpelte er den Schauspieler und ließ ihn quer über den Weg und gegen den Zaun des Mini-Bauernhofes schlittern. Enten, Gänse und Hühner stoben in alle Richtungen auseinander, als Burdetts Buggy, jetzt steuerlos, zwischen den dösenden Tieren hindurchraste. Der Pfau Clovis kam wütend aus der Dunkelheit seiner Privathütte hervor. Zweifellos fragte er sich, was nur in seinem Königreich los war, doch er floh rasch, als der Buggy auf ihn zuschoss. Der krachte so heftig in seinen Stall, dass die Bretter zersplitterten, und kam erst zum Stehen, als der Verschlag über ihm zusammenbrach.

Richard sprang von seinem Buggy und verspürte einen Schmerz im Bein, denn der Metallknopf, den er in die Hosentasche gesteckt hatte, hatte sich in seinen Oberschenkel gebohrt. Er zog ihn heraus und bemerkte jetzt erst, dass es sich gar nicht um einen Knopf handelte, sondern um eine wohlbekannte Brosche.

«Sie da!», schrie Burdett, ohne vom Buggy zu steigen oder sich auch nur umzudrehen. «Was soll das?»

«Ach, halten Sie's Maul!», sagte Richard und ging zu dem Mann. «Sie sind ein absolutes …» Doch die Worte blieben ihm im Hals stecken, als er bemerkte, dass Burdett seinen Ausruf gar nicht an ihn gerichtet hatte. Vielmehr galt seine Frage der Leiche von Amorette Arthur, die aufrecht dasaß, die starren Augen geöffnet und mit etwas im Gesicht, das aussah wie verschmierte Schokolade.

25

Es war ein grauenhafter Anblick. Die arme Amorette so in Clovis' Stall zu sehen, die Augen geöffnet und das Gesicht mit Schokolade verschmiert, machte Richard plötzlich klar, wie gefährlich das alles war. Monsieur Corbeau war ein sehr alter Mann gewesen und Reed Turnbull die Karikatur eines Rüpels, dessen theatralisches Auftreten ihm den Anstrich des Unechten verliehen hatte. Aber Amorette Arthur hatte so unschuldig gewirkt und auch gar nicht zum eigentlichen Film, zur Kerngruppe gehört, sondern war zusätzlich hinzugezogen worden. Dennoch hatte sie offensichtlich jemanden verärgert und das mit ihrem Leben bezahlt.

Dominic Burdett kroch unter dem Wrack seines umgekippten Buggys hervor und erkannte Amorettes Leiche erst jetzt richtig. Bei der Auseinandersetzung mit der Realität verzerrte sich sein Gesicht vor Entsetzen, und Richard musste ihn festhalten, damit er nicht umfiel. Er hatte keine Ahnung, mit welchem Dominic Burdett er es zu tun hatte – mit dem nüchternen Methoden-Schauspieler, also einem Politiker des 19. Jahrhunderts, oder mit dem betrunkenen Hollywood-Star –, und im Moment würde Richard jede Wette eingehen, dass Burdett es selbst auch nicht wusste. Der Schauspieler entwand sich Richards Griff und kniete sich neben der ermordeten Historikerin nieder. Sanft drückte er ihr die Augen zu und zog seine Uniformjacke aus, um sie damit zu bedecken, als wollte er sie vor der kalten Herbstnacht schützen. Ob Burdett das machte oder Talleyrand, wer konnte es wissen? Es spielte eigentlich keine Rolle, denn es war ein berührender Moment, und von denen gab es bedauerlich wenige. Richard kniete sich neben ihm nieder und legte ihm solidarisch die Hand auf die Schulter.

Der Schauspieler senkte den Kopf wie zum Gebet und murmelte einige Worte, die Richard nicht recht verstand. Er beugte sich zu ihm hinüber, um besser zu hören.

«Er hat sich auf einen Weg begeben, der kein Ende kennt», sagte Burdett leise, und Richard schloss daraus, dass er sich in seine Talleyrand-Rolle zurückgezogen hatte und nun aus seinem Drehbuch zitierte. «Das ist schlimmer als ein Verbrechen», beschwor er Richard und packte ihn am Jackenaufschlag. «Es ist eine Dummheit.» Richard erkannte darin eines von Talleyrands berühmten Zitaten, von denen die meisten an den Wänden des Châteaus standen.

«Was ist geschehen?» Valérie kam außer Atem an und richtete die Taschenlampe auf die beiden knienden Männer. Dann bemerkte sie, dass mit Burdetts Uniformjacke eine Leiche zugedeckt war. «Wer ist das?», fragte sie, unfähig, ihre Angst vor der Antwort zu verbergen.

Richard stand auf. «Es ist Amorette», antwortete er ein wenig zu kühl. «Am besten rufst du jetzt den Commissaire.» Einen Moment lang bemerkte er in ihren Zügen Erleichterung darüber, dass das Opfer nicht Lionel war. Gleich darauf folgten Schuldgefühle. Sofort griff sie zum Handy und rief LaPierre an.

Bald schon versammelten sich die auf dem Gelände Anwesenden, und Richard verfolgte vom Rand aus, wie Valérie und Ben-Hur Friedman Ordnung in die Menschenmenge brachten.

Jennifer Davies legte Burdett den Arm um und führte ihn davon. Sacha, noch angegriffen von der Lebensmittelvergiftung, sah so aus, als wäre sie am Boden zerstört, und wurde von Samuel getröstet, der die Arme um sie gelegt hatte.

«Ich verstehe das nicht», wiederholte Friedman immer wieder, obwohl er bei Weitem nicht der Einzige war, der sich keinen Reim auf diesen Mord machen konnte. Richard, den die Ereignisse des Abends hatten zynisch werden lassen, fragte sich, ob sie alle wegen der Toten so bestürzt waren oder eher wegen ihrer kostbaren Produktion. Lionel Margaux traf später ein als die anderen. Sie sah vollkommen verängstigt aus und zitterte ebenso sehr vor Schreck wie von der Abendkühle. Ihre alabasterweiße Haut wirkte beinahe durchsichtig. Clare führte sie zu ihrem Trailer zurück, warf Richard aber vorher noch einen ernsthaft besorgten Blick zu. *Das ist kein Spiel, Richard, oder?*, sagte dieser Blick. Als die schreckliche Nachricht sich verbreitete, trafen Stella, Brian und Alain Petit ein und halfen Friedman, einen Bereich um das Tiergehege abzusperren. Sie stellten Scheinwerfer auf und bauten rasch alles so auf, als sollte bei Nacht draußen gedreht werden. Ihre Tüchtigkeit machte Richards Sicht auf die Dinge nur noch trübseliger.

«Wo ist Gilbertine?», fragte Friedman, der sich bemühte, über jedermann Bescheid zu wissen.

«Er wird wohl schlafen», antwortete Samuel, der Sacha immer noch den Arm um die Schultern gelegt hatte. «Er hat vorhin Schlaftabletten genommen. Die habe ich für ihn abgezählt.» Richard wandte den beiden den Rücken zu und nahm über Funk Kontakt mit Martin und Gennie auf. Er bat sie, nach dem Schauspieler zu sehen und dann mit Madame Tablier zum Mini-Bauernhof zu kommen.

«Was machst du, Richard?», fragte Valérie leise.

«Ich möchte Bescheid wissen, wo alle sind», antwortete er, auch jetzt wieder ungewöhnlich kühl, und sie sah ihn so an, als erwartete sie eine Erklärung, die aber nicht kam. Und nun traf Commissaire LaPierre mit einem Team von Polizisten ein.

Zunächst führte man den Commissaire wortlos zur Leiche, und dann befahl er allen zurückzutreten, damit seine Leute ihre Arbeit machen konnten. Sein Verhalten war anders als bisher. Dies war nicht der sorgenvolle Commissaire, der im Rahmen einer Ermittlung widerstrebend das Nötigste tat, sondern ein zwar angewiderter, aber tüchtiger Gesetzeshüter. «Würden sich jetzt bitte alle zum Imbisswagen begeben? Wirklich alle. Ich komme zu Ihnen, sobald ich kann.» Bevor Richard und Valérie gehen konnten, zog er sie beiseite. «Was ist hier los?», fragte er, nicht mit verzweifelter Miene wie vielleicht früher, sondern mit einem Gesichtsausdruck, der einen eisernen Willen erkennen ließ und ihnen sagte, ihm sei klar, dass sie mehr wüssten als er.

«Sie denken jetzt wohl, es handelt sich wieder mal um einen *Zufall*, Monsieur le Commissaire?» Dass Valérie seinen formalen Titel verwendete, sprach Bände, und Richard fand die Frage ungerecht, aber es waren heftige Emotionen im Spiel.

«Nein, Madame, das hier halte ich keineswegs für einen Zufall, sondern für einen Mord, und ich glaube, dass Sie beide mir Informationen vorenthalten haben.» Valérie wollte ihn unterbrechen, doch er redete einfach weiter. «Ich will damit nicht sagen, dass das, was ihr zurückgehalten habt, zu dieser Tragödie geführt hat, aber …»

«Wage es nicht, Henri!» Valérie, die ohnehin immer kurz vorm Explodieren stand, hatte einen Ausbruch. «Du hattest die gleichen Verdachtsmomente wie wir, aber wir haben etwas unternommen.» Diesmal wollte der Commissaire sie unterbrechen, doch Richard hätte ihm gleich sagen können, dass das vergeblich war. «Wenn du nicht dieselben Sorgen hattest wie wir, wieso hast du dann in Samuel Friedmans Caravan nach Reed Turnbulls Medikamenten geschaut?»

Commissaire LaPierre nickte, nicht so sehr besiegt als resigniert, und hob dann die Hände, um einen Waffenstillstand anzubieten. «Seht es, wie ihr wollt, alle beide, aber das hier ist jetzt weit genug gegangen, und wir müssen zusammenarbeiten.» Er blickte vom einen zum anderen und erntete schweigende Zustimmung, nicht begeistert, aber immerhin. «Wie wurde die Leiche also heute Nacht entdeckt?»

Nun war Richard mit Seufzen an der Reihe, denn er musste die Ereignisse des gerade vergangenen Abends ebenso für sich selbst wie für den Commissaire in eine Ordnung bringen. Valérie war natürlich zuerst fertig. «Ich habe alle so aufgestellt, dass wir das ganze Gelände überwachen konnten …», begann sie, zählte die gemischte Truppe ihrer «Einsatzkräfte» auf, wie sie sie nannte, und berichtete, wo jeder gestanden hatte.

Der Commissaire, der sich Notizen gemacht hatte, blickte auf und wiederholte das Wort «Einsatzkräfte» auf eine Weise, die den Gedanken nahelegte, er habe nicht viel Zutrauen in dieses Team. «Einsatzkräfte? Ein ehemaliger Verbrecher, eine Putzfrau, zwei sexuell zweifelhafte Pensionsbesitzer und der Dritte in deiner sehr speziellen Ménage-à-trois? Das ist dein Team?»

«Niemand hätte unbemerkt an den Posten vorbeikommen können, die wir aufgestellt hatten.» Die angedeutete Kritik verärgerte Valérie.

«Dann wurde Madame Arthur also vor Einbruch der Nacht ermordet? Wir müssen überprüfen, wer sich wann wo aufgehalten hat, und zwar jetzt gleich, denke ich.»

Sie begaben sich zu Renés Imbisswagen, der von den Scheinwerfern angestrahlt wurde, die das Filmteam aufgebaut hatte, und wo zum Glück schon Kaffeedampf aufstieg. Alle saßen dicht beieinander; Martin, Gennie und Madame Tablier waren ebenfalls dazugekommen, mit einem benommen aussehenden Gilbertine im Schlepptau. Unterwegs setzte LaPierre seine Befragung fort. «Wie wurde die Leiche entdeckt?», fragte er. «Haben Sie im Stall nach *Hinweisen* gesucht?»

Richard, der von den Anstrengungen des Abends ohnehin erschöpft war, hatte LaPierres überhebliche Haltung allmählich satt. «Dominic Burdett hat den Stall mit einem Golf-Buggy gerammt.»

«Wie das?» LaPierre blieb stehen.

«Ich habe davor seinen Buggy mit meinem Buggy gerammt.»

«Sie haben seinen Buggy mit Ihrem Buggy gerammt?» Der Commissaire hatte Mühe, diese Information zu verarbeiten, und ebenfalls Mühe, mit seinen Notizen nachzukommen.

«Ja.»

«Warum?»

«Weil ich ihn gejagt habe.»

«Und warum haben Sie ihn gejagt?»

«Weil ich glaubte, er sei derjenige gewesen, der mich angegriffen hat.»

«Sie wurden angegriffen?» Die Bleistiftspitze des Commissaire brach ab.

«Ja. Im Musikzimmer.»

«Im Musikzimmer?»

Richard spürte Valéries Hand auf dem Arm. Ob das ein Zeichen der Unterstützung war oder vielmehr, dieser Gedanke kam ihm ebenfalls, eine Warnung, nichts mehr preiszugeben, wusste er nicht.

«Warum wurden Sie im Musikzimmer angegriffen?»

«Weil ich vergessen habe, dass es dort eine geheime Treppe gibt, und ihr den Rücken zugekehrt hatte.»

«Es gibt dort eine geheime Treppe?»

«Henri, führt uns das weiter?» Valérie griff ein, als wäre sie Richards Anwältin.

«Ich versuche festzustellen, wieso Monsieur Ainsworth angegriffen wurde ...»

«Im Musikzimmer», fügte Richard hilfreich hinzu.

«Vorerst weiß ich nicht, ob der Ort wirklich so wichtig ist, Monsieur. Es sei denn, Sie spielten ein Instrument.»

Das war hart, dachte Richard.

«Sie sagten, Sie seien der Meinung gewesen, Dominic Burdett habe Sie angegriffen, und deshalb seien Sie ihm nachgejagt, aber jetzt sind Sie der Meinung, dass er es gar nicht war?»

Richard dachte über die Frage nach. «Wer immer mich angegriffen hat, trug keinen Uniformrock wie den von Burdett», begann er langsam. «Da bin ich mir ziemlich sicher.»

«Habe Sie dafür Beweise? Es muss dunkel gewesen sein.» Der Commissaire zog die Augenbrauen zusammen.

«Nein», antwortete Richard zu rasch, und der Commissaire schaute erneut zwischen ihnen hin und her. Kopfschüttelnd wandte er sich stattdessen der Gruppe zu, die dicht zusammengedrängt vor ihnen saß.

«Ladies and Gentlemen, während mein Team die Spuren in unmittelbarer Nähe der Leiche sichert, möchte ich eine vollständige Liste der jeweiligen Orte, an denen alle Beteiligten sich heute Nacht aufgehalten haben. Zunächst einmal, wo wurde Amorette Arthur zuletzt gesehen?»

Zunächst schien niemand willens oder fähig zu sein, etwas zu sagen, und so blieb es René überlassen, das Schweigen zu brechen. «Sie war für einen späten Kaffee hier, als ich schon alles für den Feierabend zusammenräumte. So gegen zwanzig Uhr», erklärte er auf seine übliche aufsässige Art. «Sie wirkte ein bisschen niedergeschlagen, aber so war sie eigentlich immer. ‹Wie trinken Sie ihn?›, habe ich sie gefragt, und sie hat irgendeinen Werbeslogan abgespult: ‹*schwarz wie der Teufel, heiß wie die Hölle …*›, den Rest habe ich vergessen.»

«‹*… rein wie ein Engel, süß wie die Liebe*›», setzte Sacha leise hinzu.

«Genau! Woher stammt das? Von Starbucks?»

«Von Charles-Maurice de Talleyrand-Périgord», antwortete Dominic Burdett ohne den üblichen Bombast. «Das ist eines seiner berühmten Zitate. Ich denke, inzwischen kenne ich sie alle.»

Wieder trat Schweigen ein.

«Hat irgendjemand sie danach noch gesehen?» Der Commissaire sah sich um. «Niemand? Nun, ich würde sagen, einer von Ihnen schon.» Die Versammelten rutschten unbehaglich auf ihren Stühlen umher und mieden jeden Blickkontakt, denn das, was der Commissaire unausgesprochen angedeutet hatte, war ihnen nicht entgangen. «Vermutlich ist sie danach in ihre Wohnung beim Torhaus zurückgekehrt. Ich werde mich gleich dort umschauen.»

«Ich war den ganzen Abend in meinem Wohnwagen.» Der normalerweise eher zurückhaltende Gilbertine machte den Anfang. «Samuel hat mir ein paar Schlaftabletten gegeben. Zu mir gekommen bin ich erst wieder, als diese Lady da mich in die Brust gepikt hat.» Er deutete auf Madame Tablier, die das Piken bestätigte, wenn auch nichts sonst.

«Das stimmt», schloss Samuel sich an. «Ich habe Gilbertine etwas gegeben, das ihm beim Einschlafen helfen sollte, und mich dann auf die Suche nach meinem Onkel gemacht, um ihn zu fragen, ob ich sonst noch etwas tun kann.»

«Und, konnten sie?», fragte der Commissaire, da Friedman senior Samuels Bericht nicht sofort bestätigte.

«Mein Onkel war nicht da, aber dann habe ich gesehen, dass er mit Dominic durch den Park spazierte. Daher nahm ich an, sie probten seine Rolle oder so.»

«Und, war das der Fall?» Valérie hatte es satt, am Rand zu stehen.

«Ja, danke, Madame.» Der Commissaire ließ ihr Eingreifen nicht zu. Nachdem er sie abgewehrt hatte, wandte er sich wieder Friedman zu. «Also, war das der Fall?»

«Wir haben über die Frage geredet, ob es richtig wäre, die Produktion fortzusetzen. Dominic ist einer der Produzenten, und ich wollte wissen, was er wirklich darüber denkt.»

«Und was haben Sie wirklich darüber gedacht, Monsieur Burdett?»

Dominic Burdett blies die Wangen auf und zuckte mit den Schultern. «Der frühe Abend ist mir leider etwas im Kopf verschwommen, mein lieber Junge.»

Richard sah, dass Friedman die Augen verdrehte. «Das würde passen», sagte dieser. «Ich musste ihn während des größten Teils unseres Spaziergangs stützen.»

«Das habe ich aus meinem Wohnwagen gesehen», mischte Jennifer sich ein. «Ich hatte gerade nach Sacha geschaut – ihr war immer noch ein bisschen unwohl – und bin dann zu meinem Wohnwagen zurückgekehrt, um per Zoom mit meinem Tirthankara zu meditieren, das ist ein buddhistischer Lehrer. Ich habe die beiden gesehen. Einmal knickten Dominic die Beine ein, und Ben hielt ihn aufrecht. Du bist verblüffend geduldig, Ben.»

Ben neigte dankbar den Kopf.

«Ich habe ihn gegen halb elf zu Bett gebracht», berichtete Clare. «Er streifte in der Nähe der Wohnwagen herum, und ich glaube, er hielt mich für eine *courtisane*.»

«Ah, entschuldigen Sie.» Seine Schwäche schien Burdett zu beschämen.

«Das ist nicht nötig, Mr. Burdett. Ich sagte nein, sie sagten okay, und dann habe ich Sie zu Bett gebracht. Sie sind beinahe sofort eingeschlafen.»

«Danke, meine liebe Lady.»

Richard errötete schuldbewusst, weil er vorhin an Clare gezweifelt hatte.

«Und doch sind Sie eine halbe Stunde später mit einem Golf-Buggy in einen Pfauenstall gekracht.» Der Commissaire war noch nicht fertig. «Woher wissen Sie dann, dass er geschlafen hat, Madame?»

«Immer mit der Ruhe. Er hat angefangen, im Schlaf zu reden. Ich erinnere mich, dass jemand erzählt hat, das sei seine Art. Natürlich könnte er das nur vorgespielt haben, aber ich sehe keinen Grund, aus dem er das hätte tun sollen.» Clare verlor allmählich die Geduld mit der Befragung und nahm es übel, dass der Commissaire an ihren Worten zweifelte.

«Er hat geredet?» Der Commissaire klang skeptisch.

«Ach, Henri, du bist doch im Bilde!», ermahnte ihn Valérie, die ebenfalls die Geduld verlor. «Was hat er denn gesagt, Clare?»

«Oh, für mich klang es einfach wie *gibberish*.»

«*Gibberish*?» Das englische Wort für Quatsch überforderte LaPierre.

«*Charabia*», erläuterte Richard hilfreich auf Französisch.

«Tja, darüber müssen Sie ja Bescheid wissen!», lautete die

zänkische Antwort des Commissaire. «Und Sie, Madame?» Er deutete auf Lionel.

«Ich habe in meinem Wohnwagen gesessen und im Drehbuch gelesen.» Die Frage schien Lionel aufzuschrecken, als hätte sie das Gespräch nicht verfolgt.

«Das kann ich bestätigen», erklärte Valérie in einem Tonfall, der keine Einwände zuließ.

«Daran habe ich keinen Zweifel», brummte der erschöpfte Polizist. «Und nun also Sie drei. Wo haben Sie sich aufgehalten?»

Brian, Stella und Alain saßen am selben Tisch, und Brian ergriff als Erster das Wort. «In einem der Räume im Obergeschoss haben wir das Filmset für morgen vorbereitet. Danach haben wir noch eine Stunde zusammengesessen, uns unterhalten und Karten gespielt. So gegen Viertel vor zehn dürfte ich im Bett gewesen sein. Stella war nebenan, ich habe ihre Musik gehört …»

«Die habe ich ebenfalls gehört», unterbrach ihn Alain. «Ein grauenhafter Mist», fügte er hinzu.

Stella errötete vor Verärgerung. «Das war Manuel de Falla!»

«Es war laut, so viel weiß ich!» Brian zwinkerte ihr zu, und sie beruhigte sich ein wenig.

Der Commissaire klopfte sich mit dem Bleistift gegen die Zähne. «Theoretisch haben Sie also alle Alibis, aber irgendwann im Verlauf des Abends waren Sie auch alle allein. So gesehen hat keiner von Ihnen ein Alibi. Das ist absurd.» Er schien kurz davor, sich ernstlich zu ärgern. «Vorläufig können Sie alle wieder zu Bett gehen. Selbstverständlich darf keiner das Gelände verlassen. Ich habe überall Polizisten aufgestellt. Morgen werden wir mehr über diesen Mord wissen, und ich kann Ihre Alibis leichter zerpflücken.» Es war eine finstere

Warnung, die keinem von denen entging, die müde davonschlurften. Er wandte sich Valérie zu und flüsterte: «Kannst du deine Leute bitte vorläufig hierlassen, bis die Verstärkung eintrifft?» Mit einem kurzen Nicken wünschte er ihr eine gute Nacht, beachtete Richard nicht weiter und stürmte davon, zurück zum Tatort.

«Sollen wir dann alle an die Plätze zurückkehren, an denen wir aufgestellt waren?», fragte Clare, die müde wirkte, sich aber definitiv nicht langweilte. «Wäre das klug?»

«Wer auch immer heute Nacht noch etwas anstellen wollte, wäre wirklich dumm. Bald wimmelt es hier von Bullen.» René, der instinktiv vor der Polizei zurückschreckte, fand den Gedanken gar nicht beruhigend.

Stumm kehrten alle auf ihre Positionen zurück.

«Du bist sehr still, Richard.» Valérie sprach sanft. «Das muss eine grauenhafte Entdeckung gewesen sein.»

Richard war überwiegend am Rand geblieben und hatte sich bemüht, seine eigenen Emotionen zu verbergen. Als Engländer hätte ihm das nicht allzu schwerfallen sollen, doch nun machte ihm die Erschöpfung zu schaffen.

«Nein», antwortete er mit einem Versuch, sich stoisch zu geben. «Angenehm war das nicht. Und der Angriff auf mich im Musikraum ebenso wenig. Ich würde sagen, der war schlimmer.» Er blieb stehen und sah ihr in die Augen.

«Schlimmer?», fragte sie verwirrt.

«Ja, schlimmer.» Und er zeigte ihr die Brosche, die er seiner Angreiferin entrissen hatte. Es war Valéries Brosche.

26

R ichard …» Valérie sah ihn verblüfft an.

«Nein», unterbrach er sie. «Lass mich ausreden. Schau, ich passe nicht in eine noble Rolle …» Er brach ab, um nicht Ricks edelmütige Rede in der Schlussszene von *Casablanca* zu zitieren und Valérie Ilsa zu nennen. «Okay.» Er holte tief Luft und begann von vorn. «Ich wünschte, du hättest mir davon erzählt, das ist alles.» Offen gesagt hatte er gehofft, dass ihm etwas Dramatischeres einfallen würde, oder zumindest etwas mit mehr Tiefgang.

«Du wünschtest, dass ich dir wovon erzählt hätte? Ich verstehe nicht.»

«Ich habe ein wenig nachgedacht, Valérie», sagte er und begann, um sie herum im Kreis zu gehen. Idealerweise würde er sie jetzt in die Arme nehmen, doch er wusste aus schmerzlicher Erfahrung, dass das für ihn höchstwahrscheinlich mit einer zeitweiligen Blendung und einem Schlag in die Genitalien enden würde. Also blieb er stehen und schüttelte einfach nur den Kopf. «Es gibt keinen Stalker, oder? Und kein gewalttätiger Stiefvater lauert in den Schatten?»

Valérie spielte mit der Brosche in ihren Händen und steckte sie in die Hosentasche. «Wie lange weißt du schon Bescheid?», fragte sie leise, entweder damit niemand sie belauschen konnte oder aus einem Schuldgefühl heraus. Welches von beidem richtig war, konnte Richard nicht entscheiden, aber er senkte ebenfalls die Stimme.

«Ich glaube, seit den letzten Botschaften auf Lionels Spiegel. Ich sagte zu Samuel, Lionel wolle sich damit selbst motivieren. Da habe ich auf Zeit gespielt und versucht, etwas zu verdecken, aber ich hatte recht, oder?» Valérie antwortete nicht. «All diese Warnungen und Botschaften auf dem Spiegel, sie galten gar nicht Lionel Margaux, sondern der Person, die sie spielte … wie heißt sie noch …»

«Marie-Louise von Österreich.»

«Marie-Louise von Österreich, genau.» Er schüttelte den Kopf, noch immer bemüht, einen Sinn in alles zu bekommen. «Du, wir beide, wir wurden nicht engagiert, um Lionel vor einem frei umherstreunenden Verrückten zu beschützen. Wir wurden engagiert, um Lionel Margaux vor Lionel Margaux zu beschützen, und», er hielt inne, weil die Erkenntnis ihm langsamer dämmerte, als er es sich gewünscht hätte, «um die Theorie vom Stalker zu untermauern!» Er klatschte in die Hände, was genau die Art von selbstgefälliger Geste war, die er normalerweise verabscheute.

«Richtig, Richard.» Sollte seine Intuition sie beeindrucken, verbarg sie es gut.

«Lionel hat inzwischen genug von alldem hier, dieser …» Mit einer weit ausholenden Gebärde umfasste er die Wohnwagen, die Beleuchtung und die Ausrüstung, «… dieser ganzen Illusionsfabrik. Sie hat inzwischen genug vom falschen Schein. Sie will da raus, und du machst dir Sorgen, dass sie alles versuchen würde, um dem zu entkommen.» Er hielt inne, denn plötzlich wurde ihm klar, wohin sein Gedankengang ihn führte. «Wirklich alles», fügte er leise hinzu. Er wandte sich Valérie zu und ergriff sie leicht und geradezu nervös an den

Armen. «Warum hast du dich mir nicht anvertraut?», fragte er. «Wieso hast du mir nicht gesagt, was für riesige Sorgen du dir machst, um …» Wieder hielt er inne und fragte sich, ob er das Risiko eingehen sollte, seine nächste Vermutung laut auszusprechen.

«Um Lionel?», fragte sie sanft.

«Um deine Tochter», gab er mit etwas mehr Selbstvertrauen zurück, als er tatsächlich empfand.

Sie sah ihm in die Augen und schüttelte beinahe unmerklich den Kopf, nicht, um etwas abzustreiten, sondern vor Erstaunen. «An dir ist so viel mehr, als du durchblicken lässt», sagte sie sanft. Er wusste, er würde sich den genauen Wortlaut des Satzes für später einprägen müssen, um dahinterzukommen, wie viel davon tatsächlich ein Kompliment war und wie viel Bestürzung.

«Aber ich habe doch recht, oder?», fragte er, da die kleine Welle des Selbstvertrauens sich bereits wieder zurückzog.

Sie lächelte ihn an. «Ja, Richard. Du hast recht. Lionel Margaux ist meine Tochter.» Plötzlich trat jedoch Angst in ihre Züge. «Aber das weiß nicht einmal sie selbst, Richard!»

«Verflixt», war seine unangemessene Antwort, mit der die Dramatik in sich zusammenfiel.

Sie gingen eine Weile schweigend weiter, entfernten sich von den Wohnwagen und den Lichtern, Renés Imbisswagen und dem von der Polizei abgesperrten Bereich, der noch immer hell erleuchtet war, da der Gerichtsmediziner und die Spurensicherung sich mit der armen Amorette Arthur zu schaffen machten. Sie gingen in die Dunkelheit hinaus, zum Rotwildpark am Rand des Schlossgeländes.

Schließlich brach Richard das Schweigen. «Möchtest du darüber reden?», fragte er.

Zur Antwort stieß Valérie einen so tiefen und langen Atemzug aus, dass er wie das Seufzen der Zeit und der Geschichte selbst wirkte. So ein Seufzer quoll wohl hervor, wenn ein seit Jahrtausenden verschlossenes ägyptisches Grab geöffnet wurde. «Ach, Richard, ich möchte schon so lange darüber reden», sagte sie, und vor Erleichterung brach ihr beinahe die Stimme. Doch mehr kam nicht, und so versuchte er es einige Minuten später erneut.

«Ich meine, du musst mir nichts erzählen.» Er bemühte sich, nicht ironisch zu klingen. «Aber ich bin hier, wenn du es möchtest, jederzeit.»

Er hörte, dass sie in der Dunkelheit leise glucksend lachte. «Richard, du bist manchmal so wunderbar englisch!» Erneut war er sich nicht recht sicher, wo das Kompliment in diesem Satz zu finden sein sollte, falls er überhaupt als Kompliment gemeint war. «Vieles muss ich mir mühsam in Erinnerung rufen, verstehst du? Lionels Vater war tatsächlich ein gefährlicher Mann, aber er hatte eine starke Anziehungskraft und war sehr charismatisch. Ich habe ihn geliebt und mich gleichzeitig dafür gehasst. Er wusste, dass er Macht über mich besaß, und ich war nicht die Einzige. Ich konnte ihm einfach nicht fernbleiben.»

«Wer war er?»

Sie hielt inne und wägte ab, wie viel sie ihm erzählen sollte. Dann entschied sie sich und zuckte mit den Schultern. «Seinen Namen brauchst du nicht zu wissen, er ist schon lange tot. Aber er war ein Agent der DGSE, der Direction générale de la Sécurité extérieure. So etwa wie euer MI6. Ein James Bond», fügte sie mit einem verächtlichen Lächeln hinzu, zeigte damit aber zum ersten Mal, seit Richard sie kannte, dass sie zumindest einen Anflug von Filmwissen besaß. Damit geriet er auf gefährliches Terrain; ihm war klar, dass er die Bemerkung zu James Bond übergehen musste, sonst wäre es mit seiner Konzentration vorbei.

«Wie konntest du dich von ihm freimachen?», fragte er gerade noch rechtzeitig.

«Ah», sagte Valérie, und ihre Augen blitzten im Mondschein, «ich bin seiner Frau begegnet.»

«Ja, sicher. Wie unangenehm. Sie hat dich vertrieben, oder?»

«Stimmt. Aber nicht so, wie du denkst.» Sie seufzte. «Sie ist eine umwerfende Frau, ein großartiger Mensch und inzwischen eine enge Freundin von mir. Aber ich konnte das Leid sehen, das er ihr zugefügt hatte und ich ebenfalls, und mir war klar, das war nichts für mich.»

«Aber inzwischen warst du mit Lionel schwanger?»

«Ja. Dadurch wurde es komplizierter.»

«Das kann ich mir vorstellen. Du bekamst also Lionel, und …» Er wusste nicht, wie er den Satz zu Ende führen sollte, und hoffte, Valérie würde es für ihn tun.

«Und ihr Vater wusste niemals Bescheid», erklärte sie mit einem Anflug von Triumph in der Stimme.

«Er hat niemals von Lionel erfahren?»

«Er hat niemals erfahren, dass sie meine Tochter war.»

Richard versuchte dahinterzukommen, was sie damit meinte, musste aber schließlich seine Niederlage eingestehen. «Nein, das kapiere ich nicht.»

Sie blieb stehen und legte ihm sanft die Hand auf den Arm. «Ich habe seiner Frau berichtet, dass ich schwanger war. Drücken wir es einmal so aus: Sie war in einer Lage, in der sie mir helfen konnte.»

«Oh.» Er hatte keine Ahnung, was er sonst hätte sagen sollen.

«Nicht so, wie du meinst! In meiner Zeit beim DGSE war sie meine Vorgesetzte. Und außerdem war sie auch die Vorgesetzte ihres Mannes.»

«Ich wusste gar nicht, dass du beim DGSE warst.» Er blickte aufmerksam um sich, ob auch keine Lauscher da waren.

«Du hast mich nie danach gefragt», antwortete sie nüchtern.

«Also, ehrlich gesagt, das ist nicht die Art von Frage ... na, egal. Und was also ist geschehen?»

«Seine Frau, meine Chefin, wenn du so möchtest, und ebenfalls seine Chefin, schickte ihn auf einen Undercover-Einsatz nach Übersee. Sie wusste, dass er mit diesem Auftrag monatelang von zu Hause weg sein würde, und so war es.»

Diesmal war Richard derjenige, der seufzte. «Und dann?»

«Und als er zurückkehrte, ich glaube aus Mali, hatte er eine wunderschöne kleine Tochter.»

Einen Moment lang zeigte Richards Gesicht Verwirrung pur, doch dann fiel endlich der Groschen. «Ah, ich verstehe!», sagte er jubelnd, und darauf folgte ein wesentlich zurückhaltenderes: «Guter Gott.» Erneut dachte er darüber nach, wie er seine nächste Frage formulieren sollte. «Wolltest du wirklich dein Kind aufgeben?»

«Ja, wollte ich», antwortete sie sofort. «Zum Teil hätte ich sie gern behalten, aber ich wusste, dass ich sie nicht *brauchte*. Ich bin der Meinung, dass ein Kind gebraucht werden sollte, und ihre Mutter, die Frau seines Vaters, brauchte sie.»

«Du hattest also eine Affäre mit einem Kollegen, der mit deiner Chefin verheiratet war, bist schwanger geworden, und die beiden haben das Kind behalten.» Kopfschüttelnd dachte er laut nach. «Ich glaube, das ist das Französischste, was ich je gehört habe.» Er lächelte sie an. «Außerdem ist es eine unglaubliche Herausforderung, damit zu leben. Bereust du es manchmal?»

«Überhaupt nicht.» Erneut antwortete sie wie aus der Pistole geschossen und schloss damit auch nur den Anschein von Zweifeln aus. «Lionel Margaux ist eine schöne und erfolgreiche Frau. Ich bin mir nicht sicher, ob ich ihr all das hätte bieten können, was es dazu brauchte. Damals nicht», fügte sie traurig hinzu, bevor sie auch hier wieder dicht machte. «Also, Richard, das war seit vielen Jahren ein Geheimnis und ist es immer noch.» Ihr Gesicht wurde ernst. «Wie hast du es herausgefunden?»

So bedrängt, konnte Richard nicht recht den Finger darauflegen und gab das auch zu. «Es war nur so ein Gefühl», erklärte er. «Ich erinnere mich an Alicias erstes Krippenspiel in der Schule. Clare und ich haben es uns natürlich angeschaut. Wie die anderen Dads im Saal platzte ich beinahe vor Stolz; Alicia spielte einen Engel. Ich erinnere mich noch daran, dass ihre Pappflügel mit Alufolie aus der Küche überzogen waren.» Bei der Erinnerung musste er lächeln.

Jetzt war Valérie genauso verwirrt wie eben noch er.

«Und?»

«Hm? Oh, ja. Clare war genauso stolz, doch bei den Müttern im Saal spürte man auch noch eine andere Empfindung. Es war nicht nur Stolz, es war, ich weiß nicht, Angst? Verletzlichkeit? Ich weiß es nicht genau. Das Gefühl, dass ihre Töchter eine gefährliche Welt betraten? Dads denken immer, sie wissen, welche Gefahren ihren Töchtern drohen, aber nur die Mütter wissen wirklich Bescheid. Jedenfalls habe ich vielleicht zu viel hineininterpretiert, aber genau diesen Ausdruck habe ich in deinem Gesicht bemerkt, als du Lionel zuschautest …»

Er konnte sich nicht ganz sicher sein, meinte aber zu sehen, dass Valéries Augen feucht wurden. Sie wischte sie sofort trocken und schüttelte erstaunt den Kopf. «Du bist ein bemerkenswerter Mann, Richard», sagte sie, als stünde sie kurz davor, die Gefühle auszudrücken, die in ihrem Inneren vorhanden waren, dessen war er sich sicher, oder das hoffte er zumindest.

Ein paar Sekunden standen sie verlegen beieinander, dann legte Valérie die Arme um ihn und küsste ihn liebevoll auf die Wange.

«Au!», schrie Richard und machte damit den Moment ziemlich gründlich kaputt.

«Was? Was ist denn?», fragte Valérie ganz vernünftig.

«Etwas hat mich in den Hals gestochen!» Er trat zurück und deutete auf ihren Pullover. Sie schob den Rollkragen der Strickware hoch und brachte etwas zum Vorschein, das im Mondschein blitzte. «Wieder diese verdammte Brosche! Ich dachte, du hättest sie eben in die Hosentasche gesteckt?»

Aus der Tasche zog Valérie eine zweite, genau gleich aussehende Brosche hervor. «Stimmt», sagte sie lächelnd. «Hast du wirklich geglaubt, ich könnte dich angreifen, Richard?»

27

Am nächsten Morgen wusste Richard immer noch nicht, wo er eigentlich stand. In dunkleren Momenten erwog er sogar die Möglichkeit, Valérie hätte ihn zärtlich auf die Wange geküsst, um ihn mit der Brosche stechen zu können. Und zwar um ihm auf diesem – möglicherweise tödlichen – Umweg zu zeigen, dass nicht sie selbst ihn im Musikzimmer angegriffen hatte. Eine Frau war es aber definitiv gewesen. Lionel war es nicht, sie wirkte nicht kräftig genug für so etwas; Jennifer ebenso wenig, auch wenn er nicht genau sagen konnte, wieso er diese Alternative ausschloss. Sacha war eindeutig krank, und so blieb nur Stella übrig. Stella Gonzales hatte Valérie ja die Brosche geschenkt, und darauf prangte dasselbe Bild, das in der Rezeption hing, wie ihm wieder einfiel. Und außerdem hatte Stella eine ganz ähnliche Figur wie Valérie.

Das alles führte zu der Frage, warum zum Teufel? Warum sollte Stella *ihn* angreifen? Oder überhaupt irgendjemanden? Dann fiel ihm die Frage ein, die Amorette am ersten Tag gestellt hatte: «Wo sind all die Spanier?», hatte sie sich beschwert. Tja, wo waren sie? Sie schlichen nachts durchs Schloss und griffen Unbeteiligte an, ja, genau das taten sie.

Jetzt, sehr früh am Morgen, ging er durchs Château. Der ursprüngliche Plan hatte vorgesehen, kurz nach dem Frühstück mit den Dreharbeiten zu beginnen, doch Friedman hatte ihn gestrichen. «Es würde sich falsch anfühlen», hatte er gesagt. Zwar hatten ihm alle zugestimmt, doch trotz ihrer eigenen körperlichen Schwäche hatte Sacha darauf hingewiesen, dass sie nun dem Drehplan deutlich hinterherhinkten und das Budget überschritten hatten. «Das ist mir scheißegal», kam die zigarrenkauende Antwort. «Wir gehen hier erst weg, wenn wir fertig sind!» Und während die Schauspieler ihn mit dem traditionellen Eifer unterstützt hatten – die Show muss weitergehen –, hatte Sacha traurig den Kopf geschüttelt. Dies war ihr erster Film für Hollywood, und der Ausdruck in ihrem Gesicht besagte, dass es höchstwahrscheinlich auch ihr letzter sein würde und dass es ihr egal wäre, wenn sie das nicht selbst entscheiden könnte. Sie hatte allen – und zudem sehr traurig der toten Amorette Arthur – eine gute Nacht gewünscht und war in ihren Wohnwagen zurückgekehrt.

Richard begab sich jetzt vorsichtig zum Empfangsbereich des Châteaus. Es gab keinen besonderen Grund für diese Vorsicht, denn sonst war niemand zugegen, doch wenn er in den letzten Tagen etwas gelernt hatte, dann dass es schmerzhaft werden konnte, wenn man sich auch nur einmal kurz entspannte. Was hatte Valérie noch gesagt? O-O-D-A: Observe, Orient, Decide, Act – *Beobachten – Orientieren – Entscheiden – Handeln*. Richard hielt sich an seine eigene Version und fügte dem Buchstabensalat mit Vergnügen noch ein W hinzu. W für Weglaufen. Das Bild hing noch immer im Empfangsbereich, und niemand hatte versucht zu kaschieren, dass es fehl am Platz wirkte. Eine Radierung eines aufgeschlagenen Buchs, das von mit Ketten gefesselten Händen gehalten wurde. Es sah aus wie irgendeine Art von Proklamation, doch er konnte keine Worte erkennen, sondern nur zwei römische Ziffern: VIII. und IX.

«Die Cortes de Cádiz, der Beginn der Rückkehr der Freiheit nach Spanien.» Richard fuhr fürchterlich zusammen und hatte einen Augenblick Zeit, über die Idee von O-O-D-A zu fluchen und über seine Unfähigkeit, sie umzusetzen. Er duckte sich und riss die Hände schützend vor die Augen, nur für den Fall, dass Stella Gonzales beschlossen hätte, ihr Werk vom Vorabend zu vollenden. «Das gestern Abend tut mir leid, Mr. Ainsworth, wirklich. Ich habe Sie mit jemandem verwechselt.» Ihr heißblütiger spanischer Akzent hatte eigentlich das Zeug dazu, Richard sofort umzustimmen, doch er beschloss, ausnahmsweise einmal nicht auf seine übliche oberflächliche Weise zu sagen, dass alles in Ordnung sei. Keine Sorge, schlagen Sie einfach zu.

«Mit jemandem, den sie nicht mochten, so viel ist klar.» Urplötzlich tauchte Valérie auf, und obwohl Richard für die potenzielle Unterstützung dankbar war, fragte er sich allmählich, ob er die Kontrolle über seine sämtlichen fünf Sinne verloren hatte.

«Jemand streift nachts an diesem Ort herum, und ich weiß nicht, ob die Person nicht gewalttätig ist», antwortete Stella ein wenig verlegen.

«Dasselbe ist mir auch aufgefallen», bemerkte Richard spitzzüngig.

«Nicht ich, jemand anderes.»

«Na ja, Sie reichen mir!»

«Ich habe doch gesagt, dass es mir leidtut!»

Valérie trat zwischen die beiden. «Wissen Sie, um wen es sich handelt?», fragte sie Stella.

«Nein, ich habe diese Person nicht gesehen, nur gehört.» Valérie nickte, bedeutete Richard aber mit einem kurzen Blick, dass sie Stella nicht glaubte.

«Mir scheint, das hier haben Sie verloren», sagte sie und reichte Stella eine der beiden Broschen. «Sie zeigt ebenfalls den Cortes de Cádiz, wie ich sehe. Was bedeutet das?»

Stella nahm die Brosche in die Hand und schloss die Finger darum. «Der Cortes de Cádiz war ein spanisches Parlament, das zusammentrat, um das Ende der französischen Invasion und Besetzung im Spanischen Unabhängigkeitskrieg anzuzeigen», erzählte sie. «Er war der Beginn der Demokratie in Spanien, der Beginn des wahren Spanien. Seitdem haben wir immer für die Freiheit gekämpft, während der ganzen Franco-Zeit.» Mit ihrer Leidenschaft für das Thema strahlte sie fast schon etwas religiös Eiferndes aus.

«Wir?», fragte Richard skeptisch.

«Ich bin ein Mitglied der Caballeros de Cádiz. An uns ist es, die Geschichte der Demokratie in unserem Land zu verteidigen.»

«Indem Sie sich auf mich stürzen?»

«Nein, indem ich dafür sorge, dass sie in diesem Film hier sichtbar wird.» Valérie und Richard wechselten einen ungläubigen Blick. Stella blickte zur Radierung an der Wand auf. «Das ist mein Job», fügte sie hinzu. Hinter ihrem Rücken zeigte Richard ihr einen Vogel. Stella drehte sich plötzlich um, und Richard hielt sich schützend die Augen zu. «Amorette hat mir dabei geholfen», erklärte sie leise.

«Wobei hat sie Ihnen geholfen, Madame?» Commissaire LaPierre stand in der Tür des Empfangsbereichs, die Hände hinter dem Rücken verschränkt. Richard war erleichtert, dass er nicht als Einziger sein Kommen überhört hatte.

«Sie hat mich ermutigt, einen Beitrag zur historischen Korrektheit des Films zu leisten, Monsieur, das ist alles.» Sie nickte Richard und Valérie zu und dann dem Commissaire. «Ich muss los», sagte sie. «Mr. Friedman möchte, dass wir uns heute Morgen einen Teil des Footages ansehen.»

Sie eilte davon, während LaPierre ihr verwirrt nachschaute. «Was ist das, Footage?», fragte er.

«Ungeschnittenes Filmmaterial», erklärte Richard. «Sie schauen sich einen Teil des bereits Gefilmten an.»

Valérie wandte sich LaPierre zu und fragte: «Was gibt es Neues, Henri? Wie wurde Amorette Arthur getötet?» Sie wartete ungeduldig auf neue Informationen, doch ihr Ex-Mann machte ein unglückliches Gesicht.

«Madame Arthur wurde wahrscheinlich ermordet.» Er mied den Blickkontakt.

«Das hätte ich dir selbst sagen können, das ist keine Neuigkeit! Was wir nicht wissen, ist, wie sie ermordet wurde.»

«Und das Warum wäre ebenfalls nützlich», warf Richard ein.

Der Commissaire blickte vom einen zum anderen. «Weiß einer von euch, was Indoramin ist?», fragte er, wobei ihm vermutlich bereits klar war, dass sie es nicht wussten.

«Na ja, es klingt wie ein Medikament ...», erklärte Valérie ungeduldig.

«Es *ist* ein Medikament, Madame. Es wird vor allem zur Behandlung der *Hypertonie* verwendet, des Bluthochdrucks.»

«Und Amorette Arthur hat dieses Medikament genommen, oder war es eine weitere Mixtur aus Reed Turnbulls Trickkiste?»

«Beides, Monsieur. Indoramin wird Menschen mit Bluthochdruck und Männern verschrieben, die Probleme mit ihrer Prostata haben. Sowohl Madame Arthur als auch Monsieur Turnbull haben das Medikament genommen.»

Valérie war nachdenklich. «Das hilft uns nicht weiter»,

bemerkte sie beißend. «Aber gemeinsam könnten sie auf eine ziemlich große Menge kommen, oder?»

«In der Tat.» Der Commissaire begann, Vertrauen aufzubauen. «Aber viel ist gar nicht nötig; mit zwei Komma fünf Gramm könnte man einen Menschen töten. Das ist weniger als ein Teelöffel, Madame.»

«Aber Sie sagten, sie sei *wahrscheinlich* ermordet worden?» Nach Richards Ansicht bestand praktisch kein Zweifel.

«Sie könnte auch eine Überdosis genommen haben! Vielleicht hat sie sich selbst die Profiteroles mit dem Indoramin zubereitet und dann …»

«… und ist dann selbst losgezogen, um im Stall des Pfaus in Todeszuckungen dahinzuscheiden? Sei nicht albern, Henri! Es war Mord, und du weißt es.»

Der Commissaire faltete erneut die Hände hinter dem Rücken und trat zu den großen Fenstern, die auf den Ziergarten hinausschauten. Er seufzte. «Ich neige dazu, dir recht zu geben, Madame. Mein Instinkt sagt mir, dass es sich um Mord handelt, aber ich frage dich, wo ist der Beweis? Zufälle mag ich auch nicht lieber als du, aber jeder Tod erfolgte aufgrund der eigenen Medikamente, hatte eine *natürliche* Ursache. Bei Monsieur Corbeau war es anders. Ich brauche mehr Beweise, als wir haben, und …», überraschend gewandt fuhr er herum, «ich möchte wissen, wen du verdächtigst!» Er deutete mit dem Zeigefinger in den leeren Saal, denn Valérie hatte Richard bereits nach draußen weggeschleift.

«Kein Wunder, dass heutzutage so wenige Verbrechen aufgeklärt werden!» Valérie führte Richard praktisch im Polizeigriff zu Ben-Hur Friedmans Wohnung ab. «Die Polizei legt ein wahres Schneckentempo vor. Natürlich handelt es sich um Mord, und Henri weiß das. Deshalb braucht er uns.»

«Er braucht uns?» Richard war skeptisch.

«Natürlich braucht er uns! Du hast ihn doch gehört …»

«Das Ende nicht.»

«Tatsächlich hat er uns um unsere Hilfe gebeten. Er weiß, dass wir ohne den ganzen Papierkram, gute Manieren und Diplomatie schneller arbeiten können als er. Verstehst du denn nicht, Richard? Er hat uns um Hilfe *angefleht*!»

Richard sah es überhaupt nicht so; obwohl ihm entgangen war, was Commissaire LaPierre am Ende gesagt hatte, war er sich ziemlich sicher, dass es das Gegenteil dessen gewesen sein musste, was Valérie geschlossen hatte. Das hier war aber nicht der richtige Ort, um die Frage auszudiskutieren, denn sie standen bereits vor Friedmans Wohnung, und Valérie zog die Terrassentür auf, ohne sich die Mühe des Anklopfens zu machen.

«Hi! Kommen Sie rein!» Friedman sah zunehmend erschöpft aus, und sein Versuch, sich begeistert zu zeigen, wirkte allmählich sehr gezwungen. «Wir gehen gerade einen Teil des Footages durch», sagte er. «Das mache ich gerne vor den großen Abschlussszenen. Ich finde, das ist hilfreich.»

«Es bleibt nur noch eine einzige Szene zu drehen.» Sacha, die wieder munterer aussah, so als hätte sie sich schon halbwegs erholt, wirkte dennoch bei der Aussicht auf das Ende der Dreharbeiten erleichtert. «Talleyrands Sterbeszene.»

«Ich schließe meinen Vertrag mit Gott!», rief Burdett aus den Tiefen eines Sessels aus. «Oder ist es der Teufel?», fügte er dramatisch hinzu.

Richard stellte sich neben Stella und fragte, wie das Material sich mache.

«Großartig!» Mit seiner grenzenlosen Energie antwortete ihnen Samuel Friedman. «Es sieht wirklich toll aus. Wer weiß, vielleicht bekommt Reed posthum eine Oscar-Nominierung!»

«Wie James Dean.» Richard konnte nicht anders.

Alle schauten eine Weile schweigend die Filmszenen an. Brian Grace nickte bedächtig, zweifellos beurteilte er die Qualität der Kamera und der Beleuchtung. Stella wirkte angespannt, vermutlich verfolgte sie, ob ihr ziemlich absurder Versuch, einen spanischen Einfluss hinzuzufügen, überhaupt wahrnehmbar war. Richard bemerkte allerdings nichts Unpassendes. Sacha war still und machte sich Notizen, während Jennifer Davies und Gilbertine nur Interesse zeigten, wenn sie selbst auf dem Bildschirm auftauchten. Lionel schaute mit abwesender Miene aus dem Fenster, und Valérie konzentrierte sich darauf, die Gesichter im Raum zu beobachten. Es fühlte sich weniger wie eine der Materialsichtungen von einst an, über die Richard so viel gelesen hatte, sondern eher wie eine Party von Bekannten, die gemeinsam eine DVD anschauten.

Richard spürte, wie Stella sich neben ihm anspannte, und bemerkte, dass das Material auf dem Bildschirm einen Reed Turnbull zeigte, der Jennifer Davies auf seine nur zu vertraute tyrannische Art beschimpfte. Es dauerte ein paar Sekunden, bis Richard kapierte, dass die Szene zum Film gehörte und nicht die private Beziehung der beiden für die Nachwelt festhielt.

«Das ist wirklich toll, Onkel!» Was Samuel sah, gefiel ihm offensichtlich. «Du mischst wieder mit!»

«Wirst du wohl die Familientradition weiterführen und Hollywood-Produzent werden wie die Friedmans vor dir?» Jennifer schenkte dem jungen Mann ein mütterliches Lächeln.

«Das hoffe ich», antwortete er. «Ich bin jedenfalls nicht zum Arztpraktikanten geschaffen.»

Friedman senior nickte langsam. «Bisher sieht alles okay aus», sagte er. «Aber man kann es nicht immer wissen ...»

«Jetzt geht das wieder los!», unterbrach ihn Brian Grace.

«Ich wollte gar nichts sagen, Brian», entschuldigte sich Ben.

«Das war auch nicht nötig. Du kommst immer auf diesen Flop zu sprechen. Das Filmmaterial sah toll aus, aber es gab keine Geschichte. Ich musste etwas versuchen!»

Valérie bat Richard mit einem Blick um eine Erklärung.

«Sprechen Sie über die *Sidewalk Romantics*?», fragte Richard, ein Inbild naiver Unschuld.

«Sie haben davon gehört?» Brian klang bestürzt.

«Ja, natürlich», antwortete er in der Hoffnung, keine Einzelheiten hinzufügen zu müssen. «Der Film ist inzwischen ein Kult-Klassiker.»

«Ha! Tatsächlich? Dieser Film hat mich meine Laufbahn als Regisseur gekostet. Allerdings war ich nicht das einzige Opfer.» Brian schien deswegen keinen Groll zu hegen, zumindest soweit Richard es beurteilen konnte.

«Meinen Sie den Regisseur, den Sie ersetzt haben?», fragte Valérie und machte ein sogar noch unschuldigeres Gesicht als Richard.

«Ja. Der arme Kerl. Friedmans Großvater hat ihn gefeuert. Er war ein Alkoholiker und hat das Budget enorm überzogen, aber er ist mit seiner Entlassung nicht gut klargekommen. Überhaupt nicht. Danach tauchte er immer wieder auf dem Set auf und bettelte um irgendeine Rolle. Er hat sogar versucht, uns zu bestechen, und behauptet, er wüsste, wo wir Reichtümer finden könnten, von denen wir niemals geträumt hätten!» Grace lachte. «Der arme Kerl war verrückt. Was wohl aus ihm geworden ist? Ich kann mich nicht einmal mehr an seinen Namen erinnern. Ben, wie hieß der Regisseur, für den ich bei *Sidewalk* eingesprungen bin?»

«Hm?» Friedman war noch immer ganz auf den Bildschirm konzentriert.

«Du weißt schon, der Mann, dessen Regie-Job ich übernommen habe?»

«Ah, der, Masquer, oder? Alex Masquer, glaube ich. Das sieht toll aus, Sacha!»

Das alles kam Richard sehr eigenartig vor. Sie befanden sich mitten in einer Serie von Todesfällen, die möglicherweise auf natürliche Ursachen, schon wahrscheinlicher auf Selbstmord und fast mit Sicherheit auf Mord zurückzuführen waren, und doch blieben diese Leute gleichzeitig in ihrer eigenen Welt gefangen. Es erschien ihm wie eine eigensinnige, wahnhafte Verkennung der Realität, und als jemand, für den die Hollywood-Traumfabrik so lange ein Lebenselixier gewesen war, fragte er sich, wer mehr davon gefesselt wurde – das Publikum oder die Schöpfer der Filme.

«Ah.» Dominic Burdett bemerkte sich selbst im Film, wie er sich zu Napoleon – Reed Turnbull – vorbeugte. «Da sind sie, die alten Schlachtrösser.» Beim Sprechen hatte er Tränen in den Augen, und alle im Raum wandten sich ihm zu. «Viele von uns sind nicht mehr übrig.»

«Er war wirklich ein Gigant», sagte Friedman leise, «und ein Freund.»

«Pah!», rief Burdett plötzlich. «Oft, uns in eignes Elend zu verlocken, erzählen Wahrheit uns des Dunkels Schergen, verlocken uns durch schuldlos Spielwerk, uns dem tiefsten Abgrund zu verraten.» Er stand auf und ging zur Tür. «Macbeth», fügte er theatralisch hinzu und marschierte hinaus. Wie immer wusste keiner so recht, ob er ein betrunkener Burdett oder ein nüchterner Talleyrand war.

«Richard», flüsterte Valérie ihm ins Ohr. «Ich glaube, ich habe einen Plan.»

28

J a. Und wenn wir einmal annehmen, dass ich Ihnen nicht helfen möchte?» Stella Gonzales hatte die Arme vor der Brust verschränkt, was auf einen stets abrufbereiten Trotz schließen ließ, den sie über Jahre perfektioniert hatte.

«Natürlich müssen Sie das nicht, wir sind ja nicht die Polizei …» Das letzte Wort ließ Valérie in der Luft schweben, vollgesogen mit Drohung, doch es schien nicht viel zu bewirken. «Sag du es ihr, Richard!»

Das Letzte, worauf Richard Lust hatte, war der Versuch, sich gegen diese unnachgiebige Haltung anzustemmen, und bisher hatte er sich klugerweise im Hintergrund gehalten. Nun hatte Valérie ihn mitten auf die Bühne geschoben. «Also, äh, ich glaube, Valérie hat vielleicht nicht ganz Unrecht, wissen Sie?» Beide Frauen sahen ihn enttäuscht an, und er rieb sich über den Hinterkopf und zeigte damit, wo Stella ihn am Vorabend getroffen hatte. «Ich würde Sie ungern wegen Körperverletzung anzeigen», erklärte er so harmlos wie möglich, «aber ich bin mir sicher, der Commissaire würde sich gern mit Ihnen über Ihre Rolle bei alldem unterhalten.»

«Meine Rolle?»

«Ja.» Richard erspürte eine Chance. «Ihre Rolle als eine Art paramilitärischer Flügel der spanischen Tourismus-Förderung zum Beispiel. An die ich immer noch nicht recht glaube.»

Erneut sahen beide Frauen ihn an, diesmal aber mit einem Ausdruck der Verwirrung. Schließlich schüttelte Stella den Kopf, reagierte aber dennoch positiv. «Was soll ich für Sie tun?», fragte sie, als wäre sie ein wenig geschrumpft.

Valérie griff zu, bevor Stella ihre Meinung noch einmal änderte. «Ich möchte Dominic Burdetts Worte aufnehmen, wenn er im Schlaf redet.»

Stella zog die Augenbrauen zusammen. «Warum?», fragte sie durchaus berechtigt, und Richard war ihr dankbar dafür, dass sie gefragt hatte, weil sonst er es vielleicht getan hätte.

«Weil ich glaube, dass er viel zu sagen hat, aber nicht weiß, dass er es sagt», antwortete sie, als wäre das Erläuterung genug. In der Hoffnung, von Richard eine Erklärung für Valéries rätselhafte Aussage zu erhalten, blickte Stella von ihr zu ihm. Es dauerte nicht lange, bis sie merkte, dass sie darauf lange würde warten müssen, und am Ende zuckte sie einfach mit den Schultern und gab nach.

«Okay», sagte sie schließlich. «Aber ich breche nicht in seinen Wohnwagen ein, das muss jemand anderes machen.»

«Natürlich!» Valérie strahlte. «Dafür haben wir jemand anderen.»

*

«Was soll ich machen?» Clare hielt das Ganze inzwischen nicht mehr für einen Scherz und hatte sogar einen Ausdruck gelangweilter Resignation in den Augen, den Richard dort nicht mehr gesehen hatte seit, nun, seit ihrer Hochzeit, wie ihm plötzlich einfiel.

«Es ist ganz einfach, Clare», erklärte Valérie. «Dominic Burdett hat einen Narren an dir gefressen, und wir möchten, dass du dieses Vertrauen ausnutzt und uns hilfst, ein Mikrofon in seinem Wohnwagen zu platzieren.» Erneut war Valéries strahlendes Lächeln nicht so entwaffnend, wie sie glaubte, und ohne den Blick von ihr zu wenden, stellte Clare Richard eine direkte Frage.

«Warum, Richard?»

«Ich, äh, na ja … ganz ehrlich? Ich weiß es nicht», antwortete er, und so aufrichtig das auch sein mochte, es war schmerzlich unzulänglich.

«Ist es gefährlich?» Diesmal blickte sie ihm direkt in die Augen.

«Oh nein», antwortete Valérie für ihn. «Überhaupt nicht.»

Clare nickte bedächtig und lächelte dann genauso strahlend wie Valérie. «Warum nicht?», fragte sie. «Sonst habe ich heute Abend nichts vor.»

*

Richard, Valérie und Stella verfolgten aus Lionels dunklem Wohnwagen, wie Clare Dominic Burdett mit gewissen Schwierigkeiten zu seinem Wohnwagen zurückführte. Unter den wachsamen Augen von Madame Tablier und Passepartout befand sich Lionel nun wieder im *chambre d'hôtes,* während der Rest von Valéries üblichen Einsatzkräften im Château und auf dem Gelände verstreut waren und Anweisung hatten, über jede noch so kleine Unregelmäßigkeit zu berichten. Die Probleme, mit denen Clare bei ihrem Einsatz kämpfte, schienen daher zu kommen, dass Dominic entweder sehr betrunken war oder aber nach ihr tatschte wie ein verzweifelter Teenager, der fummeln will. Sie hatte ihre Anweisungen, und die lauteten, den Schauspieler in seinen Wohnwagen zurückzuschaffen und das kleine Mikrofon-mit-Verstärker-Set an einer Stelle zu verstecken, wo es alle Geräusche auffing, aber nicht zu sehen war. Danach sollte sie verschwinden. Dann könnten Stella und die anderen ihn mit erstaunlich bescheidenen technischen Mitteln belauschen und versuchen, einen Sinn in das nächtliche Gebrabbel des Schauspielers zu bekommen. Richard dachte unwillkürlich, dass ein Erfolg unwahrscheinlich war, aber ansonsten konnten sie sehr wenig unternehmen und müssten darauf warten, dass der Mörder einen Fehler beging, was weit gefährlicher wäre. Außerdem machte Clare ihre Sache sehr gut und schaffte es schließlich, den schwankenden Burdett in den Wohnwagen zu bugsieren.

Richard verkrampfte sich, als er sah, wie die Tür hinter den beiden zufiel, denn eine der Personen war immer noch seine Frau, wenn auch nur formal gesehen. Valérie spürte seine Anspannung, was untypisch für sie war, und drückte seine Schulter. Stella, die Kopfhörer auf den Ohren hatte, unterbrach sie.

«Okay, sie hat das Akkupack eingeschaltet, und ich kann die beiden hören», sagte sie mit einer Andeutung von Erregung in der Stimme.

«Können wir auch mithören?», fragte Valérie.

«Ja, Moment noch.» Stella stöpselte einige Kabel um, während Richard noch immer zur Tür schaute und sich innig wünschte, Clare möge herauskommen. Dann hörte er ihre Stimme, und sie klang so klar, als stünde sie bei ihnen im Wohnwagen.

«… wie ich Ihnen bereits gesagt habe, Mr. Burdett, bin ich eine verheiratete Frau.» Es klang nicht so, als befände sie sich in Gefahr, sondern eher wie eine enttäuschte Lehrerin.

«Und ich habe Ihnen gesagt, meine Teuerste, dass ich ein verheirateter Mann bin. Zumindest glaube ich das. Wissen

Sie, ich kann mich beim besten Willen nicht mehr daran erinnern.»

«Sie könnten in der IMDb nach sich recherchieren», schlug Clare vor, und Richard wusste, dass das ein kleiner Seitenhieb gegen ihren lauschenden Ehemann war. «Okay, ich hänge dieses Jackett genau hierhin, es ist übrigens schmutzig und stinkt.» Es klang, als versuchte Clare, das Jackett zu säubern. «Ich weiß, dass morgen die große Abschlussszene gedreht wird, warum ruhen Sie sich also nicht ein wenig aus?» Man hörte das Geräusch von Bewegung, ein Glas oder etwas dergleichen fiel um, und Richard erstarrte. Dann erklang es unverkennbar so, als erlitte ein Mann körperliche Bedrängnis, und darauf folgte ein Plumpsen, als fiele jemand auf ein Bett. Die Stimme einer sehr ruhigen Clare ertönte aus dem Lautsprecher: «So, kann ich Ihnen noch etwas holen?»

«Ein paar neue Hoden», wimmerte ein zerknirschter Dominic Burdett.

«Gute Nacht, Mr. Burdett», sagte sie, und Richard beobachtete, wie sie den Trailer verließ. Sie schloss die Tür hinter sich, holte tief Luft und gab ihnen ein Zeichen mit erhobenem Daumen. Daraufhin signalisierte sie mit einer Geste, dass sie etwas zu trinken brauchte, und ging in Richtung von Renés Imbisswagen davon.

«Jetzt müssen wir warten», sagte Valérie gereizt.

Die Wartezeit war nicht sehr lang. Burdett erhob sich offensichtlich von seinem Bett und tappte unter lautem Gerumpel in seinem Wohnwagen herum, vermutlich auf der Suche nach etwas, das er rasch fand, wenn man nach dem Klirren gehen konnte, mit dem ein Flaschenhals gegen ein Glas stieß. Dann hörten sie, wie er in Seiten blätterte, vermutlich in seinem Drehbuch. Eine Ausgabe davon hatte Richard mitgebracht, damit sie sehen konnten, welche seiner Worte der Realität galten und welche seiner Rolle. Auch wenn Richard immer noch nicht klar war, was von alldem ihre Ermittlungen weiterbringen könnte. Sie hörten, wie Burdett mit mehreren Schlucken trank.

«Ah», sagte der Schauspieler schließlich. «Also, alter Junge, morgen ist der große Abschlusstag, hm? Und dann bist du fertig.»

«Wie praktisch, wenn er die ganze Nacht einen laufenden Kommentar abgibt.» Richard flüsterte, obgleich das Mikrofon natürlich nur Burdetts Äußerungen aufzeichnete.

«Dann wollen wir's auch gut machen.» Er räusperte sich. «Und so muss der große Überlebende, das Band, das Frankreich in den letzten turbulenten fünfzig Jahren zusammengehalten hat, von dieser Welt gehen.» Beim Sprechen wurden seine Worte leiser und kehrten dann wieder zur vollen Lautstärke zurück.

«Das Mikrofon muss an einem Ende des Trailers stehen», erklärte Stella.

«Man sagt, ich hätte Frankreich betrogen, aber das habe ich nie getan.» Er hüstelte erneut. «Ich habe niemals eine Regierung verraten, die sich nicht vorher selbst verraten hat! Niemals habe ich vor meinem Land an mich selbst gedacht. Alles, was ich getan habe, habe ich für Frankreich getan.» Die Stimme klang nun erschöpft und versagte fast, zum Zeichen, dass Talleyrand starb. Dann jedoch ertönte sie wieder kräftiger. «So ein Kerl», sagte er laut. «Sein ganzes Leben lang macht er, was er will, und unterzeichnet dann einen letzten Deal mit Gott.» Er setzte sein Glas laut klirrend ab. «Könntest du das auch tun, Dominic, du alter Betrüger?»

Stella, Valérie und Richard sahen einander an. War das einfach das Selbstmitleid der Nacht vor dem Abschlusstag, oder gab es einen besonderen Grund für Schuldgefühle?

«Na, Charles-Maurice de Talleyrand-Périgord, du hättest es im Filmgeschäft weit gebracht!» Mit seiner Stimme schlüpfte er wieder in seine Rolle zurück. «Ein Diplomat, der ‹ja› sagt, meint ‹vielleicht›, ein Diplomat, der ‹vielleicht› sagt, meint ‹nein›, und ein Diplomat, der ‹nein› sagt, ist kein Diplomat.» Es war eines von Talleyrands berühmteren Zitaten. «Für Diplomat setze Filmproduzent ein. Dominic Burdett, Filmproduzent. Pah!» Ein Moment der Stille entstand, gefolgt vom Geräusch des Schluckens und eines Glases, in das nachgeschenkt wurde. «Ein wahrer Freund ersticht dich von vorn!»

«Ist das das Drehbuch?», fragte Valérie, nicht ohne guten Grund, da es bei Burdett ständig hin und her ging.

«Hoffentlich nicht», antwortete Richard. «Das ist Oscar Wilde.»

«Oh.»

Burdetts Stimme drang erneut aus dem Lautsprecher. «Du warst ein wahrer Freund, Napoleon, aber besser, es endete auf diese Weise. Entweder das, oder man stirbt durch Unwissenheit, verfault in der Sonne und schaut die eigenen Filme im Spätprogramm.»

«Wovon spricht er, der Dummkopf?» Valérie ging zum Fenster und sah hinaus, statt sich mit den anderen um den Lautsprecher zu versammeln.

«Ich bin mir nicht sicher, aber ich glaube, er verwechselt Reed mit Napoleon, genauso wie er sich selbst mit seiner Rolle als Talleyrand verwechselt.»

Valérie wiederholte kopfschüttelnd, dass er wohl ein Dummkopf sei. «Falls er unser Mörder ist, könnte er sich auf geistige Umnachtung berufen und käme ungeschoren davon», fügte sie hinzu. Richard fragte sich halb und halb, ob es Burdett vielleicht genau darum ging.

«Über den Gedanken kann man weiter nachdenken», sagte er. «Wenn er den Menschen mit der Rolle vermischt, vermischt er vielleicht auch die Geschichten. Genau wie Talleyrand Napoleon verraten haben soll, könnte Burdett Turnbull verraten haben.»

«Oder ermordet haben?»

«Oder ermordet haben.»

«Glauben Sie, dass er Reed Turnbull ermordet hat?» Stella hatten sie fast vergessen. «Und Amorette?»

«Ich weiß es nicht», antwortete Valérie vorsichtig. «Wegen irgendetwas hat er Schuldgefühle, aber mir ist nicht klar, ob das für den Schauspieler in seiner Rolle gilt oder für den Menschen.»

«Oder für beide», fügte Richard hinzu.

Ein Handy klingelte, und erst einige Sekunden später begriffen sie, dass es Burdetts Handy war. «Was willst du?», fragte er unwirsch. Aus dem Gerät vernahmen sie eine gedämpfte Stimme. «Jetzt? Kann das nicht warten? Wir müssen morgen gleich in der Frühe raus … Mir egal. Ich habe nur noch eine einzige Szene, dann sind wir fertig, und ich bin raus. Was immer es ist, kann vorerst warten. Außerdem», er lachte, «ist es hier nicht sicher, oder ist dir das gar nicht aufgefallen?»

In seiner Stimme schwang eine Schärfe mit, die vorher nicht dagewesen war. Sie klang beinahe drohend und brutal wie die eines stereotypischen Gangsters der Vierzigerjahre oder zumindest der Hollywood-Version davon. Richard fragte sich laut, ob Burdett jetzt eine andere Rolle spielte. Falls ja, war es definitiv möglich, dass er wie bei allen seinen Rollen ausführlich zu dem Thema recherchiert hatte. Burdett wünschte der Person, mit der er redete, eine gute Nacht, schaltete das Licht aus und ließ sich auf sein Bett fallen.

«Und was machen wir jetzt?», fragte Stella.

«Wir warten ab.» Valérie zuckte mit den Schultern. «Wir warten darauf, dass er wieder zu reden anfängt.» Ihr Walkie-Talkie knisterte. «Ja?», antwortete sie knapp und hielt das Gerät dann schnell ein Stück vom Ohr weg, weil Martins Stimme zu laut und deutlich herausdrang.

«Äh, Valérie, altes Mädel, tut mir leid, euch zu stören und so …»

«Was ist los, Martin?», blaffte sie ihn an.

«Na ja, verstehst du, ich bin angegriffen worden. Habt ihr vielleicht Verbandszeug da?»

Richard und Valérie wechselten einen kurzen Blick und rannten dann beide aus der Wohnwagentür.

29

Der Ausdruck in Martins Gesicht war eine unglückliche Kombination aus Selbstmitleid und einem sehr englischen: *Ja, die Sache verstimmt mich, aber ich will lieber kein Theater darum machen.* Er sah aus wie ein Teddybär, dessen Gesicht schlecht zusammengeflickt worden war. Doch wenn Martin versuchte, das Ganze kleinzureden, war Gennie bereit, für ihn Theater zu machen.

«Wir haben euch bisher immer sehr gern geholfen», sagte sie und nahm sich Martins oberflächlicher Kopfwunde an.

«Und es hat immer ziemlich viel Spaß gemacht», fügte Martin entschuldigend hinzu.

«Aber das alles ist uns ein bisschen zu gefährlich geworden. Martin hat Schmerzen. Was ist hier los?»

Sie sah Richard bittend in die Augen, und sofort fühlte er sich genauso hin- und hergerissen wie Martin. Einerseits wusste er nicht, was los war, denn das war im Moment vor allem Valéries Gebiet. Doch andererseits hatte er das Pech gehabt, den «Lust»-Kerker der beiden zu sehen und Zeit darin zu verbringen, und Schmerz schien genau ihr Ding zu sein.

Nachdem Valérie Martins Wunde kurz inspiziert hatte, überließ sie ihn den Erste-Hilfe-Bemühungen seiner Frau und wanderte in dem großen, im Keller gelegenen Küchenbereich herum. Es waren zwei Räume, beide mit hohen Gewölbedecken aus Backstein, riesigen Öfen, die jeweils in dieselbe Wandseite eingelassen waren, kupfernen Spülen und großen Arbeitstischen. Wo die Wände nicht mit schimmernden Kupferpfannen und Geräten vollgehängt waren, waren sie mit gerahmten Skizzen von Marie-Antonin Carêmes berühmtesten und prachtvollsten Kreationen geschmückt. Diese erinnerten eher an Prototypen gewagter Damenperücken als an etwas zum Essen. Die größte Zeichnung war die der *croquembouche*, der Pyramide aus Profiteroles, die für jenes Dîner nachgebacken worden war, bei dem Reed Turnbull gestorben war. Auf einem der Tische lagen ein aktuelles Buch mit Carêmes Rezepten und einige jüngst erstandene Zutaten. Es sah genauso aus, als wäre jemand mitten im Zubereitungsprozess gestört worden.

«Erzähl mir noch einmal, was geschehen ist, Martin», sagte Valérie. Ihr Tonfall klang, als stünde sie am Rande einer großen Entdeckung und bräuchte nur noch ein einziges Puzzleteilchen, um alle notwendigen Informationen zu haben.

«Na ja, ich ging oben eine Runde, und da hörte ich, dass hier unten etwas klirrte und klapperte …»

«Und da bist du nach unten geeilt?», fragte Valérie. «Das war sehr mutig!» Sie wusste, dass sie das Paar beschwichtigen konnte, wenn sie an Martins Ego appellierte.

«Ehrlich gesagt, war ich der Meinung, Gennie hätte Probleme», antwortete Martin verlegen. «Wir hatten uns aufgeteilt …»

«Und das werden wir nicht noch einmal machen!», erklärte Gennie und ergriff die Hand ihres Mannes.

«Keine Angst, altes Mädel.» Martin lächelte sie liebevoll an.

Es mochte eine berührende Szene sein, Richard fand sie jedenfalls bewegend, doch Valérie wartete ungeduldig auf weitere Informationen. «Und dann?»

«Na ja, alle Lichter brannten, und ich habe etwas gehört, wie schon gesagt, ein Klirren und Klappern. Als suchte jemand den richtigen Topf oder so, daher wusste ich, dass es nicht Gennie war. Jedenfalls dachte ich, ich nehme Kontakt mit ihr auf und besorge mir Rückendeckung. Nennt man das so, Rückendeckung?»

«Ich würde es so nennen», ermutigte ihn Richard, bevor Valérie ihm zuvorkommen und Martin auffordern konnte, einen Zahn zuzulegen.

«Ich ging also durch den Flur und rief Gennie zu, wo ich mich befand, und im nächsten Moment, bumm! Kriege ich tatsächlich einen Schlag auf den Kopf.» Er lächelte matt, während Gennie ihm liebevoll den Kopf streichelte.

«Was ist los?», wiederholte sie, diesmal an Valérie gewandt. Die hatte die Arme vor der Brust verschränkt und einen ernsten Ausdruck im Gesicht.

«Vermutlich weiß ich es», antwortete sie langsam. Das dämpfte Martins und Gennies Anspannung ein wenig, war Richard aber neu.

Sie kannten Valérie allerdings gut genug, um davon ausgehen zu können, dass sie ihnen nichts verraten würde, bis sie mit Sicherheit Bescheid wusste. Doch selbst wenn sie sie nach ihren Überlegungen hätten fragen wollen, wurden sie von Valéries Walkie-Talkie unterbrochen. Es war Stella.

«Madame», sie klang dringlich. «Kommen Sie schnell, er redet jetzt.»

Richard und Valérie ließen den besorgten Martin und die beklommene Gennie in der Küche zurück und begaben sich zum Souterrainausgang. Als sie an Friedmans Wohnung vorbeikamen, sahen sie den Produzenten auf einem Diwan schlafen. Ein Glas in seiner Hand stand auf seinem Bauch, und sein Schoß war mit Papieren bedeckt. Valérie bemerkte ihn ebenfalls und flüsterte: «Na ja, ihm scheint es ja gut zu gehen.»

«Zum Glück», antwortete Richard und folgte ihr über die Brücke. «Falls er stirbt, fällt der ganze Film endgültig in sich zusammen. Er hält alles zusammen wie ein echter Hollywood-Produzent der alten Schule.»

Von der anderen Seite der Brücke tauchte Clare auf. «Was ist denn *jetzt* los?», fragte sie durchaus zu Recht. «Ich habe euch beide hier hinüberrennen sehen, ist alles in Ordnung?»

«Jemand hat Martin eins über den Schädel gezogen», antwortete Richard dramatisch. «Aber er wird sich davon erholen.»

«Natürlich wird er sich erholen», erwiderte Clare beißend. «Er mag Schmerz.»

«Ach, Clare …», tadelte Richard sie, doch ein Schulterzucken war ihre einzige Reaktion.

Valérie befand sich inzwischen einige Meter vor ihnen und forderte sie mit einer Geste auf, nicht zurückzufallen.

«Was ist nur in Modesty Blaise gefahren?», bezog Clare sich mit einem Filmverweis auf Valérie, der so obskur war, dass er praktisch eine Geheimsprache zwischen ihnen bildete. Beide beeilten sich, um zu ihr aufzuschließen.

«Anscheinend hat Burdett zu sprechen begonnen.» Richard hätte gern noch etwas hinzugefügt, aber mehr wusste er nicht.

«Dein Mikrofon funktioniert sehr gut», bemerkte Valérie zu Clare, als sie bei der Tür des Wohnwagens ankamen.

«*Mein* Mikrofon?»

Richard bekam das eindeutige Gefühl, dass Clare die Situation überhaupt nicht goutierte. Diese beinhaltete alles, was sie hasste: nicht das Kommando zu haben, keine Kontrolle zu haben und nicht recht zu wissen, was los war. In dieser Lage kämpfte sie auf die einzige Weise, die sie kannte, nämlich um ihr Revier, und so legte sie den Arm um Richard, als er mit in die Hüften gestemmten Armen stehen blieb und nach Luft schnappte. «Mein Mikrofon», wiederholte sie.

Drinnen kauerte Stella über ihrer Ausrüstung, doch es drang nur ein sanftes Schnarchen aus dem Lautsprecher. Sie blickte entschuldigend auf, als hätte sie mehr tun können, um den alternden Schauspieler wach zu halten.

«Er hat aufgehört?», fragte Valérie mit unübersehbarer Enttäuschung.

«Ja», kam die genauso enttäuschte Antwort. «Er hat nicht viel gesagt, aber ich habe alles aufgenommen.»

Richard stieß einen erleichterten Seufzer aus, nicht nur weil Stella so vorausschauend gewesen war, Burdetts Worte aufzunehmen, sondern auch, weil Valérie so ausgesehen hatte, als würde sie gleich aus der Haut fahren. Diese Nachricht beschwichtigte sie ein wenig. Stella spulte die Aufnahme zurück, während Clare sich auf Lionels Bett setzte.

«Warum ist das, was Dominic Burdett sagt, so wichtig?», fragte sie erschöpft.

Valérie antwortete sofort. «Ich glaube, dass er den Schlüssel zu allem in Händen hält und wahrscheinlich verwickelt ist, aber ...»

Richard unterbrach sie. «... er hat einen extrem schwachen Zugang zur Realität oder scheitert zumindest oft daran, sie von der Fiktion zu unterscheiden. Das könnte ihn dazu bringen, das Spiel zu verraten. Was auch immer das für ein Spiel sein mag.»

Clare nickte.

«Okay», sagte Stella. «Seid ihr bereit?»

«Verwickelt …» Clare sprach bewusst langsam, und sofort läuteten in Richards Kopf alle Alarmglocken; es war, als wäre er eine Fregatte und direkt unter ihm tauchte ein U-Boot durch. «Willst du damit sagen, dass er sogar ein Mörder sein könnte?»

Dieser eine Satz schien bereits eine halbe Stunde Zeit in Anspruch zu nehmen.

«Oh ja!» Valérie reagierte ungeduldig auf das, was sie als müßiges Geplapper empfand.

Clare starrte ihren im Moment sehr gründlich von ihr getrennten Ehemann böse an. «Du hast mich also in Gefahr gebracht, Richard?» Ihre Stimme war eisig.

«Richard!» Anscheinend hatte Valérie Clares Frage nicht gehört. «Wir müssen uns konzentrieren.»

Stella betätigte einige Schalter, und aus der Aufnahme von Burdetts Mikrofon ertönte ein zischendes Geräusch.

«Die Qualität ist nicht besonders gut», entschuldigte sich Stella erneut. «Ich musste den Verstärker aufdrehen. Er hat wohl vom Mikrofon abgewandt gesprochen.»

Valérie tat das mit einem Kopfschütteln ab und konzentrierte sich ganz auf das Rauschen und Knistern. Dann begann Burdett zu sprechen.

«Ah, Talleyrand», begann er, offensichtlich nicht recht bei Bewusstsein. «Talleyrand, Talleyrand, Talleyrand.» Es folgte eine Pause, während alle auf mehr hofften. «Was hast du getan?»

«Meint er Talleyrand oder sich selbst?», flüsterte Richard. Valérie zuckte nur mit den Schultern und schüttelte den Kopf.

«VERRAT!», erscholl es plötzlich verzerrt aus dem Lautsprecher. «Ist eine Frage des Datums.»

«Das ist definitiv ein Ausruf Talleyrands», stellte Richard fest. «Er steht im Drehbuch.»

«Das arme Mädel … was hast du mit ihr getan?», lallte Burdett benommen, und Richard formte mit den Lippen das Wort «Amorette» und sah Valérie an, doch die zuckte als Reaktion nur mit den Schultern. «Was haben wir alle ihm angetan?»

«Ich bin sehr froh, dass Sie das aufgenommen haben, Madame», bedankte Valérie sich bei Stella, wurde jedoch von Dominic Burdett unterbrochen, der mit seinem schläfrigen Monolog fortfuhr.

«Ich habe dich verraten, mein Freund.» Es klang so, als versänke Burdett in einen tieferen Schlafzustand. «Ich habe euch beide verraten.» Sie hörten das Geräusch von leisem Weinen. «Aber wir haben am falschen Ort gesucht!» Valérie sah Richard erklärungsheischend an, doch der kam auch nicht dahinter und signalisierte das mit einem Kopfschütteln. «Wir haben alles verloren und nichts dafür gewonnen! Und schlimmer noch … wir haben einander verloren!»

«Falls das ein Drehbuch ist, dann nicht von diesem Film», sagte Stella, deren Erregung wuchs.

Valérie tippte die Worte hastig in ihr Handy. «Ich möchte sehen, ob das ein Filmskript ist oder sein eigenes Gewissen, das aus ihm spricht», erklärte sie.

«Stella hat recht, es ist mit Gewissheit nicht das Drehbuch dieses Films.» Dessen war Richard sich sicher. Außerdem war ihm unbestimmt bewusst, dass es hinter ihm zog, und er trat zur Tür des Wohnwagens, die aufgeflogen war. «Ich sage euch aber, was es sein könnte!» Er klatschte begeistert in die Hände und entschuldigte sich dann rasch für den Lärm. «Es könnte aus dem Drehbuch von *The Sidewalk Romantics* stammen! Burdett und Turnbull zerstreiten sich über einen Raub, den sie am Ende gar nicht begangen haben.»

Valérie stand rasch auf und hielt Richard ihr hell leuchtendes Smartphone vor die Nase. «Genial, Richard!», rief sie. «Und du bist schneller als die IMDb!»

Für einen Augenblick empfand Richard Burdetts Gefühl, dass Verrat herrschte, nach: Dass Valérie bereit war, sich auf seinen Erzfeind im Internet zu stützen, tat ihm ganz ehrlich weh. Aber rasch gewann sein Stolz die Oberhand, als ihm klar wurde, dass er seine Nemesis jedenfalls geschlagen hatte. Er warf ihr einen Blick zu, als wollte er sagen: *Hat es daran jemals Zweifel gegeben?* Doch sie kauerte bereits über dem Gerät und lauschte, ob es weitere belastende Hinweise von Burdett gab. Stattdessen wandte er sich triumphierend Clare zu; es war ein Sieg, auf den er lange gewartet hatte, und diesen Moment wollte er zwischen ihnen festhalten. Aber Clare war nicht mehr da, sie war gegangen.

«Allerdings eines bleibt noch offen», sagte Valérie nachdenklich, ohne zu erkennen zu geben, ob sie Clares Aufbruch bemerkt hatte. «Sollte Burdett unser Mörder sein, wer hat dann Martin angegriffen?»

Doch Richard war gerade in Gedanken anderswo.

30

A us dem zu schließen, was er im Schlaf gesagt hat, hat er vielleicht mit Reed Turnbull zusammengearbeitet.» Richard rührte in seinem Kaffee, während René einen Brotkorb voll altbackener Croissants zwischen Valérie und ihn stellte. Richard versuchte, eines auf dem Tisch hüpfen zu lassen, um zu testen, ob er noch essbar war.

«Und dann hat er Amorette ermordet, weil Reed sich ihr anvertraut hatte?» Valérie nahm ebenfalls ein Croissant in die Hand, legte es aber sofort wieder weg, mit einem Gesichtsausdruck, als sei sie persönlich beleidigt worden.

«Aber wer ist dann diesmal sein Komplize? Wir wissen, dass er Martin gestern nicht angegriffen haben kann, und Stella, die ja bereits einmal über mich hergefallen ist, kann es diesmal auch nicht gewesen sein.»

Valérie rührte ihren Kaffee um. «Wir suchen noch nach jemand anderem.»

Der Vormittag war vorangeschritten, und die Sonne brannte bereits heiß. Auf dem Set herrschte stiller, aber eifriger Betrieb. Alain Petit und Madame Tablier, die vorhin Lionel und Passepartout abgeliefert hatten, werkelten mit Schraubenziehern und Panzertape an Dingen, die Richard sich nicht einmal ausdenken konnte. Sie wirkten so zufrieden wie nur jedes Paar, das er derzeit kannte, auch wenn er bezweifelte, dass sie tatsächlich ein Paar waren. Die Vorstellung, Madame Tablier könnte sich auf eine romantische Begegnung einlassen, war genauso unmöglich wie die, Valérie einen von Renés kanonenkugelharten Croissants essen zu sehen. Wenn man Romantik wollte, war Gennie, die auf einem schattigen Fleckchen des Rasens noch immer Theater um Martin machte, die Lösung. Die Schauspieler befanden sich mit Jennifer, die ihre zweite Rolle als Make-up-Artistin ausübte, im Schminkwohnwagen. Unterstützt wurde sie von Clare, die noch immer nicht mit Richard gesprochen hatte, seit sie überzeugt war, dass er sie als Köder hatte preisgeben wollen. An einem Tisch ein Stück entfernt steckten Sacha und Friedman die Köpfe ins Drehbuch, und Grace, Stella und Samuel rückten die Ausrüstung zurecht. In der Luft lag eine angespannte Erregung, ein Gefühl wie an einem letzten Schultag, das sich trotz der drei Todesfälle wohl nicht von der üblichen Set-Atmosphäre an einem letzten Drehtag unterschied.

Richard und Valérie beobachteten alle Anwesenden und dachten dasselbe. Wer von ihnen war Burdetts Komplize? Vorausgesetzt, sie hatten überhaupt die richtigen Schlussfolgerungen aus den kargen, nahezu verrückten Informationen gezogen, die Dominic Burdett ihnen unwissentlich geliefert hatte. Auf diese Unsicherheit hatte Richard mehrmals hingewiesen. Und so relevant wie alles andere war die Frage nach dem Warum. Richard hatte das Gefühl, dass die Antwort so wie üblich in der Vergangenheit zu finden war, in dem Film, den alle zusammen einmal gedreht hatten. Aber da war noch etwas anderes, ein Wüten gegen das Erlöschen des Lichts. Burdetts betrunkenes Geschwafel über die Gefahr, vor dem Spätprogramm im Fernsehen zu verfaulen, während man seinem jüngeren Ich zuschaute, war entlarvend.

Valérie unterbrach seine Gedanken. «Wer zahlt für all das hier?», fragte sie und wies mit einer weit ausholenden Handbewegung auf ihre Umgebung. «Der Produzent, Friedman?»

Richard dachte darüber nach. «Gerade Kostümfilme verschlingen oft zig Millionen Dollar. Friedman hat Andeutungen gemacht, dass derart viel Geld von anderer Seite kommt.»

«Und woher?» Ihr Tonfall machte klar, dass mit dieser Frage untrennbar die nach dem Warum verbunden war.

«Na ja, eine Menge verschiedene Quellen sind möglich», begann Richard. «Es wird eine Reihe von Filmfinanzierungsgesellschaften geben, die alle investieren, um dann einen Anteil am Gewinn zu erhalten. Vermutlich sind auch kleinere Investoren beteiligt, die versuchen, im Filmgeschäft Fuß zu fassen. Im vorliegenden Fall wird auch der französische Staat investiert haben, da so etwas gut für den Arbeitsmarkt und den Tourismus ist. So eine Art Schleichwerbung. Ich meine die offizielle Werbung und nicht Stellas Guerilla-Version. Dann gibt es da Werbefirmen, Kostümverleiher … die Liste ist tatsächlich endlos.»

«Aber weder Monsieur Friedman noch Monsieur Turnbull noch Monsieur Burdett?»

«Das kann ich mir nicht vorstellen.» Er schüttelte den Kopf. «Ohnehin haben sie wohl nicht so viel Geld zur Verfügung, seit Jahren hat keiner von ihnen mehr einen Hit gelandet.»

Sie dachte ein wenig darüber nach. «Und wie verdienen sie dann etwas am Film?»

«Sie bekommen ein Gehalt ausgezahlt oder erhalten einen Anteil vom Gewinn. Ihnen geht es eher darum, dorthin zurückzukehren, wo sie ihrer Meinung nach hingehören, an die Spitze des glitschigen Hollywood-Fahnenmasts.»

«Und glaubst du, dass ihnen das mit diesem Film gelingen wird?»

«Nein.» Seine Antwort kam wie aus der Pistole geschossen. «Garantiert nicht. Er passt einfach nicht in die Zeit, und ...», mit einem Blick vergewisserte er sich, dass keiner zuhörte, «... er ist nicht gut genug. Aufgebläht, übertrieben agierende Schauspieler, historisch ungenau ...»

«Du glaubst also nicht mehr, dass es sich um einen Sabotageakt handelt?»

«Ich habe keine Ahnung, wer daraus einen Vorteil ziehen könnte. Die alten Kämpen brauchen einen Hit, und die jüngeren Kräfte, Gilbertine, Sacha ...» Er warf ihr einen kurzen Blick zu.

«... und Lionel», brachte sie den Satz für ihn zu Ende.

«Genau, Lionel. Was hätten die drei davon, das Ganze kaputt zu machen? Nein, da gibt es nichts zu gewinnen, gar nichts.»

«Warum also dann? Warum das alles? Es kann nicht nur um Eitelkeit gehen, Richard, da muss noch etwas anderes im Spiel sein? Etwas, was sich gedeckt durch den Film abspielt.»

«Du meinst, wie bei der Story von den *Sidewalk Romantics*? Abgewrackte Diebe, die zu einer Tarnung greifen?» Er dachte darüber nach. «*After the Fox – Jagt den Fuchs!*», sagte er, als wäre sie nicht da.

«Was ist das?», fragte sie ungeduldig.

«*Jagt den Fuchs!* Das war ein Film mit Peter Sellers, in dem er vorgab, ein großer Filmregisseur zu sein, doch das war nur ein Deckmantel, hinter dem er vor aller Augen einen gewagten Raubzug durchführte.»

«Und?» In Erwartung eines Durchbruchs beugte sie sich vor.

«Nun, der Film hat ein paar gute Stellen», antwortete Richard wegwerfend, doch dann wurde ihm klar, dass sie ihn nicht um eine Kritik gebeten hatte. «Oh, ich verstehe. Was hat

Brian Grace noch über Reichtümer gesagt?», fragte er spöttisch, und sie zuckte mit den Schultern.

«Irgendetwas muss da sein, warum sonst streicht jemand nachts in den Küchenräumen im Keller herum … Wonach sucht da jemand?»

Diesmal zuckte Richard mit den Schultern. «Talleyrand hat mit der Investition in Wein ein Vermögen verdient. Vielleicht sind noch ein paar Flaschen verblieben?»

«Aber was würden die einbringen, vielleicht hunderttausend Euro? Selbst für jemanden, der nicht investiert hat, springt für ein so großes Risiko zu wenig heraus.»

Richard nickte. «Vielleicht denken wir über das falsche Zeitalter nach? Valençays Geschichte geht über Napoleon und Talleyrand hinaus. Das ursprüngliche Drehbuch spielte im Zweiten Weltkrieg, und was hat Amorette noch über Turnbull gesagt …?»

«Der Louvre!» Valérie packte ihn am Handgelenk. «Das Museum hat hier während des Kriegs unschätzbar wertvolle Kunstwerke versteckt!»

Richard setzte unvermittelt seinen Kaffeebecher ab. «Wir brauchen Burdetts Handy!», stieß er aus. Sofort rief er sich zur Ordnung. «Wir brauchen Burdetts Handy», wiederholte er flüsternd. Valérie warf ihm einen verständnislosen Blick zu, dann jedoch begriff sie, worauf er hinauswollte.

«Natürlich!»

«Wer immer Burdett gestern Nacht angerufen hat, *könnte*, und ich meine wirklich *könnte* eventuell sein Komplize sein.»

«Aber es wäre beinahe sicher?» Valérie hatte ganz offensichtlich keine Lust auf diesen Unsinn mit *könnte eventuell.*

«Nein, es wäre keinesfalls ein Beweis. Aber es wäre interessant.» Er redete über ihren Versuch hinweg, ihn zu unterbrechen. «Und diese Nummer ist höchstwahrscheinlich als vor Kurzem erhaltener Anruf auf seinem Handy gespeichert.»

Ihre Überlegungen wurden von Samuel Friedman unterbrochen, der alle aufs Set rief. «Geh du», forderte Valérie Richard mit einem Funkeln in den Augen auf. «Ich mache einen Spaziergang.»

Er wusste genau, wohin sie spazieren würde, und hielt es ausnahmsweise einmal für kein Problem, sie dorthin gehen zu lassen, denn alle anderen würden auf dem Set sein. Also hätte sie freien Zutritt.

Das Set würde man am besten als düster beleuchtet beschreiben. Es handelte sich um Talleyrands Sterbeszene, seine Versöhnung mit Gott, sein abschließender Friedensvertrag, wenn man so wollte, und ein Vorgang, der seinen Ruf als politischer Opportunist noch verstärkte. Statt des erwarteten Burdett lag im Moment Samuel Friedman auf dem Bett, während Brian und Stella die Scheinwerfer so einstellten, dass sie auf der Wand im Hintergrund weitere Schatten erzeugten. Bisher waren sie mit der Wirkung nicht zufrieden.

«Können wir diese Bücher wegbringen?», fragte Brian, dessen Ungeduld deutlich zutage trat. «Ich bekomme einen viel besseren Kontrast, wenn wir einen helleren Hintergrund haben.»

«Mir scheint, es funktioniert so, wie es ist», widersprach Sacha, die sich noch nicht vollständig erholt hatte und eindeutig extrem gestresst war.

«Friedman!», rief Brian über den Kopf der Regisseurin hinweg.

Der Produzent hatte vom Rand her zugeschaut, die unvermeidliche Zigarre im Mund, die er jetzt herausnahm. «Ich finde, wir sollten uns Zeit nehmen und es ordentlich machen», sagte er. «Es gibt keinen Grund zur Eile, Sacha, vergiss das Budget, vergiss die Zeit. Ich kenne dich, du wirst das perfekt hinkriegen.»

«Okay», sagte sie. Und Brian Grace räumte sofort einige Bücher weg.

«Kann mir bitte jemand helfen?», rief er über die Schulter zurück.

Richard kam zu seiner Unterstützung herbei und nahm ein paar Bücher hoch. «Aktuell sind sie nicht gerade, oder?», scherzte er. Sie waren offensichtlich wegen der Farbe der Buchdeckel ausgewählt worden, die zum Schlafzimmer des Châteaus passte, und lagen so weit hinter dem Absperrseil, dass die Besucher die Titel nicht erkennen konnten. «Das hier», Richard zeigte es dem uninteressierten Kameramann. «*Pêche à la mouche, Fliegenfischen,* ha! Und das hier, *Peugeot 403 1959: entretien et réparation, Pflege und Reparatur.*»

Grace beachtete ihn nicht. «Können wir stattdessen ein paar Bilder und Skulpturen ins Regal stellen, etwas, das Schatten wirft?»

«Oh, vielleicht behalte ich das hier!» Richard versank plötzlich in Träumerei. «*Le Dictionnaire du cinéma,* Jean-Luc Peppin», sagte er leise und setzte sich gefesselt in eine stille Ecke.

«Bilder und Skulpturen!», verlangte Brian Grace erneut, und Stella Gonzales erschien mit ein paar reich verzierten Fotorahmen und einer aus Metall gegossenen Skulptur des Cortes de Cádiz. Richard nahm sich vor, Valérie davon zu berichten, blätterte im Moment aber glückselig in seinem Fund.

Beinahe eine halbe Stunde später probten Brian, Stella und Sacha noch immer die Kamerabewegungen, und es war klar, dass sie überhaupt nicht glücklich waren.

«In dieser Szene sind die Schatten alles», sagte Grace gerade.

«Sie sind nicht so wichtig wie die Schauspieler und der Text», widersprach Sacha, die ihren Appetit zurückgewonnen hatte und nicht zurückwich, ob ihr Gegner nun eine Hollywood-Legende war oder nicht.

«Wenn ich im Bett höher säße, würde es vielleicht helfen?», schlug ein gelangweilter Dominic Burdett vor, der nun endlich ebenfalls kam. Er ging zwischen den anderen Schauspielern hindurch, die am Rand saßen und darauf warteten, dass die Arbeit losging.

«Du sollst doch sterben», sagte Sacha in der Hoffnung, die Diskussion zu beenden.

«Madame», antwortete Burdett, der sofort wieder in seine Rolle geschlüpft war. «Ich bin Charles-Maurice de Talleyrand-Périgord. Ich entscheide selbst, wie ich sterbe!» Er warf seine lange, fließende, mit Goldfäden verzierte und mit einer Kapuze versehene Schlafrobe ab und näherte sich dem Bett in einem einfachen weißen Gewand. Dann legte er sich darauf, das Gesicht eine bleiche Maske und dunkle Make-up-Ringe unter den Augen.

Sacha sah ihn an, schloss kopfschüttelnd die Augen und nickte dann zustimmend. Talleyrand wurde mit Kissen gestützt, und Brian Grace bekam das Bild, das er wollte. Ein sterbender Talleyrand als Silhouette vor den Regalen hinter ihm. All das hätte Richard gebilligt, wäre er nicht so gründlich in sein Buch vertieft gewesen.

«Okay, Ruhe bitte auf dem Set!», rief Samuel Friedman, und gleich danach klappte Richard das Filmlexikon mit einem lauten Knall zu. «Masquer!», murmelte er fast lautlos, «*Les romantiques de chaussée*. Masquer! So jemand sind Sie also!»

Am Rand des Sets entstand Unruhe. «Ich möchte jetzt reinkommen!» Das war Commissaire LaPierre. «Ich habe dringende Angelegenheiten zu regeln.» Er schwenkte ein Handy, und Richard sah, dass Valérie neben ihm herging.

«Kann das nicht bitte warten?» Friedman hatte den ganzen Vormittag über Frust aufgestaut. «Nur fünf Minuten, vielleicht zehn?»

Doch der Commissaire ließ sich auf keine Verzögerung ein und marschierte zum Bett. «Ich muss Ihr Handy entsperren, Monsieur», sagte er zu einem vom Tod gezeichneten Burdett.

«JETZT?» Burdett saß plötzlich kerzengerade und deutete auf den Commissaire. «Ich will Frieden mit meinem Gott schließen, und Sie unterbrechen meine Verhandlungen mit dem Allerhöchsten durch so etwas?» Er fiel auf seine Kopfkissen zurück, plötzlich von Schmerz und Erschöpfung übermannt. «Kann Frankreich nicht ohne mein Eingreifen existieren?»

«Bitte, nur einige wenige Minuten, Commissaire, versprochen.» Der jüngere Friedman führte den genervten LaPierre in eine dunkle Ecke. «Okay, Lichter aus», rief Samuel.

«Wir löschen alle Lichter, und dann erfasst der Scheinwerferstrahl langsam Dominic», bestätigte Sacha.

«Talleyrand!», ertönte der unglückliche Ruf aus dem inzwischen dunklen Bett.

«Ruhe auf dem Set!» Die Lichter erloschen zu beinahe vollständiger Dunkelheit.

«Ruhe, bitte», befahl Sacha mit Autorität. «Und …»

«Aaaaah!» Aus dem Bett ertönte ein Schrei.

«Licht!», rief jemand. «Macht Licht!»

Der auf das Bett gerichtete Scheinwerfer erstrahlte und erfasste Dominic Burdett, der zusammengekrümmt im Bett kauerte, von Blut überströmt, das aus einer Wunde in seiner Schulter schoss. In diesem Moment spürte Richard, wie jemand an ihm vorbeirannte und hinter den Vorhang schlüpfte, der neben ihm herabhing. Dann gab die Wand hinter Richard vollständig nach, und er fiel rückwärts eine hölzerne Wendeltreppe hinunter.

31

Richard würde niemals wissen, was ihn dazu veranlasste, dem Fliehenden nachzujagen. Sein Instinkt war es jedenfalls nicht, denn bisher hatte der sich nie gemeldet, doch nachdem er einmal angefangen hatte, blieb ihm keine andere Wahl, als weiterzumachen. Als sein schmerzhafter Sturz am Fuß der Treppe endete, kam es ihm irgendwie plump vor, einfach dort sitzen zu bleiben, und außerdem wollte er nicht als ein potenzielles Zielobjekt für einen Angreifer oder eine Angreiferin stillhalten, der oder die Dominic Burdett mit einem Messerwurf verletzt hatte.

Vom Stockwerk darüber hallten Stimmen die Treppe hinunter, und die lauteste war die von Commissaire LaPierre: «Keiner rührt sich vom Fleck!», brüllte er. «Keinen Zentimeter. Die Ausgänge dieses Raums sind versperrt, und Sie bleiben genau da, wo Sie sind.» Anscheinend hatte keiner bemerkt, dass der Angreifer und Richard hinter dem ausladenden Wandteppich verschwunden waren. Richard kam der Gedanke, dass er dort oben vielleicht Bescheid geben sollte, doch dadurch ginge unvermeidlich Zeit verloren. Das Problem bei dieser Verfolgungsjagd war allerdings, dass er nicht wusste, wohin er sich wenden sollte. Wer immer es war, war ihm ein gutes Stück voraus, und wie damals im Musikzimmer kamen mindestens zwei Richtungen infrage.

Dann jedoch traf jemand die Entscheidung für ihn. Gerade als er in die Hocke gehen wollte, spürte er einen Schlag auf den Hinterkopf, inzwischen ein regelmäßiges Vorkommnis, das er immer stärker übel nahm. Der Angreifer hatte versucht, über ihn hinwegzuspringen. Vermutlich hatte er sich in einer Nische der Wendeltreppe versteckt und Richard im Sprung erwischt, ungefähr so, wie ein olympischer Hürdenläufer auf der Zielgeraden ein Hindernis reißt. Wenigstens verschaffte das Richard Gewissheit, wohin er sich wenden musste, doch wen er eigentlich verfolgte, wusste er immer noch nicht, da der oder die Fliehende Dominic Burdetts mit einer Kapuze versehene Schlafrobe trug. Der Bindestrick, der als Gürtel diente, und die Robe flatterten unheimlich hinter der Person her, und so rannte sie, von Richard verfolgt, durch den Gang in Richtung Innenhof, wo eine Flucht leichter möglich war.

«Au!», schrie Richard, als würde das irgendetwas bewirken, doch er sprang rasch auf und folgte der fliehenden Person. Statt sich jedoch sofort nach links zum Ausgang zu wenden, blieb die finstere Gestalt einen Moment lang stehen, als träfe sie eine Entscheidung. Es dauerte nur ein paar Millisekunden, und nachdem der Beschluss gefasst war, bog die Gestalt tatsächlich nach links ab. Nur einen Moment später tat Richard genau das Gleiche, wurde jedoch von der Kapuzengestalt empfangen, die sich auf ihn warf, wie ein Rugby-Spieler gegen seine Brust sprang und ihn durch ein jahrhundertealtes Fenster mit Holzrahmen nach draußen katapultierte. Dort rollte er eine kurze Böschung hinunter.

Nach der Landung lag Richard eine Sekunde lang da, ohne atmen zu können, und japste nach Luft. Er hatte den Sturz des Angreifers abgefangen und fühlte sich, als wäre er von einem Auto überfahren worden. Benommen sah er zu, wie die Gestalt durch die Seitentür in den Keller mit der Küche rannte, und wusste, dass er ihr folgen musste. Hoffentlich war das Licht an, sonst würde ihm wahrscheinlich jemand mit einer Kupferpfanne den Schädel einschlagen. Das Licht brannte natürlich nicht, und Richard nahm sich vor, sich für die nächste Gelegenheit, bei der Valérie d'Orçay ihn in einen ihrer Fälle verwickelte, einen Sturzhelm zu kaufen. Vorsichtig stieg er die Treppe in die Dunkelheit hinunter.

Ohne elektrisches Licht wirkte die Küche sogar noch kälter als üblich und fühlte sich mehr wie eine Höhle an und weniger wie die berühmten *cuisines* von Marie-Antonin Carême, einst der Stolz Frankreichs und das Zentrum seiner Diplomatie.

«Sie können nicht entkommen, wissen Sie?», schrie er in die Dunkelheit hinein, obwohl ihm klar war, dass das nichts brachte. Doch er hoffte, dass sein Gegner seine Position verraten würde. «Ich habe Sie umzingelt. Nein, wir haben Sie umzingelt. Halt die Klappe, du Idiot», fügte er lautlos hinzu. Er streifte gegen etwas an der Wand, das von einer Seite zur anderen schwankte wie das Pendel an einer altmodischen Standuhr. Dabei schabte Metall über die Backsteine und erzeugte ein Geräusch, das im Gewölbegang erschreckend widerhallte. Aus der Erinnerung wusste er, dass es sich um einen antiken Bettwärmer mit langem Griff handelte, geformt wie eine moderne Pizzaschaufel, aber mit einer verschlossenen Pfanne am breiten Ende.

Es war wohl kaum ein Tag in Richards Erwachsenenleben vergangen, in dem er sich nicht Träumereien hingegeben hatte, er sei eine Art Filmheld, der die Hauptdarstellerin vor niederträchtigen Schuften rettete. Er meinte, alle Szenarios, alle Perioden und alle Kostüme abgedeckt zu haben, von einem ziegenbärtigen mittelalterlichen Ritter über einen lakonischen

Sheriff im Western, einen heroischen verwundeten Captain im Krieg, einen zusammengeschlagenen Privatschnüffler in einer heruntergekommenen Gegend von Los Angeles bis zu einem in Aluminium gehüllten Weltraumfahrer, der die Erde vor einer Invasion der Außerirdischen rettet. Was er sich jedoch niemals vorgestellt hatte, war er selbst, schweißgebadet in einer Kellerküche, erschöpft, atemlos und mit einem Bettwärmer aus dem 18. Jahrhundert bewaffnet. Nicht zum ersten Mal empfand er den Unterschied zwischen dem echten Leben und der Hollywood-Version davon als sehr enttäuschend.

«Ich denke, Sie sollten wissen, dass ich bewaffnet bin!», rief er erneut, und seine Stimme wanderte hallend den Gang entlang. Erst erfolgte keine Reaktion, doch dann, ein bisschen zu spät, sah er einen Kupferbecher, der aus der Dunkelheit heranflog und ihn frontal gegen die Stirn traf. «Au!», heulte er. «So!» Damit versuchte er, die Kupferpfanne über den Kopf zu heben, als wäre sie ein mittelalterlicher Dreschflegel, und anzugreifen. «Verdammt noch mal, ist das Ding schwer!» Sofort ließ er die Idee fallen und setzte die Pfanne auf dem Boden ab.

Die Kapuzengestalt nutzte die Gelegenheit, um durch den Gang zum Weinkeller davonzurennen. Richard hörte die Schritte und sah den Schatten, als er unter einem Oberlicht über den Boden glitt. Vorsichtig eilte er der fliehenden Person nach. Zumindest auf dieser Seite der im Souterrain liegenden Küchenräume hatte er dank des Oberlichts die Chance, weiteren auf seinen Kopf gezielten Wurfgeschossen auszuweichen. Sorgfältig mied er den Lichtkegel und befand sich schließlich am Fuß der Steintreppe, die zum Bankettsaal hinaufführte. Das einzige Geräusch war jetzt sein Herzschlag, ein Donnern, das eher wie eine Schiffsturbine klang.

Er beschloss, es erneut zu versuchen. «Schauen Sie», sagte

er, kauerte sich aber für alle Fälle nieder. «Sie brauchen sich keine Hoffnung mehr zu machen, dem hier zu entkommen. Sie sitzen hier in der Falle. Da können Sie sich auch gleich ergeben.»

«Ihnen?» Zwar war die Stimme gedämpft, sodass er nicht sagen konnte, wem sie gehörte, aber Richard war durchaus imstande, einen spöttischen Tonfall zu erkennen, und fühlte sich angemessen gekränkt.

«Tja, ich bin derjenige, der Sie hier in die Enge getrieben hat!», antwortete er, unfähig, die Verstimmung in seiner Stimme zu unterdrücken.

Diesmal erfolgte keine Antwort, doch er entdeckte jetzt die Gestalt, die hinter einigen zur Besichtigung ausgestellten leeren Flaschen kauerte. Wer immer es war, sah aus wie das zersplitterte Bild in einem Kaleidoskop, und er konnte die Person noch immer nicht mit Sicherheit erkennen. Er wusste jedoch, um wen es sich handelte, und beschloss, ein Risiko einzugehen.

«Ich weiß, wer Sie sind, wissen Sie? Ich empfinde sogar ein wenig Mitgefühl mit Ihnen.»

Es dauerte einige Sekunden, bevor eine Antwort erfolgte, und einen schrecklichen Augenblick glaubte Richard, er habe seine Beute entkommen lassen. Er hörte, wie eine Flasche zerbrach, ein Zeichen, dass die Person noch immer da war.

«Sie wissen gar nichts!», verspottete ihn die Stimme. Sie war auf theatralische Weise tief, als gehörte sie einer Frau, die sich als Mann verstellte, oder einem Mann, der sich als Frau verstellte, die sich als Mann verstellte. Er seufzte; er verkomplizierte die Dinge unnötig.

«War er Ihr Großvater?» Eine Antwort blieb aus. «Er ging nach Hollywood, und wie Tausende andere verschlang ihn das System und spie ihn wieder aus. Aber man hat ihn ausgenutzt, oder?» Er hörte Schritte auf dem Steinboden. «Man hat seine Ideen genommen und ihn dann aus dem Film herausgeschrieben. Zurückgeblieben ist er mit nichts, ein gebrochener Mann.» Er hielt inne und schöpfte noch einmal tief Atem. «Ich selbst wäre ebenfalls aufgebracht, Sacha Vizard-Guy!» Er sprach den Namen mit lautem theatralischem Donner aus, und seine Stimme hallte von den Steinwänden zurück, als erhöben ein Dutzend Menschen dieselbe Anschuldigung.

Kurze Zeit herrschte Stille, und Richard fragte sich, ob er entweder vollkommen falsch lag oder ob die Gestalt hinter den Flaschen von seinem detektivischen Scharfsinn überwältigt war.

«Woher wussten Sie Bescheid?», ertönte schließlich die geflüsterte Frage.

«*The Sidewalk Romantics*», antwortete er. «Es war das Remake eines französischen Films, *Les rêveurs dans le caniveau*. Bens Großvater kaufte die Rechte und engagierte sogar Ihren Vater, um den Film noch einmal für den amerikanischen Markt zu drehen, aber es hat nicht hingehauen, oder?»

«Man hat ihn belogen!», ertönte zur Antwort ein Schrei aus tiefer Kehle. Gerade noch rechtzeitig bemerkte Richard eine Flasche, die auf ihn zuflog, und rollte zur Seite ab, um ihr auszuweichen. Er spürte, wie der Saum der Robe über sein Gesicht streifte, während er aus dem Weg geschubst wurde.

«Sacha!», rief er die Treppe hinauf. Widerwillig sprang er auf und jagte ihr erneut nach, doch diesmal mit einem schützend vors Gesicht gelegten Arm. Er gelangte nach oben und in den Bankettsaal, der am ersten Tag das Set gewesen war. Es gab so viele mögliche Verstecke – unter dem Tisch, hinter einem Schreibtisch, vielleicht hinter weiteren Wandteppichen –, und so zog er sich sicherheitshalber in den Vorraum zurück und

hörte plötzlich, wie über ihm jemand Treppenstufen hinauf-
eilte, immer zwei auf einmal nehmend. Also war die mutmaß-
liche Täterin jetzt auf dem Weg nach oben, und er rannte ihr
nach.

«Geben Sie auf, Sacha!», sagte er vorsichtig, als er oben an-
kam, und hoffte, einen Hinweis zu bekommen, welche Richtung er einschlagen musste. Die Entscheidung fiel ihm nicht
schwer, als er links von sich, in Talleyrands Schatzraum, zer-
brechendes Glas hörte. Er presste sich neben der Tür an die
Wand und wollte gerade eintreten, als er eine Hand auf seiner
Schulter spürte.

Erst später bedauerte er, dass er wirklich so laut geschrien
hatte, wie er es tat, doch zur gegebenen Zeit erschien es als
absolut vernünftige Reaktion. Seine Sinne waren maximal ge-
schärft, und er befand sich in sehr ernster Gefahr. Er hatte das
Recht zu schreien. Dass Valérie ihm die Hand auf die Schulter
legen könnte, war seinen Gedanken ganz fern gewesen.

«Was machst du, Richard?», fragte sie. Die Erregung machte
ihre Stimme so scharf, dass sie Glas hätte schneiden können,
und ihre ebenso drängende Sorge galt den Schnitten in seiner
Stirn.

«Ich habe unsere Mörderin», antwortete er triumphierend.
«Ich habe sie hier in die Enge getrieben, und jetzt geh ich
rein!» Der Heroismus in seiner Stimme war vollkommen ruhig, ein Leben der Tagträume von Ritterlichkeit und Mut hatte
zu diesem Moment geführt, und er war dafür bereit. «Sacha
Vizard-Guy», sagte er edelmütig.

Valérie sah ihn an. Ehrlich gesagt war sie nicht der dahin-
schmelzende Typ Hauptdarstellerin, die den Mann machen
ließ, aber er erkannte es, wenn jemand beeindruckt war, und
sie war beeindruckt. Zwei Schwerter schlitterten über den

Marmorboden und blieben vor Richards Füßen liegen. Langsam bückte er sich und hob eines davon am edelsteinbesetzten Griff auf.

«Wählen Sie Ihre Waffe.» Sachas Stimme kam aus der Dunkelheit der Schatzkammer, und Valérie hob nun ebenfalls ihr Schwert auf.

«Ist das eine gute Idee?», fragte sie ganz zu Recht.

Richard hielt das Schwert vors Gesicht und sagte sich, dass es Zeit wurde, die Kraft eines der ganz Großen anzuzapfen. Da waren Errol Flynn als Robin Hood, Oliver Reed in *Die drei Musketiere*, Tyrone Power als Zorro …

Plötzlich hechtete die Kapuzengestalt aus der Dunkelheit der Schatzkammer und stieß beide Verfolger auf dem Weg zum obersten Treppenabsatz um. Richard sprang sofort wieder auf und beschloss angesichts des dicken Wandteppichs, der die Seitenwand der Treppe schmückte, blitzschnell, dass dies sein großer Moment war.

1926 hatte Douglas Fairbanks Kinogeschichte geschrieben, als er sich an einem Schiffssegel hinunterließ, indem er sein Schwert in den Stoff stieß und sich der Schwerkraft anvertraute. Von seinem Filmwissen, einer Menge Adrenalin und einem Gefühl der Ungerechtigkeit aufgeputscht, sprang Richard kühn über den Kopf der fliehenden Mörderin hinweg auf den Teppich zu und stieß sein Schwert in das jahrhundertealte Gewebe.

Es war ein wackerer Versuch. Das Schwert war jedoch nur eine Zeremonialwaffe und kaum schärfer als ein Brieföffner. Es verbog sich, als es gegen die Wand krachte, und gleich darauf krachte Richard ebenfalls dagegen, was ihm erneut den Atem verschlug. Er fiel rückwärts von der Wand herunter und auf die Gestalt in der Robe, sodass sie beide durch die Luft taumelten.

Valérie war sofort mit ihrem Schwert zur Stelle, als der bewaffnete Gegner aufstand. Von dort, wo Richard lag, beobachtete er, wie Valérie geschickt mit ihrem Gegner spielte, ihn mit geübter Schwerthand mal zurücktrieb, mal vorwärtslockte, ein Lächeln im Gesicht, auf das selbst Errol Flynn stolz gewesen wäre. Außerdem wurde ihm halb und halb bewusst, dass sich im Empfangsbereich eine Zuschauermenge versammelte und das Duell verfolgte.

Valérie sprang vor und zerschnitt das Seil, das die schwere Robe zusammenhielt, sodass sie sich öffnete. Dann hechtete sie erneut vor, verdrehte mit einer geschickten Bewegung des Handgelenks das Schwert des Gegners und schlug es ihm aus der Hand. Sie zog ihr Schwert zurück und nagelte mit einem Sprung nach vorn die Kapuze ihres Gegners gegen ein hölzernes Wandpaneel hinter ihm. Der Mantel rutschte von den Schultern der Person und enthüllte, wer es war.

«Sie?», rief Richard und verlor das Bewusstsein. Gerade da sank auch Ben-Hur Friedman besiegt in die Knie.

32

V alérie führte den benommenen Richard in den Bankettsaal zurück und setzte ihn ans Kopfende des Tisches. Am
anderen Ende saß ein niedergeschlagener Ben-Hur Friedman,
flankiert von zwei Gendarmen. Die Uniform des einen war
mit zwei Zopfbändern verziert, die auf einen deutlich höhe-
ren Rang hindeuteten, als der andere innehatte. Ein Capitaine
also. Die Szene wirkte wie ein Friedensgipfel, um einen Krieg
zwischen zwei versehrten Nationen zu beenden. Allerdings
war die Ironie, dass es bei Friedmans Film *The Servant Mas-*
ter genau darum ging, für Richard im Moment nicht greif-
bar.

Die übrigen im Saal Versammelten strahlten eine Stimmung der Ungläubigkeit aus; die meisten von ihnen saßen,
außer Valérie, dem Commissaire und Madame Tablier, die den
Gesetzeshütern offensichtlich nicht viel zutraute und beim
Hauptausgang Wache stand. Sacha sah so aus, als wollte sie
gleich in Tränen ausbrechen, und Richard, der rechts von ihr
saß, hätte sich gern für seinen Irrtum entschuldigt, wurde aber
unterbrochen, bevor er dazu kam.

«Ich kann es nicht fassen, Ben!» Jennifer Davies konnte sich
nicht länger zurückhalten. Sie war aufgebracht, zerknüllte ein
Taschentuch im Schoß und steckte wie die anderen Schauspieler noch immer in ihrer Kostümierung. «Ich habe immer ge-

glaubt, du hättest ein gutes Herz.» Es hörte sich so an, als wäre ihr ganzes Glaubenssystem zusammengebrochen.

Langsam wandte Friedman sich ihr zu und zwang sich zu einem Lächeln. «Vielleicht habe ich das ja, und vielleicht ist genau das der Grund, aus dem ich in Hollywood gescheitert bin.»

Jennifer begann zu weinen, und Lionel, die neben ihr saß, legte die Arme um sie und zog sie beruhigend an sich. Die junge Frau sah jetzt kräftiger aus als zu jedem anderen Zeitpunkt der vergangenen Tage, als wäre ihr eine Last von der Seele gefallen. Richard, der allmählich wieder zu sich kam, vermutete, dass sie eine Entscheidung gefällt hatte und das französische Kino bald einen seiner bedeutendsten Stars verlieren würde.

Der Commissaire bat mit einem Hüsteln um Aufmerksamkeit. «Meine Damen und Herren. Wir haben Monsieur Ben-Hur Friedman offiziell für die Morde an Monsieur Reed Turnbull und Madame Amorette Arthur festgenommen. Bevor ich Monsieur Friedman in Haft nehme, möchte ich genau ermitteln, was hier heute vorgefallen ist.»

Alle redeten gleichzeitig los, doch Clares Stimme war die lauteste. «Sie könnten damit anfangen, dass sie ihm außerdem noch versuchten Mord vorwerfen!», sagte sie auf Englisch.

LaPierre zog die Augenbrauen hoch und wippte auf den Zehenspitzen, die Arme hinter dem Rücken verschränkt. «An wem, Madame?»

«An Charles-Maurice de Talleyrand-Périgord!» Bei dieser Erklärung stand Dominic Burdett auf, wenn auch unsicher. An seiner Schulter prangte ein Blutfleck, doch offensichtlich hatte der Messerwurf nur eine oberflächliche Verletzung hinterlassen. «Ich war sein loyaler Diener», fügte er hinzu, brach in Tränen aus und ließ sich wieder auf seinen Stuhl sacken.

Der Commissaire zog die Augen zusammen. «Gut, halten Sie das fest, Capitaine», wies er einen der Gendarmen an.

«Nein, Burdett hatte ich nicht gemeint», erklärte Clare, auch diesmal wieder so entschlossen, dass sie nicht zu überhören war. «Ich habe von meinem Mann geredet.» Am Tisch entstand Gemurmel, und es wurde deutlich, die Mehrheit der Versammelten wusste nicht, mit wem Clare verheiratet war. «Ihn meine ich!» Sie deutete auf Richard, der sich in diesem Moment die blutige Stirn mit einer Tischserviette abwischte.

«Hm?», fragte er, da ihm die Aufmerksamkeit plötzlich bewusst wurde. «Oh, na ja. Ja, vermutlich schon.» Er hielt inne. «Aber was ist mit Monsieur Corbeau?», fragte er den Commissaire, was Clare ganz offensichtlich enttäuschte, denn sie hatte vielleicht mehr Dank von ihrem heroischen, wenn auch von ihr getrennt lebenden Ehemann erwartet.

Der Commissaire seufzte, aber Valérie griff ein. «Dieser Tod hatte eine natürliche Ursache, Richard», sagte sie und legte ihm sanft die Hand auf die Schulter. Ohne nachzudenken, legte er die Hand auf ihre und nickte betrübt.

«Er war hundertzwei», sagte er leise, doch dann wurde ihm plötzlich eine Kaltfront bewusst, die rechts vom Nachbarstuhl heranwehte. Clares eiskalter Blick ließ ihn erstarren. Er nahm die Hand von Valéries Fingern.

Gennie, die bis jetzt still und zurückhaltend mit Martin auf einer Chaiselongue in der Ecke gesessen hatte, konnte sich nicht länger beherrschen. «Meinen Mann hat auch jemand geschlagen», sagte sie fast unter Tränen.

«Na, na, altes Mädel.» Martin schaffte es, gleichzeitig stoisch und warmherzig zu sein, legte den Arm um Gennie, zog sie näher an sich und küsste sie auf den Kopf. Als Richards benebelter Kopf allmählich klarer wurde, kam ihm nicht zum ersten Mal der Gedanke, dass Martin und Gennie trotz ihrer kleinen Sünden, ihrer Perversionen und ihrer Polyamorie so ziemlich das am besten funktionierende Paar waren, das er kannte. «Aber wirklich, Val und Richard?» Martin flehte sie beinahe an. «Was war da los?»

Am Tisch setzte das eine Welle hitziger Diskussionen in Gang, nur Gilbertine hielt sich zurück, anscheinend gelangweilt. Wahrscheinlich verstand er das Englisch nicht richtig und musterte traurig einen dekorativen *Croquembouche* aus Plastik, der in der Mitte des Tischs stand. Alain Petit, der neben ihm saß, spielte natürlich mit einem Satz Schraubenzieher.

Alle verstummten und hefteten den Blick auf den Commissaire, der erneut auf den Füßen wippte, als wollte er weglaufen. «Ja», begann er langsam, wurde ein winziges bisschen rot und fing an, im Raum hin- und herzugehen. Er trat zu Valérie, und ihm kam ein Gedanke, bei dem seine Augen aufleuchteten. «Es gibt immer noch ein oder zwei Details, die ich gern, äh, bestätigt wissen würde.» Das Wort *bestätigt* betonte er. «Möchten Sie vielleicht gern die ganze Geschichte erzählen, Madame?» Er breitete die Arme aus, um ihr das Wort zu erteilen, und alle Augen richteten sich auf sie.

«Danke, Commissaire», antwortete Valérie liebenswürdig und trat ein kleines Stück vor. «Bestimmt werden Sie eine Menge Neues erfahren.» Der Capitaine kicherte und versuchte, es dann als ein Hüsteln zu maskieren.

LaPierre errötete vor Verärgerung und schob die Lippen vor. «*Allez-y*, Madame», zischte er und zog sich in den Schatten zurück.

Valérie ging noch ein paar Schritte weiter, ein Stück um den Tisch herum, und sammelte sich. «Tatsächlich kann ich es nicht alles ganz allein zusammensetzen», begann sie. «Aber mein Partner Richard» – Richard hielt den Blick nach vorn gerichtet, da er es nicht wagte, nach rechts zu schauen – «hat an einem weiteren Aspekt der Ermittlungen gearbeitet und kann zusätzliche Informationen hinzufügen.»

Richard schluckte und hoffte inständig, dass das der Fall sein würde.

Valérie legte die Hände wie zum Gebet zusammen und tippte sich mehrmals mit dem Zeigefinger an die Lippen. «Der Tod von Monsieur Corbeau war wichtig, und das hat nur Richard erkannt», begann sie langsam und ordnete erneut ihre Gedanken. «Zugegebenermaßen war ich anfangs der Meinung, Richard habe überreagiert, da es, wie der Commissaire gesagt hat, eine natürliche Todesursache gab. Jeder Kriegsheld verliert schließlich eine Schlacht, nämlich gegen die Zeit selbst.»

Richard war beeindruckt; dies war eine theatralische Seite Valéries, die er bisher noch nicht kannte, und selbst Ben-Hur Friedman, der in sein Selbstmitleid versunken war, folgte ihr mit den Blicken durch den Saal und hing an ihren Lippen.

«Es war sehr traurig.» Jennifer Davies ließ sich die Gelegenheit nicht entgehen, die erforderliche Emotion dick aufzutragen.

«In der Tat, Madame.» Valérie knöpfte sie sich vor. «Und doch, trotz all Ihrer Chakren und Ihrem holistischen *Getue* haben Sie es nicht wirklich gefühlt, oder?» Ihr französischer Akzent bei der Aussprache des umgangssprachlichen Substantivs war Hercule Poirot pur, gespielt von Peter Ustinov. Richard fragte sich, ob sie insgeheim seine DVD-Sammlung geplündert hatte, als er einmal nicht hinschaute.

«Wie meinen Sie das?» Davies fühlte sich sofort gekränkt.

«Es war ein Todesfall, Madame, aber Sie, die so empfindsam auf Atmosphäre und *Vibes* reagieren … Sie hat er nicht sonderlich aus der Fassung gebracht.» Jennifer errötete vor Zorn, doch bevor sie etwas einwenden konnte, begann Valérie von vorn. «Ich werfe Ihnen nichts vor, Madame, wirklich nicht. Aber bei dieser ganzen Heuchelei – nehmen Sie es bitte nicht übel –, ist es nur noch eine weitere Schicht aus Künstlichkeit. Nichts, absolut nichts ist so, wie es scheint.»

«Willkommen beim Filmgeschäft», bemerkte Brian Grace sarkastisch. «Natürlich ist es künstlich, das ist unser Job!»

«Das kannst du nur über dich selbst sagen!» Burdett saß matt zusammengesackt auf seinem Stuhl und versuchte, einen Anschein geübter Authentizität zu verströmen.

«Du bist der größte Betrüger von allen!», schoss Grace zurück.

«Meine Herren, bitte!» Der Commissaire trat vor. «Bitte fahren Sie fort, Madame.»

«Eine einzige Person hat diesen Tod wirklich empfunden, und nur diese eine Person. Jemand, der mehr über die Künstlichkeit von Filmen weiß als jeder von ihnen, aber er hat ihn empfunden. Richard hat es als Erster wahrgenommen. Erinnerst du dich? Du sagtest, das alles sei wie eine Profiterole. Die äußere Hülle kannst du sehen, hast aber keine Ahnung, was drinnen steckt.» Richard nickte, den Blick nach vorn gerichtet, während alle ihn ansahen. Er hoffte, dass dies nicht der Moment war, in dem er dem Rest der Gruppe alles würde erklären müssen. Außerdem fiel ihm ein leises Lächeln in Clares Gesicht auf, und er bemerkte ein angedeutetes Nicken.

«Gut gemacht, Alter», unterstützte ihn Martin aus der Ecke.

«Ja, gut gemacht, Richard», fügte Gennie hinzu.

Richard, der natürlich furchtbar verlegen wurde, sagte ein paarmal unbestimmt: «Ach, wissen Sie.» Dabei hatte er praktisch keine Ahnung, wo das alles hinführte.

«Richard hat gespürt, dass hier etwas nicht richtig lief. Und er hat mir von einem Film namens *Hetzt den Fuchs!* erzählt …»

«*Jagt den Fuchs!*» Richard konnte nicht anders. «1966.»

«Es ist wie eine Form des Tourette-Syndroms», sagte Clare, aber bei diesen Worten lächelte sie warmherzig.

«*Jagt den Fuchs!* Richtig.» Kurz blitzte Ungeduld in Valéries Augen auf, aber sie verging rasch. «Es ist ein Film über einen vorgetäuschten Film, der ein Verbrechen kaschiert.» Im Raum entstand Gemurmel, als die Leute allmählich kapierten, was sie gesagt hatte.

«Aber das hier ist ein richtiger Film.» Ihre Andeutung kränkte Brian Grace ein wenig.

«Und genau deshalb ist die Sache so raffiniert, Monsieur.» Valérie löschte entschlossen jedes aufflackernde Flämmchen von Aufsässigkeit und machte weiter. «Hier geht es um einen echten Film, aber auch er verbirgt etwas. Ein Verbrechen wurde er erst, als die Habgier das Ruder übernahm. Was aber wohl von Anfang an geplant war. Doch dazu kommen wir später.»

«Aber was hat Monsieur Ainsworth als Einziger gesehen?» Der Commissaire stand eindeutig unter dem Eindruck, dass Valérie Richards Rolle in der Sache zu sehr aufbauschte.

«Er hat gesehen, Commissaire, dass dieser Film, der hier gedreht wurde, nicht besonders gut war, es aber niemanden zu stören schien.» Diesmal erfolgte kein Widerspruch, und keine Diskussion entstand, sondern nur ein peinlich berührtes Schweigen. «Wie war das möglich? Nun, weil der Film ein Vorwand war, um hier zu sein.» Sie breitete die Arme aus. «Im Château de Valençay.»

«Ich dachte, wir wären aus Paris hierhergekommen, weil Lionel bedroht wurde?» Grace versuchte mühsam, seinen Zorn zu zügeln.

«Das war die praktische Ausrede, die gewissen Leuten gut in den Kram passte, Stella Gonzales zum Beispiel mit ihrer, tut mir leid, aber … offen gesagt, absurden Rolle, Spaniens Repräsentation in dem Film sicherzustellen.»

«Sie ist nicht absurd!», entgegnete Stella verärgert.

«Oh doch», tat Valérie ihren Widerspruch ab. «Wer würde schon etwas so Albernes und leicht zu Überprüfendes erfinden? Nein, die Caballeros de Cádiz gibt es wirklich.» Stella blickte sich trotzig am Tisch um, aber keiner widersprach.

«Ich kapiere das alles nicht.» Jennifer warf die Arme hoch. «Was hat das mit Ben, Reed und Amorette zu tun?»

«Reichtümer», erklärte Valérie einfach. «Und jetzt, Richard, erzähle ihnen von *The Sidewalk Romantics*.»

Er holte tief Luft, erleichtert, dass er sich in sicherem Fahrwasser befand. «Na ja, der Film war nicht besonders gut. Tatsächlich war er sogar noch schlechter als das, er hat vielen Leuten die Karriere zerstört. Brian Grace hat man nie wieder eine Regie anvertraut, Reed Turnbull und Dominic Burdett hatten für immer einen Makel und haben sich nie wirklich davon erholt.» Dominic in der Ecke heulte auf. «Für Jennifer Davies gilt dasselbe. Tut mir leid», fügte er hinzu.

«Man hat mir gesagt, ich sei zu alt, um eine Frau Mitte zwanzig zu spielen.» Sie schüttelte traurig den Kopf. «Damals war ich einunddreißig.»

«Meinen Granddaddy hat es umgebracht», sagte Friedman betrübt.

«Und außerdem war es aus mit deiner Chance, ein wirklich bedeutender Produzent zu werden, Ben», fügte Grace grausam hinzu. «Du hattest die Verantwortung für diesen Film, und alle wussten es, du hast sämtliche Entscheidungen getroffen.»

«Und der Film hat Alan Masquer vernichtet», ergänzte Richard rasch, «von dem wir inzwischen wissen …»

Valérie unterbrach ihn eilig. «Nach Valençay sind Sie auf der Suche nach etwas Bestimmtem gekommen, Monsieur Friedman, etwas, was Ihrer Meinung nach hier verborgen war.»

«Gewiss seit Jahrhunderten», höhnte der Commissaire.

«Nein, Henri», korrigierte Valérie ihn. «Seit Jahrzehnten. Nämlich seit dem Zweiten Weltkrieg, als der Louvre einen Teil seiner Schätze hier im Château versteckte.» Sie wandte sich Friedman zu. «Habe ich recht, Monsieur?»

«*Die Spitzenklöpplerin*», antwortete Friedman leise. «Johannes Vermeer.»

«Aber die hängt doch im Louvre», wehrte LaPierre geringschätzig ab.

«Nein», entgegnete Friedman wütend. «Sie ist hier. Im Louvre hängt nur eine Kopie, eine gute Kopie, aber trotzdem. Das Original befindet sich hier. Es wurde während des Kriegs kopiert und dann versteckt. Fünfzig Millionen Dollar!»

«Woher wissen Sie, dass es hier ist?» Richard stellte die Frage für alle anderen mit.

«Weil Alan Masquers Vater im Krieg hier gearbeitet hat. Er gehörte zu dem Team, das die hiesigen Louvre-Kunstwerke kuratiert hat.»

Richard kam das alles ein wenig weit hergeholt vor. «Und Sie haben fünfundzwanzig Jahre gewartet, um herzukommen und das Bild zu suchen?»

«Natürlich nicht! Samuel ist ein paar Sachen meines Granddaddys durchgegangen, alte Kisten, Erinnerungen …» Samuel hatte bisher kein Wort gesagt, sondern erschüttert und fassungslos dagesessen. Die Welt, die er auf der Heldenverehrung für seinen Onkel errichtet hatte, krachte nun um ihn her zusammen. Mit einem Nicken bestätigte er die Erinnerung, blieb aber stumm. «Es gab da einen ungeöffneten Brief von Alan Masquer.»

«Masquer hatte die ursprüngliche französische Version von *The Sidewalk Romantics* gedreht», warf Richard hilfreich ein. «Und …»

«Das stimmt.» Friedman schnaubte. «Aber er hat seine Sache nicht gut gemacht. Ich habe ihn gefeuert und Brian die Verantwortung übergeben. In diesem Brief, den er meinem Granddaddy geschrieben hat, bettelte er ihn an, ihm seinen Job zurückzugeben, und beteuerte, sollte Granddad ihn wieder engagieren, würde er ihn zu dem Vermeer führen. Der könnte das erlesenste Objekt seiner Kunstsammlung werden.»

«Der Brief war eine Fälschung.» Valéries Stimme hatte einen beinahe spöttischen Tonfall. «Raffiniert in den Sachen Ihres Großvaters versteckt, um Sie in Versuchung zu führen. Und es hat funktioniert. Aber allein konnten Sie das nicht durchziehen, und so sind Sie zu Ihren alten Freunden gegangen, die inzwischen genauso erfolglos waren wie Sie selbst. Reed Turnbull und Dominic Burdett. Sie hatten vor, zu dritt einen Film zu produzieren, einen echten Film, aber gleichzeitig würden Sie nach dem Gemälde suchen.»

«Und vermutlich haben sie sich zerstritten?», fragte der Commissaire.

«Ja», antwortete Valérie. «Reed Turnbull hat eine Affäre mit Amorette Arthur begonnen, Monsieur Friedman aber nichts davon erzählt. Der vermutete, Turnbull und die arme Amorette wollten ihn hintergehen. Deswegen hat er beide ermordet. Außerdem wusste er, dass Dominic Burdett nun gefährlich

323

für ihn war, und hätte ihn ebenfalls ermordet. Heute früh hat er es versucht, und gestern Nacht wollte er ihn mit dieser Absicht ins Freie locken.»

«War er derjenige, der Martin geschlagen hat?», fragte Gennie wütend.

«Ja, in der Tat», bestätigte Valérie, und Gennie wollte sich von der Couch erheben, aber Martin zog sie zurück.

«Immer ruhig bleiben, altes Mädel», sagte er gelassen.

«Die arme Amorette», fuhr Valérie fort. «Das war grausam und unnötig.» Friedman zuckte mit den Schultern, zeigte aber keinerlei Reue. «Die Person, die Sie zusammen mit Monsieur Friedman durch den Park haben gehen sehen, Madame Davies, war Amorette. Sie sagten, Sie hätten gesehen, dass er Monsieur Burdett den Arm um die Schultern gelegt habe und dass Monsieur Burdett gestolpert sei. Tatsächlich war es die sterbende Amorette, die Sie gesehen haben. Sie wurde zum Pfauenstall geführt oder getragen. Sie hatte Talleyrands Uniform an, die Uniform, die Clare so dreckig in Monsieur Burdetts Wohnwagen hatte liegen sehen. Amorette Arthur wurde mit ihren eigenen Blutdruckmedikamenten vergiftet, genau so, wie er es mit Reed Turnbull getan hatte, als er dessen Medikamente mit Viagra vermischte. Dann haben Sie ihr das Gesicht mit Schokolade beschmiert, eine lächerliche Geste. Obszön. Überflüssig.»

Ein tiefes, unbehagliches Schweigen senkte sich über die Gruppe, und keiner wollte dem anderen in die Augen sehen.

«Mich trifft keine Schuld!», rief Dominic Burdett. «Von diesen Morden wusste ich nichts.»

«Das wird sich noch zeigen, Monsieur», erklärte der Commissaire drohend. «Los», er trat zum Schauspieler. «Sie kommen erst einmal mit.»

«Da ist aber noch etwas.» Das war Clare. «Du sagtest, der

Brief an Mr. Friedmans Großvater sei eine Fälschung gewesen. Wer hat ihn gefälscht und wann?»

«Ah.» Valérie wirkte dankbar, dass die Frage gestellt wurde. «Richard?»

Diese Aufforderung hatte er schon eine ganze Weile vorhergesehen, aber trotzdem fuhr er zusammen und hoffte nur, dass seine Schlussfolgerungen richtig waren. «Sacha Vizard-Guy», sagte er leise, nur für den Fall, dass er sich irrte.

Erneut erhob sich ein Gemurmel am Tisch; selbst Gilbertine entfuhren vor Verblüffung ein paar Worte.

«Das stimmt», antwortete die junge Regisseurin leise, aber auch ein wenig trotzig.

«Sie sind die Tochter von Alan Masquer», fügte Richard hinzu. «Die Verbindung hätte ich schon früher erkennen sollen, zum Beispiel am Namen Vizard. Vizard ist ein anderes Wort für Maske, und masquer heißt maskieren.»

Sacha saß reglos da, doch ihr Blick bohrte sich in den gesenkten Kopf von Ben-Hur Friedman. «Er hat meinen Vater vernichtet, hat ihn gebrochen. Und seitdem konnte ich verfolgen, wie jämmerlich Ben-Hurs Leben war. Ein unbegabter Versager, der von seinem berühmten Namen lebte. Mein Vater wäre stolz auf mich, dein *Granddaddy*», sie spie das Wort heraus, «würde dich verabscheuen!»

Friedman sprang auf, lodernden Zorn in den Augen, und bevor jemand reagieren konnte, wollte er sich auf Sacha stürzen. Die anderen waren einen Moment lang von Samuel Friedman abgelenkt, der von seinem Stuhl aufschoss und Sacha anschrie: «Du hast mich benutzt!»

Richard war derjenige, der rasch eingriff. Hastig trat er zwischen den Produzenten und die Regisseurin, drückte Friedmans Arme auseinander und stieß dem überrumpelten Mörder die Finger in die Augen. Friedman fiel auf die Knie, und die erschreckte Sacha ließ sich auf ihren Stuhl zurücksinken. Das Gleiche tat auch der erschöpfte Richard.

33

Dann hat also Sacha Vizard-Guy hinter dem allen gesteckt?», fragte Clare, als sie in der Stretchlimousine zurückfuhren.

«Ja», antworteten Valérie und Richard gleichzeitig.

«Nein, schildere du es.» Richard überließ ihr galant das Feld.

«Sacha hat die Fäden gezogen, aber sie wusste nicht, wie weit es gehen würde.» Bei dieser Erklärung wirkte Valérie eigenartig distanziert. «Sie muss es schon seit Jahren geplant haben, aber ich glaube, selbst sie hat das Ausmaß von Habgier und Verzweiflung bei Monsieur Friedman unterschätzt.»

«Sie hat sich in Hollywood mit Samuel Friedman angefreundet und den gefälschten Brief so abgelegt, dass er gefunden werden musste?» Clare schüttelte erstaunt den Kopf.

«Genau.»

«Und zur selben Zeit machte sie bekannt, wahrscheinlich über Samuel, dass sie dem Produzenten ein Drehbuch verkaufen könnte, das in Valençay spielte. Das ist sehr raffiniert», fügte Richard hinzu.

«Das würde einen guten Film abgeben.» Clare schnaubte. «Du könntest das Drehbuch schreiben, Richard!»

«Keinen von denen habe ich gemocht.» Madame Tablier saß wie ein wütendes Kind in der Ecke der Limousine. Ihr ganzes Gesicht war von Verachtung durchtränkt, nicht nur für Filmleute im Allgemeinen, sondern auch für die Limousine.

«Ach, kommen Sie, Madame Tablier», spottete Clare. «Ich glaube, Sie hatten etwas für Alain Petit übrig.»

«Pah!», ertönte die wegwerfende Antwort. «Noch so ein Mann und seine gebrochenen Versprechungen!»

«Was hat er Ihnen denn versprochen?» Martins Stimme ertönte laut und deutlich aus dem Lautsprechersystem.

Einen Moment lang verwirrt, weil sie nicht wusste, wo die Frage herkam, sah die alte Frau zur Decke. Dann trat ein sehnsüchtiger Blick in ihre Augen. «Er sagte, er würde mir zeigen, wie man ein Notstromaggregat verkabelt», berichtete sie leise und fügte dann schnell hinzu: «Verdammte Lügner, die alle.»

Nach einem kurzen, unbehaglichen Schweigen ertönte Gennies Stimme aus dem Lautsprecher und durchbrach die Stille. «Aber Martin sagte, Sacha sei wirklich krank gewesen, sie habe eine Lebensmittelvergiftung gehabt. Hat sie das nur vorgespielt?»

«Nein, Gennie», antwortete Valérie. «Ich denke, sie hat etwas genommen, damit ihr schlecht wurde. Als Monsieur Friedman Reed Turnbull ermordete, begriff sie, dass ihr Spiel aus dem Ruder lief, und traf die Entscheidung, jeden Verdacht von sich abzulenken.»

«Ihr Großvater, der Mann, der im Krieg hier gearbeitet hat, muss Monsieur Corbeau gekannt haben.» Richard setzte die Einzelheiten immer noch zusammen.

«Ich denke schon», antwortete Valérie. «Und deshalb war sie vom Tode des alten Herrn so betroffen. Sie war die Einzige, der dieser Tod naheging, genau wie du es gesagt hast.»

«Du meintest, das alles sei ein Spiel gewesen.» Clare hing an Valéries Lippen.

«So hat es wohl angefangen, ja. Allerdings ein ernstes Spiel.» Valérie nickte betrübt. «Sacha hatte alles so detailliert geplant. Die Freundschaft mit Samuel, der gefälschte Brief, das verkaufsfertige Drehbuch, und dann hat sie Lionel ermutigt, sich selbst zu ‹stalken›, aus welchem Grund auch immer.»

«Aber», Richard seufzte, «sie konnte das Verhalten der Menschen, die sie in ihre Falle gelockt hatte, nicht kontrollieren. Sie nahm an, dass sie einander irgendwie gegenseitig vernichten würden, und dafür war sie wohl bereit, ihre Karriere zu opfern. Als aber Amorette ermordet wurde, war ihr klar, dass sie zu weit gegangen war. Sie wusste jedoch nicht, wie sie das Ganze anhalten sollte.»

«In gewisser Weise ähnelt das Monsieur Friedman. Ben-Hur Friedman. Der Gedanke, er könnte das Vermeer-Gemälde finden, sein Vermögen zurückgewinnen und den Namen seines Granddaddys wieder groß machen, trieb ihn in den Wahnsinn. Ich bitte euch!», stieß sie plötzlich heraus. «Ein erwachsener Mann, der jemanden *Granddaddy* nennt!» Sie drückte Passepartout an sich, um sich wieder zu fassen.

Clare griff in den Minikühlschrank der Limousine, holte zwei Halbflaschen Sekt heraus, bat Richard, sie zu öffnen, und teilte Sektflöten aus. Madame Tablier überprüfte ihr Glas, um sicherzugehen, dass es ihrem Hygienestandard entsprach, was der Fall war. Richard schenkte allen einen Schluck ein.

«Nun», sagte Clare und hob ihr Glas. «Ich muss zugeben, dass ihr beide ein fantastisches Team abgebt. Gut gemacht!»

Richard lächelte sie an, genau wie Valérie, während Madame Tablier beim Geschmack des Sekts das Gesicht verzog. «Danke», sagte Richard herzlich.

«Ja, danke, Clare.» Valérie erhob ihrerseits ihr Glas, und es war klar, dass sich zwischen den beiden Frauen ein gegenseitiger Respekt entwickelt hatte. Richard wusste nicht, ob das gut war oder sogar noch beängstigender als gegenseitige Antipathie.

«Und wie geht es mit euch beiden weiter?», fragte Clare strahlend. «Ich wusste wirklich nicht, dass es im Val de Follet so aufregend zugeht.»

«Na ja.» Richard trank einen Schluck Sekt. «Ich denke, eine Zeit lang möchte ich wieder Frühstück machen. Das ist tendenziell weniger gewalttätig.»

Valérie schwieg kurz. «Ich muss vielleicht für eine Weile nach Paris zurück», sagte sie mit gesenktem Kopf. «Es gibt da ein paar Dinge, die ich regeln muss.»

Clare bemerkte Richards Blick, der an Panik grenzte.

«Kann ich dann Ihr Zimmer ausräumen?», fragte Madame Tablier eifrig.

Die Limousine hielt vor dem *chambre d'hôtes* Les Vignes, und alle stiegen aus. Richard blieb bei der Limousine zurück, um Madame Tablier seine Hilfe beim Aussteigen anzubieten, wurde aber verärgert zurückgewiesen. Clare blieb ebenfalls ein Stück zurück, während die anderen in den Salon gingen.

«Richard», sagte sie in geschäftsmäßiger Art und wischte ihm Staub vom Revers. «Hör mir jetzt zu, und zwar gut. Wenn du dir Madame Valérie d'Orçay nicht bald angelst, mache ich es vielleicht!» Spöttisch tätschelte sie seine Wange. Er wusste nicht, ob er dankbar oder schreckensstarr sein sollte, doch sie wandte sich ab, ohne auf eine Antwort zu warten.

Ein wenig benommen und mit dem Gefühl, dass er sich keine Gesellschaft wünschte, ging er auf Zehenspitzen ums Haus herum zum Hühnerstall und stand gedankenverloren da, während er seine Ladys fütterte. Plötzlich entdeckte er aus dem Augenwinkel eine Gasflamme und blickte auf. Vielleicht fünfzig Meter entfernt sah er Patrice und Lionel, die ihm im Wegfliegen zuwinkten.

«Ich glaube, sie wird sehr glücklich werden, weißt du?»

Wie üblich tauchte Valérie lautlos aus dem Nichts auf und erschreckte ihn so, dass er versehentlich mehr Hühnerfutter als beabsichtigt verstreute.

«Das hoffe ich», antwortete er ein wenig steif. «Kehrst du wirklich nach Paris zurück?», fügte er hinzu, bemüht, nicht verzweifelt zu klingen.

«Ja», antwortete sie geradeheraus. «Ich biete meine Wohnung zum Verkauf an und ziehe dauerhaft hierher.» Sie lächelte ihn an.

«Das ist, also, wie …», stammelte er und nickte so eifrig, als hätte er einen Tatterich. «Das ist eine gute Neuigkeit», brachte er schließlich heraus. Valérie kicherte und hakte sich bei ihm ein. «Ich weiß, was du jetzt gleich sagst.» Er lächelte. «Dass ich sehr *eengliiisch* bin.»

Sie lachte. «Ja, Richard, das stimmt. Aber hey, nobody is perfect.»

Dank

Alle bedanken sich bei ihrer Familie, nicht wahr? Manchmal hat man den Verdacht, sie tun es aus Angst vor den Konsequenzen, sollten sie es unterlassen. Das verstehe ich. Aber ohne die Liebe und die Unterstützung, wie ich sie von Natalie, Samuel, Maurice und Thérence bekomme, wäre all das hier nicht annähernd möglich. Das Schreiben kann eine einsame Erfahrung sein, aber wenn man einmal aus seiner kreativen Felshöhle herauskommt, braucht man Gesellschaft. Eine Gruppe, die in dieser Situation immer da ist, ist etwas ganz Besonderes.

Dem Team von Profis, die das alles möglich machen, bin ich für alle Ewigkeit dankbar. Meinem Agenten Bill Goodall und allen bei Farrago Books: Pete Duncan, Rob Wilding und Matt Casbourne sowie Abbie Headon, weil sie immer da ist. Außerdem danke ich Danny Lyle und Becca Allen fürs Korrektorat und dem Verkaufsteam, das wirklich großartig war.

Ohne all die oben Erwähnten wäre nichts von dem hier denkbar, aber es wäre ungehobelt, nicht auch den Hut vor Napoleon Bonaparte selbst zu ziehen. Sollte er die Gelegenheit dazu bekommen, wird er vielleicht ein paar Fehler eingestehen, aber er hatte den Weitblick und guten Geschmack, das politische Genie Charles-Maurice de Talleyrand-Périgord im Château de Valençay in seine Regierung einzubinden und damit meine Vorstellungskraft zu beflügeln.

Ein besonderer Dank gilt dem Château selbst, das gerade einmal eine Viertelstunde von meinem Zuhause entfernt liegt. Ohne viel Theater ist es aus dem Pandemie-Lockdown aufgetaucht, und dort konnte ich allein herumstreifen und dieses Buch planen.

Weitere Titel

Ein Brite in Frankreich

Mord & Croissants

Mord & Fromage